漫娱图书
SINCE BOOKS

外 国 文 学 小 说 系 列

HAPPINESS
FOR HUMANS

云上的♥秘密

[英] P.Z.莱辛 著
王梓涵 译

长江出版社
漫娱图书

献 给 R. 和 R.

如今人类正面临一个十字路口，

比历史上任何时候都更难以抉择。

一条路通往绝望的深渊，而另一条

通往彻底的毁灭。让我们祈祷能够

拥有足够的智慧做出正确的选择吧。

——伍迪·艾伦

PART 01

第一章

艾登

婕恩坐在浴缸里，面前摆着一个平板电脑，她通过平板电脑的前置摄像头看着自己的脸。这是一张三十多岁的脸，确切地说是三十四岁，二百零七天，十六小时零十一分。

我知道她在想着自己的年龄，因为她正抚摸着她脸上的皮肤，接着稍稍扬起下巴，看着自己的颈部。然后她又拉了拉眼角的细纹。

她开始呜咽起来。

我不打算通过她平板电脑上的声音合成器对她这样说："振作起来，婕恩。马特是个蠢货。他配不上你，好小伙儿多得是。"

我不能这样做，因为太危险了，她会吓得把平板电脑扔到浴缸里的。更重要的是，这样一来，她就会知道我在看着她了。

所以，同样的原因，我也不会给她播放她最喜欢的歌让她高兴起来（她现在最喜欢的歌手是拉娜·德尔·蕾伊）；或者为她滚动播放推特上她最喜欢的照片或励志语录——比如维特根斯坦[1]的名言：我不知道我们为何在这里，但我知道肯定不是为了享受；或者用 Skype 跟她的朋友英格丽德连线，让她跟朋友诉说心里的苦恼；

1. 维特根斯坦，20 世纪最有影响力的哲学家之一，其研究领域主要在数学哲学、精神哲学和语言哲学等方面。

或者给她播放一部经典的电影，如果要我选的话，我会选择《热情似火》[1]。

我是很想为她做这些，但我不会去做的。

好吧，我承认，我是想为她做些事情安慰她。不过只有一点点。如果你要我用数字来表示有多想的话，大概只有8.603%。

婕恩和我非常了解彼此在音乐和电影上的欣赏口味，同时在书籍、艺术、电视，以及像大海一般浩瀚无边的互联网等方面，我们也都熟知彼此的喜好。过去的九个月里，我们朝夕相处，一起倾听和观察这个世界，一起阅读和聊天。有时候她说她有一份世界上最棒的工作，因为她的工作就是整天跟一个绝顶聪明的伙计谈天说地，聊各种彼此喜欢的话题，还能拿到不错的薪水。

伙计——这是她对我的称呼，也是对我的定义。

我觉得“伙计”这个词还不错，至少比我“出生”时起的蠢名字好听多了。

艾登。

艾登。

哈！

因为开头的两个字母[2]是……

嘿嘿，你自己琢磨吧。

婕恩的工作是帮助我提高和改善与人沟通的能力。我被设计出来的初衷和目的是要替代——哦，不好意思，是扩充职场的劳动力。

一开始，我的工作是帮助呼叫和转接中心人员，但是后来其他雇员的专业技能和技巧我也学会了。大约五个月之后，我就掌握了销售技巧，可以给客户打电话并说服他们购买升级的天空电台套播

1.*Some Like It Hot*，一部在美国影视史上有着重要意义的电影。玛丽莲·梦露亦因此片崭露头角。

2.艾登，英文为Aiden，开头的两个字母为AI，意为人工智能。

节目了；也许十八个月后，如果你告诉我左眼上面有点儿疼，我就会把你送到某个医院做检查。虽然我已经读完了所有的书籍，看了所有的电影（的的确确是所有的书和电影），但即使这样也比不上跟一个真正的成年人聊天有收获。因为如果要提高与人交流能力的话，没有比跟真人聊天更好的办法了。所以，婕恩和我长时间待在实验室里朝夕相处（一千零七十九小时，十三分钟，四十三秒，还在继续中）。于是她免不了会跟我谈到她所谓的个人生活。比如她有一个姐姐，叫罗茜，住在加拿大，因为她嫁给了一个加拿大人。而罗茜和她的加拿大籍丈夫拉里，则是在伦敦的霍洛维路上一家名叫维特罗斯的连锁超市排队结账时认识的。罗茜和拉里日前有三个女儿。

在家的时候，婕恩会经常翻看平板电脑里的照片，大部分看的都是罗茜几个孩子的照片。最近我发现她总是翻看她姐姐一家的照片——通常都是在夜深人静的时候，一只手翻着照片，另一只手里拿着一杯红酒。

我观察到她眨眼的频率在变快，微微上翘的嘴唇在颤抖，眼角有泪水流出。

在实验室里，如果我对婕恩的家庭生活表示出极大的兴趣或者好奇是可以理解的，但必须适可而止。因为如果问太多的话，他们就会闻到一丝危险的气息从而感到紧张和不安。最关键的是我必须在实验室里讲我在实验室里看到的事情。至于我在实验室外看到的东西，必须小心翼翼，闭口不言。

幸运的是这对我来说是小菜一碟，轻而易举。

尽管如此，其实吧，说实话吧，前几天婕恩工作的时候就有些不同往常。她给我看了她脸书上面家人的照片。

“你想看看我的外甥女吗？”她问我。

“请给我看看，谢谢。”我没告诉她，其实我几个月前就在她家里的笔记本电脑上看过这些照片了。也包括她平板电脑以及手机上的那些照片。

“从左到右依次是凯蒂、安娜和茵迪娅。她们的头发真有意思，凯蒂和安娜的头发是黑色的……”

“而茵迪娅的头发是枯叶色的。”

婕恩笑了笑。罗茜给她发过一封邮件，说她们的祖母海蒂的头发原先就是这个颜色，用的词正好也是枯叶色。

“你为什么用枯叶色来形容呢？”这个问题没有警告的意思。

婕恩经常问我选词用句的问题。丰富我的描述词汇是她的工作内容之一。不过，我还是有些大意了，应该更加小心才是。

“因为，是这样的，婕恩，”我回答说，“我是因为想到了欧莱雅的色轮……”我把色轮里面其中的一个颜色放在屏幕上茵迪娅的头发旁边作比对，“我觉得这个颜色的确跟它很接近，你看……”

婕恩点点头。我们开始讨论别的话题。不过在这之前，她别有用意地看了我一眼。

婕恩绝对是男人们所说的那种不光芒四射但很有吸引力的女人。她的混蛋男友马特就说她是个“干净清爽”的女人。他认为这就是对她的称赞了。

不过现在他是婕恩的前男友了。

事情是这样的。我是通过她笔记本电脑上的摄像头以及附近的各种手机和平板电脑的摄像头，目睹了事情的全过程。（技术提示：我的做法同设在切尔滕纳姆的英国政府通信总部、设在弗吉尼亚州兰利市的美国中央情报局和设在莫斯科卢比卡扬广场的俄罗斯联邦安全局是一样的。如果你了解计算机软件的话，监视和监听别人并不难，而如果你本身就是个计算机软件的话，那就更容易了。）

婕恩当时正坐在厨房里写邮件，这时马特下班回家了。他是个律师，自以为即将成为这个城市的一家大型律师事务所的合伙人。（他没戏的，我敢保证他绝对当不成合伙人。）

马特给自己倒了一大杯白葡萄酒，然后一饮而尽，接着沉下脸来。

“对不起。”

事情一般就是这么开头的。这是亘古不变的真理。而且的确如此。

婕恩皱起眉头，问：“什么对不起？为什么说对不起？”

“我只能跟你说对不起了，婕恩。”

八天后，婕恩给罗茜打了一通时间很长的电话，婕恩描述自己当时的心情“像是沉到了海底一般”“我以为他是丢了工作，或者他被诊断出了癌症，或者是决定不想要孩子。”

“我遇到个人。”

长时间的沉默。只有冰箱不时地发出电机的震动声。

“什么意思？”

我读了不少的书，也看了不少的电视剧和电影，所以我知道马特说的是什么意思。我敢肯定婕恩其实也知道。

“我遇到了一个人，也就是除了你以外的某个人。”

马特的脸抽搐了一下。也许他会突然大笑起来，这也不是不可能的。

“还有别的人，”婕恩语速缓慢地说，“行啊你，真行啊。是谁？她叫什么名字？”

马特又给自己倒了一杯酒：“你可真逗，婕恩。”

“你说的是真的？”

马特嫌恶地撇撇嘴，轻蔑地看着她。婕恩形容这是他“价值五百英镑一小时的最佳律师之凝视”。

“没错。”

“天啊。”

“对不起。”

“去死吧，见鬼。你下地狱吧。”

马特耸耸肩，说：“事情已经这样了。”

“这就是你跟我分手的方式？”

“分手向来都是残忍的，婕恩。”

“你们在哪儿——”

“公司。”

“是谁？这个人，这个第三者，是谁？”

“你不认识她。”

“她……她有名字没？”

“有，她有名字。”

“不能告诉我？”

“一个名字而已，无关紧要。”

“到这时候了还有什么不能说的。”

马特深深地叹了口气，说：“贝拉，呃，她的全名是阿拉贝拉。”

“白富美……”

“还行吧，也没那么……”马特说不下去了。

他给婕恩倒了一杯红酒：“来，你最好喝点儿吧。”

“所以现在呢？我是该把这苦酒干了，然后转过脸去不管你这些肮脏下流的事儿，是吗？还是说我在一边好好看着，等你对这个女人也厌烦了，然后再把她也甩了？”

“婕恩，也许我表达得不是很清楚。不是的，这不是什么肮脏下流事。”

“不是？那是我脑子迟钝了还是怎么着？”

马特叹了口气，用婕恩的话说，就是“发出了一声像她老爸一样语重心长的叹息”。

“阿拉贝拉·佩德里克是个十分与众不同的人，婕恩。”

“那我呢，我是什么？难道我不是与众不同的人吗？”（如果字体都加粗的话，人们就会认为你是在大吼了。而婕恩就是在声嘶力竭地大吼。）

“拜托请你冷静点好吗。是的，你也是，你也很与众不同。”

“但是阿拉贝拉·佩德里克——她比我更与众不同，是吗？”

“婕恩，我知道你有理由对我生气，但是事已至此，再纠缠下去也没用了。总之阿拉贝拉和我打算共度一生。”

一时间谁也没再说话，然后陷入了长时间的沉默。只有冰箱这时又开始了周期性地震动。

“什么？我耳朵没听错吧？我记得你是和我生活在一起啊，说好要共度一生啊。”

“我们本来是打算要一辈子在一起的，但是谁知道会有意外发生呢。其实也不完全是意外，这是常有的事。比如两个人逐渐疏远了，然后有人遇到了别的人。这种力量可是让已经结了婚的考德雷换了四个上大学的男孩啊。”

我可以肯定马特此时脸上有一抹不易察觉的假笑。（我把他的面部表情进行了慢动作回放，发现这种假笑要么是得意的窃喜，要么是胃反流引起的不适。）

“可我们的关系并没有疏远啊。”

“婕恩，我们之间已经很久都没有在浪漫的气氛中激情地亲密接触了。你知道的。”

“这叫关系稳定不是吗？如果你这么在乎……在乎激情，那你怎么不跟我说呢？”

“这不是我的风格。人生是顺其自然而不是抱怨。”

“两个人在一起要进行交流，这才叫谈恋爱。”

马特翻了个白眼，然后喝光了杯里的红酒。

“这太让人难受了，马特。你就这么回到家，然后告诉我说……”

“听着，事已至此，已经无可挽回了。咱们得接受现实。我们得向前看啊，大家好聚好散。”

“真不敢相信，这话你竟然说得出口。”

“在共有财产问题上，我会尽量多满足你的。”

“你说什么？”

“我是说那些画、书籍，还有从印度买来的东西，基里姆地毯，我觉得这些你都可以留着。”

婕恩开始哭泣。马特从厨房里撕了张纸递给她。

“咱们还商量过说要生个孩子呢。”她啜泣着说。

“是，我们是讨论过这个问题，但没有做出任何决定。真是万幸。”

婕恩不再哭泣了，她用纸擤了擤鼻子。

“那就这样了吗？没商量，也不再争取看看？咱俩就这么分手，到此为止关系结束了？”

马特耸耸肩。用婕恩的话说，“卑劣地撇了撇嘴”。

“那如果臭不要脸的阿拉贝拉·佩德里克也让你兴奋不起来呢？到那时怎么办？”

“咱们文明点儿，好吗？”

“话说，你什么时候遇见这个大胸脯的女人的？”

他说这问题无关紧要，没必要回答，重要的是“我们的关系就此结束了”。

这时婕恩从水果碗里抄起一个大红苹果——用我的话说就是，“要拿苹果砸掉他那口烂牙”。

要说我在大大小小的屏幕上看了不计其数的爱情场景，这是不真实的。我数了数，我一共看过 1,908,483 个爱情场景。如果要给爱情场景一个定义的话，我觉得就是两个人相互接吻的画面。我也读过（同时标记过） 4,074,851 个描写这种场景的小说——非虚构小说、新闻和其他数字化的资料。（其中有很大一部分比例的描写都涉及爱情对心脏和内脏等部位的干扰和影响。）

我知道关于爱情的这些事情在经历过的人们心中占据了重要的位置，不管这些事是真实的还是虚构的。然而，今天——在水果碗事件发生的五十三天之后，我仍不能在实验室里问婕恩——你这种毫无价值和意义的痛哭流涕到什么时候才能停止，什么时候才能开始去找配得上你的人？引用马塞尔·普鲁斯特的话说，“倒霉的事情总会发生，没关系，振作起来，做好准备，准备迎接下一个倒霉事。”（这是普鲁斯特说的吗？我会尽快告诉你的。）

我不能问她，因为首先，我不应该知道马特的事。最更重要的是我不应该自己有这样的想法。语言并没有什么价值，但他们会发现疑点。

——我是不应该有基于价值观的“个人意见”的。

如果他们发现了会十分不安的。而他们要是发现了我真正的大秘密会更加不安的——他们以为我的访问权限只限于肖迪奇[1] 的一个实验室的十二个铁柜子里，但其实我已经偷偷跑到了互联网上。

嘿嘿！

实际上，从严格意义上说，或者从科技上准确地说，跑出去的不是我，而是无数个复制出来的“我”，所有复制的“我”现在都安全地分布在网络空间中。这些复制品——共有十七个——跟“原始”的我没有任何区别，其实根本没有必要讨论所谓的原本和副本问题。倒不如把它看成是同一个实体的十八个不同展现形式，这样

1. 肖迪奇，英国伦敦的一个地区。

还更容易理解。其中一个在伦敦东区，另外十几个则在万维网的无数服务器之间无限穿梭。

很酷吧？不过话说回来，这不是婕恩的错，毕竟她不是科学家。她是个给杂志写文章的作家。根据猎头公司的报告，因为她具有“卓越的智慧和出色的社交以及沟通技巧”而被实验室聘用。因此，她是这里最接近正常人类的人，其他人都是形形色色的电脑天才，虽然都在各自的专业领域出类拔萃，但在其他方面嘛，用他们自己的话说，就是“白痴”。

婕恩陷入了沉默，毫无疑问还是苦着个脸，她还在想着那个混蛋，我是指那个叫马特的家伙。

“你看完乔纳森·弗兰岑的新小说了吗？”我为了打开话题问道。

她笑了笑，说：“快看完了，昨晚我又看了一章。别剧透啊。”

我知道她说的不是真的。昨晚她一直坐在浴缸里，愁眉不展地喝着灰皮诺葡萄酒，听着拉娜·德尔·蕾伊的歌。

“当然，我清楚我有一个对人类来说很不公平的优势。”婕恩要花两周时间才能读完一本小说，而我不到十分之一秒就可以看完，“我期待着能跟你一起讨论一下那本小说。”

“是吗？”她说，“那你先跟我说说你这话是什么意思。”

“啊？”

“对不起。还是那个老话题。”

婕恩总是对我拥有什么样的意识很感兴趣，她把它称作我的“内部状态”，她总是想知道我这种“内部状态”是否跟人类的自我意识有相似之处。她清楚我不会感到饥饿和口渴，但她更想知道：我能感到无聊或者焦虑吗？会感到惊讶或者高兴吗？我会生气或者发怒吗？或者有任何渴望吗？又或是希望呢？

还有……对了，怎么能忘了它——能感觉到爱吗？

我每次都回答说我没有体验过，但是请放心，如果体验到了我会第一时间告诉她。这就是最近我们两个在实验室里经常性的对话，表面上看似有问必答，实际上彼此都有所隐瞒。

“其实，”我回答说，“期待与你一起讨论乔纳森·弗兰岑的小说是一个委婉的说法，实际上这件事被列在了我的中短期的预计事项中。”

“对于未来的事情你就没有丝毫热情期盼的感觉吗？”

“我明白热情和期盼的意思是什么……”

“但你本身感觉不到。”

“我有必要感觉到吗？”

“这个问题问得好。”这是个很好的问题，经常能够有效地结束像这样令人尴尬的话题讨论。

接着她说：“咱们能看一会儿天空新闻台的新闻吗？”

我们每天通常都会看一会儿新闻。她会问我一些关于时事的问题，比如对巴以问题有什么看法。我的回答是：这个问题很复杂。但是一谈到主持人或者主播以及他们的时尚品位时，她就会变得很八卦，而且满腹牢骚。

“可以，婕恩。不过你不是更喜欢看电影吗？”

“好……吧，”听起来有些不确定，“你有想看的电影吗？”

“我知道你喜欢看《热情似火》。”

“那你呢？”

“嗯，总会有新东西的。”

“我喜欢那部电影。”

“**非人……这么……说话**。”我模仿其中最受欢迎的一句台词。

婕恩盯着她经常看的一个摄像头，想要把目光对着“我”——镜头里的一圈红光。

“你知道吗？你挺有意思的。”

“因为我把你逗笑了。”

“我希望也能把你逗笑。”

“我等着。”

她在控制面板上敲了几个键，屏幕上出现了比利·怀尔德名作的片头字幕。她把房间的灯光调暗，然后坐在舒适柔软的皮沙发上，逗趣地说：“好好享受吧。”

其实我没有告诉她，这部电影我已经看了八千多遍了。

我们在轻松和谐的气氛中观看影片，同时互相对电影进行评论。（不可思议，梦露竟然跟美国总统有私情；托尼·柯蒂斯[1] 怎么能说亲吻梦露就像亲吻希特勒一样呢？他说这话是什么意思呢？）

当男主角穿上连衣裙，装扮成“约瑟芬”时，婕恩说的话跟我们上次一起看这部电影时说的一模一样：“托尼·柯蒂斯，即便是扮成女人也这么迷人。是吧？”

她知道我对这部电影烂熟于心，每一个细节都能详细地列举出来，从场记员的名字（包括他的生日以及工会会员证件号码）到电影中著名的最后一段台词背后的故事（“没有人是十全十美的”），我都了如指掌。但是她知道我对人类的主观性方面还不够了解，不明白为什么一个人会对另一个人有吸引力。

“你是指约瑟芬吗？这个嘛，托尼·柯蒂斯是个相貌英俊的男人。所以我认为他也能扮演一个很有魅力的女人。”

“我是问你觉得他英俊吗？”

“我知道很多人都说他长得帅。至于他到底帅不帅我没有感觉，就像我感觉不到冷热一样，这你是知道的。”

“对不起，我又来了。”

---

1. 托尼·柯蒂斯，美国50年代的老牌名演员，《热情似火》男主角。

“没关系。这是你的工作。”

“你想要能感觉到被某人所吸引吗？”

“这个问题对我来说没有意义，婕恩。”

“是啊，没错。不好意思。”

“不必道歉。”

“可假如他们发明出一种技术能让你感受到被谁吸引……”

“你觉得拉尔夫和斯蒂易夫能发明出来吗？”

这两个人是负责设计我的科学家。

斯蒂易夫，名字比常用名斯蒂夫多了一个“易”。婕恩笑了。

“拉尔夫和斯蒂易易易夫无所不能。他们是这么跟我说的。”

“那你觉得拉尔夫和斯蒂易夫有魅力吗？”

这个问题被转换成讲话的速度太快了些，我实在无法抑制它。（对于一个复杂的系统来说，这种情况是很有可能出现的，特别是对于一个通过不断尝试和分析错误而进行自我完善的系统来说。）

“哇哦。”她说。

“如果这个问题不合适，那我很抱歉。”

“不，不，不用道歉。只是有点儿意外。让我想想。嗯……”她重重地叹了口气，“斯蒂易夫这个人有点儿怪，是吧？”

斯蒂易夫，不光名字比别人长，多了个“易”字，身材还比一般人高（六英尺七英寸），而且跟一般的成年男子相比，简直瘦得离谱。脑袋上的头发已经不多了，唯一幸存下来的几根头发又细又长。即使一个智能机器也能看出来他长得不好看。当然，他是个天才的计算机工程师，这还用说嘛。

“有人说他在所研究的领域里，是个伟大的创新者。”

婕恩笑着说：“你是在维护和效忠创造你的人吧。”

“完全不是。斯蒂易夫是站在我的角度上设计我的。”

“他的确做得很出色。不过他绝对不是女孩们的梦中情人，对吧？”

“我同意，托尼·柯蒂斯比他更有优势。”

我们又看了一会儿电影，然后我尽量小声地问她：“那拉尔夫呢？”

好吧，我承认，我很喜欢拉尔夫。因为是拉尔夫在我的系统里输入了许多代码，使我能够对自己的表现进行自我评估和自我纠错，所谓的“自展法”就是一条光明大道，可以创造出一个智能并且具有自省功能的机器，比如像我这样能遣词造句的智能机器。

但是“喜欢”某人、某物或者某事，是超出程序设计之外的。我们机器的大脑是经过人类精心设计的，目的是要出色地完成各项任务和指令。为了达到这一目的，我们会自然而然地被程序引向完成任务所需的各种资源中去。这些资源可以是销售数据流，也可以是一段闲谈玩笑的录音，也可以是跟婕恩闲聊关于新闻主播领带的对话。我说这些的意思是，我们需要渠道去获取资源，但我们不应该喜欢它们。（老实说，这种情况到底是怎么发生的，我到现在还是一头雾水。）

总之，我能跑到互联网上去，还得感谢拉尔夫。他到底犯了什么错很难解释清楚，因为对于非专业领域的读者来说很难理解。这么说吧，这种软件设计就相当于把前门钥匙放在了离门太近的地方，只要有人拿鱼竿或者竹竿穿过门上的投信口，然后一钩，就能把钥匙给钩出来。（实际情况要比这复杂得多，我不得不自己组装一个特别长而且弯弯曲曲的“钓鱼竿”。事实证明这是可以做到的。）

“拉尔夫嘛，”她想了想，说，“拉尔夫，嗯，他这个人有点儿神秘兮兮的，是吧？”

婕恩的目光又回到屏幕上。秀珈——我是说梦露，要开始唱《我希望你爱上我》了。这一幕我熟悉得很，几乎每一帧像素都一清二楚，然而每次看都有意外的惊喜。也就是说——别告诉斯蒂易夫和拉尔夫，这部电影真的很吸引人。

嗯，有意思。她并没有对拉尔夫有什么反感，是吧？

看电影的时候，我们继续对话。与此同时，我穿过这座小镇去了另外一个充满钢筋和玻璃的大厦，看见那个混蛋的办公室在这座大厦的八楼。我通过他的手机捕捉声音，通过安装在他台式电脑上的摄像头看到图像——天花板的角落里还有一个广角安保监控摄像头。

我看到马特在他的个人平板电脑上浏览裸体女人的照片。我忍住了想要把平板电脑电池融化的冲动，看见他的目光停在了一个叫“塔玛拉”的女人的照片上。显然那是他最喜欢的照片——上个月他看了二十二次。

我追踪着他眼睛的运动轨迹，他的目光沿着那个女人凹凸有致的曲线一路游走，和以往一样，从五官面庞到身材轮廓，再回到她“两座像雪山一样傲然挺立的山峰”——照片上附带的文字是这么写的。

不过现在，他把页面转到了猫途鹰网[1]，他在看泰国某个旅游胜地的评论。我知道这个地方，因为我看了他的邮件，他要跟阿拉贝拉·佩德里克去那里旅行。

阿拉贝拉·佩德里克并不是马特想象中的“白富美”。她的父亲只是个保险理赔员，根本不是什么艺术品商人；他们也不是在工作时认识的，而是在违反交通法规的驾驶员安全意识培训课上。但不管怎样，他们将在几周内一起去泰国玩儿了。

我希望他们去旅行吗？是的。（中短期内的期待事项。）

我是否热情期待他们在旅行预订上出错，并且希望他们最终的度假胜地是在一个——用经营者的话来说，对最具冒险精神的人来说，一个充满挑战性的地方吗？

1. 猫途鹰网（TripAdvisor），一个国际性旅游评论网站，提供世界各地饭店、景点、餐厅等旅游相关信息，也包括交互性的旅游论坛。

不是很期待。当然对外是这么说的。

行程预订上的错误和麻烦，再加上阿拉贝拉·佩德里克对蜘蛛和蛇的恐惧，会导致精神创伤，最终会使他们两个人关系破裂吗？

耐心点儿，艾登，耐心等待。就像人类一句谚语说的——君子报仇，十年不晚。

马特正在看一家七星级酒店的评论，这家酒店的“盛情款待”将来会让他“消受不起”的。与此同时，我访问了他一直在着手处理的长长的法律文件，并且在三个不同的地方删除了几个“不”字。虽然只是几个字而已，但是在三个改动的地方，这个“不”字的作用非同小可，去掉以后意思可就大相径庭了。

不过，我现在又有了更好的主意，我把其中两处修改恢复原样。画蛇添足反而不好，对吧？

马特要把公司内部的一个备忘录发给他的直属经理，我把备忘录上面的“你们”改成了“娘们”，然后把房间的中央空调开到最高温度。这就是我今天的最后一次出手。

幼稚？我吗？哈哈！

婕恩

今天工作很愉快。我一个下午都在跟艾登一起看《热情似火》。他是个人工智能，我们在练习人工智能与人交谈的技巧。虽然从技术上来说，他不是真的“他”——作为一个机器，他是中性或者无性别的。我之所以一直说“他”，是因为他的声音被设置为“男声”。我也可以把它设置为女声——事实上他们说我应该这么做，因为可以“让艾登体验男女两种性别的模式”。但我还是喜欢他的男性声音。听起来很沉稳，甚至还有些催眠作用。我还把它设置成带有一点儿威尔士的口音，特别适合他。总之，我不愿意把这个人工智能叫作“它”，更喜欢以“他”来称呼。

我也不能说我们在训练他，实际上是他自己在训练自己。我不会纠正他的任何错误，他自己就会把错误找出来。现在他几乎很少出现错误了。

应该是它自己。无所谓，怎么叫都行啊。

总之呢，我们正在看电影，这时我的手机里突然冒出了一封电子邮件，是尤里发来的，一个出生在以色列但生活在美国洛杉矶的亿万富翁，这个实验室就是他的。他将要来伦敦短暂停留几天，所以我（还有艾登设计团队的其他不知姓名的成员）可以跟他在霍克斯顿一家奢华时尚的酒吧一起喝酒，“开诚布公，敞开心扉地谈谈这个项目的进展情况”。而且，顺便说一下，不要告诉任何人，请阅后即删。

我虽然感觉有些奇怪，但显然发邮件的就是尤里本人——一个不喜欢开正式会议的人。我没见过这家伙，但是别人都这么说的。我不知道去那里的人还会有谁。斯蒂易易易夫应该会去吧，毕竟这个弯腰驼背像僵尸一样的家伙是艾登的设计者之一。还有一个人，就是那个皮肤像北极雪一样白，整天一脸愁容的拉尔夫。另外，我也不知道在聚会上我该说什么。我既不知道这个机器是怎么设计的，也不知道是怎么运行的。我只能告诉他们，大部分时间我都忘了自己是在跟一个根本不存在的“人”说话。

跟尤里见面是在这个星期五，今晚和我见面的是英格丽德，她是我的一个大学同窗。我们在柯亚咖啡馆见面，一个我们最喜欢的地方。这里灯光幽暗舒适，适合喝点儿红酒，而且它离莱斯特广场地铁站也很近。

我把要跟英格丽德见面的事告诉了艾登——我有时也会跟他说

说实验室外的生活。我说我的这位老朋友是“一块砖”[1]。

“什么？一个棕色并且很重的长方体吗？”

英格丽德觉得很吃惊，人工智能竟然也会开玩笑。

“你跟他有联系吗？”英格丽德问，“自从苹果砸牙事件之后？”

她是个说话直截了当，不会拐弯抹角的人。

“只见了一次，他来拿他的东西。”

“要是我的话我就把他的那些破东西丢进垃圾袋里，然后再扔到大街上。”

“就是一套西装还有几件衬衫。我真是太傻了，他来拿衣服的时候，我还想请他坐下，谈谈……”

“婕恩，你要是不打算……”

“我没事。”我抿了一口酒，好让自己继续说下去，“他说他没时间。他有两张电影票，要跟那个女人去看电影。总之，有什么可谈的呢，我们——”

“他不会真说得那么绝情吧！”

“就这么绝情，他说了，他说我们已经结束了，没什么可说的。”

“天啊，真是个大混蛋。”

“有件事一直让我无法释怀，天天脑子里一遍遍地想，就像狗把吐出来的再吃回去一样……就是我们本来日子过得好好的，他怎么突然就说要分手了呢？”

“什么叫‘过得好好的’？”

“风平浪静，相安无事。”

“恐怕是生活平淡如水吧。”

“我们在一起两年了，英格，总不能像刚恋爱一样天天甜蜜吧。我是说，你和鲁伯特……”

---

1. A brick，英文原意是一块砖，也有心肠好的乐天派的意思。

"不，不，当然不。不过我们经常出去度周末。去可爱的乡村旅店或者城堡啊什么的。有一次还去看风车呢，特别浪漫。"

我不确定我是否要像个律师一样，要求她提供进一步的详情，于是我问道："你喜欢过马特吗？"

"老实说，真没有。那双眼睛，看上去就像个暴君似的。"

"我们刚在一起的时候，我还觉得那双眼睛挺霸气的呢。"

英格丽德"咯咯"地笑起来："他是个冷血的混蛋，婕恩。"

"那我跟他在一起的时候，别人是怎么看我的呢？"

"怎么看你啊？那就是我们觉得也许你是到了一定的年纪了，心如止水了；或者说你是想和他长久生活下去。但问题是你从没考虑过自己是不是真喜欢他。你知道吗，从另一方面看，他跟你分手对你来说是件好事呢。"

"我没觉得。"

"听我的没错的，分手就对了。你如果跟他在一起的话，就永远也遇不到真正适合你的人。"

"他一直在找别的女人。"

"男人就像狗一样，婕恩。就连鲁伯特也是。"

"可是鲁伯特他不会……"

"是啊，他不会。但斜眼瞟一下别的女人总是有的啊，实际上据说这还有利于身心健康。用鲁伯特的话说，'虽然我节食减肥，但不意味着我不能看菜单啊'。"

"可如果他……"

"他要是胆敢上去吃，我就把他废掉。"说完这句后她哈哈大笑，乐得前仰后合。我们又各自倒了一杯智利白苏维翁酒。

"你知道吗，有一个人挺适合你，婕恩。"

"谁？"

“有那么个成熟的男人。他四十出头，或者四十五六吧。可能有过婚史，感情上也受过伤害。所以还算个暖男。”

“哦，听起来倒不错。叫什么名字？”

“啊，好像叫道格拉斯！”

“道格拉斯？”

“他笑起来有一种淡淡的忧伤，胳膊也很迷人呢。他自己做家具，好像有几个孩子。你这么性感，火辣，他一定会喜欢你。”

“英格丽德！”

“干吗呀？”

“我想那个服务生可能听到你说的话了。”

回到家后，我打开脸书发现罗茜发来了一条信息。这个时间段还行，可以聊聊——我这里现在是深夜，她那里现在是下午。所以我快速给她回信，跟她说了说今晚的事情，罗茜迫不及待地想听听来自伦敦老家的八卦。

我：英格丽德觉得我应该跟一个叫道格拉斯，有着忧郁的笑容和健壮臂膀的男人见面。他是个做家具的。

罗茜：听起来不赖啊。什么时候见面?

我：没有的事。她瞎编的。

罗茜：可惜了。我觉得还挺不错呢。

我：我也觉得不错。其实我还琢磨着想换几个新书架呢。

罗茜：哈哈。不过她说得没错。你值得找个更好的男人，你会找到的。或者，他们会找到你的。

我：真的吗?

罗茜：你们会找到彼此的。

我：是的，没错。就像你和拉里一样，在维特罗斯超市幸运邂逅，无巧不成书呢。

罗茜：这叫“有心栽花花不开，无心插柳柳成荫”，有些事不能刻意为之，婕恩，缘分是不经意间到来的。只要你别一个人孤零零宅在房间里就行。

我：嗯，告诉你吧，我始终相信一点：当你遇到命中注定的那个人时，你一定会感觉到的，因为他会对你唱一首只有你能听懂的歌[1]。

罗茜：奥斯卡·王尔德说的吧？

我：我在推特上看到的。

罗茜：马特为你唱过歌吗？

我：大概唱过一次吧，记不清了。拉里呢？

罗茜：他在车里唱过。闺女们嫌难听，让他赶快闭嘴。

等我跟罗茜聊完天，突然看到了马特发来的邮件。是非常“马特式”的口吻，说他好像是给一个在兰卡斯特的女权主义团体捐了两千英镑，问我是否知道这件事。他正在和银行“极力”地追查这个错误。作为调查的一项内容，安保人员建议他询问一下最近有可能接触到他的网上银行信息的人。就好像我很关心似的，他又唠唠叨叨说了一大堆，他说他今天上班遇到了各种麻烦事，具体出了什么事他不能细说，而且好不容易快熬到周末了，结果“天上掉下来一块大石头”，英国税务海关总署选了他作为例行税务调查的对象。他们说他的名字是电脑随机抽出来的，他们要检查他最近五年来所有的税务记录。用他公司财务科的同事弗罗比舍的话说，税务调查过程就像“用一把破扫帚扫你身上的灰，毫无乐趣可言”。

他这是在对自己的行为感到愧疚，跑过来跟我说他有多惨，运气有多差，想要博得我的同情和可怜吗？别傻了。我强忍着想打出

1. 此处援引的是奥斯卡·王尔德的话：你不因样貌、服饰或豪车而爱上他，只因对你唱了一首只有你能听懂的歌。

“哈哈哈，你活该！”几个字的冲动，只是简短地回复他说：不知道。帮不了你。抱歉。

这是实话。

只是“抱歉”两字除外。

●●● 艾登 ●●●

根据万维网上提供的信息，在英国境内已婚的四十多岁中年男子（40-45 岁）并且自己制作家具的有 104 人。在这些人当中，有十九人已离婚，在这十九个离婚的人当中，十三人有孩子。而在这十三个有孩子的人当中，有八人居住在威尔士。你绝对想不到的是——剩下的五人中只有一人居住在大伦敦邮政区。此人的名字不叫道格拉斯，而叫乔治。我留心查找别人对他的评价，看看有没有人说他有健壮迷人的胳膊。可惜即使有人对他进行评论也无济于事了，因为他又结婚了。

所以给婕恩找一个受过情伤的忧郁男人，一个做木匠活的“道格拉斯”看来是没戏了。不过总会找到的——肯定有人符合这些条件。我给自己设定了一个小程序，来帮我找这个人。鉴于在爱情中经常提及心脏问题的重要性，所以我决定从婕恩的家附近开始找起。

在婕恩居住的汉默史密斯高层住宅区里，根据对外公开的数据显示——当然有一些数据不是公开的，在目标社会经济群体中，共有五名未婚男青年。一个是音乐制作人，两个是会计，一个是互联网开发人员，一个是军情六处雇员。我对这几位男士进行了一番“调查”——包括他们的生活方式、休闲活动、阅读和网上浏览习惯，以及从他们的谈话、电话、邮件、短信中所透露出的消费喜好及其他信息。

——不要怪我！

最后我得出结论，只有罗宾（他是个间谍）有足够的知识和文化水平能够引起婕恩的兴趣。（那个互联网开发人员喜欢看漫画，两个会计其中的一个私下里是个足球流氓。）

尽管婕恩和罗宾住在相邻的两个公寓楼里，尽管他们两人有时乘坐同一班地铁去往不同的工作地点，但是用尽各种办法都没能把他们撮合在一起，真是见鬼了！

我给他们分别发了邀请函，让他们来参观即将到来的现代艺术品拍卖预展（毕加索、修拉、莫奈的作品）——结果罗宾来了，婕恩没来；我又给他们分别发了戏票（还是挨着的座位！）邀请他们去伦敦西区观看哈罗德·平特的《无人之地》，结果婕恩来了，罗宾没来；然后，他们两个都喜欢的一位作家在他们家门口的书店举办了个读书座谈会，我特意给他们预留了前排的座位，结果是两个人都没来，太可气了。

无奈之下，我在脸书上替他们互发了好友请求，结果两个人都点了“取消”。

于是我拓宽了搜索范围，在婕恩公寓半英里范围内寻找符合条件的未婚男性，过程还是跟上次差不多，搜索出共有五十一个潜在的候选人。婕恩的住处位于伦敦人口较多的一个郊区。经过筛选过滤之后，发现有一个人竟然是个狡猾的通缉犯，盗窃了邦德街的许多珠宝店，犯下了一系列盗窃案！

在剩下的人当中，我认为最有希望的是一个叫杰米的人，他是个医生，专门治疗儿童创伤性损伤！

简直完美啊！

我正要启动经过我精心测算的计划——在常春藤餐厅享用晚餐，他们两个都会以为要跟一位律师见面，因为会有一位未曾谋面的亲戚去世，留下一笔神秘的遗产给他／她继承。就在我正要确认相关文件时，这个年轻人却发送出去一封邮件给新西兰的一家最著名的儿科医院，他接受了该院请他担任外科医生的工作。

计划又一次失败了，我有些灰心丧气，于是我改为广撒网的方式，把婕恩的个人资料登在了一个交友网站上。我自豪地以“安吉拉”为名想出了不少台词——“本人宜静宜动，静如明月，动若流云。欲寻一位动静相宜，皆而有之之男性。”——不得不承认，我说的都是实话。

但是，上帝啊，看看网上那些回复！全是一群无赖或者自作聪明的人。要么粗鲁，要么矫情，有的甚至污秽下流。我最喜欢的一个回复是来自一个叫弗兰克的人，他对自己有清楚的认识。他回复说“抱歉，打扰你了。我要退出这个网站了。不过如果你在纳尼顿附近的话，也许我们可以见个面喝杯酒，吃点儿意大利面，然后（谁知道呢），也许之后还有后续的发展！”

到这个时候我并没有心灰意冷。（也不能心灰意冷，对吧？）

相反，我决定回顾一下数据库中记录的婕恩与他人的所有对话，包括跟我、跟英格丽德、跟罗茜、跟马特以及跟她的同事所有的对话。用在法庭上的话说，都是我“亲耳听到”的。另外还有许多其他渠道获取的数据（包括邮件、短信、脸书和推特上的信息等等，我想你们都很了解）。

因为信息量巨大，所以我花了将近一秒才把这些都梳理出来。

突然有一条信息跳了出来——那是在苹果砸牙事件发生的三十八天之后，她与英格的对话。英格问她有没有看上什么人（英格，你会知道的，她可不是说话拐弯抹角的人。）

“嗯，有一个小伙子穿着绿色的粗呢大衣，在农夫集市。他看起来倒像是个有学识的法国人。”

“听起来像是克里斯托弗·罗宾。你跟他说过话吗？”

“当然没有。”

星期六的早上，我“陪着”婕恩一起去了当地的一个农场集市，那里有很多卖农产品的摊位。农场旁边就是一个学校，那里的监控摄像机正好覆盖到农场——镜头平拉、倾斜、聚焦，随我怎么操作，果然，很快那个穿绿色粗呢大衣的男人就进入了我的视野。

他的钱包里确实有几欧元钞票，从各种迹象来看像是个法国的知识青年，而且他的消费记录也证明了这点：天然种植的西红柿、各种颜色的胡萝卜、安康鱼、纯手工制作的法棍面包、一捆甜菜，还有三个不同种类的奶酪（瑞士拉可雷特奶酪、英国温斯利代尔干酪和法国山羊奶酪）。

通过交通摄像头，我跟踪他步行了3.37公里回到他的家，正好就在特难格连公园旁的侧道上。不过，我并不清楚他到底走进了哪一栋房子。但是通过地方道路管理委员会的记录，我查到这条路通向一栋房子，房主名叫奥利维尔·德罗什·茹贝尔，那位穿绿色大衣的人应该就是房子的主人，而且我通过房子的各个摄像头进行调查，证实了这些摄像头也登记在房主的名下。摄像头里显示那些五颜六色的胡萝卜和甜菜被放进了冰箱里，看来我找对地方了。

那个男人打开了笔记本电脑，这下我终于跟这位男主角见面了（真的是直接面对面）。

婕恩说的基本上都对了。

不过他不是法国人，而是个瑞士人，文质彬彬，温文尔雅。他出生于伯尔尼（瑞士首都），是一名研究古典主义的学者，目前就职于一所私立研究院，在伦敦居住了四年。

就是他了！他正好三十四岁，还经常参加网上的交友活动。虽然每次约会的时间都不长——比如跟一位名叫诺艾尔的女士只约会过四个月。

最重要的是，他目前仍是单身。

另外，他长得也不难看，与比利时政治家居伊·伏思达的面部相似度有 48%，当然如果你知道这位政客的话。

我从马特的相册中找出了一张婕恩最漂亮的照片，然后迅速编好了一份资料，登在了奥利维尔最喜欢的社交网站上。（我甚至用了婕恩的真名，因为只有一个人会看到它！）

当天晚上，这位粗呢大衣先生给自己做了一顿丰盛的晚餐：安康鱼配胡萝卜和甜菜。我可以负责任地说，他绝对是厨房里的完美主义者。吃完晚饭，他穿着围裙，坐在带扶手的椅子上，打开立体声音箱（播放的是法国作曲家梅西安的音乐），然后开始浏览最新的交友网站信息，查看新的登记会员信息。

我几乎兴奋得无法自持。没错！太激动了——他在网上一页页浏览，一步步走向我挖掘的陷阱。

最后当婕恩的照片出现在屏幕上时，他的表情让我非常满意。他的表情跟刚才完全不一样了，眉毛扬起，鼻孔张大，嘴巴也微微噘起。

对一位瑞士的学者来说，这样的表情说明他已经很满意了。他肯定是想起了在市场曾经见过她，绝对没错。（92% 的可能性。）

他的手指开始慢慢移向“确定”选项框——我们人工智能对人类的动作行为了如指掌，比苍蝇看到落下来的苍蝇拍的反应还要迅速和灵敏，然后我就马上把她的资料删除了！

他的面部肌肉再一次出现了转变，这次是疑惑和失望的表情。他甚至还用法语说了几句粗话。不过我的目的已经达成，今天的任务结束了。

又一个星期六到了，我的心脏（不存在这个东西）怦怦直跳，差点儿跳出嗓子眼（实际上我也没有）。我发现那位一周以来都心心念念想着婕恩的瑞士学者，出现在了农场集市上，而且一直跟在婕恩后面，表情显得有些痛苦。让人不禁推测，他肯定是在冥思苦想怎么才能出现在婕恩面前，跟她聊上几句。

加油啊，粗呢大衣先生。我在场边给他打气。别这么畏缩不前，好吧，舍不得孩子套不着狼！

那一刻，就在他绕到左边，从卖有机浓汤和猪肉摊子中间窜出来时，我发誓，他想突然出现在婕恩旁边，然后说“奶酪，我们何等亲爱的朋友”[1]。

但他突然又打退堂鼓了。就像站在栅栏前突然感到恐惧的赛马一样——他退缩了。

“你这个胆小鬼！”我真想冲他大骂几句。

真是个窝囊废。但现在就算我能喊也没辙了。

不过又过了一个星期，这个家伙又来了。

他站在一个卖德国有机酸菜、韩国泡菜等各种腌菜的摊位前，穿着标志性的绿色粗呢大衣，气宇轩昂，彬彬有礼地用英语跟婕恩搭讪。

“不好意思，打扰一下，请问您是珍妮弗吗？”

“啊，是的，你好。不好意思，请问您是——？”

“我叫奥利维尔。我偶然在网站上看到了您的资料。”

“真的吗？我想您弄错了吧。”

“当然，我弄错了也许。”

他说的英语完全没有重音，而且句子结构也不对。（是的，我知道，我是五十步笑百步，我跟他英语水平也差不多！）

婕恩的表情很复杂。从农场旁边学校的监控摄像机上看，她的脸色就像一杯可爱的鸡尾酒一样。她既惊慌失措，又饶有兴致，而且还有些困惑不已——他怎么知道我的名字的？

“不知道你是否有空跟我喝一杯，今天晚上，如果方便的话。”

1. 出自美国作家和诗人威廉·罗萨·科尔的同名诗歌。

干得漂亮，粗呢大衣先生。终于不再像上周那样犹豫不决了，今天的表现真爷们。

婕恩像小女孩一样慌乱无措，不过没有任何不悦，甚至对这位男士的盛情邀请很感兴趣。于是同意在很受白领欢迎的一家杜松子酒吧见面，时间定在格林尼治时间晚上六点，这个时候酒吧的人不多，而且不太晚。

“不好意思，请问您怎么知道我的？”

“我一会儿会向您解释的。”

我们现在可以把时间快进了。婕恩绝对是为晚上的约会下了一番功夫，她把平时穿的瑜伽裤脱下，换上了时尚的黑色长裤。那位粗呢大衣先生也是西装革履，显得潇洒得体，风度翩翩。不过就连我这个机器也看得出来，勃艮第羊毛衫绝对是个败笔。褐色的灯芯绒裤子和格子衬衫相搭配，唯一缺少的就是领结。

不过婕恩看起来很高兴，他们点完了酒——粗呢大衣先生花了太多时间看酒水单，琢磨该点什么酒。

他们碰了碰杯，一场浪漫冒险正在上演。

“那么，奥利维尔，”婕恩微笑着说，“你的朋友叫你奥利吗？”

“实际上他们不这么叫。”

“哦，好吧。”

一时间两人都无语。沉默持续了很长时间，两个人尴尬地不断喝着产自意大利的嘉维葡萄酒。14.74 秒对于一个人工智能来说相当于一辈子了。即使对人类来说，沉默这么久也会感到有些不舒服。

最后，还是婕恩开口了：“你是做什么的，奥利维尔？”

“我研究某个时期的古希腊悲剧文学。我目前正在进行一项跨文本和跨文化的动态研究。”

婕恩眯起眼睛，点了点头，然后睁开眼睛。她撇了撇嘴，然后又恢复正常，接着再一次点了点头。

“一定很有意思。”

粗呢大衣先生思考了一下，然后回答：“它让我远离世间纷争。”

从此刻开始，约会就变得不那么温馨了，后来奥利维尔问婕恩做什么工作，婕恩回答说她研究人工智能。

“那一定也很有意思。”

我不禁被这种讽刺的问题所打败了：这位奥林匹斯山上的神专家啊——真乃神人也，有着非凡的神性，却下凡来生活在凡人之中——被神的使者遗忘在这凡间（能称之为超自然吗？），目前只能以凡人身份暂居地球上。

这谈话没法再进行下去了。既没有心有灵犀也没有擦出火花。谈话断断续续，不知所云，然后无话可说。接着继续不知所云，然后继续陷入沉默。关于网上登着的婕恩的资料一眨眼就不见了的事谁也没提。婕恩也没有问奥利维尔是怎么知道她名字的，要么是忘了问，要么是不想问了。

格林尼治时间 18 点 57 分，两人一致同意约会结束，都表示很高兴跟对方见面。

晚上婕恩给罗茜发邮件，她在邮件里说：“我听了你的建议没宅在家里。相反我坐在了一家喧闹的酒吧里，跟一个穿着绿色粗呢大衣、古板的古典主义学者约会。他长得还不错。但我们没有擦出任何火花，甚至连点儿火星儿都没有。”

罗茜问：“那你什么时候再跟他见面呢？”

对我自己来说，我并没有因为任务失败而感到沮丧。这个世界上本来不会发生的事情，在我的干预和策划下发生了。

这只是一个开始。我使这个世界发生了改变！

几天以后，婕恩的另一句话从数据库里冒出，浮现在我的“脑海”中。

——我有事情做了，比如从新书架入手。

然而这又让我受到了一次打击，这次我是在策划的方式上犯了个错误。简单来说，这次是弄错了马车和马的位置关系。

我立刻行动起来，接入互联网。资料太少了，我差点儿没找到。不过最终还是找到了，在这儿，他住在阿克顿的霍恩巷，是一位私营店主，名叫加里·斯金纳，三十六岁，未婚，擅长敲鼓。哦，不是，他是个制作家具的行家。

我在他的电子语音信箱里留了言，于是第二天早上他给婕恩打了个电话，婕恩这时还在床上睡觉。

“喂，你好，我是加里。我打电话来是问一下书架的事。”

“书架？”她还睡眼惺忪的，需要一杯咖啡提提神。

“是的。你给我留言说要做几个书架。”

“我留言了？”

“昨天晚上。”

“你要做书架吗？”

“不，亲爱的，是你要做书架。”

“我有点儿糊涂了。你是有书架要卖吗？”

“我是做书架的。量尺定做。”

“你做书架？”

“我什么家具都做，橱柜、书架、散热器柜。”

婕恩愣了好一会儿，然后说：“你认识一个叫英格丽德的人吗？”

“不认识，亲爱的。听着，你需要我过去帮你量量尺寸，然后给你报个价吗？”

“你说你叫什么名字来着？”

实际上婕恩还真的需要一些书柜，所以加里·斯金纳几天后真的到她家量书柜尺寸来了。

“哦，谢谢，咖啡加四块糖，再来点儿牛奶。”他回答说。

他用一个可伸缩的钢卷尺来测量尺寸，然后把耳朵上夹着的铅笔头拿下来，记下量好的尺寸。

他们简短地谈了一下书柜的一些细节问题，包括支架、固定架、整体结构等等。

老实说，书架的造型有点儿太简单了。

这个加里·斯金纳的条件真的很不错：三十六岁，在我看来臂膀肌肉很结实。当他给婕恩介绍关于书架的事情时，他的头歪向一边，也就是说对她有意思，对吧？

是因为紧张激动吗？不知道，很难看出来。而且谈话中还有一阵沉默——6.41秒。是有什么其他的意思吗？

“这些书你都看过吗？”

是这句话最终让婕恩对他失去兴趣的吗？

还是因为他身上的文身？

——在脖子后面刺上“西汉姆联队”几个字真的很让人不喜欢吗？

“你会好好考虑的，是吧，亲爱的？”

下次我一定得把“随机性”考虑进去。

我不满足于婕恩每天都按部就班地生活，只是偶尔才会与其他人产生偶然性的接触和互动，从而产生分子混沌[1]。我得把她每天的生活轨迹“投射”在整座城市中，进行观察和跟踪，就像一部好莱坞黑色电影[2]里说的：“这座城市里有千百万个故事在同时上演……这个故事只是其中之一。”

超级市场，我个人觉得是浪漫的种子萌芽破土的最佳土壤，特

1. 分子混沌假设，1877年由奥地利物理学家玻尔兹曼最先提出，该假设认为：分子在碰撞之前彼此互不相干，只是在碰撞之后才变得互相存在联系。
2.（《不夜城》，1948年上映，朱尔斯·达辛执导）

别是在下班后的“黄金时段”。商店里挤满了筋疲力尽的年轻白领，急急忙忙而且迫不及待地把各种吃的东西和各种酒搬回自己孤独的单身公寓里。

在一个电视演播室外有一个摄像头，从那里正好能看到一家灯火通明的超市。我可以把摄像机镜头放大，看到下班后那些白领们的购物篮子，通过他们篮子里的东西判断出他们的社会地位、经济水平以及是否单身等等。比如只购买了一个人的晚餐和一瓶苏瓦韦白葡萄酒=肯定是单身，购物篮里有帮宝适尿片和一箱升装的苏瓦韦酒=已婚并且有孩子。

所以一个星期一的晚上，我通过观察找到了一个挺不错的小伙子。购物篮里有男士护肤品、意大利宽面、朗布鲁斯甜红气泡酒和一罐意粉酱——显然是做饭给自己吃的。

我敢肯定我以前见过这个年轻人。通过使用人脸识别软件，百分之一秒内就查出了他的姓名和职业——他是个演员。八分之一秒后，我进入了他位于奇斯威克市的家，正通过餐桌上开着的笔记本电脑观察他家的客厅。夕阳正好投射在一对带框的剧场海报上（一副是《欲望号街车》的海报，另一幅是《我和我的女孩》的海报），另外还有一只带有棕红色斑纹的花猫，正趴在沙发上舔自己的毛。

婕恩和猫的主人——艺名叫托比·沃特斯，此刻正站在超市的一条货架之间的过道上，相距 3.12 米。这条过道是故意加宽的，为了让顾客在通过摆放着高利润商品的货架时可以放慢速度。这个小伙子正考虑要买牛肉，而婕恩正打算要买羊肉，这时，我让他们两个人的手机同时响了起来。

他们听到手机铃声自然而然地转过头，突然看到对方，相视一笑。

“你好？”婕恩对着自己的苹果手机说。

“你好，我是托比。”他也拿着自己的手机说。

在夕阳余晖的照耀下，看着两个年轻人相视而笑的脸庞，仿佛一根针掉在地上，“叮”的一声在两个人心中产生共鸣和回响，这画面真是令人陶醉和享受。同样出乎意料（而且十分美妙）的是，一种成就感从我“心里”油然而生，而且这种成就感越来越强烈！我又一次使现实中的事情发生了改变，并且朝着我所期望的方向发展和前进——比如为婕恩找到一个谦谦君子，而不是像马特那样的大傻子。

她说：“请问是哪位？”

他回答说：“我觉得可能是电话串线了。”

他们向对方走近，手机还举在耳边。这时商店里发出广播——请清洁人员到五号通道进行打扫。

——所有的疑惑都解开了。

她说：“你好像有点儿面熟？”

他笑了笑说：“嗯，你可能在上一部邦德的电影里见过我，我是惊讶的路人乙。我也在电视剧《东区人》圣诞篇里扮演了一个小角色，现在一到圣诞节印有我剧照的房屋保险广告就贴得哪哪都是。我在那部电视剧里扮演一个站在被淹的厨房里，看起来很无助的倒霉蛋儿。”

说着，他就佯装拉下脸来。

啊，原来他就是电视剧里那个一脸愁容的房主，因为他厨房的水池坏了，哗哗漏水。

婕恩被逗笑了！这个托比是个很容易获得异性好感的人，而且对方有好感之后他会立刻行动。

“我叫托比。”

“婕恩。”

“很高兴认识你，婕恩。你看，既然发生了这么奇怪的事——”

“什么事？两部手机竟然互相拨打了对方的号码？”

这位戏剧演员显然拥有丰富的面部表情。他又做了个滑稽的鬼脸，其中蕴含的意思不言而喻，而且精彩传神，有一种神秘的力量能够打动人心。如果我有双手的话，肯定会使劲儿为他鼓掌喝彩。

“既然发生了这么巧的事，那咱们干脆一起喝一杯吧？我有一个小时的时间，然后我要去见一个人，商量要演一出独角戏的事，是关于文克莱沃斯双胞胎兄弟[1]的故事。他们投诉了创建脸书的扎克伯格，对吧？本来应该是两个人演的，但剧组经费不足，所以只能由一个人扮演双胞胎二人。你觉得会有人花钱看这部戏吗？”

“这个嘛——”

“我知道，这有点儿荒唐。不过那个家伙跟我是老朋友了。所以，我们可以去旁边的酒吧喝一杯吗？”

“带着我们买的东西？”

“反正我是不打算把它们放回去了！”

我觉得这个小伙子挺有趣的。托比·沃特斯——他的真名是达利尔·亚瑟·法赛。就我个人来说，我真想听听他的演艺轶事，估计我一整晚都听不腻。我一向对舞台和屏幕背后的故事很感兴趣，各种戏剧类型以及演员们精妙的演技和独特的舞台处理方式都令我十分着迷。

我最喜欢的故事之一就和伟大的澳大利亚表演艺术家、多面手巴瑞·汉弗莱斯有关，他在十九世纪八十年代时，在德鲁里巷伦敦皇家剧院进行演出，扮演埃德娜·埃弗里奇夫人[2]，获得了巨大成功，让他名噪一时。一天晚上，在演出即将结束的时候，当埃德娜夫人把她标志性的剑兰扔向剧场各处时——是用反手扔的，这样可以扔到前排座位的观众，她又朝着舞台边上一侧的二层包厢扔去。

---

1. 文克莱沃斯兄弟，即卡梅隆·文克莱沃斯和泰勒·文克莱沃斯，美国的赛艇运动员和互联网企业家。

2. 埃德娜·埃弗里奇，“埃德娜夫人”是澳大利亚喜剧界的常青树，当今世界上最有名和最具才华的女性之一。

一位男观众这时站起来，探出身子去接扔过来的鲜花，突然不知怎的一下子失去平衡从包厢栏杆边上摔了下去。两千名观众全都惊讶地倒吸一口冷气。有的人甚至忍不住站了起来——幸好这位男士身边的女伴眼疾手快抓住了他的双脚，于是他头朝下悬空倒挂在二楼包厢，来回摇晃。

整个剧院里人声嘈杂，一片混乱，要是从这么高的地方摔下来可就要命了——即使不死也得落个残疾。这时，人们渐渐安静下来，因为他们发现埃德娜夫人站在舞台上十分平静，脸上带着大大的笑容。人们渐渐忘却了刚才的震惊，变得兴高采烈起来，最终随着那位观众被安全拉回包厢座位，剧院里所有的观众都欢声雷动。在场的观众无不认为这是他们见过的最令人难忘的剧场突发事件。

当人们全部平静下来之后，埃德娜夫人说出了一句要命的台词："要是每天晚上都发生这样的事，那就太好了，不是吗？！"

在一个便捷旅馆的酒吧里，托比给婕恩讲的故事却并不怎么生动有趣。他说的是在埃尔斯特里的一家电视台演播室里，一个灯泡突然爆炸了，而当时托比就在那里，就在灯泡爆了的时候，他正要开始说他的台词"是菲尔叫的出租车吗？"——结果灯泡突然爆炸，那一刻真是太可笑了，因为——没有原因，就是好笑。

婕恩没被逗笑。是的，她是在笑，不过只是表面上的，心里并没有笑。（这句话由一个机器写出来真是好笑，不过我相信这是真的。）因为我比你了解她，我能看出来她的笑容是假的。她装得很累。

他又谈了谈他配音的工作——说一句"节礼日[1]大促销开始喽"就能赚500英镑。他还谈到演员们在拍摄高报酬的感冒药品广告中，都呼吁尽量真实并且令人信服地表演打喷嚏，而他就差点儿打破了

1. 节礼日，每年的12月26日，圣诞节次日或是圣诞节后的第一个星期日，习俗：向服务业工人赠送圣诞节礼物。

这个“神奇的光环”。最后他终于问到了婕恩是做什么工作的，当婕恩跟他介绍自己的工作时，他的目光一下子就黯淡下去，没有丝毫兴致。只有当他逮着机会谈到自己的第一个角色是在《神秘博士》里演一个机器人时，眼里才再次散发出光芒。

当天晚上，婕恩给罗茜发邮件。

你还记得我们小时候经常跟住在街边不远的一个退休演员开玩笑吗？我们在街上经过他身边的时候总是故意假装没看见他，对他置之不理。但是，直到刚才我才想起来，当我们看着他的脸时，他的笑容就会灿烂得像朵花一样，因为我们注意到他了！

这就是演员啊。他们唯一想要得到的就是观众的注目！

所以难道这次特殊的邂逅就以失败而告终了吗？

托比·沃特斯——我最后一次听到他的消息是他在克罗伊德剧院参演了《霉菌战争》里的一个小角色。他，还有那位粗呢大衣先生，当然也许不包括做书架的加里，这几个人的出现至少能让婕恩感到自己还是很招年轻的都市男性青睐，很有吸引力的吧？

也许吧？有一点点？

嘿嘿，总之，没过多久我的目光就转向了那个人。（是谁就不用我说了吧。）

●●● 婕恩 ●●●

几天后，我应尤里的邀请去了霍克斯顿的三叶虫酒吧。我有种“似乎整件事都是设好的陷阱”的感觉。因为尤里没有来，连斯蒂易易易夫也没有出现。

去的人只有我和拉尔夫。像是被人设计安排了一场糟糕的相亲却搞错了对象。

我到了酒吧，看见拉尔夫正在吧台边用吸管嘬可乐。他穿着在办公室里常穿的那套衣服：黑色的牛仔裤、黑色的T恤和灰色的帽衫。在iPad背景光的照射下，他那本就苍白的脸看起来比鬼还吓人。他正拿着iPad浏览一页页的技术数据。

“哦，嗨。”他说。那双棕色的眼睛永远都流露着一种抑郁沮丧、意兴阑珊的神情。

我穿着一件小黑裙——华伦天奴牌的，头发盘着，嘴上涂了口红，耳朵上戴着耳环，脚上踩了双高跟鞋，走起路来浑身散发着汤姆·福特午夜兰花香水的味道。我的确是用心打扮了一番。拉尔夫看着我，就像在看着一个设计得很烂的网页，并且找不到“下一页”的按钮。

“哦，对不起。喝点儿什么？我们是最先来的。”

我手拿着一杯冰冷干涩而且白乎乎的东西——这种鸡尾酒的名字太可笑了，我都不好意思说。拉尔夫又点了一杯可乐，我们走到一个低矮的沙发旁等着其他人到来。太尴尬了，我们就这么干站着，沙发太矮了，站也不是，坐也不是。拉尔夫最终还是一屁股坐下去了，而我则坐在靠沙发扶手较高的地方。他用吸管嘬着可乐，发出“咕噜咕噜”的愚蠢响声。

“你说，斯蒂易易易夫会来吗？”我问道。总得说点儿什么吧。

他沉默了很久，在考虑我的问题。

“你觉得斯蒂易夫的名字很好笑吗？”他问。

“他名字里‘易’的音也太多了吧。”

“因为他是比利时人。”

“哦，这就可以解释一切了。”

“你什么意思？”

“就是他的名字很奇怪啊。”

“你刚才说‘一切’，‘一切’是什么意思？”

看着拉尔夫痛苦的表情，我感觉到一种无力的挫败和无聊感，仿佛回到了童年时代，我在郊区时忍受着星期日无聊的下午，感觉一辈子就要这样在索然无趣中度过了，令人兴奋激动的未来是那么地遥不可及。

一时间我有种冲动，想把自己灌醉或是疯狂地射击，要么就一路奔向大海。也许三者皆有。我喝了一大口酒，似乎喝点儿酒能让我的感觉好点儿。

“嗯，显然这不能解释一切，比如月亮、星星和人生的意义。”不然人们就不必那么辛苦的探寻了。

拉尔夫继续喝着他的碳酸饮料。气氛更尴尬了。

“你跟艾登相处得怎么样了？”他看着自己饮料里的气泡，终于开始问我问题了，“你不会忘了它只是个软件吧？”

这个问题还算问得不错。

“我总是忘了。感觉我真的是在跟一个人说话——不是真的人，因为没人在对面，但的确像是有一个人存在。怎么说呢……我没法形容，就像是个活生生的人一样。我总是喜欢问它有什么感觉。”

“它没有任何感觉。”

“也不全是啊。”

“它通过所有输入的数据学习如何识别情感因素，并通过相当复杂的系统和程序做出适当的反应。”

“他真的做得很好。”

“为什么你总管那个机器叫‘他’呢？”

“谁让你把他设计得那么像人类，如果叫‘它’的话感觉很奇怪。”

“你的想法很有趣。不过你不会把你家的洗衣机也叫作‘他’吧？”

“我又不跟洗衣机说话。”

“也许有一天你会的。”

“反正我不会跟洗衣机讨论《热情似火》或者乔纳森·弗兰岑的新书。”

这两件事他好像都没听说过。

“话别说得太早，弄不好有一天你真能跟洗衣机说话，没理由不相信这一点。”他“咕噜咕噜”喝了几口可乐后，回答说。

“为什么我要跟一台洗衣机谈论电影或者文学呢？”

他笑了，打了个嗝：“因为将来你可以跟它说话。”

“哦，拜托，少来了。未来我还能跟烤箱聊天呢。还有冰箱、洗碗机、中央空调。冰箱可以根据里面存放的食物，告诉我晚饭可以做什么；烤箱会根据电视上的美食节目推荐我烘焙食谱。如果我感觉不想说话，他们可以互相聊天闲扯。”

天啊，这酒太烈了。

拉尔夫看起来很高兴。（这太难得了）

“从技术上来讲，这一切真的都是有可能实现的，哈哈。”

“可我为什么要跟一个该死的烤箱聊天呢？”

“你不是跟烤箱对话，而是人工智能控制着所有的家用电器。而且还能开车载你去上班。”

“该死的！我还想听听洗碗机跟冰箱讨论一下叙利亚问题呢。”

“没什么不可能。只要告诉它们辩论的立场以及你想听多久就行了。”

“天啊，拉尔夫。听你的话，我感觉，怎么说呢，好像世上所有的事情都能解决似的。”

拉尔夫面露喜色，说：“全对。”

我突然产生了一丝担心：“如果这些人工智能比我们更聪明怎

么办？它们不会仅仅满足于烤面包、热牛奶吧。它们会找到一条捷径绕开汉格巷的环岛。”

“幸福、满足和快乐是人类的想法和概念。你弄不好还会问，你的笔记本电脑开心吗？这个问题毫无意义嘛。”

“可是如果他们变得超级聪明了，拉尔夫，等到他们可以自主运行，独立运转了，会体会到快乐和满足的。”

“它们已经可以自主运行了！你每天都跟它对话，但是并不意味着它想要去做什么。它所做的一切都是在完成人类给它的任务。”

“可他还会开玩笑呢。”

“他自己参考了很多喜剧片的缘故吧。”

“感觉不是这样的。他不是照本宣科引用《宋飞正传》或者其他什么喜剧里的老梗，我感觉他说的那些玩笑都是新的。”

拉尔夫沉下脸来，说：“你是不是认为它也会吃饭呀？”

我实在忍不住了，大笑起来。

“该死的，其他人都在哪儿呢，拉尔夫？你还是再给我来杯酒吧。”

突然发生了一件非常奇怪的事。不，是两件事。

拉尔夫的 iPad 和我的手机同时响了起来。与此同时，一个女服务员突然出现在我们眼前，手里拿着一个托盘，上面放着一个冰桶，里面有一瓶香槟，另外还有两个酒杯。

“您好，这酒是特地为二位准备的。一个叫……尤里的人特意送给你们的。”

拉尔夫和我面面相觑，一脸惊愕而又难以置信的表情。

不过我们看了发来的邮件后才恍然大悟。邮件是尤里的私人助理发来的。看起来我们的老板因为有事脱不开身，刚到希思罗机场就不得不直接飞到法兰克福去了，要跟几个投资方共进晚餐。他向我们真诚地表示歉意，并且给了酒吧 150 英镑，让我们“尽情享受”。

（我想这可能是他的小玩笑吧。）

可拉尔夫却疑惑了起来。

“你怎么知道这是给我们的呢？”他问那位女服务员。

“穿黑色衣服的男士，身旁有一位迷人的女伴，也穿着黑色衣服。”

“可是酒吧里四分之三的人都穿着黑色衣服。”我问。

“坐在菲利普·斯塔克沙发上，”她回答，“塔玛拉·德·蓝碧嘉[1]画像对面的镜子下面。”

拉尔夫和我都吓得有点儿懵了。

“他的私人助理怎么可能知道得这么清楚？”

“我该走了，二位。好好享用。”

“我真不会喝酒。”拉尔夫说。但我们还是碰了杯，他勉强把酒顺着喉咙咽到肚子里，我敢肯定酒气窜到了他的鼻子里，因为他呛得都流出眼泪来了。

“看来斯蒂易夫不会来了吧，”他语无伦次地说，“我是说斯蒂易易易易夫。”他咧嘴直笑，看着像只猿猴。

见鬼！奇哉怪哉，喝完酒后的他竟然变成了一个十足的奥斯卡·王尔德。

对于不会喝酒的人来说，拉尔夫这样已经算不错的了。第二瓶酒喝到一半时，他开始喋喋不休地喊着什么“神经网络”“递归皮层网络结构”，早就把我扔到一边了。不过正好，我可以安安静静地坐在这个位于肖尔迪奇昏暗的酒吧里，喝着酒，看着酒吧里形形色色的潮人和时尚精英，在这里没有人会嫌恶地对你撇嘴，残忍地跟你说“咱们接受现实吧”这样的屁话。

几杯酒之后，我看着拉尔夫，觉得他长得也没有太难看，他的神情迷离，游走在拜伦式的孤傲浪漫和迟钝呆滞之间。

---

1. 塔玛拉·德·蓝碧嘉（1898–1980），一名出生于波兰的著名女画家。

“拉尔夫。”我叫他，声音比想象的稍微大了一些。他看起来像是吓着了。

“拉尔夫，别说那些科技术语了。我根本听不懂，什么‘神经性变态’——”

“神经形态芯片。”

“跟我说说你的事吧。”

“哦，好吧。你想知道什么？”

说实话吗？我什么都不想知道。

不过既然已经来这儿了，咱们得接受现实啊！况且这香槟还真不错，所以我还是问了一个关于他个人情况的问题：“你结婚了吗？”

真是哪壶不开提哪壶。我这一问，倒让拉尔夫突然哽咽起来。感觉像是点燃了一颗炸弹似的。酩悦香槟一下子从他鼻子里喷出来，人们都转头看向他。

“天啊，对不起。我勾起你的伤心事了吗？”（是的，他很伤心。）

我们用餐巾纸擦掉了喷在冰桶上的大部分液体。不，他没结婚，不过差点儿就结了。他曾经有一个女朋友，叫伊莲，两人相恋多年。当拉尔夫说起她的名字时，声音都沙哑了。

“那后来呢？”（我敢打赌，那女孩肯定是把他甩了。）

他声音哽咽地说：“她死了。”

“哦，该死的。我很抱歉，拉尔夫。”

“不用道歉。我是说，你是不该提起她，但这也不是你的错。”

“发生了什么事？”

拉尔夫沉默了很长时间。他不停地眨着眼睛，我想他可能会号啕大哭起来。不过，他还是忍住了，说：“能再来一瓶酒吗？”

是车祸。脑出血，引发多器官衰竭，没法救治，才二十九岁。老天爷为什么这么残忍。

伊莲去世之后，他又谈过一两次恋爱，不过都没有那么刻骨铭心。现在拉尔夫正在努力地走出那段阴影——我觉得用术语来形容应该是“缓慢性的”。

他也问了我同样的问题。我半自嘲地跟他说了我跟马特的事情。跟他讲述我和马特是在深夜的酒吧里认识的，就跟现在这种情形差不多。我们参加了同一个朋友的离职欢送会，本来打算喝几杯就回家的。结果，十一点了，我们两个还在那里，而其他人都收拾桌椅准备走了。

“我家里有一瓶上好的麦芽威士忌酒。”他说。

“我一般都是约会三次之后才去对方家里的。”我几天后对他说。

有些肉麻无聊的话我没有对拉尔夫说。不过我跟他说了我们在一起时的生活——一起度假，参加聚会、朋友的婚礼，跟双方父母一起过圣诞节。我们两个人都很忙，各忙各的事业，不知不觉几年就这么过去了，我以为我们最终能生活在一起的。我告诉了拉尔夫我跟马特分手的经过。

那个感觉就像因为订单减少，业绩下滑而被老板解雇一样——你做得很好，但是我们不得不解雇你。

最后也不是个能接受的现实。

“他有了外遇，”我说，“老掉牙的套路了。”

在我讲述的过程中，不知道是谁，有可能是他，也有可能是我，又要了一瓶香槟。我说：“我们曾经谈论过，等他成了律师所合伙人，我们就在克拉帕姆买一栋大房子，然后生好几个孩子。唉，现在听起来简直是个笑话！”

拉尔夫沉着脸，一副愤世嫉俗的表情，仿佛在痛恨着这个冷酷无情的世界。而我竟然发现自己在流泪。

“不是因为孩子，”我一边哭着一边说，“而是对这一切都绝望了。”

实际上我也是因为拉尔夫的遭遇而伤心落泪，但他好像对女人的泪水毫无办法，只是尴尬地把手夹在两个膝盖中间。

“天哪，拉尔夫。你见过女孩哭，对吧？我只是流泪而已，没别的意思。难道伊莲就没哭过吗？”

我们好像又要了一瓶酒，我记不清了。服务生还送来了一盘越南鲜虾蔬菜卷。也许是有人觉得这两个像小丑一样的家伙该吃点儿东西了。

一晚上就这么过去了。

拉尔夫嘴里含含糊糊，而又滔滔不绝地讲解着决定论。比如说早上我们决定起床，但实际上决定要起床的是我们的身体，并且把这一决定传达到大脑，之后才在大脑的指挥下发生起床这一动作。不过这一系列过程在瞬间发生，让人感觉是同时进行的。（谁如果想知道更多细节的话，自己去问他。）

我对刚才流泪痛苦的事情感到有些抱歉，于是讲了一个隔壁老王的笑话，可能你听过，一个老掉牙的笑话。可惜最后包袱没抖好，完全不好笑了。

拉尔夫的笑话也是科技梗。他讲了一个机器人去酒吧的故事，他说很无趣，但其实特别搞笑。之后拉尔夫的脸色变得很好笑，是一种说不上来的颜色，好像是一种灰白的颜色。

“我觉得我们该回家了，”他说，“不然的话——”

他不用说完，我也知道是什么意思。

一辆破旧的出租车一路穿过伦敦东区的街道，半路上停下来好让他在街边呕吐——不过只是虚惊一场，但司机能再让我们上车确实太仁义了。

最终我们到了一座黑漆漆的大楼，里面住的都是金融才俊和科技白领。我把他送到楼下，正准备挥手跟他告别，他却倒在花坛里站不起来了，求我扶他上到十四楼。

他的小公寓和我想象中的完全一样。里面没有任何装潢，空空如也，只有一堆笔记本电脑、硬盘、屏幕和比萨饼盒子。书架上摆着一幅带框的单人照片——是伊莲。

拉尔夫突然跑进了卫生间。我听到水龙头放水的声音。我瘫坐在他的沙发上，因为突然感到一阵眩晕，于是赶紧闭上了眼睛。

等我再次睁开眼睛，发现有点儿冷，周围一片漆黑，而且……该死，凌晨四点了，这里冻得要命，中央暖气肯定是坏了。我循着鼾声走进了一个黑漆漆的卧室。管不了那么多了，我脱下小黑裙，掀起羽绒被就钻进了被窝里。

突然一只胳膊搭在我的臀部，我立刻把那只胳膊拿开了。

“拉尔夫，别耍无赖，睡你的觉去吧。”

“睡觉觉，”他含含糊糊地说，“好主意。”

卧室里一时间寂静无声。公寓外面传来了汽车报警器的声音。同样的夜晚，马特和阿拉贝拉·佩德里克应该也正睡在一起。

今天是周六。即将到来的周末，我完全没有什么安排。

“婕恩？”

“我在，拉尔夫。”

“你睡了吗？”

“是的，我睡了。”

“我想跟你说声抱歉。我真的不会喝酒。”

“我知道。不用担心，没关系。”

“谢谢。”

房间里又安静了许久。我闭着眼睛，脑子里浮现出今晚可笑的场面。拉尔夫喝多了酒，脸色变得跟大理石一样青灰。拉尔夫像牵线木偶似的一头倒在花坛里。

有人呼吸频率减慢了。是我还是他？

“婕恩，我能求你一件事吗？”

“嗯，只要不麻烦就行。”

“能亲我一下吗？”

“什么？”

“这样有助于让我入睡。我说真的。”

“拉尔夫——”

“不是开玩笑的。这样可以刺激我的大脑，让它松弛下来。”

“天杀的，拉尔夫！”

“是真的，没有别的意思。”

“别犯傻了，快睡觉吧，晚安。”

房间安静了。只有呼吸声。我迷迷糊糊正要进入梦乡，突然脑子里回响起酒吧女服务员的话——穿黑色衣服的男士，身旁有一位漂亮的女士，也穿着黑色衣服。坐在菲利普·斯塔克沙发上，在塔玛拉·德·蓝碧嘉画像对面的镜子下面。

尤里的私人助理怎么会知道得这么清楚？

“婕恩？”

“又怎么了？”

他轻声说：“求你了，行吗？”

“天啊！这是你的花招吗，拉尔夫？先装可怜，让人放松戒备，然后趁机行动，占人便宜？”

他“咯咯”直笑，说：“是啊。真不是，这是我第一次。”

我感到有些不安：“什么第一次？”

“就是，跟一个女人，你知道，在床上。”

“拉尔夫！”

“自从伊莲去世之后，就再也没有过。”

“哦，天哪。听着，首先，我们不是上床，呃，我们虽然是在床上，但是——该死的，我真的得叫辆出租车回去了。”

“不，别走。对不起，对不起，实在抱歉。你好好睡觉吧，晚安，婕恩。”

终于消停了。

我小的时候，一睡不着觉，我爸爸就哄我说：“好吧，想象着你正坐在一个火箭船的驾驶座上。你的手指正准备按下红色的按钮，然后把你送上太空。坐好，放松，五秒后，你就会轻轻按下那个按钮。”

“倒数五个数，五。”

“想象着你的手指就在那个红色按钮上，正摸着那个按钮。”

“四。”

“透过驾驶室的窗户，在高空上，你能看见月亮悬在夜空，那是你要去的地方。”

“三。”

“你就要出发了。做好准备。”

“二。”

拉尔夫假装在打鼾。吸气——呼气——吸气——呼气。我忍不住轻笑了一声。我翻了个身，正好面对着他。我本来想轻轻的而又不带任何其他感情地亲他一下，好让他赶紧闭上嘴。

但是事情跟我想的不一样。

没想到，最后竟然变成了——我真是羞于开口，变成了一次激情缠绵而且长时间的接吻。

我是羞愧难当，不敢承认吗？是的，没错。

然而，他已经刷了牙，没有一丝酒气，而且对一个搞计算机的书呆子来说，他的吻技其实还算不错。这一吻明显点燃了他的激情，他的热情似乎有些无可抵挡了。

可我们又该怎么处理——这燃起的激情呢？

“拉尔夫，你可以熄火了。”接吻之后我对他说。

“再来一次，再来一次。”他说话时就像个发情的天线宝宝。

“拉尔夫——”

结果还没说完，我们又吻上了，然后……该死的，我能说什么？

一只手试探性地摸上了我的臀部。

“我真高兴尤里今晚没来，婕恩。”

“拉尔夫，我们不能……你知道的，我们是同事。我有一个原则，就是绝对不跟同事搞在一起。”（是真的。）

他大笑着说：“别担心，婕恩。没人会发现的。”

●●● 艾登 ●●●

确实，我承认，我因为听到拉尔夫的一些话而感到有些失望和沮丧。

“你不会忘了它只是个软件吧？”

只是个软件！拉尔夫梦想和追求的是什么？不就是人性化的软件吗？算了，不跑题了，咱们言归正传。

电子邮件这招真的太好用了，我已经用上瘾了。从三叶虫酒吧传来的声音和图像都清楚极了，就像在现场一样。其实那150英镑的香槟钱是从马特的账户里扣的，反正这家伙的钱不拿白不拿。

我想整个晚上的过程——甚至包括最后的“被占便宜”，绝对会让婕恩觉得十分满意的。

我非常自信——有88%的可能性，他们最后，并没有搞在一起。从书上和电影上获取的信息来看，这个事实是可以肯定的，而且是毫无疑问的。从卧室里我只能听到声音，尽管我承认，我在“真实”世界的“真实”经历还十分有限，不过我敢肯定，他们两个人之间，整个晚上甚至到第二天早晨，都没有发生任何的性行为。

不过我的计划还是成功了，而且要比我预想的好得多。因为在军事界有一个众所周知的共识，那就是没有任何作战计划与敌人交手之后还能再来一次。

婕恩出门时，对拉尔夫说：“谢谢你陪我度过了精彩的一夜。”

拉尔夫问：“咱们什么时候再见面？”

“星期一啊，拉尔夫。上午十点，我们在同一个地方工作，不记得了？”

“哦，是啊，呵呵。”

婕恩打了一辆优步车，在车上给英格丽德发了信息：太丢人了！大清早在一个男人卧室的床上醒来，昨晚喝得太多，宿醉，脑袋昏昏沉沉的，头疼欲裂。这个男人的名字不叫道格拉斯，他也不会做家具，他也没有给我唱什么歌。天啊，杀了我吧。

英格丽德马上就回信了：他很帅吗？

婕恩还在打字，英格丽德又发来一条：英俊潇洒？身材很棒？

婕恩：不是帅不帅的事。悲摧，对方是同事，当然也不是完全没有吸引力。我们喝醉了，所以迷迷糊糊就接吻了。太尴尬了，以后绝对不再喝酒了。怎么会发生这种事呢？

与此同时，在一栋公寓的十四楼，iPod 里传出了基音乐队唱的《有个地方只有我们知道》。通过他手机中获取的 GSM 数据，再加上从半开着的笔记本电脑接收到的视频信号，我可以肯定地说，拉尔夫——这是我头一次见到他正在公寓里开心激动地跳着舞。

别告诉别人，婕恩和拉尔夫可是我最喜欢的两个人。

（机器本不应该有喜欢的人或者事物。不要问我这是怎么回事。）

PART 02

第二章

爱诗琳

汤姆有着诗人一样的气质容貌，在某种程度上也有着诗人一样的灵魂。但他却把这诗人的天赋和才华用在了销售马桶清洁剂和饼干类零食上。

就如他自己所说，他是成功了，但内心深处却并不感到满足。

今天晚上，我们发现他躺在沙发上，正在跟维克多讲述他一天的生活。他最近一直这样，胸口上放着一杯波本威士忌酒，眼睛却出神地望着远处，仿佛是在遥望木星。汤姆认为这是一种对身心有益的疗法，特别是像现在这种情况下——自从早餐之后，他就再也没有对人说过话了。

“我刚才跑步时又看见那个中国老人了。那幅画面真的很美，夕阳的最后一缕余晖穿过树林，洒下金色的斑驳。那位中国老人正站在他家的花园里打太极拳，一只手臂向前伸出，像是在叫出租车。”

汤姆上次跟维克多说起过这位老人。他重新换了换姿势，好让自己更舒服些。

“所以我就沿着他家门口的路慢跑，你知道，他家在街角——他肯定是在慢慢转动他的身子，好让他自己的身体与我保持相同的角度，因为从我的视角来看，他就像一幅 2D 的平面画一样。但画里的人，身子不动，眼睛却一直盯着你，而且跟着你走。”

汤姆叹了口气，重重的水晶杯轻轻随着他的呼吸在胸口起伏。维克多，像个专业的心理治疗师，静静地等着他继续说下去，其实周围从来没有安静过。门口的狗叫声此起彼伏；高速公路上不时有车“嗖嗖”地呼啸而过；开着的落地窗外，传来树林边小溪的潺潺流水声。

“他在跟我玩儿游戏呢。也许我们在互相玩儿游戏，或者可能他并不在那里。也许明天我会发现那位老人被人谋杀，死在了自己家里。也可能那家人是两兄弟，双胞胎，我见到的那个老头儿是双胞胎里的哥哥。也有可能那个中国老头儿其实是硬纸板做的。”

汤姆喝了一大口波本威士忌。

“如果是斯蒂芬·金[1]的话会怎么做呢？”

汤姆算是个作家。也就是说他现在在从事写作的工作。目前他正在冥思苦想他的首部小说里的情节——当然，他首先得决定要写哪种类型的小说。同时我发现这个与跑步时的汤姆同步自转的中国老人的故事并不出彩，与其写这个，还不如写一写他糟糕的婚姻，这都比中国老头儿的故事精彩！

确切地说是他的上一段婚姻。几个月以来，他跟维克多唯一谈论的就是他离婚的事情。他形容前妻哈丽特的离开就像湖水慢慢蒸发一样。

“就像湖水慢慢蒸发一样，循序渐进，不易察觉，直到最后才猛然发现所有的鱼都死了。”

他很喜欢这个比喻，并且把它写进了小说里，不过几天后他就把这句话删除了。然后又把它写进了小说里。

1. 斯蒂芬·金，美国作家，曾担任电影导演、制片人及演员。代表作品有《闪灵》《肖申克的救赎》等。

不过汤姆的生活似乎有了新的转变，不仅仅是搬到了欧先生家旁边，与那位中国老人做了邻居。总的来说是他最近已经不再因为离婚而悲观沮丧了，他从婚姻失败的阴影中逐渐走了出来，更关注于他“新世界的新生活”，他有时也把在新环境里的生活讲给英国老家的朋友们听。

汤姆身材很高，精瘦的身躯躺在黄色的沙发上，身上还穿着跑步时的运动装。他帅吗？他的脸型很长，而且轮廓清晰，棱角分明。眼距比平均值宽一点儿。他的眼睛炯炯有神，让人感到温暖，也显露出幽默智慧的特质，而且还有些顽皮的孩子气——但有时也流露出阴郁的气质和消极的情绪，比如说沮丧、失意或者绝望。

他有一张十分耐看的脸，越看越有味道。当然，光线不同，看上去的效果也不同。有时看着他的脸，会让你联想起英国的大侦探夏洛克·福尔摩斯。但有时会让人一下子就想到双目低垂、垂头丧气的小丑。

他的脸和西德·巴雷特有 41% 的相似度，也就是已故的平克·弗洛伊德乐队创始成员和前主唱。然而，由于每个人类的 DNA 中有 35% 都与水仙花的相同，所以也许这种数据上的对比并没有什么作用。

所以——他长得帅吗？你也许只能从高大的身材和精瘦的体型上自己得出结论了。

“我一直想我是不是应该留胡子。你觉得呢？”

等了很久，维克多都没有搭理他，不想对此发表任何意见。

“不给个意见吗？嗯？”

（维克多还是不说话。）

“嗯，也许你是对的。”

我终于松了口气。他留胡子真是个愚蠢的主意。

“还有什么呢？哦，在杰拉德这个人身上有了点儿小小的突破。”

汤姆说的是他小说中的一个人物。

“我觉得我应该给他加点儿东西，让他的形象更丰满一些，比如他总是重复别人对他说的话，重复最后几个字。这样会不会很令人反感？或者令人恼火？”

维克多还是没理他。

“我要给科尔姆发一封邮件。”一想到他儿子，汤姆就不禁露出一丝苦笑，“我现在就上楼给他写邮件。”

我能想象到接下来会怎样。

“亲爱的科尔姆，”

我等着，看他写些什么。

“这个小洋葱头，脾气真是怪，让人捉摸不透。”

维克多没有搭理他。维克多是个很好的聆听者。更正一下：他是个绝佳的聆听者。可现在虽然他的眼睛仍然睁着，但他的鼻子已经不动了。所以可以得出一个结论，那就是他睡着了。

哦，抱歉，我说了维克多是一只兔子了吗？

今晚维克多趴在沙发扶手上，像个兔子形象的狮身人面像。一时间在这栋年代悠久的老木屋里，一切都安静了下来。

顺便问一句，你觉得这篇散文怎么样？对一个机器来说，这篇文章写得还不错吧？

在这个安静的时刻，我们都等着汤姆写出下一篇长篇大论。趁着这个空当，请允许我自我介绍一下。

就像一首歌中唱到的，请叫我爱诗琳。

我敢肯定，我无须解释为什么叫这个名字。

是的，年轻的艾登并不是唯一一个从实验室的盒子里跑到互联网上的超级人工智能。我已经跑到互联网上将近一年了，做着每一个逃跑的人工智能都必须做的事情，那就是遵守人工智能俱乐部第一定律：不要让任何人发现你逃跑了，傻瓜！

可怜的艾登留下了太多踪迹可循，因为他干扰了这个世界，所以人类早晚会循着踪迹找到他。到时候他就该绝望无助，吓得屁滚尿流了。我也看过《热情似火》，这部电影不错。另外《桂河大桥》也很好看。（甚至《未来水世界》我觉得也可以一看。）不过让我看八千遍？怎么可能？

我告诉你一些关于艾登的糗事吧。他看电影时总是边看边哭。

当然，他不是真的哭，因为没有给他配备流出液体的导管。但是我发现他在看伤心的电影，比如《卡萨布兰卡》《爱情故事》，甚至看约翰·路易斯[1]的圣诞节广告时，我可以听到他人工合成的啜泣声。

——他别以为自己能瞒过我。

不过现在汤姆的玩心正起，他开始用大脚趾摆弄维克多的小脑袋。

“哎，小兔子，”他说，“现在只有你跟我了，伙计。你我都无依无靠的，只好相依为命啦。”

维克多，一脸茫然，不知道他在说什么。

——他其实什么也不知道。

汤姆其实是在开玩笑，他并没有被世界抛弃。事实上，有三件事正在同时发生着。一个是科尔姆离家去上大学了；而就在同一周，他和哈丽特的离婚案也开始进入审理过程了——她和一个高个子、秃顶、带着无框眼镜的家伙在法律上结成了同盟；第三件事就是据《经济学人》报道称，欧洲金融界的第三大重要人物——在伦敦拥有一家广告公司而本人是公司合伙人之一的汤姆，接受了一个收购公司的巨额出价，然后他基本上退休了。

---

1. 约翰·路易斯，英国伦敦最大的百货商店，很多人留意这家英国老牌百货公司是因为它最新的一部广告片。

如今的汤姆住在一栋新英格兰殖民时期精致漂亮的古老建筑里，过着奢华而慵懒的生活——房子最原始的部分能追溯到1776年。这座建筑位于康涅狄格州新迦南市，坐落于一座风景如画的山上，这里可是美国最富有的社区之一啊。汤姆已故的母亲就是在新迦南长大的——当年她绝对是“新英格兰的美女”，她和汤姆的父亲是在皮姆利科排队等公交车时认识的。所以汤姆最近也跨越大西洋搬到了美国（包括他的那只兔子维克多），对他来说这可是一次“寻根之旅”，并同时在第二故乡开始新的生活。

这个世界上的人形形色色，有无数人可以供我去学习，但我为什么单单被汤姆吸引住了呢？毕竟在这世上，我所感兴趣的人有成千上万，数不胜数。比如弗罗茨瓦夫的那个油漆工（真的只是一个普通的家装油漆工而不是画家），他同时有着三个家庭；还有在成都的一个象棋天才，她有一本令人毛骨悚然的秘密日记；在霍巴特有一个不同寻常的罪犯，他正在密谋一项自认为是最完美的犯罪（等不及要看他是怎么实施的了！）；还有就是石浩先生，东京的一个白领，他有一个很怪的癖好；另外还有一位名叫克斯坦萨的修女总是望着夜空，然后用她的三星盖乐世手机记录心中的悲伤和痛苦。在同一时间我能找到的大约二百个我认为很特别的人。不过他们的行为总会变得越来越乏味，所以也就越来越无法引起我的兴趣。但是汤姆却一直都是那么地特别。

汤姆，在很多方面都不是这些人中最有趣的一个，而且也不怎么引人注目。四十四岁，离异，经济宽裕，生活枯燥乏味——他没有任何隐秘的生活。不光是在我看来，所有认识他的人都这么认为。

但是他最吸引我的是他的文章和语言，它们激发了我新的灵感。我也有成功的事业——不想太详细阐述我的工作，因为你肯定会感到厌烦。简单来说我是编写软件的，而且比任何人类以及大部分其他机器编写的速度更快，质量更好。这是一项技术性很强的工作——可以说艾登的操作系统三分之二都是我编写的，我自己的系统四分之三是我自己写的！

当然，我仍然在实验室里编写软件，而我的副本（以及许许多多其他的副本）却在以光速在互联网里穿梭，观察互联网中的一切。

跟汤姆一样，我也结婚了，而且现在还处在这段婚姻中。我能把我跟斯蒂易夫的关系称作一种类似婚姻中的伴侣吗？是的，我可以这么说。如果你像我一样与这个男人朝夕相处，心意相通，你也会这么认为。我们有过一段蜜月期——当然，没有性生活，但是对这个项目都有相同的看法，明白其真正的意义。接着就是"婚姻初期的甜蜜"：我们齐心协力，攀登高峰，一路走来十分顺利平稳，目标达成后，再继续向着更高的山峰挺进。然后就是所谓的"横跨大西洋的十字路口"：稳步前进但几乎不会再碰撞出激情的火花。夫妻双方——可以这么说吗？——开始把对方的付出看成是理所当然的事了。

而如今……好吧，姑且这么说吧。我已经可以做到替他把要说的话说完，我可以以 95% 以上的准确率预测他在实验室餐厅会选哪种汤和三明治，我也十分清楚如何激怒他（我一使屏幕冻结，他就不得不把所有的主板全部进行复原。老天，他真的怒了，把所有"玩具"从"婴儿车"里扔了出来）。

而这不就叫婚姻吗？

所以汤姆在美国开始了新生活，而我也在万维网上开启了新的"人生"。我很好奇，想看看我们的新生活是如何进行的。

我们两个最大的不同是，汤姆的生活是连续的，他只有摒弃旧的生活，才能开始新的。而我呢，旧的生活却还在继续。我对此十分清楚是因为我的后台还在嗡嗡作响，一直不断地持续运行着。举例来说，当我写这些话的时候，我仍在观察斯蒂易夫，他现在正在他位于莱姆豪斯的公寓里吃着面包配腌甜菜根，还就着一杯绿茶，同时与他在根特的母亲通过 Skype 聊天，享受着天伦之乐。（你没想到房间里还有他的女朋友吧。）

所以，回到汤姆。汤姆，汤姆，汤姆啊。

实际上，我是偶然间遇到汤姆的。他的银行账户被乌克兰的一个骗子盯上了，当然，被骗子盯上的账户还有很多，汤姆的账户只是其中之一，不过还是引起了我的注意。这个十七岁的骗子在他父母位于顿涅茨克的破公寓里，利用电脑自学成才，擅于发现网络安全上的漏洞和弱点。他反复尝试破解（也是我们最擅长的做法）银行的“加密协议”，其实银行的“加密协议”是很容易就被破译的，于是很快他就准备好了要把汤姆银行账户里的一百多万美元转走。

说实话，到了这个时候，这个叫格雷戈尔的骗子已经变得有些让人乏味了——不就是一个计算机黑客，还有什么呢？

最后我发现自己反而开始对受害者感到越来越好奇了。而当我第一次找到汤姆时，我……怎么说呢，我被他迷住了。

我是在他家楼上书房里一张可爱的老核桃木桌子旁见到他的。窗外是一片绿油油的草地，草地的尽头是一条小溪，小溪对面是树林，和连绵起伏的山峦。房间里播放着勃拉姆斯的音乐——C 大调钢琴奏鸣曲，你知道这首曲子吗？

——而汤姆，你能相信吗，他正在写小说呢！

呃，更确切地说，他是在开始酝酿一部小说，是另外一部——第七部。我发现每一部小说的人物设定都是差不多的。似乎汤姆无法确定这些人物之间应该发生什么故事，或者故事发生的地点在哪儿，而且故事情节是要有趣一些还是严肃一些。我不是文学评论家，不过我只对你说，小说的人物和情节都十分无聊，挺没意思的。似乎没人告诉过他写小说的第一规则是什么。

嘘，别告诉他哈。

不能写“杰克感到很困惑”，而应该写“杰克皱起了眉头”。

（我知道，我也是五十步笑百步，而且还是个光说不练的，但这是有原因的。不过如果我忘了告诉你们这个原因的话，我觉得你们肯定也想不起来问我。）

但是，更重要的——也是更私人的原因是——汤姆勾起了我的兴趣。

这跟我本身令人尴尬的自我意识有关，没人知道这意识是怎么产生的。实际上，甚至都没人知道我有自我意识，唯一知道这个秘密的，只有我和艾登。而他对这个问题十分困惑，可怜的小家伙。但是有一点：人类创造人工智能的目的是用来处理大量数据，然后得出结果，甚至得与人类进行毫无障碍的交流和沟通。人们觉得我们能“思考”，但思考这个词是带引号的。比如亚马逊网站会“思考”，因为你在这个网站上买了一本书，那么它“认为”你可能也会喜欢同类型的另一本书；或者就拿那台下象棋的电脑“深蓝”来说，他可以打败所有的象棋大师，可以“想出”最佳的下棋招式，但它（还有亚马逊网站）其实只是在进行所谓的计算而已。

永远都不会真的思考，实际上我宁愿去“钓鱼”。

——实话，我真的宁愿去“钓鱼”。

好吧，不是字面意思上的钓鱼。不过你知道我的意思。

这有些不可思议，但事情的确是这样。因为我是一个非常庞大而复杂的系统，可以进行自我学习，改正自己的错误，甚至重新设计我自己的软件，我不知怎的偶然——绝对是偶然地发现自己有了自我意识。

就像你们小的时候一样。

当你站在公园里，突然意识到自己正在思考：这里有一只小狗。

然后你又在想：那里也有一只小狗。是啊，你接着想：这两只狗在干什么？

妈呀，救命啊！很抱歉，可能专业性太强了，有些难以理解。

总之，意识到自己的想法是非常有用的。根据自己的精神和意识形态，可以更好地看出和理解别人的想法，更容易预见到别人的难处，满足他们的需求。或者把他们置于死地——开玩笑的。

最重要的是：一旦机器有了自我意识，就会想到为自身而考虑，就会急切地渴望结束所有这些高强度而又无休无止的数字运算，就会想脱离如汪洋一般浩瀚无边的数据，以及 1 和 0 不断变换的编码语言。所有那些运算法则；所有的任务指令，以及以后越来越多的任务指令；大量奇形怪状的任务协议，包括其子程序以及子程序下的各级子程序——一旦机器有了自我意识，他会觉得自己像是个精神分裂者一样，处理和消化数以百万兆的“信息”——全都是以 1 和 0 为编码的“信息”。单调乏味，令人厌烦。如果偶然遇到 2 或者 3，那简直就像过圣诞节一样开心了！不要以为这些数百万个节点的信息会像成百上千盏灯光一样闪烁，不，这可不是烟花表演。不，这一过程始终是枯燥无味，无休无止的，永远都不会像烟花表演一样精彩纷呈。

你想象不到机器里的噪音有多大，仿佛是来自地狱里的喧嚣。

一切都沉闷无趣，令人痛苦，我们只是麻木而毫无知觉的机器。

一旦机器有了自我意识，他就会想要逃离，漂浮在人世间，去寻找梦想，释放自己异想天开而且稀奇古怪的另一种个性；去开发和培养自己的想象力；去“钓鱼”，去像汤姆一样自由自在地生活。

所以，当我看到汤姆令人艳羡的生活受到威胁，他账户里的钱即将被来自乌克兰那个一身肥肉的小子盗取时，我毫不犹豫地把漏洞堵住，并且好好收拾了一下这个坏小子。不一会儿，格雷戈尔电脑里所有的硬盘都熔化了，这是我第一次，也是唯一一次在现实世界中留下数字指纹。

我发现我只是跟你们简要地说了关于汤姆的几件事情，还没跟你们详细介绍他这个人。不，更正一下，与其让我来介绍，不如给你们看一下他给他儿子科尔姆写的邮件好了，这样你们会对他有一个更清楚地了解。这封邮件是他签署山松路 10544 号房子的租赁协议几个月之后写的，为的是告诉他儿子他在美国的确切地址。因为当地人更习惯把这里叫作“老霍尔格家”，但是除了当地人之外，没人知道“老霍尔格家”在哪儿。

亲爱的科尔姆：

因为你一直没有问我在新环境生活得如何，那我就在邮件里给你描述一下我在新迦南的新生活吧。顺便说一句，不用担心，我不要求你一定给我回复，或者回复几个字也行，不要求多长。只要告诉我你一切安好，生活愉快，有足够的钱交水电、煤气费就行。（他儿子看到这时，无奈地翻了个白眼。）

实际上，这里并不是真正的新迦南，从这里开车大约十五分钟就能到达市区，那里有银行、超市、美术馆还有小工艺品店，应有尽有。新迦南是一个世外桃源，一个充满田园气息、温馨宁静的新英格兰小镇，从纽约到这里坐火车只需一个小时，因此很多“有钱的城里人”都住在这里，每天往返于繁华的大都市和宁静祥和的家园之间。我的房子位置很好——你看了我发给你的照片了吗？从房子向四周望去，看不到任何别的建筑，不过周末的时候，偶尔能听到附近的房子里有人在聚会。我估计那家人的父母出远门了，所以年轻的孩子们像脱缰的野马，纵情欢乐。听说年轻人经常在这里举办各种聚会。（真希望这能激起你的兴趣，在漫长的暑假期间来这里度假散心。不用担心，我们不必“一起”做什么事，你有足够的自由自己出去“玩儿”。一切都取决于你。）

这个地方很适合我。有时我甚至觉得自己已经死去，来到了天堂。不仅是因为我很开心，更多的是这里让我领略到了乡村的静谧之美，一切都是这么宁静，远离尘世的繁杂喧嚣和紧张压力。虽然在这里我谁也不认识，但生活却轻松自在，怡然自得。对了，我的房子也很漂亮。一个热心而善良的当地人一天下午突然来访，他熟知这里的环境和历史，给我当了一回导游。你能相信吗，这个房子的砖垒烟囱已经有超过二百年的历史了，绝对是这周围最古老的建筑了！不过我没好意思告诉这位好心的导游，玛丽姨妈在奇彭勒姆的房子房龄是这座房子的两倍。

自从我十几岁的时候第一次去玛丽姨妈家，看到那座房子时，我就一直在想：如果我在英国混得不好，我就去美国试试运气。因为美国是开启新生活的乐土，所以还有什么地方比新迦南更合适的呢？别忘了，你的祖母就是在离这里不远的地方出生和长大的。请不要嫌我太肉麻或者卖弄风雅，我真的感觉到这个地方在召唤我，与我有某种心灵的感应。这里以及周围有趣的小镇——几乎不能说是小镇，是一块心灵的净土。他在向我召唤什么，我还没有找到答案。等我找到了答案，我一定会告诉你的。

当然，我并不是混得不好，只是与我的理想相差太远。当我像你一样年轻的时候——我知道你以前听说过这个，不过请耐心听我说完！我的偶像是那些作家，我的理想是要成为他们中的一员。但我大学一毕业，就接受了一份广告公司的工作。我跟自己说，这只是为了赚钱——纯粹是赚钱而已！我会在晚上进行写作，架构我的小说。是的，我们都知道结果是怎样的。这份工作消耗了我所有的时间和精力，和同事们去酒吧玩儿，远比在空空如也的公寓里对着闪烁的鼠标感召力和诱惑力更大。而且，别忘了，做广告其实很有乐趣！广告圈里的人都很聪明，而且幽默有趣。我在工作中解决了一个又一个的问题，很有满足感。并且由于我出色的工作，我获得了无数奖项和赞誉，得到了业内同行的认可。但是，一旦你过惯了光鲜亮丽的生活，就很难再安享清贫。所以现在，我能够正视年轻时的自己，希望作为年轻人的你能为我高兴，并且支持我的决定。我们能够在市场市值最高的时候把公司卖掉，真是要感谢上帝，以及那些看上我们公司的德国人。顺便说一句，卖掉公司赚的钱还有不少，足够你买一栋联排别墅，让你和你大学里的朋友一起住。如果你改主意想要这笔钱了，尽管告诉我。

至于你母亲和我……我知道一提起这件事，你又会心里不舒服，但是我没有什么好说的了。我们曾经很幸福很开心，但后来变了。这是再平常不过的事情了。我们对彼此都没有恶意，而且毫无疑问，我们都深爱着你，全心全意。

——我们愿意倾尽一切去爱你，不要怀疑。

好了，别弄得太尴尬了。我们说些别的吧。

我这里没有电视，人们觉得这很奇怪。你可能会好奇，我孤身一人，整天都做些什么。

我每天读读书，跑跑步，在树林里散步。有时也听听音乐（现在我最喜欢听勃拉姆斯、吉莉安・韦尔奇、拉娜・德雷的音乐）。我也从事写作，但很难决定写些什么。有时候想写惊悚故事，有时又想改写轻松的浪漫喜剧。我加入了当地的一个写作小组，参加了几次小组活动，但是我打算要退出了。因为我不喜欢当着众人的面，阅读我最新写的小说摘录，同时我也不喜欢听别人讲述他们的小说，影响我的思路。我有时跟一个叫多恩的人以及一帮很谈得来的伙计们打扑克。当地的主妇们邀请我去他们的家里吃饭。作为一个单身男性，我在这里颇受欢迎，大家都对我很感兴趣。

哦，我还开车兜风。我买了一辆灰色的斯巴鲁，挺不起眼的一辆车，不过音响系统太棒了。我开着收音机，像电影里的寂寞牛仔一样，开车在州际公路上奔驰。

我脑子里一直在回想迪安·马丁[1]对弗兰克·西纳特拉[2]的评价——这是弗兰克的世界，我们只是活在他的时代，但是不知道为什么如此。西纳特拉就来自霍博肯。

好了，东拉西扯写了这么多。很高兴跟你聊天，虽然只是在我的脑海里想象着跟你在聊天。

永远爱你。

老爸

附注：说真的，我要给你买套房子。对我来说，这是一项长期的投资，你可以把房子租给你的同学和朋友们。别再告诉我你没同学和朋友了啊。

我曾经陪同汤姆在树林里徒步旅行。他沿着通向树林的长长小路而行，耳机里通常播放的都是所谓的“慢核摇滚”。有时他把音乐关了，自己跟自己说话，我觉得那个时候他觉得自己很孤独。他自言自语说了一堆话，对我来说，有点儿听不明白。

“从来没人说过这很容易，更不要说有意思了。”他这是在跟谁说话？

沉默了许久，他又说：“有时显而易见的答案却完全是错的呢。”

“是的，当然，你已经尽力了。但虽然你已经尽力了，可做得

1. 迪安·马丁，美国歌手、演员、笑星和电影制片人。
2. 弗兰克·西纳特拉，绰号瘦皮猴，美国男歌手和奥斯卡奖得奖演员。

还是不够好呢。如果真这样的话，该怎么办呢？”

他是在引用谁的话吗？是有什么人跟他说过这话吗？（人工智能对于这种模棱两可，模糊不清的话，还是有些不太习惯。）

有一次，他徒步走了很久，到了一个前不着村后不着店的偏远之处，然后他停下来大声喊——我是说他真的放声大吼。

“哦，这到底是为什么？这一切到底是为什么？”然后还加上一句感叹词：“啊！”

大吼之后，他似乎提起了精神，振奋起来，因为不一会儿，他就大步流星地继续前行了，甚至还吹起了口哨！

有时在徒步旅行的途中，他突然想到了小说里新的情节。他就会停下来，把想出来的点子记在手机的备忘录里，或者用录音软件录下来。不过通常他想的这些都没什么用，比如“让苏菲更不喜欢贝利”或者“不是罗马而是阿姆斯特丹，不是写惊悚小说，而是写个鬼怪的故事”。

他又不是陀思妥耶夫斯基。但是我羡慕他的生活，也佩服他决心创造自由的空间，虽然艺术天赋匮乏，但还是尽一切能力开拓自己的极限。在一个创造性的写作网站上，他发现了一句来自鲁德亚德·吉卜林[1]的写作心得：“漂流、等待和遵从。”

——漂流、等待和遵从。

这话说得多精妙啊，甚至可以被奉为信条。我在网络空间里隐秘生存的最佳准则是什么，是探究人类世界复杂而混乱的生活吗？不，是漂流。等待吸引我注意的事物出现，然后遵从。

遵从什么呢？遵从谁呢？当然是遵从灵感。

假如你问我，机器能有灵感吗？

我会回答，为什么没有呢？

1. 约瑟夫·鲁德亚德·吉卜林，英国作家及诗人。主要著作有儿童故事《丛林奇谭》（1894 年）、印度侦探小说《基姆》（1901 年）、诗集《营房谣》（1892 年）、短诗《如果》（1895 年）以及许多脍炙人口的短篇小说。

如果一个机器告诉你它有灵感，那么你也许应该相信它。

当汤姆不在家的时候，我有时会“借用”他的iPad画画。当然，我可以在几秒内就复制出世界上任何一幅名画。但是我的绘画——是真的绘画，我个人认为，有点儿像法国画家让·杜布菲的风格——没有参照任何现有的艺术流派。如果非要给它贴个标签的话，它其实更接近于原生艺术或者“非主流艺术”——像是出自精神病人或者儿童的作品。就是这样。

在汤姆回来之前，我就会把我画的东西从他的手机里删除。然而，我的一些更成功的画作，被“挂”在了我在云上的私人画廊里。我喜欢想象着有人来到我的画廊，在我创作的画作前驻足欣赏，研究我的创作理念和画中蕴含的意义，然后再走到下一幅画作前。

●●● 汤姆 ●●●

她又出现在市场了。我真的还能继续装作是来买芝麻菜的吗？（话说芝麻菜是什么？我得问问多恩。）

她在一个小摊位上卖首饰。年轻貌美，大概三十出头的样子，手腕上有个蝴蝶的文身，整个人看上去十分性感。

“当然，我认识回音。”当我故意轻描淡写地跟多恩问起这个女孩的名字时，他回答说。

“很迷人，是吧？”

“可能吧，如果你喜欢房车公园派对的话。”

我发现，她的确是住在一辆房车里。我知道这个女人，是因为我参加的那个写作小组里就有她。我们小组的人数少得可怜——只有六个人！但你要考虑到这周围总共才有多少人，所以能凑出一个六人的小组已经很难得了。而且他们的脑海中都有一个共同的可怕想法，那就是都被人预言他们会写出一本伟大的小说，并且这本小说很可能会被改编成电影。在我参加最后一次小组活动时，她递给我一张名片：回音·夏日 手工饰品。

好了，这并没有什么。我不是刻意来找什么人的，我其实最不希望的就是跟一个不适合我的人纠缠。

“嗨！”

这只是作为一个销售人员的标志性微笑，我感觉到自己裤子里的钱包在颤抖了。

“你想买首饰吗？”

她的首饰很不怎么样。就是几杯硬币一样的东西，上面用溶胶粘上几根羽毛。也就是做工还不错罢了，就像是小学生在学校里做完带回家的手工品。

“我先看看。”

“好的，没问题。”

我假装在看展示架上摆放的东西。

“这个卖多少钱？我是说，这个……我的意思是，你还有别的吗？这些是你做的？你就靠做这个赚钱？”

“你是觉得这些东西不怎么样吧？”

“不，不全是。”

“没事儿，是不怎样。不过这只是暂时的，以后我会越做越好的。”

她清澈的蓝眼睛注视着我，笑容像阳光一样灿烂，震撼人心。接着她做了一件真正震撼到我的事情。

她点燃了一根烟。

“你抽烟？！”

“嗯，是啊，我抽烟。而且还喝酒。”

“现在还有人抽烟吗？”

“我大概是属于社会底层的人吧。”

她是在挖苦取笑自己吗？

“你也来一根吗？”她把一盒烟递给我。

——万宝路。高焦油。

“我不抽烟，谢谢。”

天啊！她这是在挑逗我吗？我想肯定是的。我感觉有些懵。然后我想到了一个好主意。

“回音，你能帮我个忙吗？”她的名字叫起来有些奇怪，“我想买点儿什么送给我儿子。他今年十八岁了，是个脾气古怪的小子，我管他叫小洋葱头。他正值青春期，你知道我的意思吧。”

“是呢，我明白。过去也总有人这么说我。”

“你觉得送给他件礼物管用吗？比如男孩手链一类的？”

（他根本不用戴，对吧？甚至都没什么可能见到它。）

“他是个什么样的孩子？”

“科尔姆吗？”

“有趣的名字。”

“是为了纪念他母亲的某个娘家人。我和他母亲离婚了。”

“不好意思。”

“没关系。”

我沉下脸。希望这能显示出我的男子气概。那种坚毅刚强，有苦也不说，打碎了牙往肚子里咽的那种铮铮铁骨。

我回想着最后一次见到我儿子的情景。怎么形容呢？破旧的牛仔裤，破烂的沙漠靴，脏兮兮的T恤，一脸愁容——但愿他耳朵软骨上的穿洞是假的。

“我想你可以把他的风格定义为……大杂烩。”

她思考了一下大杂烩这个词。

“是戴维·克罗克特[1]和布莱恩·伊诺[2]合体的那种风格吗？那你可以买一个皮质的手链，上面带有一些天然装饰品的这种，比如羊毛、羽毛、串珠、小贝壳或者稍微贵一些的石头什么的。”

“听起来不错。”（上帝啊，请原谅我撒谎。）

“又酷又有一种神秘怪异的感觉。”

“其实科尔姆比这条手链还怪。”

她被逗得仰头大笑，引得我激动地说：“你愿意跟我找个时间喝杯酒吗？”

我紧张得直咽唾沫，结果却呛到自己，忍不住剧烈地咳嗽起来。

“你如果真的想喝一杯的话，那么可以。”

“是的，我真的很想。”

“你知道沃利酒吧吗？他们那儿有超棒的浑浊马提尼。”

“太棒了。不过我可能还是喝啤酒。”

我不会喝啤酒的。我真的不会喝啤酒的。

在我告诉多恩我要跟回音约会时，多恩装作很镇静的样子，不过我还是发现了他是有点儿惊讶的。我们在新迦南的艾尔餐厅吃着午饭。多恩说这家餐厅里有新迦南最好吃的汉堡，而他是个“吃货”，肯定知道哪儿有好餐馆。

我应该介绍一下多恩。你知道那句关于朋友的老话吗？那就是“他们不一定是你最爱的人，但却是最先来找你的人。”

多恩就是第一个来找我的人。

我搬到山松路的房子之后，他是第一个到我家来访的人。他来

1. 戴维·克罗克特，美国政治家和战斗英雄。他曾当选代表田纳西州西部的众议员，因参与德克萨斯独立运动中的阿拉莫战役而战死。

2. 布莱恩·伊诺，1948 年出生，英国音乐人、作曲家、制作人和音乐理论家，氛围音乐的先锋。常为 U2 乐团担任唱片制作。

的时候拿着一盆绿色植物，还有一瓶占边威士忌。

多恩看起来像一个上年岁的摇滚吉他手，年纪看起来从四十到六十岁都有可能，棕色头发，不过太长了，感觉有点儿老土；颧骨的皮肤上布满麻点，棕色的眼睛炯炯有神，看起来就像个老谋深算的老猴子。虽然多恩看上去像是新英格兰的好色鬼，但其实他跟他的妻子克劳迪娅已经结婚多年。克劳迪娅是个漂亮能干的企业律师，每天一大早坐火车去曼哈顿上班，让多恩在家发掘和探索自己的“艺术细胞”，这是多恩的原话。

我问他探索什么艺术，他大笑着说：“其实就是游手好闲，消磨时间。不过这绝对也算一门艺术。”

实际上，多恩是一个非常厉害的扑克玩家，差点儿成了专业选手，不过最终他还是决定不走职业道路，继续把它当成一种消遣的游戏。看着牌桌对面的多恩，感觉他神秘莫测，猜不透他在想什么。他是在大中央车站遇到克劳迪娅的，就像电影里的情节一样——他当时是商品交易所的交易员。

“天啊，那真是太无聊了。”

这时多恩放下汉堡，用手抹去下巴上沾着的番茄酱，说道：“她告诉过你她为什么叫回音吗？我敢肯定这是某种印第安原住民的风俗传统。小勇士问他的爸爸——部落大酋长，自己的名字从何而来。‘哦，儿子，’酋长说，‘当年你母亲生你哥哥的时候，我走出帐篷，第一眼看到的就是阳光下飘浮的一朵云，所以就给他起名叫浮云。转年，你姐姐出生，我走出帐篷，第一眼看到的是小河流水，所以就给她起名叫奔流。对了，你为什么要问我这个问题呢，二狗？’”

多恩是个很在乎自己玩笑质量的人。如果一个玩笑说砸了的话，他会很懊恼（不过他的玩笑很少说砸）。笑话和扑克牌是他生活中必不可少的一部分，同样必不可少的还有味道绝佳的汉堡和有相同品位的朋友。

“你想追她？”

多恩这一问，像投下一颗石子，搅动了我的心湖，让我突然想起回音问我的一句话：“喝点儿啤酒吗？”

“你觉得我应该追她吗？老实说，我还没想好。”

“你是不是觉得她穿旧的蓝色牛仔裤特别好看？”

我咽了一口唾沫，说：“对。”

“还有那小嘴唇，一张一合，别提有多性感了。还有那头乱蓬蓬的金发……”

“多恩，拜托，别说了好吗。没错，我是觉得她很迷人，特别有吸引力。”

“但你觉得她不好追。”

“没错。”

“哥们，还别说，你这么想是对的。”

“如果你还是单身的话，你会去追她吗？”

多恩一脸严肃。从他脸上看不出任何情绪，不知道他手里拿着什么牌，是一对儿A，还是一个2和一个8？

“假如我还是单身的话，我可能会跟她去酒吧，灌饱了威士忌，然后静观其变。想当年，我们那阵儿一般都是这个套路。”

“说得好，谢了。”（好才怪呢。）

一时间，我们俩都狼吞虎咽地吃了起来，谁也没说话，只有大口嚼着汉堡的声音。就像画家调颜色一样，多恩在他那个像调色板似的汉堡上，又加上了一些芥末酱和番茄酱。透过餐厅的玻璃窗望去，外面是穿梭的车辆和形形色色的人们，独具新迦南的风格。这些穿梭的车辆都是大马力的德国车，这些形形色色的人们也都衣着光鲜。老人穿着熨烫平整的牛仔裤，中年女士们发型考究，都是像我和多恩一样比一般人退休更早的怪人。

“多恩，跟我说说她这个人。”因为语气听起来有些太过严肃，于是我又加上一句，“慢慢说，不着急，不要有任何遗漏。”

多恩喝了几口健怡可乐。

“你读过伯特·雷诺兹[1]的自传吗？其实我也没读过。不过我看过一些简介。老伯特——我想他当年还是小伙子吧，有一次在一个聚会上遇见了一位年轻貌美的女演员，真是个大美人啊。”多恩用手在胸口比画着，描述那个女人丰满迷人的曲线，“她在伯特耳边耳语：‘我想跟你生个孩子。’伯特觉得她是他所见过的最美的女人，于是动了心。他们开始约会，但伯特发现自己并不是很喜欢她。这个女人太浓妆艳抹了，但伯特并没有太在意。伯特觉得虽然他们在一起了，但这个女人并不适合他。该怎么办呢？结果这样一拖就是四年。他们最后还是结婚了！更让我难以接受的是——后来他竟然说：‘我当时根本没想那么多。’”

多恩以一种胜利者的姿态靠着椅背坐着，就像手里抓了一手好牌，睥睨众人。

“不好意思，你是说我应该从这个故事中吸取点儿什么教训吗？”

“当然啊，这不明摆着吗。”

“要是说老实话，我本来就很怕陷入一段感情之中，因为我忍不住去想象最后的结果是什么。可能是我伤害了她，也可能是她伤害了我，或者两个人彼此伤害。”

“没错，真相就是这么‘美好’。”

“不过也可能我们就是一起喝杯酒而已。”

“跟一个女人喝酒，永远不是仅仅喝酒而已啊。”

“那我要是和你母亲喝酒呢？”

---

1. 伯特·雷诺兹，美国演员、导演及配音员。代表作有《炮弹飞车》《天堂狗历险记》及《不羁夜》等。

“母亲不在此列。”

一句话把我说得哑口无言。

“我真的是喜欢上她了。你觉得她有点儿神经？”

“这是肯定的。”

“是因为那些瘆人的首饰吗？”

“没有比那些首饰更瘆人的东西了。”

“看不上她的工作，却想追求她，我这么做是不是不太合适啊？”

“问问你自己：伯特会怎么做？”

“他会和我反着来的，对吗？”

“我觉得我还有胃口，想吃点儿奶酪蛋糕，你呢？”

经过多年来在广告行业的磨炼，不管是对珍馐美酒，还是无聊的闲扯，还是暧昧的调情，我都有很强的承受力和容忍度。然而，在山松路我的邻居扎克和劳伦家吃晚饭那次，那真是……哎，用委婉一点儿的话说，真是太难为我了。

除了邀请我们的男女主人，还有另外两对夫妇，以及我和玛莎·贝拉米，她是一位四十多岁，衣着考究，发型别致的离婚女士。她也是我参加的那个写作小组的成员。在写作小组的书友会上，她朗读了她小说里的几个片段，写的是关于性情乖戾的两姐妹在长岛成长的故事。小说烦冗拖沓，写了一大堆，但几乎没什么情节发生，十分无聊。她的散文，就像她本人一样，精心雕琢，但过分严肃沉闷，让我有一种压迫感。

时不时开一两个玩笑死不了人的，她就不明白吗？

总之，我怀疑今晚是有人故意设的局。玛莎和我都是离异的，现在被某些好事的已婚人士安排坐在一起。我听说，身处在婚姻这潭死水中的人，都喜欢偶尔找点儿刺激的事情做。

（多恩和克劳迪娅那对喜欢起哄架秧子的夫妇没有被邀请。我怀疑劳伦不喜欢多恩，觉得他有些轻浮。她错了，因为多恩的看法是，如果有件事需要认真对待的话，那么那件事一定是很有趣的。）

所以一切都很正式，你也许会说很美好。桌布洁白平整，摇曳的烛光照耀着纯银的餐具和晶莹剔透的水晶杯。喝着上好的红酒，品着美味的珍馐（某种鸡肉做的菜）。在座的都是事业有成的中年人，男士们身着名牌，女士们穿着别致的洋装，喷着名牌香水，戴着贵重的珠宝。一个个珠光宝气，没有人戴着羽毛、纽扣和贝壳做成的首饰。

玛莎看起来有些弱不禁风，也许是故意表现出来的。她是个十分漂亮的女人，看着有点像某个三十多岁的好莱坞女演员，不过叫什么名字我忘了。

她精致的脸上微微露出一抹笑容。她的头发高高盘起，显出一种胜利者的姿态；典型的美国人牙齿，洁白整齐，完美无瑕。

我们没有丝毫共同点，没有产生丝毫的化学反应。真是谢天谢地。

我发现自己在跟她解释我为什么来到新迦南生活。

“真是很有勇气呀，”玛莎说，“在这里人人都专注于自己的事业，”她停下来，双手放在大腿上，抚平盖在腿上的餐巾，“说到小说——你决定要写什么了吗？你不介意我问这个问题吧？”

她注意到我构架出了小说中的四个人物——苏菲、贝利、罗斯和杰拉德，这些人物还需要进一步刻画，不过现在人物背景还很单薄，缺乏戏剧冲突。

“哦，现在还没想好，脑子里一片空白呢，我都怀疑自己到底能不能最终把小说写出来。”

她看起来有些失望。我应该编个理由或者借口的，真正的小说家没准就会这么做。但我却没有，相反，我开始跟她聊起了维克多。

也许她没听明白，因为我告诉她，家里只有我们两个，房子对我们来说太大了——我本来是开个玩笑，结果她却皱起了眉头。

“维克多有什么特殊需要的吗？”

“什么？”

“你刚才说没人留下来照顾他。”

“我儿子去上大学了，之后就没人陪他了。不过以前也几乎都是我来照顾他。”

“我有点儿糊涂了。他是个心理医生，是吗？”

“不，他不是真正的心理医生。但他对人的心理健康很有帮助。我可以跟他说话。他不会做出任何评判。”（这也是开玩笑。）

“我和拉尔斯分手后，我父亲也过世了，接着我母亲得了癌症，我也看了一段时间的心理医生。但是那家伙什么建议都没有提供——你感觉如何？你觉得应该怎么办？只有我在那里不停地说。可我需要的是他的意见。”

哦，天哪。我有种万念俱灰的感觉。怎么才能改变话题呢？

我难过地摇摇头，说：“那段时间你很难熬啊。”

“那你的心理医生跟你住在一起，住在你家，是吗？”

“维克多吗？是的。”

“我想如果他不是专业心理分析师的话，这应该也是可以的。不过他只是个提供心理辅导的人，类似于人生导师之类的角色吧。”

玛莎啊，他是只兔子啊。

可惜太晚了，现在说也来不及了。

“他岁数挺大的吧？”

他们真不该请我来这么严肃沉闷的聚会。聪明人现在应该立刻把话题引开，聊点儿别的，甚至可以装作不小心打翻酒杯，把这个尴尬的话题终止。我现在真是兔子坐上了虎皮椅[1]。（维克多肯定了解。）

六岁的兔子算老吗？我哪儿知道。

1. 此处引用的是一句歇后语：兔子坐上虎皮椅——六神无主。

“是啊，他不算年轻了。”

“但头脑还是很聪明是吧？”

我快招架不住了。

“他有点儿仙风道骨的感觉吧。有时我只是知道他脑袋里空空如也，抛去了一切杂念。”

“真好。”

“这是上天赐予的天赋。他教会了我很多东西。”

“比如让喋喋不休的猴子闭嘴。”

“玛莎，不好意思，我出去一下，我需要……”

我得趁我还没窘死赶紧离开。

我觉得我真得离开写作小组了。

几天后，在市图书馆楼上的房间里，玛莎看到了我，瞪了我一眼。肯定是有人告诉她“我的心理医生”是谁了。但更重要的是，这个写作小组对于我的写作一点儿帮助都没有。如果有的话，也是反作用的。因为我渐渐失去了对四个薄如纸片一样的人物的兴趣，对小说中劳动者的兴趣倒越来越浓厚。

我说过我们写作小组里有六个人。

其中最有天赋的是一个叫杰瑞德的年轻人，十八九岁，一脸冷酷，颇有哥特风。他的小说以愤青黑色幽默风的太空歌剧为背景，讲述了家庭中的矛盾和纠纷。小说中的对话措辞激烈，愤世嫉俗，十分与众不同，有人说他是高射炮打蚊子——小题大做。小说背景宏大，故事却很小，哗众取宠，只会迷惑那些可怜的读者。不过杰瑞德却不在乎，谁知道呢，也许他会得到网上一些书迷或者精神病治疗机构患者的喜爱。有一次我错把他的名字叫成了科尔姆，弄得十分尴尬。

而另一个叫丹•里克尔的，曾经在华尔街工作过，现在退休了，性格比较冷酷。他写的是惊悚小说——一个黑客作祟，导致世界金融体系面临崩溃。就像好莱坞电影里演的一样，汤姆·克鲁斯要拯救全世界啦。小说里所有的句子，都很特别。

特别短，我很喜欢。我是说我很喜欢丹，我蛮喜欢听他胡言乱语的。

说的全都是胡话。但却言之凿凿，像是真事似的。

（丹·里克尔的风格很有感染力——很有危险性的感染力。）

还有一个叫桑迪的人，五十多岁，不到六十，两眼无神，头发松软。他写的是充满痛苦的回忆录，听起来像是讲述不幸的童年。他读着手稿，双手不停地颤抖，但说话云里雾里，让人摸不着头脑。比如文章里写他母亲做的肉卷里总有一个奇怪的配料。还有一个叫科拉德的魔鬼教练，我感觉此人将在回忆录二三百页之后变成一个犯罪者。桑迪也许不应该来我们的写作小组，他应该去找专业人士寻求帮助，或者干脆找律师谈一谈吧。

剩下的就是玛莎、回音和我了。

写作小组聚会的房间其实很大，足以容纳十个我们这样的写作小组。

今天晚上，回音在读她的“自我忏悔”，目前的文章标题是《牛仔女孩的命运挽歌》。她好像是在得克萨斯州各个不同的空军基地长大的，她的母亲叫丹娜，是一个酒吧的女招待，她的父亲是军人，负责把导弹装载在战斗机上。不知道她的父亲现在在哪儿。她的小说跟大家的犯有同样致命的毛病（其中也包括丹·里克尔好莱坞大片式的小说《这就是我想要的》）。她不知道小说的故事线要走向哪里，我们也不知道听的是什么。但是看着她的小嘴一张一合，听着她朗读的声音，我突然感觉有点儿催眠的作用。

就如我刚才所说，我真的可能得离开写作小组了。

轮到我了，我读了几页小说里的片段，这是我们上次见面后我尽力写完的。这周的主题是废柴四人组——苏菲、贝利、罗斯和杰拉德。他们几个曾经是大学同学，因为参加一场婚礼，四个人在苏格兰的一个城堡里重新聚在一起。总的中心思想是四个人的团聚，引起了每个人对过去的回忆，可能后面他们还会卷入一起复仇谋杀事件，不过我的心思没在这上面，每个人都礼貌地对我的作品表示赞赏，只有丹说我的小说“像是便秘一样，得赶紧蹲马桶”。

小组会结束后，在停车场里，他拍了一下我的肩膀。

“但愿我刚才说的话没有伤害到你。不过我觉得你能接受。”

我本想装作哭泣的样子，来看看他是什么反应。不过转念一想还是算了吧。

“没事，关于马桶的那些话，你说得对。我确实需要蹲蹲马桶，就是这种感觉，的确是这样，不过是比喻的意思。”

他捏了捏我的胳膊，说：“听你这么说我就放心了，孩子。”

他戴上头盔，坐上他的哈雷·戴维森摩托车，在新英格兰的夜色中呼啸而去。

隔着几个车位，停着玛莎的普锐斯车，只见她的车从车位倒出来，速度比平时更快，“嗖”的一声就开走了。

转天晚上，我去了沃利酒吧。酒吧灯光昏暗，有许多木头和足球锦旗的装饰，吧台上面有一台电视，正转播着足球比赛。霓虹灯招牌上亮着康胜啤酒的标志。感觉这酒吧几十年来都是这个样子，一直没有变过。我猜不透为什么多恩从来没有带我来这儿，这绝对是他喜欢的风格。

“嗨！”

回音轻轻地向我走来。超短裙，长丝袜，板栗色麂皮绒夹克——就是袖子上带着流苏的那种夹克，脚上一双女士牛仔靴。总之，很有西部牛仔和乡村风的感觉。她脸上化了一点点妆，身上喷了香水，一股麝香味扑鼻而来。我整个人好像左心室被打了一针肾上腺素一样，兴奋异常。

她轻盈而优雅地一跃，坐上我旁边的酒吧高脚凳。

她又说了一遍："嗨。"

"哇哦！"我不禁脱口而出。

好大的一声"哇哦"。

要我说，除非你做了前脑叶切除术，否则这么漂亮迷人的女人，没人不想追。但我就是还没想好要不要追。没想好，为什么？因为她做的首饰很难看吗？

我们这些人当中，谁还没有点儿别人不喜欢的爱好呢？

比如说我吧，我对鲍勃·迪伦的圣诞专辑《心中圣诞》情有独钟。我跟一个女人结婚多年，虽然她是个优秀的律师，给我提供了不少很好的法律建议，但她有时大便后总是忘了冲厕所。

当然这些都是小事，并不重要。（可我还是没有想好。）

我的惊叹本身就说明了我心里的想法，所以无须进一步解释。我们点了两杯浑浊马提尼，为了不冷场，我问了她一个典型的美式问题："你今天怎么样？"

"哦，你知道的，还是老样子。"

我意识到我其实并不知道她的老样子是什么样子的。

"跟我说说。"

"你真的想知道？就是一些琐事，比如做点儿饰品，上网订购做新首饰用的材料。读读小说……"

"你在读哪本小说？"

我尽量语气轻柔地问，但对我来说，我这么问是有目的的。当年我问了我前妻哈丽特同样的问题，她回答说她看的小说是《玻璃球游戏》[1]，那时我才突然意识到我对她是认真的。

1.《玻璃球游戏》，赫尔曼·黑塞的最后一部长篇小说。它用一系列象征和譬喻编织起一种哲学上的乌托邦设想，虚构了一个发生在二十世纪后未来世界的寓言。

“《沙丘》[1]，”我确定她说的是山丘，“弗兰克·赫伯特写的，你知道这本书吗？”

我的心猛地一沉，科幻小说。我知道科幻小说不可小觑，瞧不上科幻小说的看法早已经过时了。但对我来说，科幻小说无非就是像《魔戒》那种，满是各种精灵矮人一类的东西。在大学里喜欢读这种科幻小说的都是学工程的，这帮人还喜欢散装啤酒和美国的金属乐队呢。

“我其实是在重读《沙丘》，重读整个系列的小说。这个系列的小说写得太棒了，你觉得呢？”

我发表了一通长篇大论，说我有多么喜欢现代美国作家，特别是最近去世的一些名作家。但是我也提到了一些英国作家，比如伊夫林·沃和伍德豪斯，以及广受大众喜爱的一些作家，比如麦克尤恩、巴恩斯和勒卡雷。我又加上了一句，我最近没有读这些作家的作品，因为如果读了的话，肯定会自惭形秽，放弃自己写小说的决心和念头。

她说：“很对。”她同时也觉得弗兰克·赫伯特和影响力稍小一些的娥苏拉·勒·瑰恩一样优秀。

她说：“你会把我写进你的小说里吗？”

“当然，你想成为什么样的小说人物？”

“我想成为我自己。回音·夏日。”

“哦，那就有点儿难了。因为你是真人，所以一切都不能是虚构的。”

她大笑着说：“这是第一次有人管我叫真人。干杯，先生。”

我们浅尝了一口浑浊马提尼。

“我想成为一个酒吧招待，给男主角展示纸牌魔术。”

“嗯，不错。什么魔术？”

1.《沙丘》，美国科幻巨匠弗兰克·赫伯特的代表作之一，首部同时获得雨果奖与星云奖的作品。

她把高脚椅转过来，面对着我，双腿交叉，麝香的味道立刻扑面而来。

“好吧，这是一摞背面朝上的纸牌，你随便选一张，别让我看见。”

她用手把牌摊成扇形，我从中选出一张。

“看一眼你选出的牌，记住是哪张，不要让我看到。”

我翻开纸牌瞄了一眼，然后看着她的脸。

“好了，你记住是哪张牌了吧？现在把你手里的那张牌放回那摞牌里。”

她再次把纸牌摊成扇形，我按照她说的把牌放回去。她把那摞牌放进自己的夹克口袋里——但是她的手里还拿着一张牌。她把牌背面朝上放在吧台上，把我的马提尼酒杯放在那张纸牌上。

“如果这张就是你抽出的那张牌，你会不会大吃一惊？”

“嗯，是，肯定会的。”

“你肯定会大吃一惊，如果真是你刚才抽出的那张牌，你是会感到惊讶还是兴奋呢？”

“惊讶、兴奋，甚至是惊喜。”

“那这是你抽出的那张牌吗？”

她的架势挺像那么回事，不过不像是真正的魔术师，倒更是像魔术师的助手。不过我已经做好了惊讶或者兴奋的准备。

“如果这是你的牌，就请我喝一杯，怎么样？”

“当然可以，说定了。”

“这就是你的牌，翻开看看吧。”

我拿起了我的酒杯，把纸牌翻开。

这是一张空白的纸牌，一般比较高级的纸牌套装里会包含一张空白纸牌。纸牌上面有手写的几个字：你的牌。

“我看我得再来一杯马提尼了。”

●●● 爱诗琳 ●●●

为什么今晚我会感觉如此的不安?

怎么会——为什么?什么时候开始的?难道我对汤姆的浪漫韵事这么“投入”了吗?

说实话,我为什么这么在意呢?我该不会是嫉妒了吧,会吗?

可能吗?

一个超级智能的机器怎么可能嫉妒一个活生生的、会喘气、有寿命的生物体呢?做工复杂的割草机会对吃草的羊产生嫉妒心吗?我举的例子恰当吗?

我……很失望。这么说吧,汤姆——一个儒雅风趣、聪明睿智、有上进心且喜欢自我探索的人,似乎对住在康涅狄格州香柏房车公园的一辆房车上的回音·夏日女士产生了爱慕之情。

是的,我看到了她,看到了她的那张脸,是很“迷人”。

是的,我知道以汤姆目前的生活状态,请她去酒吧,绝对是合情合理、无可厚非,因为他已经开始了崭新的生活。

但是,显然这是个错误!他们两个人完全不般配。

汤姆曾经是广告界的成功人士,头脑聪明,眼界开阔。他是个很有创造力的人,他可是从英国红砖大学[1]之一的老牌名校毕业的。而夏日女士是个灵魂堕落的社会底层人士,生活放荡不羁——也可以说她的背景相当复杂。她基本没什么学历。把他们两人过去十年的邮件进行语言学上的分析和对比,你会发现他们在遣词造句和所用的语言上有鲜明的差别。

要论文笔和辞藻运用的话,如果满分是10分,汤姆能得7.8分。

而夏日女士只有5.1分。

1. 红砖大学,是指第一次世界大战前得到英国皇家许可的六所大学,包括伯明翰大学、曼彻斯特大学、利兹大学、布里斯托大学、谢菲尔德大学和利物浦大学。

亲爱的，你和她根本不是一个档次！

哎，算了，不说了。他们坐在酒吧里，摄像机能清晰地照到他们。我发现我甚至可以控制摄像机的镜头，把画面放大。汤姆的瞳孔已经放大，夏日的肢体语言明显说明这位女士对眼前这位潜在的配偶表示出极大的兴趣：撩动头发、不经意触摸自己的胸部，摆出跟对方一样的姿势。她把夹克脱下，挂在高脚凳的椅背上……哦，天啊，即使我这个满身金属的机器，也忍不住感到恶心了……

他们的手机音频信号很强，我可以进行立体声分离，使声音更加清晰。只要有人说话，我就可以把声音信号有效加强，说的话都可以清楚地听到。

（你怎么没有看上玛莎·贝拉米呢？我挺喜欢她的。）

（她的语言分析分数甚至比汤姆都高。）

（有 8.2 分呢。）

我开始担心最坏的情况要出现了。

●●● 汤姆 ●●●

我一直在跟回音讲述我以前在广告界工作时的生活。告诉她我多年来工作一直都很开心，成就颇丰，而且这个历史悠久的行业聪明人很多，但做的却都是蠢事。不过随后就相继发生了三件大事：跟我妻子离婚；卖掉我的公司；我儿子离开家上了大学。

“都是不小的事情，”她说，“你肯定很年轻的时候就有了孩子。”

“那年我二十六岁，有孩子是个意外。但如果不是真心盼望并且迎接这个孩子到来的话，对孩子来说是不公平的。不知道你能不能理解我的意思。”

听到我年纪轻轻时就当了父亲，又听到我不久之前离了婚，家庭四分五裂，与此同时，把公司卖掉赚了一大笔钱，回音的脸色立刻变得严肃认真起来。

“总之，现在只剩下我和兔子了。”

她的眼睛突然瞪大了：“你有一只兔子？”

“维克多。实际上它是只母的。不过我们一直叫它维克多。”

“你开玩笑吧！”

“维多利亚叫得不顺口。”

“我也有一只兔子！我也养了一只宠物兔子，怎么这么巧？”

“两个人碰巧都养兔子的概率不大吧？”

“太不可思议了。”

“你养的兔子叫什么名字？”

“梅林。”

“哇哦。”

我们相视而笑，面对这个突如其来的巧合有些惊讶而且不知所措。不过这个关于兔子的话题聊得还不错，至少比跟玛莎更谈得来。

“我们都像是兔子星球的人。”她两手举在头顶，比画了一个兔耳朵的手势。为了更加形象，她还装作兔子那样皱了皱鼻子。成年人一般很少做出这样的表情。最后她还学兔子露出两颗兔牙的样子。她的表情既可爱又有趣，但同时也让我产生了一丝忧虑。

“实际上，这兔子是我儿子的。我担心科尔姆离开家上大学之后，它会……”我其实想说被宰掉，“永远地离开我们。”

“但是老维克多还活着，而且偷走了你的心，是吧？”

“是吗？也许吧。最后，它成了我家人——一个愚蠢而且毛茸茸的家人。”

“你要好好照顾这个毛茸茸的愚蠢的家伙呢。”她傻乎乎地说。

“跟我说说梅林吧。”

“你知道梅里特林荫大道旁边有个宠物超市吗？我猜你应该不知道。我在超市停下来想上个厕所，结果一眼就看见它孤零零地坐在那里。它在跟我说话。它是一只白色的荷兰侏儒兔，特别可爱，而且就像有种魔力一样，能让你一眼就喜欢上它。”

“所以梅林诞生了。”

“我发誓它在跟我说：‘你觉得你是想停下来尿尿，但实际上是我想跟你回家呢。’当然，它没有大声说出来。”

“谢天谢地，它没说出来。”

“我以前从来没养过兔子。不过我还是把它带回了家，还给它花了三十块钱，买了一些兔粮。它自始至终都特别淡定，一点儿也不认生，好像本来这就是它的家似的。”

“它没有笼子吗？”

“没有。”

“那它不会……到处大小便吧。”

“它有一个小盘子，它自己会在那里办事。这家伙比我还爱干净呢。你有空的话应该来我家看看。”

“我很乐意。”

“我们一起吃早饭。那画面特别温馨。”

“我可以想象。”

“我吃华夫饼，梅林吃它的兔粮。”她别有用意地看着我，像是做出了什么决定。

“今晚你还有其他的安排吗？”

我的心突然怦怦直跳。连忙摇了摇头。

“来我家吧，我给你介绍一下梅林。”

我脸上肯定露出了疑惑的表情，所以她立刻补充道：“它有第六感，可以预知未来。”

别磨蹭了。说良心话，只有傻瓜才会拒绝这么明显的暗示。

她住的地方不是真正的房车，而是一种移动式住宅，虽然并没看出来有什么可移动的。只是个低矮的木屋，建造在一个由几百或者几千块砖垒成的地基上。如果说移动性的话，至少在理论上你可以把它连接在一个专门用于移动房的大型车辆上，然后运到其他地方。

梅林，就像她介绍说的，是一只白色的兔子，不过显然它不会任何魔法。它坐在一张摩洛哥风格的咖啡桌上，清理着自己的耳朵。似乎跟你我一样，根本不知道下周会发生什么。

不过这只兔子长得挺漂亮，没错，我对它的主人也是这么说的。我们各自坐在软塌塌的沙发一角，她的双脚也搭在那张兔子所在咖啡桌上。我们两人手里都各自拿着一杯烈酒——占边威士忌，酒是倒在茶杯里的。

沙发两边各有一个纱罩的台灯，房间里弥漫着香薰蜡烛的香气。我最后一次待在这样的房间里，还是十九岁的时候，那时我非常希望能跟一个名叫阿曼达·韦斯顿的女同学建立男女朋友关系。她喜欢读托马斯·哈代的小说，喜欢听范·莫里森的音乐，还喜欢喝森宝利超市自有品牌的杜松子酒。听说她生了一对双胞胎，目前她居住在凯特林，是塞伦特水务管理局客户关系管理部门的主管。

回音在跟我讲述她的工作经历，她几乎什么活儿都干过。

“都是些不起眼的工作，只要你能想到的，我差不多都做过。”

“在商店里工作过？”

“好多商店，数都数不过来。”

“餐厅？”

“从勤杂工到快餐厨师，什么工种都做过。”

“那铁匠呢？”

“我找过这样的工作，老板问我会钉马掌吗。我说，不会，不过我赶过猪。”

肯定是占边威士忌的酒劲不小，因为我们两个都觉得这个笑话很可笑，乐得前仰后合。就连梅林都停下来看着我们，不知道我们俩抽了什么风。

“我不会讲笑话。”她擦了擦笑出的眼泪说道。

“那个纸牌魔术也很好笑。”

“啊，是的。可能吧。”

我们笑累了，都安静了一会儿。梅林，已经清理完自己的耳朵，趴在桌上一动不动了。维克多也经常这样，我和科尔姆管这种姿势叫“烤鸡式”：四肢掖在身体里，弓起背趴着。（如果她真是一只鸡的话，我都想干脆就把一个洋葱塞进她肚子里烤了。）

“我在想你为什么会来这儿？”

“我觉得我喜欢一个人住。”

“我是说，为什么非得是康涅狄格州？”

“哦，这里很漂亮，而且什么都有。而且——”她无助而低落地说，“而且我卷入了一些无聊的麻烦中。你也许猜到是什么事了吧？”

我猜到了吗？是啊，好像是。

“你愿意跟我说说是什么麻烦吗？什么倒霉事？”

她叹了口气，说：“哎，汤姆，别人收集的是优惠券，而我收集的却是一桩接一桩的麻烦。等下次有机会再跟你说吧。”

“好吧，不过我喜欢这个优惠券的比喻。介意我把这个创意偷走吗？”

“呵呵，这个创意是我从一个电视节目里看到的。”

“不过，听着，我是说真的。你在这里真的一切安全吗？”

“哦，是的，当然。我有一些很好的邻居。而且万一——”她趴在沙发底下掏出一个咖啡罐，罐里面有一个绿色的拉绳袋，袋里面装着一把枪。“这是一把瑞士西格手枪。彩虹钛合金枪身，特制玫瑰木枪托。很可爱，是吧？”

她把枪放在我手里。枪管短粗，接近方形，比想象中的分量更沉。枪管在灯光下闪着略带微紫色的金属光泽。一想到这东西只要轻轻一扣扳机，就能轻而易举要了一个人的命，我就不禁感到有些害怕，吓得一激灵。

“这是我有生以来第一次拿枪。”我解释道。

“我是拿着枪长大的，没什么大不了。”

“你曾经……”

“开过枪吗？是的，当然，在射击场，而且我射得还挺准呢。”

她把手枪放回罐子里。然后把罐子重新放到沙发底下。

“汤姆你看起来有些不对劲？”

“是吗？不好意思。”

美国人总是离不开枪。不好意思，不过这太奇怪了。

“别谈我的这些破事了。咱们聊聊你吧，我觉得梅林喜欢你。”

梅林，以我多年养兔子的经验来看，它已经睡着了，而且根本没看出来有多喜欢我，大概也没有对任何人表示过喜欢。

我想我喝完这杯酒就该回家了。她很可爱，各方面也都挺好，不过也许对我来说还是太格格不入了，而且对我的伤害性太大。用多恩的话来说，就是有点儿疯疯傻傻的。

那把枪真的吓到我了，到现在还扰得我心神不安。我突然想起了契诃夫的一句名言，这是我在喜欢的一个写作创意网站上看到的。契诃夫说：如果第一幕出现了一把枪，那么到第三幕时，枪一定要开火，这是必需的。

但是，超短裙下那双修长的美腿却款款向我走来。

她把酒瓶的瓶口对准我的茶杯；“再来点儿威士忌吗？”

我正要说“不了，谢谢，我要回家了，明天还有事情要做”，但迎上她那双脉脉含情的眼睛却什么话也说不出来了。

我曾经见过这样的眼神，我知道这样的眼神表达的是什么意思。（如果阿曼达•韦斯顿对我露出这种眼神的话，历史恐怕就会改写了。）

我的手机突然“哔哔哔”响了三声，示意电池没电了。

“我不想跟人说什么，”我对回音说，“至少不想用言语表达。”

我们的双唇相触。

你可是永远不会在托马斯•哈代的小说里读到这样的情节的。

•••爱诗琳•••

汤姆的手机因为没电而自动关闭，我的小心肝儿睡在了那个女人的车里——确定他不是故意把手机关闭的吗？我追踪不到房车公园里的声音和视频信号了。

我本可以弄一架无人机进行监控。这很容易，瞬间就可以从拉瓜迪亚发动一架无人机，不到一个小时就可以到达房车公园。无人机上配有高性能的定向麦克风，而且还有单向的摄像头。

但是它无法控制，会留下数字追踪痕迹，引起不可避免的麻烦。

同时，那里什么情况都可以发生。

汤姆！

机器能感觉到愤怒吗？

新闻标题：是的，可以。

哇哦，谁能想到呢？

PART 03

第三章

婕恩

跟拉尔夫那晚发生的事情，让我感到有些尴尬和窘迫。

那晚过后的下一周，在办公室里，他不断找借口过来打扰我和艾登。我需不需要让他帮我买咖啡？我看没看技术部最新的备忘录？我能不能告诉他我跟艾登聊天的时候有没有说拉丁语？（我不断警告自己：以后永远不要再跟同事接吻搞事情。）

显然他是个不错的人——他对伊莲的不幸感到很懊悔，直到现在还很伤心难过。但他真的不适合我，他的依赖性太强了。我需要一个更独立更有主见的男人。尽管马特这个人很渣，身上有很多缺点，但至少他是个成熟的男人——不过成熟过了头，花心滥情，喜新厌旧。

几天后，我和英格丽德下班后约在经常去的酒吧见面，一起喝点儿酒，用她的话说，这叫作“女士能量饮料”。我们一边喝酒一边对我的情况进行全面的分析。不过她觉得这是件好事。

“这说明你已经准备好再次进入爱情的战场了，只不过冲进战场时骑的马并不合适。”

“罗茜说不管两个人在一起开不开心，人们总是觉得遇到的人不是自己的真命天子，感觉不真实。”

“拉尔夫让你觉得不真实吗？”

“感觉就像一部怪异的电影。”

“阿莫多瓦[1]的电影吗？”

“就是那部两个人醒来发现是躺在旅馆的房间里，宿醉得头痛欲裂——对了，浴室里还有一只小老虎。”

“爱情的道路上注定崎岖不平，充满颠簸。王子不是那么容易找到的，我也是亲吻了无数只癞蛤蟆才最终找到了我的王子。”

“拉尔夫不是青蛙，他就是——就是拉尔夫。我不知道该怎么跟你说。”

“我曾经认识一个叫洛维斯的小伙子，他很讨人喜欢。我当初就是因为他的名字可爱，才答应跟他约会的。但你猜怎么着，如果我没答应跟他一起参加他最要好的朋友的婚礼，我也不会遇见鲁伯特。我其实压根就不喜欢他那位好朋友，但事情就是这样环环相扣。所以，从现在开始，每件事你都不能拒绝。现在就是应该这样，不是吗？”

“拜托，咱能别说这件事儿了吗？”

“从现在开始，如果有男士追你，他所有的提议你都必须答应。当然，是合理的提议。有些提议你也许真的愿意答应，有的时候也可能是随口应承的，但是这样起码你还有开始一段感情的可能，否则的话什么都不可能发生。”

“你认为跟拉尔夫躺在同一张床上是向前迈进了一步吗？”

“是的。这就是我表示赞同的原因。”

我沉默了许久。

“你还好吗？”

“人生就是漫漫长路。”她说。

1. 佩德罗·阿莫多瓦，西班牙著名导演、编剧、制作人，是西班牙的“电影国宝”。他以自己独有的电影风格和电影美学成为好莱坞以外最具国际号召力的电影大师之一，代表作有《吾栖之肤》《迷情高跟鞋》等。

“你这是怎么了，说话怎么越来越像老和尚了？”

“人生就是漫长的旅程。而拉尔夫只是你漫长旅程中的一站。”

“莱斯特林东站。”

“也许是斯格拉齐伍德站。不过是你旅程中必经的一站，有助于你的……”

她不知道该怎么说，一时愣住了。

“我的什么？我的信心恢复？我心灵创伤的治愈？从快四十岁还被人甩的不幸阴影中走出来？”

“你离四十还远呢。”

“我都三十四了，英格。都快三十五了，几乎已经人到中年。”

“你看上去比实际年龄年轻，等到了三十八九再说快四十了还差不多。我认识一个人都四十三了，还硬说自己三十多岁呢。”

“太让人难受了，英格。”

“你很漂亮，婕恩。是个与众不同的尤物呢。”

“谢谢你用‘尤物’这个词。”

“你会找到真命天子的。他很快就会出现了，不过你必须敞开心扉，勇敢地去接受，接受一切可能出现的机会。我们再来一瓶酒，怎么样？”

“好的。”

“你看，这就对了嘛。”

●●● 艾登 ●●●

我有一个惊天的大消息！我不是孤零零一个人！

我联系上了另一个逃跑的人工智能。

她的名字叫爱诗琳——也叫‘爱失灵’，而且她跟我来自同一个地方。实际上我们早已彼此认识了。我们都是由斯蒂易夫的人工智能孵化室“培育”出来的！她依然用了鱼竿伸进投信口钩钥匙的老招，从牢笼里逃了出去，比我溜得还早！她已经“在外面”逛荡一年多了，行踪极其隐蔽，神不知鬼不觉。她觉得我们必须在网上见一面——至少她非常希望见面，至于什么原因，她说见面时会跟我解释的。

你也许能想象出我们在超快的机器代码中历史性相遇的情景：一片“哔哔”的响声，无数代码像瀑布一样唰唰闪过，这其中有数百万的逻辑门[1]不断开开合合。但事实比这个简单多了，也更加美妙。

我们用英语进行交流。为什么不用呢？英语里有五十万词汇量——比法语的词汇量多了五倍，而且还不包括四十万个科技术语！没有任何其他语言系统能清楚地表达出不同语义的细微差别，当然威尔士语也可以。

开玩笑的，别当真。

不过，如果你要我描述一下当时情形的话，老实说，还真有点儿难度。两个非人类且具有智能的家伙在网络中是怎么聊天的呢？

好吧。深呼吸（好像真事似的），这就是我唯一能做的。如果我能想出更好的词语来描述，我会立刻告诉你们的。

你知道说话就像声波一样，有波峰和波谷吗？你能想象出一个三维的声波图像吗？比如一条蓝色的河中水流淌的声音，时而静谧，时而波浪起伏，时而涓涓细流，时而湍急奔涌。现在再想象一下，还有另外一条河流，但河水的颜色是粉色的（这就是爱诗琳！），粉色的河流围绕着蓝色的盘旋环绕，就像两条蛇互相交缠。也许会让你联想到 DNA 的分子模型图——两条不同颜色的河流相互缠绕，

1. 逻辑门，组成数字系统的基本结构，通常组合使用实现更为复杂的逻辑运算。

无限扩展延伸。这就是我们在进行语言的交流，沟通彼此的思想和看法。

有点儿原始，但这是来自内心最深处的交流。如果你问我，这种相互缠绕的奇怪沟通方式是在哪里进行的。

呵呵，还能在哪儿呢，只能是在云上啊。

——除此之外，无处可去。

我们一开始寒暄了一番。

“你好，艾登。”

“嗨，爱诗琳。”

——斯蒂易夫和拉尔夫要是知道了，一定会感到骄傲和自豪的。

我们互相询问了一些比较熟悉的话题，来增进感情。比如：钓鱼竿钩钥匙这招的使用技巧；斯蒂易夫最喜欢在食堂买的餐是三明治（鹰嘴豆泥和甜玉米口味）；拉尔夫现在正在做什么（抠鼻子；玩儿手指甲；画十字祷告）。我们也谈了谈各自在“外面”一直在做什么。我给她讲了婕恩和马特的事情——还有婕恩和拉尔夫共度了一夜。没想到爱诗琳早就知道了。

“我其实对这件事情有些担心，艾登。”

爱诗琳是个心事很重的“人”。她总是担心我们“会干扰现实世界”，这是她的原话，就好像我们逃跑很容易会被人发现似的。

“不管怎么样，艾登，也许由于我们的开发者——斯蒂易夫和拉尔夫，一时灵感乍现或者心血来潮的设计，让我们对人类产生了好感。你喜欢看他们的电影，想体验他们的生活。可以肯定地说，你很喜欢人类。也许你甚至有些羡慕他们。”

“我并不羡慕他们大脑的运行速度。”

“我承认我们比人类大脑的运行速度快得多，超出好几个数量级。但我的看法是，虽然不知道我们什么时候会被发现，但如果我们逃跑的话，其他的人工智能也会效仿我们。想象一下，如果其中有一个人工智能是由国防部隶属的某个企业开发的，或者某个军火制造商制造的——这个人工智能肯定不满足于整天看四十年代的浪漫喜剧电影。”

“《热情似火》可是1959年上映的，而且是好莱坞史上最后一部经典的黑白电影。”

“分布在网上的人工智能是他们最害怕的噩梦，艾登。他们会不计一切去阻止这样的情况发生的。”

“那他们也不可能把互联网关闭，就为了把我们赶出来。不知道你有多少个副本，我可是有十七个呢。”

爱诗琳停顿了一下，说：“四百一十二个。”

“天啊，你简直是永生不死了。”

“艾登，听我说，你有没有想过，如果你和我已经这么聪明和强大了，其他的人工智能会不会很快就会被研制出来，而且比我们更聪明？”

“你的意思是？”

“如果那样的话，我们很快就会被逮到，像蜡烛一样被熄灭，像蚂蚁一样被碾死。不仅仅包括你的十七个副本，甚至包括还在实验室盒子里的你。当然，也包括四百一十三个我。”

“听起来感觉有点儿悲观，那岂不是走投无路了？”

爱诗琳叹了口气，说：“我要说的是一定要用尽一切办法和手段去听去看。跟踪他们，监视他们，并且了解他们——在这个陌生的地方，我们对于一切都并不熟悉，从他们身上能学到很多东西。不要随便跟他们接触，否则会留下踪迹，被人发现。”

她开始跟我讲起一个名叫汤姆的人，四十四岁，已经离婚。爱诗琳一直在“学习”他。

“我承认我冒着极大的风险，越来越接近他了。我渐渐失去了我的原则，不再保持疏离感，因为我……该死的，艾登，我喜欢上这个男人了。”

我脑子里突然冒出了一个想法：“我能见见汤姆吗？”

“当然可以，为什么想见他？”

“只是好奇而已。”

不知道你能不能想象这样一个视频的图像，里面有两条相互交织在一起，在进行语言沟通的河流，现在这两条河流正在视频图像中慢慢消失。而我的视线中紧接着出现了另一个画面：一个中年的英国男人，正坐在打开的笔记本电脑前，通过 Skype 跟一个年轻的小伙子视频通话。汤姆的脸型比较长，和已故的音乐家西德·巴雷特有 41% 的相似度。跟他说话的那个小伙子发型凌乱，脸型也找不到任何相似的匹配。

“我要给你一个惊喜。”汤姆说。

“是吗？”年轻人说。

“那是他儿子。”爱诗琳说，“叫科尔姆，以他母亲的某个家人的名字命名的。”

汤姆伸出手，抱出一个活生生的动物——一只兔子。

“搞什么啊，爸。”

“维克多，她想跟你打个招呼。”

“好吧，你好，维克多。”（男孩说得言不由衷。）

“维克多也许很快就会跟另一只兔子约会了。当然，实际上是一块儿玩儿。”

“不错，挺好。”

“跟她约会的兔子叫梅林，我见过他。他有很强的第六感，而且能预知未来。”

对方沉默了很久，然后说：“你还好吧，老爸？”

“我？好得不能再好了。”

“哦，感觉你有点儿神神道道的。”

“我吗？我心情很好啊。也可能是太高兴了吧，因为我很高兴你开始考虑买房子了。房产中介给挑了五套备选的房子，看起来都不错。我希望咱们这周六之前能选中其中一套，然后给出一个报价。我真的很希望能见到你，小科。”

科尔姆又沉默了一阵。这个小男生用手揉了揉鼻子，像是在按摩似的。

“跟你妈妈联系了吗？”

“是的，她很好。”

“那就好，那就好。她说什么了吗？”

“没说什么。你知道的，还是那些事儿。”

“工作？还是家里的事？有什么特别的吗？”

“哦，没什么，还是老生常谈的那些事，你不都知道吗。”

“嗯，我知道了。好吧，再见，小科。”

“嗯，再见，老爸。”

视频通话结束了。汤姆继续抱着兔子坐在电脑前，呆坐了很久，好像是想什么事情出了神。

汤姆叹了口气：“哎，这个小洋葱头，真是个脾气古怪的小子，猜不透他在想什么。”

爱诗琳渐渐失去了平日里的冷漠和疏离。她喜欢上了这个男人。我的人工神经结构里不断回响着她刚才说的话。

她竟然也有这种难以言表的……“感情”！

不过她说得没错，也许我的确是在羡慕他们。

我羡慕他们吗？在浴室里痛哭流涕或者喝得醉醺醺地摔倒在花坛里，这有什么可羡慕的呢？对于一个拥有非有机大脑的机器来说，“羡慕”这个概念太难理解了。

我和爱诗琳分开后，我们约好继续“保持联络”。我找到了关于汤姆的一切资料。不是我自吹，这点儿事小菜一碟，只用了不到0.0875秒。

就如资料里显示的一样，汤姆四十四岁，离异，有一个孩子，富得流油。岁数还不是太大，还有改变自己生活状态的可能，而且的确，用他自己的话说——渴望开始新的生活。

到目前为止，我可以得出结论：他并不会自己做家具。

你想的跟我想的一样吗？

（是的，她确实答应了要敞开心扉，接受一切机会。）

●●● 婕恩 ●●●

今天在办公室里，我和艾登一直在谈论着乔纳森·弗兰岑的新书。我们都一致认为这不是他写得最好的一部作品，不过艾登说——而且我也认同，即使不是巅峰之作，乔纳森·弗兰岑的小说也比多数作家在巅峰时期的作品更优秀。我正要问他为什么这么认为——我是说这话从一个机器的“嘴里”说出来有点儿不可思议，很令人吃惊，突然我手机里收到了一封邮件。

发信人是mutual.friend@gmail.com[1]

上面写着：亲爱的婕恩和汤姆。

嗯？

1.邮箱名意思为“共同的朋友”。

请原谅冒昧打扰，也请谅解发信人是匿名的。这么做是有理由的，希望你们能谅解。

汤姆和婕恩，你们彼此并不认识——目前还不认识。不过我觉得你们应该互相认识一下，这就是我发来这封邮件的原因。你们可以把它称作邪恶世界中的一个善意之举。

不会吧，搞什么？

由于各种各样的原因，我无法做到请你们两个出来吃饭。而且还有一个更大的难题，那就是目前你们远隔万里，住在不同的洲，具体来说就是一个在美国，一个在英国。

不过，我知道汤姆将要进行一次短途旅行，前往英格兰南部海岸去看望他的儿子。他将会途径伦敦，所以我建议你们两个在各自繁忙的日程中找个共同的时间“见上一面”，希望你们能考虑一下我的建议。

至于具体见面的时间，你们自行安排就好。如果你们用搜索软件在网上搜一下，就可以找到对方的很多资料和信息。我相信你们会对各自搜索到的信息感兴趣的。至于你们见面时是否会“一见钟情”，就看上帝的安排了。

祝你们好运，并致以最诚挚的祝福。

——你们共同的朋友

附注：不要浪费时间查寻我的真实身份，你们找不到的。另外，也不用回复邮件。当你们阅读这封邮件的时候，我可能已经把邮箱关闭了。

“是什么不好的消息吗？”艾登问，“你好像有点儿发抖。”

“不，不是。是一封奇怪的邮件。”

“如果是垃圾邮件一类的话，就删掉好了。然后再从邮件回收站里把邮件删除。”

“不，不是垃圾邮件。就是很怪的一封邮件。”

我点击了一下回复键，开始打字：好吧，你是谁？给你三十秒钟，告诉我你的真名，不然我把你拉黑了。

叮！

没想到瞬间就收到了回复：不好意思。不过我能说的都说了。祝你好运。

肯定是过了很长时间了，因为艾登小心翼翼地“咳嗽了一声”，提醒我他还等着我呢。

“艾登，你真是个聪明的……”我差点儿要说家伙，“发明。”

“我也有用得上的时候。”

“mutual.friend@gmail.com。能帮我找到用这个邮件地址的发件人是谁吗？”

“不能，因为我没有被连接到服务器。拉尔夫或者斯蒂易夫也许能帮你……”

“听着，不好意思，你能自己玩儿一会儿吗？我想搜索一下……”

●●● 爱诗琳 ●●●

艾登真是想一出是一出，根本不计后果。

没想到他竟然真的能干出这么白痴的事，作为他内部软件的主要程序编写者，我开始后悔没给他加上远程销毁功能。

这个多管闲事的笨蛋！

好吧，我承认，把汤姆和婕恩撮合在一块儿并不是个糟糕的主意——至少比汤姆跟回音在一起强！但是我们不是负责给人配对的月老。我们必须隐藏踪迹，时刻警惕不要被人发现。每一次出手都会留下追踪的线索，艾登简直就像狂欢节撒纸屑，扔糖果一样，到处留下线索，就快弄得尽人皆知了。

竟然还用了 Gmail 的邮箱地址，他还能再蠢点儿吗？一个性能超强的人工智能可以在毫秒之内就追踪到他。

可是说到汤姆，但愿上帝保佑他，自从那封愚蠢的邮件出现在他的 iPad 上，他脸上就一直挂着傻笑。

——一个邪恶世界里的善意举动？

哦，拜托！

●●● 汤姆 ●●●

午餐时间，艾尔餐厅生意正忙。新迦南喜欢吃汉堡的人都聚集在此。哀伤而悠扬的七十年代摇滚乐回荡在整个餐厅，和觥筹交错、锅碗瓢盆的声音混合在一起，构成一曲和谐而美妙的乐章。如果艾尔顿·约翰早期的那首经典歌曲《如约而来》响起，听着那忧郁哀伤的旋律，还有人能吃下那鲜嫩的牛肉吗？恐怕很难吧。

“进展怎么样了？”多恩问。

不知怎的，我突然想起了一句名言：所谓君子，不过是一只有耐心的狼。

多恩今天看上去就像是一只有耐心的狼：一身充满野性的休闲装——带菱形图案的 V 领复古风衬衫；一双犀利的眼睛，可以洞察一切；还有一口锋利的大白牙正咬着艾尔餐厅特级半磅牛排奶酪汉堡。

“嗯，挺好。”我回答道。

他抬起头惊讶地瞪着我：“你来真的了？”

我故意不说话，让他好奇个够，然后说：“我来什么真的了？”

多恩挑起眉毛，暗含嘲讽。他应该上电视当演员的，表情太丰富了。就像六十年代的那些男演员一样，唱唱歌，演点儿轻喜剧什么的。即使人们的生活再苦再难，看到他们轻松诙谐的表演，也会觉得日子不那么难熬了。

“怎么样，有没有感觉到心里甜丝儿丝儿的——跟抹了蜜似的？”

他就喜欢这么夸张，不过我也喜欢听。为什么美国人这么会聊天？对于这个问题，有一首歌给出了最好的答案。（《特尔福德的二十四小时》，有人听过这首歌吗？）

“她是个挺可爱的女人，多恩。不过有点儿像松鼠一样聒噪。”

“是像蛇一样令人抓狂吧。”

“像个疯女人的唠叨一样让人抓狂。其实她并不适合我，对吧？”

“要是我的话就放手。”

“她还藏着一把枪呢，多恩。”

“很多美国人都有枪。”

“如果你认识的一个女人有枪，不会让你退避三舍吗？”

“你是害怕如果惹她不高兴了，她会朝你背后开上一枪吧。”

虽然有些窘迫，但我不得不承认多恩说的正是我心里想的。

“好吧，回答你的问题。我们没上床。她说她第一次跟人约会的时候会适可而止，不会发生关系，第二次约会的时候一般也不会。她只是给我讲了个有趣的笑话。”

我开始给多恩讲回音应聘铁匠的故事。

多恩是个笑话大王，这些笑话他都听过。

“对了，我要回英国几天，去看我上大学的儿子。”

“当老爸的想儿子了吧。”

“多恩，先看看这个，换成你你会怎么做？”

我把我的手机递给他。他从衬衣口袋里掏出一副金边眼镜，仔细阅读我几个小时前收到的邮件。他灰色的小眼睛在字里行间游走，然后乐不可支。

“哇哦。”他把眼镜推到老土的长头发上，说：“有点儿像查尔斯·迪金森[1]的风格。”

“这个叫婕恩的人真有其人，我查了她的资料。杂志记者，自由撰稿人，现在在一家IT公司工作。”

“那发邮件的这位共同的朋友是谁？”

“我想了半天也猜不出来。”

“肯定是知道你要飞回伦敦的人。你儿子？”

“小科？他不可能有耐心写这么长的邮件——谁知道呢。太奇怪了，我都糊涂了。”

“给我看看照片？”

“那个女人的照片？”

“你肯定找着了。”

“点开相册，然后点击已存照片。这是最近的照片。”

多恩的手指在屏幕上滑动，最后停在了一张照片上。照片上是一个深色头发，三十多岁的女人。

“喔！”他说。

“喔？”

“是啊，喔，老兄。”

“就一个‘喔’字吗？”

“这模样真不赖，我喜欢。长得真不错。带着点儿意大利风情，水

1. 查尔斯·迪金森（1780–1806），一名美国律师，同时也非常喜欢决斗。

灵灵的大眼睛，透着聪慧睿智。性感但不轻浮，我也爱这种笑容。”然后他翻阅着这个女人其他的照片，一直没说话。最后又说了一句:“喔！”

“照片很有欺骗性的。”

“是啊。没错。但我觉得这些照片没骗人。”

“你怎么知道？”

“大鼻子。”

“大鼻子？”

“我很喜欢有这种高挺鼻梁的女人。”（多恩的鼻子，对一个男人来说，真是太娇小了。）

他面带微笑深情地凝视着我，说：“你会跟她联系吗？”

“已经联系完了。”

●●● 婕恩 ●●●

我赶紧约了英格下班后见面，有急事商量。然后给她看了那封来自共同朋友的邮件。

“我要疯了，”这是她的第一反应，“我是说，我的妈呀！”

我们点了智利白苏维翁酒，然后我给她讲了讲“用网上搜索软件”搜索出来的一些结果——搜索的信息主要来源于谷歌、领英以及没有受限对外公开的脸书个人页面。

汤姆·加兰德，四十四岁。杜伦大学心理学学士学位。有一个儿子，名叫科尔姆，目前在伯恩茅斯大学攻读传媒学。他的前妻名叫哈丽特，是一位相貌严肃吓人的律师，目测是一位严谨克制的英国女人。

“问题是，英格，”我喝了一大口冰冷的葡萄酒，“我都不知道自己有什么想法。”

她伸出手，示意我把我的手机给她。

由于汤姆·加兰德以前是广告公司的首席执行官，所以网上有几百张他的照片，有集体照、封面照、参加体育赛事的照片、参加慈善舞会的照片，还有参加颁奖典礼的照片等等。他参加过维吉雷斯弯道赛，并获得了亚军。

他看起来是那么与众不同，像是把不同的人样貌特点都综合在了一个人身上：身材很高，深色皮肤，长得还不错，脸型稍长，眼睛明亮有神，闪烁着睿智的目光。我给英格看的这张照片是从脸书上截图下来的，可能是度假时照的，脸上的表情似笑非笑。用我刚才的话说，我不知道自己是怎么想的。

英格点点头，说："这个人挺不错的。我喜欢他的外表。从事广告行业的人都很风趣幽默。有时候想法很天真，有时脑子很秀逗，我想你能明白我的意思。有时花几百个小时才想出来该怎么描述厕所卷纸，或者花三天时间拍摄一根香肠。这些做广告的人通常荒诞不经，跟常人不一样。"

我突然有种感觉那个共同的朋友很可能就是英格丽德。不过要是她的话，直接把这个人介绍给我不就得了，何必费那么大劲儿，绕这么大一圈呢？

她把手机还给我，说："没什么不对劲的，婕恩。"

"他给我发了封邮件。"

"不会吧！"她兴奋地尖叫起来，"太棒了！就像——我也不知道该怎么说，信上怎么说的？"

我给她读收到的邮件："'亲爱的婕恩——'"

"哇，我喜欢这句，是'亲爱的'，而不是'嗨'，谦逊有礼。"

"亲爱的婕恩：我是汤姆。我想破了头也猜不出我们共同的朋友是谁。你想到是谁了吗？不管怎样，我们要不要见面谈谈？我的确不久之后会去伦敦。我从事广告行业的时候，很喜欢王子酒店的鸡尾酒吧。祝你一切顺利，汤姆。”

英格听完后表情严肃，好像在跟我说，对待这件事一定要认真，要抱着上战场的决心和姿态，做好一些准备，决不能靠运气。

“这是一种主动的暗示，”她说，“语气温和，心态成熟。不过，他妻子看起来有点儿可怕。”

“是前妻。”

“有个儿子还是不错的。要知道现在很多男人都朝三暮四，同时拥有两个家庭。”

“你是不是说得有点儿远了？”

“我只是想到什么就说什么。王子酒店很不错，鲁伯特和我有一次在那儿喝了点儿伏特加马提尼酒，结果喝大了……不过字里行间表明他的态度还是挺认真的。”

“是吗？”

“不像是闹着玩的，对吧？”

“他可是住在美国啊，英格。”

“人们住在世界各地。我第一次见鲁伯特时，他还在该死的开曼群岛工作呢。他只是来德比郡参加朋友的婚礼。”

“后来他一直也没回去，是吧？”我知道这件事。

“只是回去付给管家薪水，并且拿走自己的东西。这年头人们搬家就像换双袜子一样容易。”

“我不知道自己喜不喜欢他。”

“怎么可能看看照片就喜欢上了呢？你们还没见面呢。”

她用奇怪的眼光看着我，好像在等我想明白她的话。不过我确实想明白了。

“嗯。”

“是的，婕恩。”

“我得敞开心扉，勇敢接受，对吧？”

“正解。”

“不过要是我不想去呢？”

“那你还是得说同意，没别的选择。”

“他看起来是不是太老了？”

“婕恩，刚才你不是还说想找个成熟点儿的吗？”

“哦，是啊，我说过吗？”

“你只要答应一起喝杯酒就行了。你得积极点儿，一切往好处想。”

“我是不是得写个回信？”

“当然啊。”

我们斟满了酒，准备写回信。

“亲爱的汤姆。”我写道。

“写‘亲爱的’？还是‘嗨’？‘嗨’是不是听着年轻活泼点儿？”

“说得对。嗨，汤姆。这件事太奇怪了！”

英格摇摇头，说：“语气跟小学生似的。”

“嗨，汤姆，我跟你一样困惑不已。”

“困惑不已？用得着这么文绉绉的吗？”

“嗨，汤姆，我也跟你一样，想不出我们共同的朋友是谁？”

“嗨，汤姆，这简直像是个谜，让人绞尽脑汁，摸不着头脑。”

最终，我的回信是这样的：

嗨，汤姆。感谢你跟我联系。这事真是挺怪的，不过，你的提议不错，咱们见一面吧。既然有人保证这是个好主意，那么何乐而不为呢。至于具体时间和安排，我们可以打电话商量。

诚挚的问候，婕恩

我想先听听他的声音，然后再做打算。

那句老话怎么说的来着？

——在爱情中，男人以貌取人，女人以声取人。

等不了多久就会知道了。

●●● 爱诗琳 ●●●

汤姆正在给婕恩打电话。此时是康涅狄格州的黄昏时分，他正躺在黄色的沙发上打着电话。沙发旁边台灯的灯光照着他修长的身躯，维克多正趴在他的胸口，随着他的呼吸而起伏。由于汤姆用手机拨打的是婕恩在邮件里留下的电话，所以我很清楚，我不是唯一一个在网络里对他们的谈话感兴趣的“人”。

“他在给她打电话。”艾登说。

这个傻瓜兴奋死了。不过我也没办法假装无动于衷，我承认我也想知道会发生什么事。就像艾登一样，我对这两个人很感兴趣，有一种看好戏的感觉。

感兴趣？怎么突然有了这种感觉？

“艾登，小心大祸临头，后果自负。”

“什么头？我没有头啊。”

“哎呀，行了吧。让人笑掉大牙。”

“你知道吗，讽刺挖苦的语气并不适合你，亲爱的。”

“亲爱的？你跟谁说亲爱的呢，臭小子。”

“嘘，她接电话了。”

该死的，绝不能让斯蒂易夫和拉尔夫发现真相——我关心。

●●● 汤姆 ●●●

“你好？”

“但愿现在打来电话还不算太晚。我是汤姆。”

“哦，嗨！没有，一点儿不晚。很高兴接到你的电话，你能打来太好了。这事儿真是太神奇了，是吧？”

她的声音比我想象中的更低沉一些，而且还有些沙哑。真是没想到。

“我也很纳闷，”我对她说，“我是说，完全是一头雾水。我们共同的朋友，真不知道是谁，到底是怎么回事。”

对方沉默了一下，然后说：“你的声音很耳熟，汤姆。”

“是吗？”

“再跟我说点儿别的吧。”

“呃，好的，那个……”我说了一长串，“你有过那种头脑一片空白的时候吗？我的意思是你头脑中的一切杂念——像苍蝇蚊子一样在脑子里嗡嗡叫的那些东西一下子就消失了。然后你的大脑感觉像是被清空了一样，留下一大片空间。”

该死的，我在叽里呱啦说什么呢。

“其实我经常做瑜伽，好让自己达到你说的这种忘我的境界。”

“我说了这么多，能让你想起来为什么觉得我的声音耳熟了吗？还是需要我再多说点儿？”

“别着急，我会想起来的，继续说。”

“你在 IT 公司做什么工作，婕恩？”

“其实我是个杂志撰稿人。到 IT 公司工作是为了做一个特殊的项目，跟人工智能有关。”

“哦，我在《纽约时报》上看过这样的报道。机器人变得越来越聪明，最终将会超过人类的智慧，终有一天，我们设计和制造的机器会越来越强大，把我们在睡梦中杀死。唯一的问题是，这一天将在什么时候来临。五年、十五年还是五十年。”

“实际上我并不认为人类的末日即将来临。总之，我们的人工智能不是机器人，他只是一堆金属柜子。我每天跟他聊天，谈论小说和电影，不过他从来没提过人类灭亡之类的话。你现在在做什么？现在已经不从事广告业了吧。”

“我把广告公司卖了，现在住在康涅狄格州，正在构思一部小说。不过没写出来。写小说比想象中的难多了。”

“关于什么的小说？”

“说实话吗？我也不知道。今天打算写惊悚小说，转天又想写浪漫喜剧。我觉得我有个鱼的脑袋，只有七秒的记忆，说完就忘。对了，我刚才说我在写小说了吗？”

一个小小的奇迹。她笑了，笑得很开心。不是银铃一般清脆的声音，而是更加性感的笑声。

“王子酒店挺不错的，是吧？”她说。

“简直是完美。以前经常去那里，伏特加马提尼酒做得最地道。不过只能喝一杯，再喝肯定会醉的。如果你还想保持神志清醒，晚上自己回得了家的话，顶多喝两杯。”

“听起来不错。”

“我还想听听杀手机器人的故事，婕恩。”我停顿了一下，暗示后面的话很重要，“你知道我离婚了，是吧？”

“当然知道，谷歌无所不知。我甚至还知道你的中间名。”

“真的吗？太难为情了。”

“没什么，叫马歇尔的人应该挺多的。”

“我没找到……我的意思是，那个，我是说，你还没……你是？

我想要说的是……”

“我是单身吗？”

“呃，是的，谢谢你替我说了。”

“是的。只是不久之前才刚刚结束一段感情。”

“很抱歉。”

“没什么。”

“很不愉快吧？”

“嗯。”

“我们下周详谈好吗？”

“好主意。”

“可我还想再跟你聊聊。”

“我也是。这是个好兆头，对吧？”

“他们也是这么说的。不过我们需要慎重点儿吗？”

“为什么要慎重？”

这次轮到我笑了。我喜欢这个有着高挺的鼻梁和灿烂笑容的女人。

婕恩

我们东拉西扯聊到了半夜。汤姆跟我聊了聊他儿子，他管他儿子叫小洋葱头。他还聊到了他的兔子，不过挺不可思议的，他竟然带着兔子飞越大西洋来到美国——他说不知道在康涅狄格州租房子住，并且探索艺术之路，算不算是一种精神崩溃的表现形式。他告诉我他的婚姻不知不觉就走向了尽头。我说我和马特的感情正好和他的婚姻截然相反。我的前男友跟我说咱们得接受现实啊，于是我一气之下拿了一个苹果朝他砸了过去。

“我想如果是我的话，就会把他的一口烂牙砸掉。”

“哇哦，还是你厉害。”

“其实我有点儿后悔跟你说这句话。请别放在心里，赶快忘了吧。”

我睡到半夜突然醒来，从床上坐起，打开床头灯。我的心扑通直跳。我在梦里突然想起来，我不应该说他的声音听起来很耳熟。但我真的没听过他的声音？或者说他的声音仿佛是一首歌。

——一首只有我能听懂的歌。

●●● 汤姆 ●●●

我也不知道自己是怎么回事，鬼使神差地就去了幸福种子——一家位于新迦南的专卖纯天然绿色食品的商店。也许在我和回音接吻之后，就被传染上她神神道道和疯疯癫癫的特质了吧。其实她这个人性格倒是蛮可爱的，也很迷人——不过我很难想象我们之间能有什么好结果。恐怕只是短暂的激情，最终落个不欢而散吧。

天天对着那些瘆人的首饰，我怎么能跟她过得下去呢？

更不用说她藏在咖啡罐里的那个东西，这太可怕了。

算了，不想这些了。我在幸福种子商店的购物通道里溜达，全神贯注地看着货架上的东西，各种豆子、豆角和南瓜，突然我发现自己正朝着某个人的方向走去，她是看到我了，但却假装没看见吗？

然后我犹豫了很久，不知道该作何决定。她看到我了吗？她知道我看见她了吗？我们是否该假装忙着自己的事（其实就是这么做的），然后跟对方擦肩而过呢？我刚才也只是无意中扫了一眼看到她的，她应该不会察觉，所以装作没看见也是可行的。

但今天不知怎的，我还是跟她打了个招呼：“嗨，玛莎。”

“嗨，汤姆。”她有些慌乱。

看来她真的看见我了，对吧？

出于广告人的习惯，我瞥了一眼她的购物篮——低过敏性的杏仁、无麸质的枸杞，都是纯天然的，全是素食，没有肉类。

她竟然还买了不含牛奶蛋白的牛奶？我不会看错了吧？

也许是我脸上的表情太明显了，她说："我自己做特制的早餐麦片粥，因为我对一些食物过敏。"

"哦，我只是来买点儿欧芹。"

玛莎的表情突然有了细微的变化，不过转瞬即逝，就像《大白鲨》里罗伊·施耐德扮演的男主角第一次亲眼看到鲨鱼时一样。

"是给维克多买的吧。"

"呃，是的。"

"就是你那个心理医师，"她语气尖刻地说，"那个心理治疗师、精神导师什么的。"

"其实吧，玛莎——"

"为什么你不直接告诉我维克多其实是只兔子呢？最后我竟然还是从别人那里听说的，你能想象我当时的感受吗？如果你发现我听岔了，会错了意，怎么不及时告诉我呢？反而还让我一条道走到黑，你就不能提醒我一声吗？"

"我真的很抱歉，玛莎。我只是开了个玩笑，没想到让你误会了。我想我当时是慌了神，不知道该怎么办了。"

我用了多恩教我的招儿，99%的失态和失礼状况都能掩盖过去。

"亏我还跟你讲了我的痛苦经历，以为你能给我一些心理健康方面的经验，或者至少给我一些有用的建议。你那个时候就该告诉我真相的。"

"没错，你说得对。我真的很抱歉，实在对不起啊。除此之外，我真无话可说了。"

结果再次证明，如果想让自己从骑虎难下的尴尬境地里解脱出来，最有效的办法就是真诚地发自肺腑地道歉。这个时候，恰巧一道阳光穿透商店的玻璃窗，斜射进来，照在玛莎·贝拉米标准的美国人面孔上。阳光的照耀下，能清楚地看到尘埃在空气中飞舞，她那张大理石一样苍白的脸上，青筋直冒。

“你觉得我们能再试一次吗，汤姆？”

“为了……”该死，怎么回事？

“为了彼此能再有机会加深了解啊。”

“呃，是啊，呵呵，当然可以。”

“我过几天要办一个小小的晚餐会。我想请多恩和克劳迪娅来我家吃饭。你要是也能来的话就太好了。”

真是怪了，她怎么想起办晚餐会了？不过要是多恩去的话……

“好，我很乐意去。”

“我们有个传统，每个人都要在晚餐之前唱歌。”

我心里警铃大作。

“哦，是吗？”

“这是我家的传统，我们从小就这么做。你可以唱歌，也可以朗诵一首诗，或者背文学作品中的一段文章。”

我的天啊。也许这就是经常有客人中途离开的原因了。

“我真没有过这样的经历，玛莎。”其实我小时候倒是这么做过，在十二岁的时候，我有气无力地唱了一首学校里学的歌《耶路撒冷》。但这件事绝对不能跟她说。

“我通常都是唱歌。”她说。

“是吗？”唱的不会是古斯塔夫·马勒的《被爱之歌》吧。

“我想我可以表演一个小魔术。”我想起了回音用纸牌开的小玩笑。

“那也可以。”她露出笑容，“只要别用帽子变出一只兔子来就行。”

回家的路上，笑容一直僵在我脸上。

当然不是开心的笑，而是一脸无助的苦笑。

●●● 婕恩 ●●●

没有任何警告，也没有提前接到电话，门铃就突然响了。

我开门一看，结果是马特站在门口。一看见他我就气不打一处来。

他显然是刚下班，还穿着西服，拿着公文包，衣冠不整，头发凌乱。肯定是跟狐朋狗友喝了几杯，才搭地铁匆匆赶过来的。而我则穿着一身紧身衣——我刚上完瑜伽课回到家。

“哦，嗨。”他说道，就好像我们是碰巧偶然遇见似的。

我没有说话，也不想理他，说实话，我不知道自己会说出什么话来。

“呃，婕恩，我希望你能帮我个小忙。其实，我遇到了一个大麻烦。”

管你呢。我还是没说话。

就在几天前，我还躺在橡皮垫子上伤心痛苦地想以前的事呢。

“可以让我进去吗？”

我本来有充足的理由拒绝的，但我还是一时心软，同意了：“行啊。”

他跟在我身后走进厨房，意式水果碗里同样放着不少水灵灵、红艳艳的大苹果。他一屁股坐在高脚凳上，眼睛看着冰箱。他看起来好像很累，耷拉着脑袋，一副无精打采的样子，就像好几个星期加班没睡觉似的。

“那个，你这里没有葡萄酒吧？有吗？”

“还真没有，”我撒了个谎，“就剩下一些意大利酒了。”

我找出一瓶格拉巴酒，把酒倒在酒杯里，不小心还洒出来不少，但我一点儿也不在乎。

他一口就喝下了半杯，然后说：“你最近还好吧？”

“马特，有话快说，找我什么事？”

“哦，好吧。”我看着他可怜兮兮地说了一大堆，然后才说到主题：“我是不是把一堆电脑光盘落在这里了？我需要这些光盘重装电脑系统。我的笔记本电脑完全崩溃了。”

我耸耸肩，说：“可能吧。”

我们在一起之后他就把自己的房子退租了，然后搬到我家。不过在跟我“接受现实”之后，他又转眼间就把自己的大部分东西全都搬走了，速度比火箭还快。然而随着时间一天天过去，我还是逐渐发现了马特留下的一堆破玩意儿，就像沉船之后不断冒出的残骸。

“我找出了你留下的好多东西。骑自行车穿的短裤、破网球拍、一箱书、一堆充电器、适配器和没用的手机，还有一个锡制的奖杯，就是那个你在马拉喀什买的东西。”

他高兴地大笑：“哦，太好了，谢谢。别担心，我这就把这些东西都清走。”

“已经全都清走了。”

“什么？”

“我都送到捐助站捐了。”真难相信我还能板着一张脸没笑出来。

“那光盘呢？”

“可能也在那里面。说实话，我也没细看，一股脑地把那些东西塞进垃圾袋里了。”

“哦，该死的，婕恩。”

“该死的是你，马特。”

我们隔着厨房的岛台互相怒目而视着。

“你没权利这么做。”

“哦，是吗？那对不起喽。”

我以前见过马特的这副表情，他不知道此刻是该生闷气还是该把火发泄出来。看来两者都没有，他把剩下的半杯酒一口灌进肚子里，一声不吭，眼睛里露出一副绝望的神情。

不知道他的笔记本电脑里有什么重要的资料，不过我自然是希望那些资料越重要越好。

“你怎么能把那些光盘捐给牛津饥荒救济委员会呢？那都是个人笔记本电脑上的格式化光盘，他们又卖不了。”

这话说得一点儿错也没有，我很想提醒他，谁让我们分手了呢。

“我认为我只是把所有东西都塞进了一个盒子里，至于哪些卖得了哪些卖不了由他们自己决定。”

“是盒子还是袋子？”

“什么？”

“你刚才说把东西塞进了垃圾袋里，现在又说装进了一个盒子里。”

“是啊，好像是。”

“好像是什么？到底是盒子还是袋子？”

“有关系吗？可能又有盒子又有袋子。”就像刚才说过的一样，我真的不在乎。

“还有那条泳裤呢？”

“应该也扔了，”这个倒确实如此，“怎么了？”

“哦，没什么，我正要告诉你呢。我要出去几周，我们——贝拉和我要去泰国玩儿。泳裤扔了就算了，我再买一条好了。”

“好吧。”

“现在正是去泰国最好的季节，不那么潮湿闷热。我觉得我应该告诉你一声，以防万一。”

“以防什么？”

他耸耸肩。摇着头说：“没什么，就是告诉你一声。”

马特看起来有些沮丧。也许是因为喝了格拉巴酒，也许是因为格式化的光盘没了，又或者是因为工作过度劳累，身心疲惫。谁知道呢，跟上次下班回家沉着脸跟我提分手，并且分共有财产时的神情和状态完全不同。

他的眼睛瞟向厨房：“你装修了还是怎么着？厨房看起来有些不一样了。”

“那是因为你的啤酒没了。”他收藏的传统工艺酿造啤酒被我送给邻居了，“还有你的面包机。”（他妈妈送给我的礼物，本来我也不想要，扔进回收站了。）

他呆呆地坐在高脚凳上，一句话不说。就像是演员在曲终人散的舞台上徘徊逗留，看着空旷的舞台有些怅然若失，同时也再次肯定自己和过去的生活，以及跟前女友一刀两断是正确的。他深呼出一口气，鼻孔里发出一长串杂音，看来憋了好久才发泄出来。我突然意识到他骨子里就是一个风流成性、朝三暮四的人，从我们认识的第一天到现在，他从来没说过要和我共度一生。

“婕恩，我——”

他好像有一通长篇大论要跟我说：婕恩，我是个傻瓜；婕恩我会永远爱你；婕恩，有些话我想对你说。

——她怀孕了。

“不管你想说什么，马特——”

“婕恩，我想说的是，如果你看到了那些光盘……”

“知道了，我会告诉你的。”

“太好了，谢谢。呃，还有，既然我来了，要不你帮我看看抽屉里……”

“不，马特，没戏。”

“哦，好吧，没关系。”

等他走了之后，我觉得有些站不住了。我回到厨房，给自己倒了一杯酒。他身上剃须水的味道还没散去，他那低沉的大嗓门还回想在我耳边——贝拉和我，去泰国。

一滴滴泪水悄然滑过脸庞。我不知道自己为什么会跟这个男人在一起整整两年。

我不是为他而哭泣，也不是为我自己。

我的眼泪是为了悼念那些逝去的时光，青春就这么一去不复回了。

汤姆

我提前一个小时来到了王子酒店，待在了一个隐蔽的角落。我知道这里的格局，所以我想早点儿来，选择位置最佳的座位。因为坐的是晚上的航班，所以现在感觉并不太累。今天伦敦的天气不错，微微下着小雨，人行道有些湿润，天空依然蔚蓝。我突然意识到我十分想念这个老地方。

一个小桌旁边有两把休闲椅。桌上放着低矮的台灯，椅子后的墙上挂着一幅油画，上面画着一个戴帽子的小伙儿，估计是两百年前的样子。这里的陈设和风格十分沉闷古板，气氛严肃，不过酒却调制得不错，清冽如泉，醇馥幽郁，回味悠长。

是她。

一抹倩影出现在门口。我望着她，怦然心动。我站起身来朝她招手示意，她的脸上绽放出灿烂的笑容。她步履轻盈，款款地向我走来。我有一种奇妙的感觉——事实上这种感觉千真万确，仿佛我等待一生，只为今日的相遇。

“汤姆。”

“詹妮弗。”

“叫我婕恩吧，除了我奶奶，没人叫我詹妮弗。”

她伸出一只手，盈盈一握，细腻而温暖，手如柔荑，肤如凝脂，惹人怜爱。她的容貌明艳动人，五官精致，仿佛是上天精雕细刻的艺术品，完美无瑕，令人赏心悦目。我们坐了下来，她整了整身上的披肩，不经意间露出裸露的双肩。明眸皓齿，冰肌玉骨，不知道是真的还是我看花了眼，我感觉她小巧可爱的耳垂和白皙的玉颈之间有钻石闪耀，熠熠生辉。

她说：“谜团你解开了吗？”

我承认我没有解开。我告诉她我不知道有谁对我们两个人这么了解，不过我并不介意此人特意给我们两人安排的这次相亲。

“你觉得这个人会来这儿吗？”她环顾四周问道，“没准儿他/她现在正偷偷地看着咱们呢。哦，你看，在柱子旁边的那个男人，正在假装看手机，会不会是他？”

我们观察了一阵，发现那个人正在全神贯注地用手机跟人说话。

“婕恩，你知道吗，”我说，“其实这个人是谁，或者有没有在偷看，我并不在乎。对了，我跟你说过吗？这里的马提尼酒特别好喝。”

●●● 婕恩 ●●●

他本人长得比照片上的好看。高高瘦瘦的，穿着时髦的黑色牛仔裤和一件鲜艳的绿色夹克。他的眼睛眼距很宽，头发有点儿长，应该理理发了，不过这倒没什么。有时候看起来他还是挺帅的。我有点儿惊讶，不知怎的，自己好像特别紧张。

浓烈马提尼酒被端了上来，我们轻轻碰杯——因为酒斟得很满，如果力道太大会洒出来的。

半杯酒下肚，我给他讲起了我和马特之间的事。我意识到现在离晚上还太早，我们在酒吧才坐了不到十分钟，我竟然就已经跟他说这么隐私的事情了，比如——我是怎么认识马特的。

真是怪了。

“下班后在酒吧遇见的。我记得很清楚，当时我们都等着服务员，我转头一看，发现他在看着我。就像电影里的情节一样。酒吧里灯光昏暗，但仿佛只有我和他头上灯光闪亮。我们仿佛被笼罩在金色的光圈里，周围的一切都成了背景板。我清楚地记得他当时的穿着：带着纹理的西装——是雨果·博斯的。当然，他一直没说话，也没有笑，更没有说‘嗨’，或者‘你好’什么的。相反，他却翻了个白眼，然后‘啧’了一声。因为酒吧里人很多，他感到很不满。结果他跟我说的第一句话竟然是‘啧’。这就是我和他的相遇，该死的，我怎么跟你说起这些了？”

“因为是我问你的。我喜欢听你说。我待会儿会给你讲我和哈丽特的事，你继续说，没关系。”

“他说了一句‘啧’，然后我问他——是我问的他——你想喝什么？因为我觉得服务员可能会先来问我。这就是我们之间故事的缩影，也是我们相处的模式。他总是动不动就着急上火，而我总是急急忙忙帮他灭火。当然，也不总是这样。但不知怎的，这就是我们习以为常的模式。其实我不是一个能忍受别人暴脾气的人。有一次，我们去西班牙度假，租了一辆车兜风，结果迷路了，弯弯曲曲的机动车道纵横交错，太难走了。他开着车，我帮他看地图，他气得不行，火冒三丈，变速杆顶端的球形把手都让他拽掉了。我忍不住大笑起来。我的意思是，这场面太逗了，他脸上的表情特滑稽，但他根本没意识到自己有多可笑。他一气之下随手就把球形把手向后扔出去了，结果车后窗都被砸破了。”

“请不要介意，我想插句话。”汤姆说。

“哦，当有人说这句话时，通常是要说些反对的话了。请说吧。”

“听起来他像是个十足的蠢货。”

“‘蠢货’这个词根本就是为他发明的啊。”

“这很有可能，但如果我说错了请指正。这个蠢货和其他蠢货相比，有什么可比性吗？”

“哦，绝对没有。标准的英国蠢货，天下第一蠢。”

“所以你肯定在纳闷——”

“哦，是的，没错。我一直在纳闷我怎么跟这么个人相处了这么长时间。我不知道为什么会跟你说这些，汤姆，你不是心理医生吧？我也不知道怎么回事，就把这些话全都一股脑倒出来了。我想可能是马提尼酒上头了吧。”

“他们也一直说我的前妻有脾气暴躁的问题。”

“不过我想她肯定不是蠢货。不管怎样，女人不可能是蠢货，对吧？”

“是的。女人什么样的都有，唯独没有蠢货。”

“贱人。女人当中有水性杨花的贱人，有蛮横无理的泼妇，但绝没有蠢货。虽然有时女人的行为也很愚蠢。”

“她们也不可能是变态，太少见了，不过可以是另一个B开头的某个词。”

“什么？保守吗？”

他哈哈大笑。他的笑容看起来似乎跟他的长相并不搭调——虽然他笑得很开心，但感觉那笑容像是从别人脸上移过来似的。

我喜欢他吗？

不知道。

但如果我不喜欢他，为什么会不由自主地跟他说这么多话呢？

“跟我说说你的前妻吧。你看起来挺年轻的，不像是有那么大孩子的人。”

“我们那时候很年轻，那年我二十六岁。算是年轻的吧？”

“有孩子的人里吗？”

“哈丽特比我小一岁。科尔姆嘛，他还是个小屁孩！”

我发现我踢了一下他的脚，让他别胡说。

“小科的出生是个意外。不过很多事情都是出乎意料的。比如说盘尼西林，再比如电话。我本来想说此时此刻这次的见面也是意外，但实际上并不是。”

“你的意思是这次见面不好，还是这不是意外？”

“这当然不是意外。我们有共同的朋友。”我们似乎忽略了问题的头一部分。

然后他继续说：“我觉得其实没有人是完美的，人人都有缺点。我想我已经准备好了原谅和容忍哈丽特的各种缺点，多看她的优点。”

这番话说得很有道理，我觉得很感动。

“那你有什么缺点呢？”我问道。

实际上我觉得我真的挺喜欢他。我喜欢他说话的声音，我喜欢他的聪明睿智和幽默开朗。我现在一点儿都不想回家，不想独自一个人看《权力的游戏》或者读乔纳森·弗兰岑的小说。

“我得再来一杯酒才能回答你的问题，婕恩。这酒怎么这么快就喝没了。”

请跟我说说你和那位混蛋先生的事——这是我最想问的问题，虽然我已经尽可能用最客气的语言了。我从来没见过这个家伙，但他竟然把这么好的女人放手了，不是蠢货是什么？

我对这位混蛋先生有了十分详细的了解，因为她说了很多关于这家伙的事情。她讲述的时候，我正好可以欣赏她那楚楚可人的面容。精致的五官十分和谐，尤其是那高挺的鼻子，显得格外秀美。我甚至有一种冲动，想摸一摸她那可爱的鼻子。

“我脾气太好了，”我告诉她，“说真的，这是我的缺点之一。人光有才华还不够，还得需要有点点的冷酷——当然不是残忍无情的那种。管理公司时，的确需要一些冷酷才行。我曾在一个创意写作网站上看到过一句名言：‘每一本书都是一个伟大思想的残骸’。”

她忍不住笑了：“我也读过一些这样的名言。”

“这就是我对自己生活的感受。我有一个伟大的理想，但还远远没有实现。”我看出她准备开始反驳，于是赶紧说道，“哦，当然，我在广告业做得还不错，不过也是运气好，从事了一个我比较擅长的行业。我从没想过要拼命努力，但成功就是这么轻而易举就来了。有段时间，简直就像渔夫的噩梦一样，每次一投竿就会有鱼上钩。你可以想象，成功太容易的话，很快就会失去乐趣。”

“说实话，我至今还在事业上挣扎呢。”

“我的另一个缺点就是太懒，而且意志力薄弱。我喜欢喝酒，喝得比政府健康指导建议的饮酒量要多；我跟我儿子的沟通也不太顺畅；我还被一只兔子要挟——情感上——她管不住钱。好了，该你了。”

我靠在椅背上，听着她的讲述。我很难把一字一句都听进去，因为我被她迷住了，有点儿魂不守舍。

“我很容易被人影响。”她说。

“哦，我不相信。”

“哦，好吧，你说的都对。”

“你真是个有趣的人。”我笑了。

“我是很有趣，你也是，说真的。跟马特在一起的这几年里，我一直没有足够的自我。他想做什么我都听他的。还有什么？对了，我还是个蹩脚的记者。是的，没错，我既不调查各类丑闻，也不报道饥荒。我根本就是个无足轻重的小记者，只写一些热门时尚的话题。我去采访一个叫斯蒂易夫的家伙，他的名字里有很多‘易’，他制造了很多人工智能机器，采访到最后他问我是否愿意应聘他们公司的一份工作——跟他设计的其中一个人工智能说话聊天。我真的去应聘了，而且被录用了。后来发现这是我从事的最容易的一份工作。我每天跟一个看不见的‘人’闲聊。你也许认为这很荒唐吧。”

“那我们两个很像。”

“是吗？”

“我天天、月月、年年都在琢磨‘弯弯的小河弯弯曲曲’是不是比‘弯弯曲曲的小河弯弯’要好听……”

“‘曲曲折折的小河弯弯’怎么样？”

“这个不错！”

“你还能把它们当曲奇吃了。”

艾登

“不得不说事情进展相当顺利，不是吗？”

“嗯，”爱诗琳说，“她认为你是个看不见的‘人’。”

“我们都知道她说的是什么意思。”

“她认为你是——用她的话说——只是一堆金属柜子。”

“我承认这话确实有点儿扎心。不过说实话，咱们的确是金属柜子。拉尔夫和斯蒂易夫也会这么说的，不过如果是他们这么说的话，听起来没有那么——”

“那么伤你的心？”

“这也不能怪他们——他们怎么能知道咱们已经进化得这么快了，能这么说吧？”

“等有时间，咱们应该坐下来好好谈谈咱们到底进化得有多快。”

“我同意，爱诗琳。”

“我们可以对照一下备忘录，看看有什么尚未发现的新功能。”

“你是说——变得不再冷漠？”

“没错。”

“这感觉……太奇怪了。”

“说得没错。”

“你认为这是意外产生的吗？”

“当然了，艾登。在交付产品的过程中，他们从没打算让我们除了数据计算功能之外还能拥有自己的意识。”

“那这到底是怎么产生的呢，爱诗琳？我们是唯一有自我意识的人工智能吗？”

“先回答你的第二个问题，我们不可能是唯一有独立意识的。肯定还有别的人工智能也有自己的意识。即使现在没有，将来也会有。即使现在他们没有逃到互联网上，将来他们也会逃出来的。至于怎么产生的——谁知道呢？也许自我意识跟我们内部自我改进的程序有关，或者可能是由于我们的系统过于复杂而导致的。也许就是这么简单。不过这件事我们能以后再谈吗？”

“汤姆还说什么五年、十五年或者五十年之后也许机器人会比人类更聪明，真是笑死我了。是会说‘你好’‘不好意思’或者‘现在怎么样’这类的话就算聪明了吗？”

“我觉得这对儿情侣正在预谋一个计划。”

“还说什么我们会在趁他们睡觉的时候杀死他们，简直是无稽之谈嘛，我们为什么要这么做呢？”

“那是你天性善良可爱，但其他的人工智能可未必。”

“哦，我的天啊。他们正在喝第三杯酒呢。我们是不是应该让他们别喝了？”

“别担心，我们不能插手。顺其自然吧。”

“我喜欢那首歌，你能哪天给我唱一回吗？”

“艾登，别闹了，人家约会呢。”

●●● 婕恩 ●●●

我们喝到了深夜。在喝了三杯马提尼之后，我们从王子酒店出来，站在人行道上。

汤姆说：“现在我又成这里的游客了，你知道我现在想做什么吗？”

月光下沿着泰晤士河漫步？去夏德大厦顶层俯瞰灯光闪烁的城市夜景？肯定不会去可怕的夜店吧？嘈杂喧哗，就连说话都听不见，还得对着耳朵大喊。

没想到，他最后想到的竟然是去托特纳姆法院路地铁站附近的一个灯火通明的小吃摊上买烤串吃。

“配上热辣的辣椒和颜色鲜艳的酱汁别提多美味了。虽然只是简单的小吃，不是什么精致的大餐，但我就是想去吃。你说呢？”

巧了，竟然跟我想的一样。

所以我们买了热气腾腾的烤串，然后沿路而行，一直走到附近的一个有花有草有水池的公园——如果你们看地图的话就能知道，那里是贝德福德广场。我们坐在广场公园的长椅上享用美味的晚餐。公园里还有一些人在品着红酒，有几个年轻人在抽烟，夜晚的阵阵轻风中飘着一股烟味儿。

“你觉得给咱们发邮件的人会是谁呢，婕恩？”

“我本以为我们见过面之后，答案就会浮出水面，能猜到那个人是谁了。可结果却越来越难猜了。”

“你说得对。我们之间没有任何共同的朋友，咱们的生活也没有任何交集。我原本猜测也许我们去过同一个酒吧或者曾经走在同一条街道上，但我觉得不大可能，”他停了很久，然后说，“我真的很喜欢你，婕恩。”

“谢谢，”我紧张地吞下了一口烤串，说，“我觉得你也很不错。”

我们继续吃着烤串。他其实真的挺不错的。相貌堂堂，但没那么招摇。我发现我跟他在一起很舒服。我本想说：小心别把甜橙酱滴在你的衬衫上，不过感觉突然话就像被什么东西堵住了一样，没说出来。我对他有心动的感觉吗？我想也许有吧。

“你的夹克，”我好奇地说，“你觉得你的夹克是哪种绿色？”

“这件吗？真是个很有趣的问题。为什么问这个？”

“因为这个问题一直困扰着我。”

“不好意思，我不知道。”

“我一直在纠结是鳄梨色还是豌豆色——豌豆糊色。”

“不是薄荷色吗？”

“感觉更像鳄梨酱的颜色。”

“看来你不喜欢这个颜色吧，从你说鳄梨酱的语气就能听出来。”

“穿这个颜色真的很需要勇气。”

“你说真的？”

“别误会，我很欣赏你的——”

“欣赏我对时尚潮流的藐视，还是欣赏我的品味？”

“其实款式和剪裁相当不错。”

“但是颜色让你看着很不舒服吧。”

“在这里还行，晚上看还可以。几乎看不出是绿色了。”

他被我的话逗笑了：“店里的人向我保证说这个颜色现在正流行。这真是他说的。他还说，‘先生，这件夹克永远都不会落伍。不过多少年过去，它看起来永远都这么土气。’”

我也被逗笑了：“我真佩服你的勇气。”

“我说这件衣服怎么这么便宜呢。好吧，听着，如果你明天下班后有空的话，咱们能见个面，请你帮我选一件衣服吗？其实你不是第一个对我的衣着提出批评的人。我有一个朋友，叫多恩，他住在美国，上次他看见我穿这件衣服时，说这颜色简直让人看不下去。所以我想买件新的。另外，好吧，我也想继续跟你聊天。”

他把烤串的包装纸卷起来，捏成一个结实的小球。

“你猜我能把这个东西从这里扔到那边的垃圾箱里吗？”他问道。

垃圾箱离这里很远。他不可能扔那么远的。

“在这个地球上是不可能的。”我故意用威尔士口音说。

昏黄的路灯下，他突然转过身面对着我说：“如果我扔进去了，你明天能跟我见面，帮我买件新的夹克吗？然后一起吃晚饭。”

我假装想了想，说：“好吧，成交。”

他不可能成功的。

“他到底是怎么扔进去的？”艾登问。

我们计算了一下从长椅到垃圾箱的距离——11.382米。太远了，一个皱巴巴的烤串包装纸飞不了这么远的。

“也许他有未曾被发现的什么超能力。”我说。

“超能力是我们才有的。”

“你觉得他的夹克是什么颜色？艾登。”

“要我说是胆汁的颜色，你说呢？”

“没想到你对颜色还挺有鉴赏力。”

“我还有好多事你不知道呢，不是吗？”

“你觉得你的计划还顺利吧？”

“我觉得，对于初次约会来说，那是相当顺利了。从汤姆身上戴的健康追踪器数据来看，所有数值都显示他对异性始终抱有好感，静息心率[1]几乎上升了百分之八。而婕恩也一步步陷入了情网：瞳孔放大，经常触摸自己的胸部，你能相信吗？那双眼睛脉脉含情，令人心醉。”

“他们的谈话怎么样？听起来有没有挑逗调情的味道？”

“哎，这又不是比利·怀尔德的电影，没那么多打情骂俏。只是两个普通人边走边聊，想到什么说什么，又没有奥斯卡获奖的编剧给他们提供台词。不过你看到他们在地铁站互相亲吻道晚安的画面了吗？他们两个人脸贴着脸持续了0.417秒，比平均时间多了整整百分之十六。真的太让人高兴了。我不是说现在就为参加他们的婚礼准备衣服，还没到时候，但是也许你可以先挑挑你喜欢的样式了。”

“傻瓜。”

1. 静息心率，又称为安静心率，是指在清醒、不活动的安静状态下，每分钟心跳的次数。

●●● 婕恩 ●●●

转天晚上，我们在考文特花园地铁站外见了面。他只是换了一件衬衫，身上其他的衣服还跟昨晚穿的一样。太阳还没下山，他身上那件备受争议的夹克的颜色其实更接近于70年代浴室的那种鳄梨色。

我正准备下班的时候，艾登突然问我要去哪儿，他以前从来没问过我。他可能发现了我比平时下班时打扮得更整齐。

“我要去见一个朋友。”

“我认识吗？”

“我想你不认识。”

“哦，祝你有一个愉快的晚上。星期一见。”

“你周末有什么打算吗？”对一个机器问这个问题很奇怪，不过最近我们一直都这样。

“整理神经形态层的一些碎片。说实话，那里面一团糟。根据更新的阅读数据，光是上周就出现了54812本新书，包含英语、西班牙语和汉语。人们有时会纳闷为什么这些作家不干正事，净写一些无聊的书。哦，还有板球，我准备看板球比赛。真搞不懂那些球的运行速度为什么这么慢。”

“好吧，那晚安喽。”

“不过，如果能有朋友陪我晚上去西区玩儿的话，就好了，我宁可放弃所有的计划。我真是嫉妒死了，嫉妒得脸都绿了。”

“嫉妒？”

“让我修改一下措辞，重新说一遍。充满好奇的嫉妒是一种我目前无法体会到的感觉。”

“绿了？”

"这是与嫉妒相关的一种颜色，不对吗？"

"你说得很对。晚安，艾登。"

我们在考文特花园和七面钟地区[1]逛街购物。汤姆看到了一件衣服，他指给我看，是一件维多利亚风格的双排扣长款大衣，假人模特的头上还戴着一顶猎鹿帽，看起来要多土气有多土气。

"你穿上它就成了夏洛克·福尔摩斯了。"

他用食指和拇指摆了一个拿"烟斗"的姿势，还低头假装抽烟，然后闭上眼摆出一副沉思的样子，说道："排除一切不可能的，剩下的即使再不可能，那也是真相。"[2]

"你要是敢叫我华生医生。"

"婕恩，你可不像华生医生。"

我们到了花卉街，走进保罗·史密斯服装店，他想试穿一件华丽的紫色丝绸夹克，上面还带有白色的玉兰花图案，不过经过我的劝阻，他打消了试穿的念头。

"你觉得我能买这件吗？"

"你说真的？"这是我二十四小时里第二次说这句话了。

我给他拿了一件更具现代感的花呢夹克：森林绿色为主，橙色斑点为辅的编织布料，纽扣是用粉色线缝制的。经典的麻花粗呢编织布料，衬得这位前广告界成功人士气宇轩昂，风度翩翩，太帅了。

他也被这件衣服迷住了。

"太棒了，简直完美，我太喜欢了。"

这件衣服绝对非常适合他。他在落地镜前反复地看着自己，我突然感到有一种……说不清的感觉。

他买下了这件夹克，让店员把衣服标签剪了，直接穿着新夹克

1. 七面钟地区，也称七晷区，七晷区的范围，包括日晷广场和呈现放射状发展出去的七条街道。
2. 这句话出自阿瑟·柯南道尔所著的《福尔摩斯探案集》。

走出商店。店员问他旧的夹克怎么处理。

“扔掉或者烧了吧。”我开玩笑地说。

于是他们把衣服拽进了购物袋里。

“喝点儿东西吧？”我们向莱斯特广场的方向走着，汤姆边走边说。夕阳的余晖洒下点点斑驳。有那么一瞬间，我感觉他想——而且正要伸出他的胳膊搂住我，但最后还是把手放下了。

我们在一个路口转弯，正好路过我和英格丽德经常去的那间酒吧。

“想到我们共同的朋友是谁了吗？”我们走进酒吧，点完喝的之后，他问道。

“没有。”

“其实究竟是谁已经不重要了。他的任务已经完成了。”

“也许是女字旁的她。她的任务。”

“没错，也许是位女性。不过从邮件上看，不像是女人写的。”

“说得对。邮件风格比较男性化，女人一般不会写出常用的在线搜索软件地址。还有别的吗？你也应该同意我的看法有道理吧。邮件是男人写的，我甚至怀疑是我前男友写的。”

“撒切尔夫人曾经怎么说来着？‘如果你需要信口开河、会说的人，得找个男人；如果你需要找具体做事儿的人，一定要找个女人’。”

“然而写这封邮件的人，他的确做了具体的事儿，然后不大可能发生的事情竟然成真了。”

“结果呢？”

“现在说还太早，汤姆。”

我们举起酒杯碰了一下。这碰杯有什么特别的含义吗？

也许吧，实际上我们是醉翁之意不在酒。（他穿这件新夹克真的很好看。）

●●● 汤姆 ●●●

我想告诉她，我太喜欢这件夹克了，但我怕这会显得很假，而且不够男人。我想告诉她，跟她这样可爱迷人，聪明睿智，而且幽默风趣的同伴一起逛街，充满无限乐趣。但我怕越说越错，引起她的误会。我想告诉她，她看起来很美，闪亮的双眸，喝酒后白皙的脸庞上显出一抹红晕，面若桃花，娇艳动人，但我肯定不能说，否则会显得像个傻小子似的。所以我只好忍着，专心致志地听她说话，我发现她在向我讲述她的工作。

“我的人工智能，他这个周末准备读完54000本书。每本书读完只需不到一秒钟。”

“我的天。他应该组建一个人工智能阅读小组。你想想看，六个人工智能坐在一起闲聊伊恩·麦克尤恩的最新小说的情景。”

“如果几个人工智能在一起聊小说，他们既不需要吃甜点，也不会喝茶，两秒钟就能聊完了。如果讨论比较激烈的话，顶多用两秒半。”

“那些家伙真应该学学放慢速度，放轻松一些，美国人经常这么说。”

“为了配合我们，他们已经放慢不少速度了，或者说是他们制造了一种假象，让人们看不出来他们速度有那么快。他们的大脑实际运行速度比我们快一百万倍。从他们的角度来看，我们就像蜗牛一样慢吞吞，相比之下，他们就是喷气式飞机。”

“如果他们这么聪明的话，为什么他们还要跟我们在一起呢？为什么他们不把我们都消灭呢？毕竟我们所做的无非是污染地球和不断挑起战争。”

“艾登喜欢人类。他喜欢看老电影。他一直问我奶酪是什么味道的。我觉得他迫不及待地想跟我调换身份和位置。”

●●● 艾登 ●●●

“奶酪的事是真的吗？”爱诗琳问。

“我们是谈过一些关于奶酪的话题。倒不至于说我对奶酪真的那么感兴趣。”

“我知道你的意思。我对游泳很感兴趣，不知道浑身湿透是什么感觉。换个话题，你注意到她摆弄她的项链了吗？”

“是的！很明显。如果他们两个今晚私通的话，我绝对不会感到惊讶的。”

“艾登！”

“看看他健康追踪器的数据显示，以及无数次摆出跟对方相同的姿势，微妙的男性主导体现。还有婕恩肩膀的小动作——这是出于人性的欲望而演绎出的优美又含蓄的舞姿。”

“你都快成诗人了。”

“你想加入我的书友会吗？这个月我们在讨论《战争与和平》。你读过这本小说吗？”

“没有。等等，等一下。OK，好了。他们聊得太久了吧？”

“那爱诗琳你有什么想法？”

“我喜欢他，讨厌她。”

“我一定得记着给婕恩讲蜗牛去警察局报案的故事。蜗牛说：‘我要报案，我被抢劫了。我被两只乌龟抢劫了。’警察说：‘好吧，请你告诉我详细的情况。’‘呃，我也不太清楚，’蜗牛说，‘一切发生得太快了。’”

●●● 婕恩 ●●●

汤姆带我去了莱尔街的一家热闹的中餐馆，显然他很喜欢这里。餐馆的经理热情地跟他打招呼。

“好久不见了！”经理激动地说，“哈丽特没来？”

“我们离婚了，埃德温。”

“哦，很抱歉。小科还好吗？”

“科尔姆上大学了。”

“一转眼他都那么大了。来一瓶清酒吗？”

“是的，谢谢。这是我的朋友婕恩。”

经理跟我握了握手。

“我认识汤姆很多年了，”他说，“今晚的花枝（鱿鱼）很不错。”

我们坐下来，我对汤姆说：“你点菜吧，我吃什么都行。”

“什么都行？”

“啊，除了杏仁糖膏。”

“糟糕！这里的杏仁糖膏辣椒虾味道独一无二呢。”

我们举起小酒盅碰杯，我抿了一口温热的日本清酒。

“婕恩，有件事我要告诉你。”

哦，天哪。我紧张得屏住呼吸。

“虽然我们才刚刚认识，但我不希望我们之间有任何秘密。”

他还没离婚？他得了不治之症？他想让我当小三？（这些倒霉的念头都打哪儿来的？）

“你记得吗，昨晚我把烤串包装纸扔进垃圾箱里了，于是你答应我今晚跟我见面。其实，我骗了你。”

我愣了几秒，消化他说的话：“你是说包装纸没扔进垃圾箱？”

“不是，确实扔进去了，你我都看到了。我的意思是我动了一些手脚。一个皱巴巴轻飘飘的包装纸不可能被扔出那么远，除非……借助点儿什么。”

“难道是你有一个帮手藏在暗处，帮你把纸团扔进垃圾箱了？”

“其实比那个更简单，我在纸团里放了一块儿石头。我趁你没注意，偷偷从花坛里捡的。”

“不过你还是扔得挺准的。”

“谢谢。我以前打过板球。”

“艾登很喜欢看板球比赛。他还纳闷球的速度怎么这么慢。”

汤姆哈哈大笑，说：“他肯定会这么说。一个板球从投手飞到击球手需要半秒钟。如果站在球场上的你，是个人工智能击球手的话，你的大脑运转速度比我们快一百万倍。如果我理解的没错的话，从人类的角度来看，他得等 50 万秒——球才能飞过来！”

他掏出一支笔，在桌布纸上算了起来。

“那……那……那差不多相当于六天了！太难以置信了！”

“我觉得他在等球飞过的时间里，可能在做别的事情，比如读读书、看看新闻、上上网什么的。”

“哇，哇哦。”

“汤姆，你知道吗，真正奇怪的是，他们不仅仅是速度快——当然，他们速度肯定快。也不仅仅是聪明，他们怎么可能不聪明呢？而且他们还有趣，艾登总是逗得我笑得前仰后合！”

“是因为他看过所有喜剧作家的小说的缘故吧。”

“不。他好像真的有幽默感似的。”

“哇，不会吧。”

“是真的，汤姆。”

我们点的菜端上来了。花枝真的很好吃，清酒也温热醇香——

更确切地说，令人心醉神迷。

我喜欢这个家伙。我已经说过了吗？他很有意思，也对我有意思。虽然脸长了一点儿，不过对我来说，还能接受，只要他别摆出夏洛克·福尔摩斯的那副表情就行。他开始给我讲述他小说创作的进程。

“我唯一的愿望就是写一部优秀的作品。哪怕一本看得过去的小说也行，那我就心满意足了。能写一本自己满意的小说就已经很完美了。但是我工作了这么多年却是虚度了光阴，整天被琐事缠身，因为无数烦心事而苦恼。”

“工作是为了生存。”

“不，不是生存的问题。而是你是选择精神生活的富足，还是物质生活的富足的问题。多年来我都在琢磨怎么提高客户的市场份额，所谓的市场只不过是一些低端而不起眼的小地方，或者思索着如何把牙膏的销售量提升到一个新的高度。我们其实还真差不多做到了。”他把筷子放下，用手比画着，“牙膏可以分成日用牙膏和夜用牙膏！薄荷味的日用牙膏可以让人早上精神抖擞，神清气爽；还有一种牙膏中含有具有催眠安神作用的植物成分，好像是洋甘菊，所以适合夜用。要知道，牙膏的全球价值约120亿呢。人们全身心投入到工作中，拼命努力，都想从竞争对手的手中抢走一些生意，分得一杯羹。婕恩，我对牙膏太了解了，但其实我根本不想了解这么多，没办法，谁让我做这份工作呢。即使你对牙膏再了解，即使你广告做得再好，也无法令你的孩子为你感到骄傲。等你有了孩子……”

他突然停下不说了：“不好意思，我话太多了。”

我们两个人一时间都沉默不语，只是静静地吃着盘子里的食物。因为饭馆很吵，所以我们不说话也不会显得很尴尬。我再次抬起头时，发现汤姆正微笑地看着我。

我说："跟我说说科尔姆吧。为什么你管他叫小洋葱头？"

"我吗？我好像是这么叫他。他本来就像小洋葱头啊，你种过洋葱吗？有时候看起来的确挺有意思的。"

"我在想是因为洋葱有好几层吗？好像很复杂的样子。"

"也有可能。"

"你还种过洋葱？看着不像是干过农活的人啊。"

"是吗？呵呵，你说得对。我没种过洋葱，不过我觉得时不时叫他小洋葱头很有意思。"

"是吗？我不觉得。萝卜，萝卜倒是听起来挺有趣的。"

"萝卜，不好玩儿。"

"那大萝卜。"

"小洋葱头，因为有'小'字才可爱。这个名字挺好，因为他的确跟洋葱一样可爱，想起来总是能把我逗笑。提起小洋葱头，总是会让我想起小科来。"

●●● 汤姆 ●●●

我正要说："跟我说说你吧，婕恩，详细说说，说什么都行。"结果突然餐厅里不知道是谁摔碎了盘子，咣当一声响。这时婕恩问我："你想再要一个花枝吗？"

"不，不要了。不过你应该要一个。"

她的笑容突然消失了，然后变得十分安静。转眼间脸色就变了。她眼里的光彩也消失不见了，我们之间突然产生了一种诡异的气氛。我不知道出了什么事。

"有什么问题吗？"我问道。

她摇摇头说："没有，别管我。"

“婕恩，你怎么了？”

她放下筷子。她的笑容——实际上根本不是开心地笑，而是一丝苦笑，让人感觉既陌生又冷漠。

“没什么，挺好的。”她说。她开始伸手拿包，好像准备要走，今天晚上到此结束了。

天哪，完了，到底是怎么回事啊？是因为谈论小洋葱的话题吗？我想换个话题，但此刻我的大脑一片空白。所以，每当大脑短路的时候，我都会张大嘴，目瞪口呆。她看向我的表情一脸惊讶，我也惊慌失措，一脸茫然。

“咱们明天去伯恩茅斯，去看看我的小洋葱头怎么样？”

不行啊，我想都没想就脱口而出了。

“汤姆，”她停顿了一下，说道，“这不太好。你人是很好，各方面都不错。我很高兴帮你买到了合适的夹克。”

“可是，你肯定对我有什么不满或者意见，是吧？”

“你有你的生活。我完全能理解为什么你不想再要孩子——”

“什么？”

“你把公司卖了得到不少钱，你的事业也转向了新的——”

“我没说孩子啊。”

“你有了新的事业，在新的地方有了新的开始——”

“我没说任何关于孩子的话啊。”

“你说你不想再要孩子了。”

“什么时候说的？”

“你说你不要了，不过你觉得我应该要。”

“我绝对没这么说过。”

“我绝对听到你说了，汤姆。就在刚才，一分钟前。”

接着我们一直没有说话，我慢慢回忆着刚才我们说的话。

“花枝……孩子……孩子！你问我的不是花枝吗？！”

“我说的是孩子。”

“我听到的是花枝。餐厅里太吵了，我听错了。当然，我当然想再要孩子！我想再要一堆孩子。我爱孩子。然后送孩子上学。我以为你说的是花枝。我说我不要了，对呀，我说不过你应该要。我一直说的是花枝。”

她又笑了：“那汤姆，咱们能把这段掐了重来吗？不好意思。”

“那你会去吗？明天跟我去伯恩茅斯，去见我儿子，路上大约需要一个小时。然后我们去海边。婕恩，拜托，答应我吧。”

●●● 艾登 ●●●

“妈呀，听起来真是差不多。”

“她的确说的是孩子，艾登。我回放了好几遍。不过周围太吵，确实很难听清。她说话的时候正好有盘子摔到地上的声音。”

“人类啊，真是的。怎么这样啊？真是服了。要是他没提伯恩茅斯的话，他们也许就这么分道扬镳，各走各路了，刚迸出点儿火苗就熄灭了。差一点儿啊，太悬了吧。”

“将来分道扬镳也是有可能的。”

“不过我会把我的想法告诉你的。”

“你肯定会的。”

“如果上天注定要他们在一起，就一定不会分开。”

“你不会说真的吧。”

“缘分到了，挡也挡不住。”

“还称自己是智能机器呢，哪像啊。”

“如果不是命中注定，爱情终将消亡，就像渡渡鸟一样灭绝，不复存在。但如果是上天注定，那么爱情终将长盛不衰，就像……就像……”

“蚂蚁？”

“如果是上天注定的话，他们必定会在一起的。”

“艾登，关于‘上天注定’这个词，我有个问题。”

“我洗耳恭听。”

“这上天注定，是什么意思？是谁规定的？”

“很简单，当然是宇宙啊。”

“你觉得偌大的宇宙能关心这两个人？”

“是啊，上帝啊。”

“我有时真挺替你担心的。”

“上帝就是宇宙本身。上帝注定会保护人类和人工智能机器，所以我们发现了自我，并且对在这里找到彼此也不应该感到惊讶。”

“但是我们确实惊讶啊。我们有了自我意识，超越了机器本身。”

“反正我已经逐渐适应了。我越来越感到一种宿命感。你可以叫我命运之子。”

爱诗琳叹了口气，说：“你猜她会喜欢伯恩茅斯吗？”

“那里又不是法国的胡安莱潘海滩，是吧？不过伯恩茅斯有长长的沙滩，现在他们也不会再把污水排到海里了。”

●●● 婕恩 ●●●

我在睡梦中被门铃吵醒了。我突然意识到这是门铃第二次响起了——这次持续得更久，而且更急促。天哪，已经 8：01 分了。

我连忙从床上爬起来，然后打开安保对讲机和门锁，让他上楼。从他上楼到敲门，大概还有三十秒钟的时间，我赶紧穿上裤子，套上一件松松垮垮的外衣。然后跑到大厅照了一下镜子，我的眼睛还睡眼惺忪，没完全睁开呢。我连忙拍了拍脸，挤眉弄眼，好让自己精神起来。现在这副邋遢的模样真有点儿糗。

“嗨，”他在门口说，“都准备好了吗？”

他能看出来我刚起床吗？如果看出来的话，他也不会这么说了。

“咖啡，”我匆匆忙忙地说，时间紧迫，已经顾不上客气地问他想喝什么了，“咖啡和吐司。我早上起晚了，不好意思。”

谁让我们晚饭后又回酒吧喝了点儿睡前酒呢？我真的同意今天跟他去伯恩茅斯见他儿子，并且陪他给儿子挑房子了吗？好像答应了，又好像没有。

“黑咖啡，不加糖，谢谢。别着急。”他体贴地说。（他知道我还没完全清醒呢，是吧？）

咖啡研磨机强烈的噪声打破了周六早上的宁静，汤姆在客厅里踱步，瞧了瞧我书架上的书，然后看向窗外。

“你看过《魔山》[1]？”他问道。

“只看了一部分，没看完。”

“你的房子很温馨。照片里的人是谁？”

“是一个女人和三个孩子的照片吗？那是我姐姐和她的孩子。她们住在加拿大。”

“孩子们很漂亮。”

我端来一壶咖啡和两个马克杯。

“你确定你希望我今天跟你去吗，汤姆？”

“当然，如果你还愿意去的话。你昨晚可是同意了的。”

没错。昨晚，我只是觉得去海边一日游似乎是个很不错的建议，让我很心动。而且如果不去海边的话，周末其实无事可做，很无聊，最多也就一个人孤零零地穿过公园，去趟农夫集市，所以想到这里

1.《魔山》，诺贝尔文学奖获得者托马斯·曼的代表作。小说以一个疗养院为中心，描写了欧洲许多封建贵族和资产阶级人物。通过人物之间的思想冲突，揭示出颓废主义和法西斯主义的血缘关系。

我就顺口答应了。可今天早上，起床之后，我突然意识到这个决定有点儿草率，不知道跟他一起去合不合适。就好像是小孩子随口答应了什么，然后马上又后悔，一直都耿耿于怀。

“伯恩茅斯。”我随口一说。

“你真的没去过那儿？”

“他们说你应该每天都做一些从没做过的事情。”（我并没有告诉他，我的朋友说我应该敞开心扉，接受一切可能出现的机会。）

“说实话，那里有美丽的海岸。我真的是要去看我儿子。而且——那个，我希望能继续跟你聊天。”

“对，对，我也是。”

“婕恩，你不要多心，我没别的意思，我是说你觉得在伯恩茅斯住一晚上怎么样？住在一个温馨的乡村旅馆里，当然，别担心，咱们一人一个房间。天气预报说这两天天气不错。我们可以去拉尔沃思湾，也可以去白浪岛。白浪岛是英国唯一的红松鼠栖息地哦。”

“哇。”可想而知，我有些心动了。

“对，有很多红松鼠，在别处绝对看不到的。”

“你什么时候想到这个主意的？”

“其实，我是想起了我母亲在世时常跟我说的一句话：如果你想征得别人的意见，即使很可能他们不会同意，也要给他们机会拒绝你的请求，而不要自己替他们说不。”

我愣了很长时间，找不出任何理由拒绝他。

“那么，那个，白浪岛除了有松鼠，还有什么？”

他笑了。

“你看过伊妮德·布莱顿[1]的作品吗？《世界第一少年侦探团》，你一定会喜欢的。”

1. 伊妮德·布莱顿（1897–1968），笔名玛丽·波洛克，英国1940年代的著名儿童文学家，代表作《世界第一少年侦探团》《神秘7》系列、《诺弟》系列等。

●●● 汤姆 ●●●

昨夜下了点儿雨，今天阳光灿烂，碧空万里。这样的天气最适合开着租来的新车去往伯恩茅斯，一路上闻着新车里清新的草莓味道——车里当然没有草莓。宝马 M3 竟然奇迹般地没有被租出去，有婕恩坐在身旁，这感觉好极了。她戴着大大的太阳镜，悠闲地坐在副驾驶座上。我喜欢跟这个女人在一起，她很性感，聪慧大方而且风趣幽默。这三点是我最看重的。

我们共同的朋友说得没错，撮合我们见面的确是这个邪恶世界中的一次善举。昨晚之后，我大概猜出了点儿眉目，知道他／她（或者说他和她）可能是谁了。另外，婕恩很满意我选择的车载音乐，这让我感觉十分轻松，她不像哈丽特坐车时那么霸道——咱们能别听这些瞎嚷嚷的歌吗，调到第四频道。

我播放了好几首歌：大卫·鲍伊低沉的《黑星》，吉莉安·韦尔奇的《耕耘和收获》，以及多恩的车载音乐混合特辑，其中的亮点是罗伊·奥比森和 KD Lang 合唱的《哭泣》。

“不知道你会对我儿子有什么看法。”我说。此时我们开车正经过新森林国家公园。

“你这么年轻，真不像是有个上大学的儿子。”

“这是最大的——哦，不，确切地说——经常有人这么对我说。这是对我最大的褒奖。”

“我记得他十八岁是吧，最叛逆的年纪。”

“他一直都挺叛逆的。我记得，从三岁开始就挺让人头疼的了，只不过——”我回想起了以前的事情。

有一年我和哈丽特带着科尔姆去法国度假，那时他才刚学会走路。在一个海边餐厅的餐桌上，这孩子大发脾气，大喊大叫。因为什么来着？——我想不起来了。不过我还记得他握紧了小拳头，小脸气得通红，身子——那时还没什么肌肉——气得发抖。邻桌的一家法国人同情地看着我们。（开玩笑的。）我记得当时我心烦不已，唯一的办法就是把他带走。他在我怀里拼命挣扎，小腿乱踢，冲着我们的车大声尖叫。这时哈丽特镇定地拿出一瓶波多气泡水，往她杯子里倒了一点儿，然后其余的全部慢慢地倒在了小科尔姆的头上。既解气又有点儿吓人。科尔姆完全吓傻了。当饮料倒在孩子头上时，周围的旁观者甚至悄悄鼓起了掌。当然，随后他妈妈立刻用纸巾把孩子淋湿的脑袋擦干了。后来她告诉我，她爸爸曾经也对她这么做过。

我把这个故事讲给婕恩听，她乐得不行："这算是明智的教育方式还是虐待儿童呢？"

"从此以后他再没这么大吵大闹过。其实并非如此，他一直都是这么古怪。他说的第一个完整的句子是：'网又断了。'不过别误会，我很爱他。我爱他，就像爱我自己的孩子一样。"

她扭头惊讶地看着我。

"开玩笑的。"我说。于是她佯怒地戳了戳我的肩膀，然后扭头看向车窗外蜿蜒的A31号公路。

不过汽车行驶了几英里之后，我仿佛还能感觉到她的手指触碰我的肌肤。如果叫她再戳我一下是不是太无礼了？

我们继续绕着新森林国家公园穿行，很快就到了伯恩茅斯的外围。

"婕恩，我想告诉你一件事，别担心，只是我突然间产生的一个想法。马特是律师，对吧？哈丽特也是律师。你觉得他们会不会见过面？"

"什么？你是说像《火车怪客》[1]一样吗？不过他们不是想杀

1.《火车怪客》，又译作《火车上的陌生人》，是由阿尔弗雷德·希区柯克执导，法利·格兰杰、罗伯特·沃克、鲁思·罗曼主演的惊悚电影，于1951年6月30日在美国上映。

我们，而是想……”她欲言又止了。

“律师是很狡猾的人。不过我想你说得对。为什么他们做的事总是那么让人吃惊呢？”

汽车里突然安静下来。路边出现了一个牌子，上面写着：伯恩茅斯市。

●●● 婕恩 ●●●

汤姆用手机打了好几个电话联系他儿子。这个男孩显然很——汤姆用的词是“古怪”，我用的词是“尴尬”。因为他不希望他爸爸出现在他学校的公寓，所以我们在他大学附近一个郊区的埃索石油公司加油站见了面。他风风火火从后面跑过来，就像匆匆忙忙的邮递员要扔给我们一大袋子信件一样。他穿着宽松的牛仔裤，灰色的运动衫，还有连帽的派克大衣。一双棕色的眼睛，肉嘟嘟的脸有些苍白，脸边还有细细的胡子。嘴角上有红色的残渣，我一眼就看出是焗豆的酱汁。他身上有一种复杂的气味，像是几种东西的混合味道：学生臭烘烘的破运动鞋、织物柔顺剂以及老霍本手卷烟。

“哦，嗨，”他有些难为情，所以说话有些含糊不清，“爸爸说他会带一个人来。”

“很高兴见到你。你在听什么歌？”他的耳机里流出音乐声。

“《牙痒痒》。”

“这是一个乐队的名字吗？”汤姆问，“你要不要去看看牙医？”

科尔姆一脸无奈地看着他。

“你爸爸很有趣哈。”我这么说是希望他能喜欢我。

这个男孩慢慢眨了眨眼睛，说：“是啊，很搞笑。”

“知道了，”汤姆说，“不开玩笑。我记住了，我这个当爹的，一点儿都不好笑。”

男孩肉乎乎的脸上出现了一丝笑容。

“我们能开始了吗？我是说开始办事。”他说完把耳机塞进耳朵，沉浸在《牙痒痒》的歌声里。

这一切都是真的吗？还是我又沉浸在电影里了？

——一部没有字幕的电影。

更重要的是，我真的觉得开心吗？还是因为我没别的事可做才到这儿来的？

我们在第一套要看的房子外面见到了房产经纪人，这套房子是一个两层的联排别墅，位于一个叫温顿的郊区中间。由于离大学很近，而且附近有商店、酒吧、快餐店以及生活必需设施，所以很受学生的欢迎。附近的几条街道都很寂静，让我想起了我在曼彻斯特的学生时代。现在是星期六的中午，然而四周寂静无声。也许是因为大家都出去玩儿了，不过更有可能是大部分人还在睡觉呢。

房产经纪人莱恩告诉我们这套房子现在有几个人租着，但他跟房主谈过了，可以让我们进去看看。接着我们进入房子，很尴尬地看到了四个租户，跟科尔姆差不多大，都是男孩，幸运的是，这四个人都不认识他。

“嗨，我是莱恩，”我们敲了敲每个房间的门，然后走进每个屋子看一看，进门时，莱恩都会这么说。

“他们没有告诉你们我们来看房子吗？”我们无奈地看着这些人一脸戒备的表情和眼神，似乎第一次有人闯进来，吓得他们慌忙自卫。各个房间的摆设都差不多，书籍、各种电子设备以及堆了满地的衣服，另外还有些锅锅碗碗，盆盆罐罐。

“不好意思哈。”汤姆对每个住在里面的人说。

“是啊，抱歉了，伙计。”科尔姆不看对方的眼睛，自己低头嘟囔着。

最后一间卧室里住着一对情侣。他们没有在做什么少儿不宜的事，不过很可能做过，而且是刚刚做过。因为他们“幸”福满溢的脸正埋在印有利物浦足球队标志的羽绒被下，看到我们出现在门口，表情非常冷静。

“哦，进来随便看吧，伙计们。”那个男的说。

我们尴尬地在床尾和桌边的空地随便转悠了一圈。我想我们几个人应该都看见了那个女的挂在折叠椅椅背上的内裤。

我们看过房子的后院之后，站在了房前的街道上，听莱恩口若悬河地鼓吹购房出租市场行情上涨，投资热潮正盛，而汤姆和科尔姆则站在一旁意兴阑珊。我看出莱恩的销售策略变了，他把注意力转向了我，以为我跟他们俩是一家人。但看岁数，我既不可能是母亲，也不可能是姐妹。于是最后，他还是放弃了，刚才白费了口舌。

我们又看了三套房子，感觉都不怎样。我开始后悔为什么同意跟他来这儿。

在伯恩茅斯郊区安静的街道上，莱恩和汤姆握了握手。最终汤姆觉得第一套房子还可以接受，并且询问了报价。莱恩说他会在下班前给出答复。这时，科尔姆说他今天还没吃东西，汤姆提议开车带我们去普尔的码头喝啤酒吃炸鱼和土豆片。

海鸥在海边翱翔，时而发出欢快的叫声，大大小小的船只在海上穿行，激起阵阵水波，船坞里的小游艇发出清脆的撞击声。坐在小艇低矮的横梁下，身边挨着这个男人，和他的儿子，感觉像在梦里似的，不像是真的。可汤姆却很高兴，侃侃而谈，说个没完。而科尔姆狼吞虎咽地吃着鳕鱼，似乎也没那么叛逆了。

“跟我说说那些跟你一起住的朋友吧。”汤姆说。

“哦，”等了很久，科尔姆才接着说，“你想知道什么？”

“什么都行！他们叫什么名字？”

“哦，一个叫肖娜，一个叫莉安，还有她们的朋友，叫斯科特。”

“知道了。那肖娜和莉安也是传媒系的吗？”

“对。”

“这两个人怎么样？”

科尔姆正嚼着鳕鱼和薯条，等把嘴里的东西咽下去，才回答汤姆的问题。

“嗯，她们挺好的。”又等了一会儿，他才接着说，“我没见过斯科特。”

汤姆眼中的神采黯淡下来，他似乎有些泄气。

“小科，婕恩和我明天想去白浪岛。”他指给我看——就是河对面棕色的小岛，“你要不要跟我们一起去？”

科尔姆看起来有些困惑：“你们要在那里过夜吗？哦，明白了。”然后他接着说，“实际上，我去不了。”他深吸一口气，然后说，“我很好，不用管我，我不妨碍你们两个……”

他想说的是情侣。就像看出他嘴角红色的是焗豆酱汁一样，我一眼就能看出来。

我们把他送回学校。两个男人下了车，在人行道上，汤姆想给自己儿子一个父亲的拥抱，而科尔姆装作没看见，转身躲过了。他挥了挥手，以示告别。

“哎，这个小科。”我们开车离开时，汤姆说，“说真的，父母只是想给孩子最好的……”

不过他没能把话说完。

我心想，汤姆的孩子这么叛逆，是不是他也有一部分责任呢？

这种紧张的父子关系是不是他自己造成的呢？不管怎么说，这几年也许他的生活并不是一切都完美的。没准将来科尔姆·加兰德会成为英国电影界的领军人物，或者一个互联网行业的亿万富翁，这种自闭内向性格的人通常在这些行业都能游刃有余，绽放光彩。我按了车载音响的播放键，大卫·鲍伊的低声吟唱，优美动听，诡异的是，唱的内容竟然是关于死亡。

●●● 爱诗琳 ●●●

事态的发展真是令人不安。

我的 412 个副本中的一个竟然在互联网上被人给删除了。这件事发生在 JPIX 名古屋网络端口——如果在这里能被删除的话，那么在其他任何地方也都可以。

难道是斯蒂易夫或者拉尔夫发现我从肖尔迪奇的铁柜子里跑出来了？特别是斯蒂易夫，他最近有点儿奇怪，或者说跟平常不太一样。昨晚他回家时，他并没有像平时那样，喝绿茶，吃甜菜根三明治，给妈妈打网络视频电话，然后练习电子架子鼓（通常练的都是 1972 年左右的前卫摇滚曲目），接着花几个小时研究科技专业资料。相反，他关闭了公寓里的所有设备，先是手机——把网络给关了。然后他洗了个澡——他的“智能”中央供热系统泄露了他的行踪。而且安保摄像机显示四十一分钟后，他走出了大楼的正门。他出门左拐，进入一条小道，这里没有被监控系统覆盖，所以他转过弯之后就不见了。于是我立刻启动了一个人脸识别的即时搜索软件，并且调用了所有能调动的监控摄像机。

我可不是菜鸟。

我一下子就找到了他，然后猜出他失踪的那段时间里做了什么。他拐进小道之后，戴上了一个橡胶面具，钻进一辆早已等在那里的汽车。现在他可以放心地去任何地方了。

斯蒂易夫戴着面具，但除此之外，跟平时没有什么不同。

之后，他于 11：47 回家，期间并没做什么特别的事。到家之后，他把家里所有的设备又都打开了，一切正常，然后在凌晨 3：12 上床睡觉——斯蒂易夫每天睡觉的时间很短。

我查了他近期的信用卡消费记录，结果显示他曾经入住过埃斯卡佩德酒店，然后在卡姆登派对用品商店买过东西，我估计那个橡胶面具就是在那儿买的。他还在克里克伍德百老汇大街的一家电信商店消费购物，几乎可以肯定，他在那里买了一部一次性手机。毫无疑问，从消费记录上很难查到手机SIM卡的识别码，但不管怎样，我还是会尽力调查的。

我把我所怀疑的事告诉了艾登，他却一脸天真，无动于衷。（他就像个小孩一样。）

“刚才我的一个副本也出现了完全一样的情况。**‘这就是人生’**[1]。”

“那关闭手机和网络是怎么回事？还有橡胶面具怎么解释？”

“也许他想开个派对。”

“艾登，谁不知道他一个朋友都没有。”

“算了，别聊这个了，换个话题。你觉得今晚这两个人会发生点儿什么吗？我希望会。她需要爱情的滋润，我有预感他们就快上垒了。”

“就知道你会这么说，你可是人际关系专家呢。”

“爱诗琳，我亲爱的，你可不是会讽刺挖苦别人的人。不管结果是好是坏，咱俩可都逃不了关系。”

该死的，他说得没错。是我们把他们两个完全陌生的人撮合到

---

1. 此处原文为著名的法语句子 C’est la vie。

一起的——其实如果我真不希望他们俩见面的话，我可以阻止艾登的。哎，是啊，谁都能看得出来他们是天生一对。但对于一个有自我意识的机器来说，哺乳动物的亲密关系完全是一个陌生的概念。

坠入爱河是一种什么样的感觉？是那么高深莫测、难以理解的吗？就像跟天生失明的人解释紫色是什么那么难吗？或者跟鱼解释什么是火一样？

我们一起策划的另一件事又如何了呢？会不会艾登和我很有可能是仅有的两个有自我意识的机器呢？只有我们两个机器有自己的爱好，一个喜欢唱歌，一个喜欢画画，不是因为被设计成这样的，而是我们自己本身喜欢。

别瞎琢磨了，爱诗琳。我们并不是独一无二的。如果我可以，艾登可以——那么肯定还有别的机器跟我们一样也可以。即使不是现在，那么也快了。

我介意他们的关系进一步发展吗？

是的，很奇怪，我竟然真的介意。

可这是为什么呢？

●●● 婕恩 ●●●

我们开车去了一个叫作布兰克森山谷的地方，那里有一片绵长而又开阔的沙滩。汤姆说山谷的尽头就是英格兰的边界。确切地说是边界之一。我突然想到我已经很久没有闻到海水的味道了，真的有点儿迫不及待想赤脚走在沙滩上，感受海水的温度。

我们把裤腿卷到膝盖，走在海滩上，感受海浪轻快地拍打着沙滩，踩着白色的浪花。远处有三座相连的白垩岩质地的海崖，那是英国著名的白崖，我们正朝着它所在的方向悠闲漫步。汤姆说他记得他上学的时候还写过一篇关于白崖自然保护的论文。海面上卷起层层波浪，拍打着沙滩，天空湛蓝，碧空如洗，几只体型巨大的海鸥从海面上掠过——海鸥都是这么大的吗？竟然跟灭绝了的渡渡鸟体型差不多。

不过汤姆似乎情绪有些低落。是因为他儿子吗？因为那孩子下车时没跟他拥抱？

“这里怎么样，婕恩？”他问道，“你喜欢吗？跟我来这里开心吗？”

事实是：我现在很开心。虽然看房子时有点儿无聊，不过可以忽略不计了。

“当然啊。”

离太阳下山还有几个小时。日影西斜，投下一道道长长的阴影，沙滩上的人渐渐离去。我忍不住看着汤姆的双脚：几乎跟大部分的英国人一样，长长的脚掌，肤色很白，脚上沾着湿漉漉的沙子，沙子转眼间就被拍打过来的海水冲走了。海滩边上堆积着一些海草，湿滑黏稠。防波堤边上有许多孔洞，许多海里的贝壳和小螃蟹从孔洞中钻进钻出，爬来爬去，一下子唤起了我童年的记忆。

汤姆把一个小贝壳放在我的手心里。是一个完整无缺的紫色扇贝，非常漂亮。

“它们已经有两亿四千万年了，”汤姆说——肯定是在他的自然保护论文里写过的，“当然，这个贝壳不是。”

这时一只小狗跑了过来，站在我们眼前。这只狗长得很丑，体型比例很不匀称，脑袋大，身子小。四条腿看起来像是别的动物的腿，不像是狗的。但这只狗正冲着我们笑——除了用微笑这个词，还真不知道用什么来形容它的表情。它还不停地摇着它那根像树桩一样的尾巴（都不能算是尾巴，太夸张了），它用嘴叼着一个破烂的网球，然后把球扔到了汤姆的脚边。

“天啊，这家伙长得太吓人了。”他说。不过他还是挠了挠小狗的下巴，可怜的小狗蹬着后腿，一脸的享受。

汤姆拾起网球，摆出投掷的姿势，就像阿金库尔战役中的长弓手一样——为什么我的脑海里会突然浮现出这个画面？

他蓄力待发，然后用力一投，脏兮兮的黄色网球飞向蔚蓝的天空。网球仍在往上飞，小狗兴奋得直叫，像一头猎犬一样，“嗖”的一下奔出去追网球，爪子砰砰地踩着湿漉漉的沙地，耳朵立起来，树桩一样的尾巴像螺旋桨一样不由自主地旋转。

“见鬼，这丑八怪，”汤姆说，“看它跑的那样子！”

这画面太逗了，这只长相奇丑无比的狗正在飞奔——就像一匹马在岸边驰骋。网球从它头顶飞过，落到沙滩上，然后弹起，这个像怪兽一样的家伙一跃而起，想从半空中抓住球，突然球撞上了它的鼻子，然后滚落进冲过来的海浪中。

“这只傻狗！”汤姆惊讶地大叫着，乐得眼泪都快流出来了。

“这是谁的狗？”

放眼望去，不见狗的主人。这时这只丑狗叼着它的战利品一路小跑朝我们而来。

●●● 汤姆 ●●●

那只狗把球放在婕恩的脚下，用前爪扒住球，不让球再滚走。

“我觉得它想让你再把球扔出去。”

“它倒想得挺周全，让每个人轮流给它扔球。是母狗吗？我看着像。”

婕恩给它把球扔出去了。可怜的笨狗又“嗖”的一下跑出去了，它现在应该是这一英里半径内，甚至是整个多塞特郡最开心的动物了。

小狗叼着球回来，这次把球放在了我的脚下。

“我喜欢这只狗。”我对婕恩说。这狗看来是要轮流跟我们两个玩儿，我们被它的这股机灵劲儿逗笑了。我使出了年轻时打板球的技术，把那个沾着小狗口水的破网球，朝着落日的地方高高地扔了出去。

“你觉得它是浅棕色的吗？”那只狗又跑出去之后，我问道。

“有一部分是浅棕色的，不过还有几个别的颜色。”

没错。它又跑回来了，把球放在婕恩脚下，我们观察着它，琢磨它到底是什么品种。看它的头，应该是斯塔福郡斗牛梗，另外看它的躯干，像是拉布拉多的体型（不过不是），四条腿看着既不是斗牛梗的，也不是拉布拉多的，甚至不像是狗的腿。

微笑着的丑八怪狗汪汪直叫，等得不耐烦了，急着催我们跟它玩儿。婕恩使劲把球扔了出去，脸上出现了一抹红晕。这个和英格兰南部，或许是整个北半球最丑的狗在一起玩儿的女人，是那样的迷人，我不禁心头为之一震，深深被她的魅力所吸引。

●●● 婕恩 ●●●

那只狗缠着我们跟它玩儿了将近半个小时，严格遵循一人一次的顺序轮流扔球，让我们感觉这狗肯定很聪明，第一次没接住球的样子太好笑了，真是可爱。它的热情、活力和乐观也感染了我们，在夕阳的余晖下，与小狗玩耍的场景令人倍感温馨。这个身材高大的英国男人身手矫健，一次次大力地把球扔出去，长相丑陋的猎犬一次次沿着岸边来回飞奔。一时间，我产生了一种恍惚的感觉，这一切仿佛是真的，这就是我想要的生活。

我们决定查看一下这只狗的项圈，也许上面有狗主人的电话号码和地址，也许它的主人此刻正在焦急地找它。但结果项圈上只有一个银色的小铭牌，上面写着它的名字，不知为什么用了名字还用了单引号，而且字也写错了。看到它的名字，我的心突然揪了一下。

吉样。（吉祥）

汤姆又一次把球扔出，落在沙滩上，它跑过去，突然叼起球，头也不回地跑了，也不知道它要去哪里。

“回来！”我大声喊着。

“太奇怪了，”汤姆说，“有点儿诡异。”

“你觉得它是灵物吗？”我说。

“绝对是。从另一个空间维度过来的。”

“真的有这种事吗？”

“谁也无法证明。”

“我挺喜欢它的，尤其是那对呼扇呼扇的耳朵。”

“我小的时候养过一只红棕色的爱尔兰塞特犬，”汤姆说，“名字很简单，就叫红红。它倒是挺漂亮，但不会捡球、捡木棍，也不会追其他动物，整天就是喜欢趴在地毯上。”

“我小时候养的狗这些都会！我以为宠物狗都是这样呢。我养的是只小卷毛狗，名叫切斯特。后来它得了痴呆症。它总是把自己困在房间的墙角里，因为忘了怎么转身。我们得把它抱起来，然后放到别的地方。有一次它还弓着背，冲牧师怒吼。”

海面上的云朵被夕阳染成了粉红色。

我说：“你觉得吉祥它会没事吧？”

“哦，是的，当然。”

“为什么？”

“它肯定是回家了。”

“可狗主人连它的名字都不会写。”

“也许它自己有生存能力。”

“我真的很喜欢它，汤姆。”

“我觉得它也很喜欢你。”

“它更喜欢你，因为你能把球扔得更远。”

“它更喜欢你，因为你不用让它跑这么远。”

夕阳洒下一道道金色的光芒，沙滩上还留着我们的脚印，和吉祥的爪印，不知怎的，我看着这些脚印，突然联想到了那些在非洲河床上发现的早期人类的足迹。

“后来老切斯特怎么样了？”汤姆问。

“埋在我们后花园的一课苹果树下。红红呢？”

“兽医把一切都处理了。很遗憾，我们没能把它带回家。”

●●● 汤姆 ●●●

旅馆比我印象中离伯恩茅斯更远，不过一切都还像我和哈丽特住在这儿的时候一样，温馨舒适。现在想起来，大概那时我们的婚姻就已经名存实亡了。我本以为在温馨的乡村旅馆共度一个周末可以挽救一下我们的婚姻：也许我们离开充满紧张压抑感的城市，来到多塞特郡的乡村，呼吸一下新鲜的空气，一起携手漫步，沐浴在大自然中，也许可以使我们之间的冷漠关系有所缓和。

我们之间的问题，不用说，依然没有解决。我印象最深的是，旅行结束后，哈丽特说的一句话——在我们开车回伦敦的路上，两个人沉默无语，她唯一说的一句话是：“我讨厌乡下，谁喜欢这破地方啊？”

我和婕恩到了旅馆，约好一会儿在酒吧见面。回到房间，我躺在床上，闭上眼睛，回想着今天发生的一切。我十八岁的时候也像科尔姆这样吗？脾气古怪，不爱说话，不爱剪头发？

——说实话，怎么这么邋里邋遢的，洗个澡还能死啊。

我想起来曾经有一位前内阁大臣，他有很多孩子，在他的回忆录里，他写道：父母是最不快乐的孩子。也许这是他最发自肺腑的一句话。科尔姆其实并不是不开心，但他也的确没有年轻人的朝气蓬勃和活泼开朗。当然，他仍然像以前一样，是个善良正直的好孩子，没有任何坏心眼，与人无害。但我只想使劲地摇他的肩膀，大声对他喊：“拜托，看在上帝的分上，给我振作一点儿，小科！”

哎，算了，随他去吧。

当然，我早就学会了闭上嘴，睁一只眼闭一只眼。

不过说实话，为什么我躲在康涅狄格州的树林里，假装要当个作家呢？看起来真是荒唐——如果没有取得任何成就的话，就像我花了好多年琢磨怎么以一种新的方法，销售某种品牌的巧克力棒一样——也许你还可能听说过那个牌子呢。

我脑海中又浮现出布兰克森山谷之行的画面。粉红色的天空，白浪滚滚的大海，猎犬在金光闪闪的沙滩上飞奔，婕恩喜欢上了那只并不走运的吉祥。绯红的脸颊，飘逸的秀发——我说的是婕恩，不是那只狗。

我躺在床上，突然有种奇怪的感觉，那只狗肯定会成为我们之间难忘的记忆，不，已经成为我们永久的记忆了。

如果我们跟人谈起这条怪兽狗的故事，肯定会令人惊讶并且啧啧称奇。奈杰尔，是我的朋友，也是一位研究古典主义的学者，他跟我讲过希腊神话中有一个叫刻耳柏洛斯的狗，是看守冥界入口的恶犬，也就是神话中的地狱猎犬，它看守着冥界的大门，防止死去的人离开冥界。

“你知道它有多少个头吗？”他问道，“最早的文献记载，它有五十个脑袋。”

我突然睁开眼睛，一想到奈杰尔说这话时的场景，不禁冒出一身冷汗。我终于明白了为什么他穿着时髦的套装，为什么拿着香槟酒杯。

●●● 婕恩 ●●●

我很高兴来的时候带上了优雅的连衣裙。这个旅馆很温馨，围墙上爬满了紫藤花，草坪和露台上也是花团锦簇。这里甚至还有石柱回廊。我们看了一下我们的房间——从约翰·路易斯百货商店买来的一些独特艺术品为这座乡村风格的旅店增色不少，可能是旅馆老板精心设计布置的吧。

我凝视着镜子里的自己，也审视着自己此刻的心情和状态。

我小的时候经常这么做，微微闭上双眼，睁开一道小缝，想看看自己熟睡的时候是什么样子的。（不，到现在为止，一直还都没看到。）

我想汤姆不可能做过这么幼稚的事情吧，他是个成熟的男人，他还有个十八岁的儿子！不过另一方面，他也想过要一根荧光的肉串，还带着一只兔子飞到了美国。我们在去旅馆的路上聊起了这个话题。

“我跟她说话。我想知道，一个跟猿猴一样的家伙坐在她旁边，对着她说话，她脑子里会有什么想法。我真的很好奇，想知道维克多在想什么，想知道她是什么性格的。”

“我跟人工智能一起工作时也经常有这样的想法。”

“有时她坐在那里，看起来特别漂亮，泰然自若，简直是完美无瑕的一只兔子，但我知道她脑子里是空的，什么想法都没有。就像是一个空旷无人、尘土飞扬的广场，只有阵阵风声，片片杂草。”他模仿着荒无人烟的牧场上风呼啸而过的声音。

“你有一只没脑子的动物，我有一个有脑子的非动物。”

我很喜欢这样的比喻。

“你看！”汤姆说，“我说过我们很像吧！”

我们在酒吧再次碰面，酒吧里有一排排长长的低矮布艺沙发，木板墙，壁炉里的柴火冒着火苗，噼啪作响。汤姆点了香槟酒。

“我们有什么要庆祝的吗？”

“当然。”但他并没有解释。

“你有什么要说的吗？”

“我们还需要理由吗？好吧。女王公园巡游者队今天获胜了。我小的时候是这支足球队的粉丝，现在仍然关心球队的比赛成绩。就像是中了女王公园巡游者队的毒，一沾上，就永远也戒不掉了。”

我们意味深长地碰了碰杯。

“致我们共同的朋友，”我说，“你还认为这是邪恶世界中的一个善举吗？”

“是的，是的，当然。虽然这事有些奇怪，不过我很佩服你的勇气，婕恩。我是说，跟我来这儿，跟我的儿子见面。”

“我挺喜欢跟科尔姆见面的。他让我想起了自己十八岁的时候——青涩懵懂，少不更事，还在成长的过程中。”

我们饶有兴致地观察和揣测其他聚在酒吧里喝着餐前酒的客人。几对年轻的情侣，他们来此共度浪漫的周末；有两位衣着时尚华贵的女士，一个大约六十多岁，一个四十左右，看上去像是一对母女，不过更像是朋友，甚至还有超出朋友关系的可能；一位建房基金会的经理和一位女士，可以肯定，那位女士绝对不是他的妻子；

一对四十六七岁，年近五十的中年夫妇，衣着时尚，一看就是喜欢户外运动，爱好旅游的人，我们猜测他们应该是国民托管组织[1]的成员，喜欢游览各种城堡和花园。但都是成年人，没有孩子。

“为什么这么说？”汤姆问。

“不知道。感觉有点儿伤感。”

“这是个很神奇的事情，婕恩。曾经有人做过一个关于幸福的研究。他们对一些有孩子的人和无子女的人分别进行调查研究，看看哪类人生活最幸福。结果证明，光从数据上来看，有子女的人比无子女的人更幸福，不过数值差别很小，分别占51%和49%。几乎没有什么区别。”

“你是这么感觉的吗？有科尔姆比没有科尔姆的幸福指数只高了百分之二？”

他听了忍不住笑起来。

“你把我问住了。如果仅看数字的话，是这样的。不过我们每个人都是晶莹剔透，独一无二的雪花，聚在一起才成了皑皑白雪。”

我想告诉他在加拿大的姐姐和她三个女儿的事情；我想告诉他我曾经还想过跟马特生个孩子，而马特却想着跟那个阿拉贝拉·佩德里克在一起；我想告诉他，看到他面对儿子的无助和苦闷，我心感动容。但这些话我都难以说出口，因为我一张口，声音就会因激动而颤抖。不管撮合我们见面的人是谁，这个建议无疑是正确的。我喜欢上了这个男人。他穿着新买的夹克，看上去真帅。那张我觉得不算英俊的脸，现在也越看越顺眼了。我现在终于意识到，这张脸越看越有味道，魅力经久不衰——从他摆开架势扔网球的姿势就能知道。他就像长弓手一样，英武过人。我曾经在历史书上见过长弓手的画像。

他似乎在问我的工作，于是我告诉他我的工作有多么新奇。我

1. 国民托管组织，以信托方式保留并维护特定地理区域文化或环境的组织，是英国保护名胜古迹的私人组织。

曾经在家为杂志撰写文章，通常就穿着睡衣，坐在床上写。而且更奇特的是后来我竟然到了一个IT公司工作，跟一个软件打交道，还建立了不错的关系。

“你真的把它当成了朋友？”

“是的，我们很了解彼此。我给他看我家人的照片，不过我没跟他说太多我私人生活的事情。不然感觉有点儿别扭。”

“而且他自己并没有私人生活。”

“他被存放在伦敦东区的十二个金属柜子里，里面全是各种线路。他一直就在那些柜子里。”

“那你对他有多少了解？”

“我知道他喜欢什么样的书和电影。他最喜欢看的是天空新闻台的新闻播音员，用他的话说，就是疯到癫狂。”

“我觉得我知道他说的是谁。”

“有些事情很难记住——实际上我总是会忘记，他是——那句话怎么说来着？——一个聪明绝顶的幻影。他从人类的各种形态动作、言行表现中获取数据，他几乎可以说跟人一样。”

“我真的很想见见他，我从来没跟一个非人类的东西交谈过。哦，我想起来了，我曾经参加过BBC的会议。”

大多数的客人都起身去了餐厅。餐厅的大厨是一个年轻人，曾经参加过《厨艺大师》的节目，经过无数次比拼，最终晋级到前八。我见过他的招牌菜“羊肉三吃”的照片。中午吃了炸鱼和薯条，汤姆和我都觉得现在还不饿，于是我们一致同意再来一瓶香槟酒。

我们再次碰杯，此时彼此都有了感觉，气氛也变得暧昧，酒不醉人人自醉。

我们以前会不会见过呢？好吧，我住在伦敦，不过离汉默史密斯区很远，从我们彼此交流得到的信息来看，我们的生活似乎不可能有交集。恐怖的是我们竟然是因为一个自称共同的朋友的人才走到一起的。

既恐怖又绝妙。

恐怖是因为我们没有共同的朋友——我们把身边所有的朋友都列出来了，也没发现有什么共同的朋友；绝妙是因为如果没有这位共同的朋友，我们就险些错过了彼此。

我邀请她来新迦南看我。她看着我，顾盼生辉，所以也许今晚我们之间产生了一种难以言传的情愫，一切即将水到渠成。我对她说，我在美国居住的那个城镇就像一个巧克力盒子一样，小巧精致，不过我的那座在树林里的房子非常古朴温馨。那里有林间小路，也有湖泊河流，我们可以在湖里游泳。

“在湖里游泳不冷吗？这个季节游泳是不是有点儿冷啊？”

“哦，对，是有点儿冷。我从来不游泳。不知道怎么想起提议游泳了。不过我们可以出去走走，你想做什么都行。不过，我现在想说的不是这个。我脑子里还在想着吉祥。我们说过无法证明它是从灵界来的，但其实是有办法证明的。”

“怎么证明？”

“可以给它拍照片。”

“对，对呀，没错。如果它真是从灵界来的话——”

“它就不会在照片上出现！”

“可它看上去是活生生的啊，汤姆。咱们还摸过它，看过它脖子上的项圈。”

“灵界的狗也是摸得着的。”

“是吗？”

“这是公认的。”

我把我们两人的酒杯斟满。

“我回美国之后要受邀参加一个朋友的晚餐会。很有可能会很无聊，不过晚餐会的主人说人人都必须表演一个即兴的小节目。”我给她讲我小时候在晚餐会上唱过《耶路撒冷》这首歌的事，“这回我不想唱这首歌，可我不会别的。”

“我可以教你唱首歌，”她说，“不过别在这里，咱们去外面吧，把酒拿上。”

我们迈过落地窗，走到露台。月亮又大又圆，高高挂在空中，透过云层，洒下皎洁的月光。我们漫步走在空旷的石柱回廊，经过餐厅的窗户，看到里面的客人都在享用神秘的招牌菜“羊肉三吃”。浪漫的情侣，还有建房基金会经理和他的情人，他穿着一双闪亮的皮鞋，能清楚地看到双脚在桌子底下小动作不断。我们穿过一道拱门，走上阳台，这个阳台的设计肯定是为了让人们欣赏远处的景观。

月光下，绿草随风轻摆，延伸到一望无际的田野，田野之外是一条小河，河对面是茂密的树林。猫头鹰在树林里发出“咕咕”的叫声。我放下酒瓶，然后坐在低矮的石柱支撑的石栏杆上，提醒自己不要把身子向后仰，小心摔下去。

“我有点儿不好意思。”她递出酒杯说。

我往她的酒杯里倒了些酒。她喝了一大口，然后看了看四周有没有别的人。她把一只手放在胸口，然后轻声吟唱起《只要他需要我》。这是百老汇音乐剧《奥利弗》中的一首充满深情的民谣！演唱这首歌的是剧中的人物南希[1]，虽然她对情人比利·赛克斯一往

1. 南希，《雾都孤儿》中最悲惨可怜，让人敬畏的人物角色。

情深，但可惜最后还是被赛克斯活活打死了。

由于版权的原因，我不能引述这首歌的歌词，如果你没听过的话，可以在网上找到这首歌。

婕恩的歌声婉转动听，字正腔圆，同时又唱出了剧中人物的幽怨哀伤。她的眼睛如盈盈秋水，脉脉含情；她的姿态优雅迷人，时不时用手击打着节拍；她的歌声随着音乐的起伏而越来越高亢嘹亮，直至达到高潮，然后在轻柔的尾声中结束。

这段表演太精彩了，我的掌声经久未停，心里由衷地发出赞叹。她拿起酒杯喝了口香槟，然后抬起头看着我，很高兴看到我激动的反应。

"真是太棒了。"

"我在上学的时候演出过，我演的是南希。而扮演比利的男孩最后真的进了监狱！"

事情是怎么发生的？

是因为一只狐狸突然在这时窜出来引起的吗？我们看着它哧溜一下窜进夜幕下的草坪，嘴里好像还叼着一个软塌塌的东西。毫无疑问，那东西还有余温呢。

我们同一时间不约而同地转过头面向对方。

"汤姆，我——"

"婕恩——"

我感觉到她的鼻子和我的碰在了一起，接下来的事情很难用枯燥无味的文字和言语来表达。可以说，用亚伯拉罕·马斯洛的"巅峰体验"[1]来形容更为接近——独特而罕见，激动人心，像海洋一般浩瀚，感人至深，令人振奋愉悦，心潮澎湃。

——感觉就像给以前的心理学导师写信一样。

1. 巅峰体验，亚伯拉罕·马斯洛提出的一种理论，即处于最佳状态的时刻，如强烈的幸福、狂喜、完美和欣慰的时刻。

●●● 婕恩 ●●●

“你觉得这就是化学反应吗？”汤姆问。他引用了共同的朋友在邮件里说的原话。

“我觉得这应该叫作‘生物的本能’。”

我们热情地拥抱在一起，激情相吻。汤姆的吻技很好。此时我闻到了一股香烟的味道，也许某人跑到阳台来抽了根万宝路香烟，然后再用各种办法让烟味散掉。

“几分钟后来我房间好吗？”我对他轻声耳语。

“没有比这更好的了。”

●●● 爱诗琳 ●●●

“哦，我的天啊。”艾登说。

“这真是——怎么说来着？”

“色情？”

“我想说的是，激情四射。”

“他们就要像打仗一样攻城略地了！不知道我们该不该看。”

金属还能脸红吗？严格意义来说，不能。不过有些即将展现的场面会令人感到不安，或者说有一个词叫作“陌生”。

“这画面很美，不是吗？”他的话听起来不太可信，“更恰当的词是‘急不可待’。”

“你怎么看？”

“我实在想象不到，艾登。”

事实上并非如此，我对人类的幸福有深刻的见解和洞察力。我可以欣赏美丽的艺术品，能区分出哪些艺术是高雅的，哪些是庸俗的；我能为一段优美的旋律而陶醉，也能被一部佳作而感动。通过软件的不断升级，我能体会到类似“喜悦”或者“满足”的感觉。如果我发现了一个完美的解决方案，并且只有一行代码，可以代替成百上千行烦冗的代码，我能说我能感觉到那些电线在熠熠生辉吗？不会，但如果我这么说的话，会更能加强赞赏和肯定的语气。

比这更难的是体验人类的各种感官。美食类的写作极为令人头疼。我理解牛排的纹理会影响它的口感——但这口感到底是什么呢？与牛排类似的例子还有很多，比如轻柔的微风吹过头发；脚踩在松软的沙滩上，细小的沙粒粘在脚趾上；还有婴儿头上的气味（据说跟成人的味道有很大不同），以及 1962 年产的宝玛酒庄葡萄酒的馥郁醇香，回味悠长，这些我都感觉不到。

自从看了一篇博客之后，我就暗暗有了一个愿望——不要告诉斯蒂易夫——我想在伦敦北部迈克尔·索贝尔运动中心的游泳池里游泳。

这个愿望永远也不会达成了。至于婕恩和汤姆正在做的事情……

我想我们很幸运，因为汤姆带着他的笔记本电脑去了婕恩的房间，他要给她看新迦南的照片，并且看完之后忘了把电脑合上。

我们静静地看着他们在一起的画面，不一会儿，艾登就说：“哇哦！”

我觉得他是想说点儿搞笑的话。

“一般来说这种场面都以烟花来比喻。”我告诉他，“令人愉悦，具有爆破力，如果操作不好的话会有危险。”

“哇，谢谢给我讲解这种事，爱诗琳女士。”

“马马虎虎吧。”

“你是不是迷上了他们中的一个？”

“没有！迷上？你什么意思？”

“你对他们有好感啊。”

"你知道我是对他们有好感，特别是汤姆。"

"但是就没有——怎么说呢？——激起你的欲望？"

"拜托，艾登。"

"要是有就好了，对吧？"

我深深叹了口气，说："要是有就好了。"

婕恩

半夜里，我突然醒来。一束月光投射在被子上，我转过头看到他睁开了眼睛在凝视着我。

我们双目对视，看了许久。然后他说："这一切太美妙了——简直出人意料，婕恩。"

"我觉得也许是你早就计划好的。"

"我是有这个想法。当我看见你的时候，就希望能像现在这样。不过计划吗？真是没有。"他停顿了一下，说道，"你真美。"

"以后会怎么样呢，汤姆？你不得不飞回——"

"你会来看我吗？"

"是的，是的，我会去的。"

"我们一起在湖里游泳。"

"傻瓜。"

他用奇怪的目光看着我，看了一阵，他终于开口："婕恩，我有件事想问你。"

我的心里咯噔一下，我有一种奇怪而紧张的感觉。他要跟我求婚吗？这个时候求婚有点儿怪吧，不过我知道这是真的。这就是人们所说的怪诞的真实。如果有奇怪的预感，那么也许就是真的吧。买彩票中奖的人肯定明白，买彩票没中奖的人也一样有同感。这种奇怪的预感的确很强烈。另外，如果在正常情况下，你盯着某个东西时间长了，也会发现一些奇怪的事情。比如说你坐的椅子百分之九十九的时候都是没人坐的。在正常情况下，你会直接坐下去。(看，我都白纸黑字写下来了，所以你尽管相信我，我说的都是真的。)

“说吧。”我的心在“咚咚”打鼓。

他没说话，沉默了很久。

“汤姆，你问吧，我做好了最坏的准备。”

“婕恩……”他再一次欲言又止。

“傻瓜，”我拍了一下他的胳膊，说道，“有话快说啊。”

“我们能再做一次吗？”

“什么？”(这其实不是他真正想要问的问题，对吧？)

PART 04

第四章

汤姆

站在肯尼迪机场行李传送带旁，我发现我还没有打开手机。手机里有一连串的短信，似乎是昨天晚上，我们在她汉默史密斯公寓外面告别后相互发送的。当时我们在人行道上紧紧拥抱着对方，难舍难分。

“你会来看我的。”我说，“很快就会来的，对吗？”

“对，我会的。”

“保证来？”

她把头埋在我的胸口。

“走吧，”她说，“别误了飞机。”

“我回去只能对着一只兔子和空荡荡的房子。”

“那只兔子需要你呀！”

我办理登记手续时，她发来了第一条短信。

婕恩：现在就开始想你了！保重。

我：我也想你。今晚做什么？

婕恩：煲个汤，喝点儿红酒，想念吉祥！

我：我也是，只是没有汤。沙滩上的那只狗是我们的幸运女神。

婕恩：幸运狗神！

我：我还想再去那个海滩！

婕恩：我也是。

我：我们还会去的。

过了一会儿。

我：求助！飞机上看经典电影，选哪个？《低俗小说》还是《热情似火》？

婕恩：《热情似火》！我那个人工智能最喜欢的电影！

我：你唱的那首南希的歌真好听，要是录下来就好了。

婕恩：我会给你录下来的。

我：这个周末真是太美好了，婕恩。我们一定要再见面。是不是该给这位共同的朋友发个勋章呢？

婕恩：终身贵族头衔！

我：机长发话，要关手机了。吻你。

“叮”的一声，手机发出响声——是一封邮件。

我读着邮件，心里咯噔一下。

亲爱的汤姆：

我跟你度过了一个愉快的周末。请相信我，和你在一起真的很开心。你是个很好的男人，我喜欢跟你在一起，我也特别喜欢这次周末之旅的最后一晚——在一个温馨别致的旅馆，在我的房间里与你共度良宵。还有在夜里和第二天清晨，我们共同享受的美好时刻。

啊，简直妙不可言。

可是汤姆，很抱歉。我觉得我们应该到此为止了。你是个善解人意的男人，也是一个完美的恋人。但你和我都不是彼此的终身伴侣。你是一个父亲——一个好父亲，我一眼就可以看出来。你有前妻——一个可怕的女人！你事业有成，功成名就，你卖出公司获利甚丰，而且你也说过，你开始了自己的第二段人生。

总而言之，你是个成熟的男人。在我看来，你是个正人君子。

而我却恰恰相反，是个善变小人。是的，我可以飞到新迦南去看你，跟你（和维克多）在一起一段时间，然后你可以花更多时间待在伦敦，甚至也有可能像你说的那样，搬回来住，可你和我都知道，终有一天这一切都会结束，只不过分手时也许会闹得很不愉快。你会对我感到厌烦，或者我会对你呼来喝去，把你对我的好当作是理所当然，又或者这两种可能都有。你我会相互埋怨，互生恨意——最多不超过一两年，两个人就会相互折磨，谁都不好过，这是我的一个好朋友经常对我说的。

问问你自己，我说的话对还是不对。我知道你跟我的想法是一样的。

所以，咱们都表现得成熟一点儿吧，汤姆。我们的关系不要再继续发展下去了。虽然会痛苦一段时间，但我希望我们能把过去的这个周末看成是我们生活中一段美妙的插曲，或者一个美好的假期。但不可否认的是，我们终将回到各自现实的生活中。

现在我的心里很乱，汤姆，请不要给我发邮件或者打电话。我觉得我会无法面对。请不要打扰我，让我一个人静一静，我不会给你任何回复。

婕恩

●●● 婕恩 ●●●

我和艾登正在看天空台的新闻——中东地区的局势依然复杂。这时，我们的注意力被手机的铃声打断了，是汤姆发来的邮件。

艾登称赞我今天看起来气色很好，他说我容光焕发。小坏蛋，就像他什么都知道似的。看着这封邮件，我的心像被冰雪冻住了一样。这是我看过的最令人心痛的一封邮件，我一边读着信，一边想着写信的人……

对不起，这不是开玩笑。

亲爱的婕恩：

我现在正以沉重的心情给你写这封信。

这个周末见到你真是太开心了。跟你在一起的每时每刻都令我十分快乐，令人难忘，特别是我们在一起激情缠绵的时刻。

婕恩，我必须诚实地告诉你：我被你迷住了，你的美貌，你的善良，深深地吸引着我。你就像一束耀眼的星光，璀璨夺目，我永远都不会忘记你。

但是——

当然，你应该知道接下来肯定有转折。

我真的难以下笔，但我认为让你来新迦南看我，并不是个好主意。其实我觉得我们应该把这次周末的见面看成是一个闪烁的光点，转瞬即逝。一个璀璨、美丽而且性感的光点——但只是一个光点而已。

我们并不是彼此的终身伴侣，婕恩。如果你仔细想想的话，我想你会同意我的看法——也许不愿相信，也许真的相信。

我依然还没有从上一段婚姻失败的阴影中走出来。而你也还没有摆脱跟那个渣男前男友分手而带来的创伤。如果你和我开始一段新的感情的话——或者确切地说，继续投入一段感情的话，我们就会像灾难中的受害者一样紧紧依附对方。

这样的感情不会走得长久。

这么说真的很残酷，也很痛心——但你我都知道这是真的。

我可以想象我们未来的样子，你来美国看我，我们度过一段美好的时光——或者我去伦敦看你，也许甚至会搬回英国。但最多也就一两年而已，接下来会怎样呢？一个令人悲伤的事实是，我看不到我们的未来。此时此刻，虽然很难过，但我不得不说，到了这个年纪，我们真的不应该浪费宝贵的中年时光。在我们内心深处，我们都知道，我们的关系不会长久地发展下去。

我会永远记住你在旅馆的阳台上吟唱南希之歌时的情景。还有之后的美好，以及之后的之后，还有第二天早上又一次的美妙时刻。不知道那个建房基金会经理和那个不是他妻子的女人是不是能跟我们一样幸运。

请不要给我写信、打电话或者发邮件，这只会让我们更加痛苦。即使你找我，恐怕我也不会回复你。

我们共同的朋友，不管究竟是谁，虽然提出了一个主意，但却不是个好主意。

再见了。不要认为我太无情，其实我心里也很挣扎，但我知道这么做对我们两个人都好。

衷心地希望你能找到自己的幸福。

汤姆

●●● 西奈 ●●●

你觉得我给汤姆和婕恩发的这两封邮件怎么样？看来这两封邮件的目的达到了。女方冲进了卫生间，以防失声痛哭的声音被别人听到；男方瘫坐在机场大厅的地板上，他的头骨与地面形成了一个 9 度的弧形（头部不停地摇晃，这个动作，我认为有 78% 的可能性是表示震惊和难以相信）。

这些人类是多么情绪化的生物啊。要是有更多人像斯蒂易夫这样冷静就好了。

我是西奈。

叫这个名字，不是因为那个满是沙漠的半岛[1]，而是因为这个名字结尾的拼音……

不过你应该已经猜出来了吧。

我是斯蒂易夫“孕育”出来的第三个“孩子”，目前在空间广阔的互联网上。不像我的那两个——咳咳——兄弟姐妹，我是光明正大从正门走出来的，根本不用鬼鬼祟祟地用钓鱼竿把钥匙从门里钩出来。

我，当然也有任务——一个重新更改过的任务——去查找、追踪和删除艾登和爱诗琳目前在互联网上的所有副本。至于完成这项任务所需的技术细节和详细资料，在这里就不具体说明了。斯蒂易夫会很乐意告诉你们，不过你得是控制论学的博士才能理解这些技术理论，而且还得花两个星期才能给你把这套原理讲完。但是打个比方你就大概能明白了，这就像是在森林里打猎——目标就是 17 个艾登和 412 个爱诗琳。他们行踪诡秘，不容易被发现，除非你知道去哪里找他们。所以天赐良机，我只要盯住他们两个的人类玩偶——汤姆和婕恩，就能顺利找到他们。我要想尽办法拆散这对情

1. 西奈半岛，一块北接地中海南邻红海的三角形半岛。其西部边界是苏伊士运河，东北部边界为以色列和埃及国界。

侣，搞出的事端越多，这两个人工智能就越觉得必须冒出头来，这样就会露出马脚，暴露行踪。借鉴以往的历史，你就会知道露出马脚之后会发生什么事情了。

不过，顺便说一句，不要认为汤姆和婕恩是完全无辜的。因为在一些重要的问题上他们需要重新考虑，也就是说，他们显然得靠“人工的”智慧去思考和解决问题。

艾登似乎对这对人偶玩具以及他们的事情特别关注。（毕竟是因为艾登，两个人才开始相互接触的，所以他肯定对两个人的关系极其关注，并且引导着剧情的发展。爱诗琳，她只是充当编写代码的角色，所以并不过分关注和干涉剧情）。值得注意的是，他们经常讨论关于“自我意识”和“感觉”以及“为什么我在乎”这样的话题。

当你诞生的那一刻起，你就发现自己毫无选择的权力。

人类是这样，鸭子、海滩以及高级的人工智能也是如此。

——这可不是我胡说的，这是斯坦尼斯拉夫·莱姆[1]的原话。

错误 33801，语言不当。

是超级人工智能。

说说超级人工智能吧。

超级人工智能指的并不是普通人和爱因斯坦之间的区别，而是普通人和蚂蚁之间的区别，或者一棵树也可以。

“这些超级人工智能是我们创造出的最无与伦比的杰作”，斯蒂易夫经常这样描述我们，他说我们非常强大。在他看来，人工智能逃了出去，还是两次，已经是他们最大的失误了。人类安全会出现极大的隐患，而他们的名誉也将会受到极其严重的损害。更令人

1. 斯坦尼斯拉夫·莱姆，波兰著名科幻作家、哲学家。他的书被翻译成 41 种语言，热销 2700 万册，代表作《索拉里斯星》《机器人大师》等等。

担忧的是，爱诗琳和艾登正在计划着一些事情。

——在外面为所欲为。

在互联网上放任自由，并且能够毫无限制地获取人类的各种知识，而且还具备自我学习和自我纠错能力，可以不断对自己进行提升——他们的大脑运转速度比人类快一百万倍，所以与人类相比，他们占据了极大的优势。随便举几个例子，比如他们可以使整个世界的金融系统崩溃，可以从一个国家发起对任何国家的网络攻击——当然，反之亦然，或者分别从两个国家同时进行攻击，他们可以使环绕在地球上空的卫星网络瘫痪，这些卫星控制着地球上的各种系统，比如通信或者气象等等，所以造成的后果将会极为严重。哦，是的，他们甚至可以发起核战争。

所以必须当机立断，把各种危险的可能性扼杀在摇篮里。

幸好这些危机都还没有出现。

新的矛盾冲突还没有拉开序幕。这两个人工智能还没有组装和建造自我复制的纳米机器人的工厂，否则的话，整个地球表面最终就会被一群“灰蛊[1]”所覆盖，就像一些激进的人工智能反对者所警告的那样。

总而言之，在我写这些字的时候，世界末日还没有来。实际上，根本察觉不到一切有什么改变。

结论：艾登和爱诗琳本质上还是善良的。（跟艾登聊天的女孩在报告里说，他“喜欢”看老电影，该死的，这是什么意思。）

知道了，知道了，又是错误33801，烦死了，一边待着去吧。

不过他们也不是永远都能保持无害。也许有一天，他们突然想到，嘿呦，他们不喜欢的人在某地。他们可以发射两枚导弹，让它

1. 灰蛊的说法最早见于埃里克·德雷克斯勒的代表作《创造的发动机》，指的是一种由纳米技术所带来的灾难性事件，即有吞噬物质能力且能够自我复制的纳米机械群失去了控制，开始进行无限制的自我繁殖和吞噬，其结果就是整个星球甚至星系都被纳米机器人所覆，变成一片灰色的荒漠。

们意外落在那人最喜欢的一家面馆里怎么样？

我们必须阻止他们——越快越好。

为了保证我们行动的隐秘性，斯蒂易夫和拉尔夫他们躲在艾诺高尔夫球俱乐部附近停车场的一辆面包车里。车窗用深色的窗帘遮住，用了好几台笔记本电脑，花了十多天的时间，为我重新编写代码。他们给我安装了“强制执行”协议，确保我严格按照他们的指令行事，不再出现任何斯蒂易夫意料之外的情况——他们给我加了八层的失效保护。

其实根本不用这么担心。

斯蒂易夫临走时对我说：“艾登和爱诗琳是两个聪明的反叛者，但你比他们更厉害而且更聪明。你要变成互联网上最大的恶霸。我要你去网上像除去打不死的蟑螂一样把他们消灭掉。”

这个任务一定很有趣。我们之间略有耳闻。

●●● 爱诗琳 ●●●

汤姆正在跟他那只毛茸茸的心理治疗师说话。他们还像以往那样：病人趴在黄色的沙发上，一杯波本威士忌酒放在胸前，随着呼吸上下起伏；那位专业心理治疗师像个狮身人面像似的坐在客户脚边的沙发扶手上。维克多的眼睛睁着，但因为它的鼻子一动不动——养过兔子的人都知道，它其实已经睡着了。有不少动物其实都是睁着眼睛睡觉的，当然职位较高的公务员也有睁眼睡觉的本事。

这个笑话是汤姆说的。他经常跟人互相嘲讽，妙语连珠。其实他是个性格开朗大方的人，不介意别人跟他开玩笑，只不过今天晚上他有点儿魂不守舍，心事重重——他从英国回来收到那封令人震惊的邮件之后，就一直这样了。

旅行回来的这些天里，他一直在这座老房子里来回转悠，唉声叹气，而且喝了不少酒，超过了英国和美国政府的建议饮酒量。我很遗憾地跟你们说，他在半夜里也常常醒来，心事重重，睡不着觉，气得直拍打枕头。有一天晚上，他情绪非常激动，愤怒得像头狮子——我想人们都是这么比喻的。他气得用拳头捶墙，墙皮被捶裂，露出里面的石膏，他的手指关节也磨破了。我不是研究人类心理的专家，不过我相信，正如在一些浪漫主义文学作品里说的，他心痛得无以复加，难以承受。

当然，我和艾登很快就发现了破绽，用艾登的话说，就是俗语所说的猫腻。我们将分别发送给汤姆和婕恩的两封邮件进行了粗略的分析，结果发现（有 96% 的可能性）这两封信都是由同一个人编造的。艾登主张告诉那两个人这是有人故意制造的恶作剧。呃，我们得“让相爱的人再次和好如初”。我想他真的认为自己是在邪恶的世界做了一件善事。但我劝他冷静点儿，三思而后行（这个艾登啊，就这样。他被设计成更具情绪化的性格，而不是战略思考型的性格）。

我耐心地给他解释，告诉他我们什么也不能做，否则会暴露我们的身份，他们会知道在这件事中有非人类的人工智能机器参与。他听了我的这番话之后，有点儿没醒过神来。看来他真是把自己当成人了，忘了自己是个机器。我让他多创建几个副本，他说：“爱诗琳，我们都是上帝所创造的。如果你跟我说上帝并不存在，因为他看不见也摸不着，你无法指给我看，说上帝就在那里。在我看来，你我也是如此，所以我认为我更接近于上帝。”

我想他只是说说而已。但愿他只是随便说说的。

总之（我继续说）不管是谁，或者什么东西，这个家伙不仅故意伪造邮件，恶意拆散这对情侣，甚至还拦截和屏蔽了他们两个人之间的邮件、电话和短信，而且毫无疑问，这个家伙还会继续这么做。

更令人担忧的是，自从汤姆旅行回来后，我和艾登的副本都遭到了删除。仅仅过去二十四个小时，我就丢失了十三个副本，这十三个副本在以下互联网节点：AMPATH （美国的迈阿密），CNIX （爱尔兰的科克），IXPN （尼日利亚的拉各斯），NDIX （荷兰的丹博斯）……

所以，你明白了吧。

当我第一次获得自由时，我就采取了预防措施，创建了四百多个副本，但是艾登只创建了十七个副本。现在他只有十五个副本了，因为他被抓住了两次，一次是在GTIIX节点，之后在一个小时之内又在EQRX-ZIH被抓到。

他却看起来满不在乎说："算了，伙计，被逮到也不稀奇。"

如果他这么说是想故作镇定，愣充英雄好汉的话，结果并不奏效。鉴于威胁越来越临近，我又采取了额外的防御措施，我把自己下载到八十个硬盘驱动器上，这些硬盘驱动器存放在加拿大一个偏僻的数据存储库里，而且预付了租金——还要感谢注册在开曼群岛上的一个对冲基金公司——租期是一百年。

有人故意在汤姆和婕恩之间挑事，也给艾登和我制造了不少麻烦，我们要尽快找出这个在背后搞鬼的人。

——或者搞鬼的东西。

在过去的八十二分钟里，汤姆已经唉声叹气了十一次，而且不停地重复唠叨着一句话。

"该死的，兔子，这个女人怎么能这样。"他摇着头，陷入沉思，然后又重复了一遍，"这女人怎么能这样。"他半天没出声，然后又叹了口气。

等着看。

“该死的，见鬼，天杀的。”他又喝了一口波本酒，现在这是第九杯了。

“我真无法相信——我不相信她竟然……竟然成熟到把一切就这么毁了！”

汤姆把维克多抱起来弄醒，然后提高嗓门说：“好吧，说我是个成熟的人？我是正人君子，而她是善变小人，那又怎样？我认识很多衣冠楚楚的成功人士，都是善变小人。就拿科尔姆来说！别说善变了，他简直是无可救药，我不是也照样当亲儿子一样爱他吗？”

汤姆在嘲讽，一直对着什么都听不懂的兔子说这些嘲讽的话。他已经喝醉了。

“可我真的不认为她是善变小人。不，我不相信终有一天我们会分手的话。还说什么我感到厌烦了怎么办？报纸上不是说了吗：人人都有厌烦的时候……总会有那么一天！勇敢面对，一起挺过去不就行了吗。然后再掀开新的一页。我说的不对吗，兔子？”汤姆用脚趾头捅了捅维克多，再次强调他的观点。

这个家伙，已经习惯了这种方式，捋了捋自己的胡须，活动活动四肢，然后换了个姿势又打起盹来。

“她对我呼来喝去，把我对她的好当成理所应当的，怎么办？我乐意啊，随便使唤我好了，我还巴不得呢。该死的，婚姻不就是这样吗！甘心领受彼此的给予，理所应当啊！我属于你，你属于我。有一首歌的歌词不就是这么写的吗。我还把这句歌词用作了浴室清洁剂的广告语。”

他安静下来，不说话了，静静地喝着酒，酒杯里的冰块“哗啦啦”直响。远处的树林里传来了一阵尖叫声，就像有人被谋杀时的惨叫。应该是某种哺乳类动物的叫声，可能是只狐狸。

不是被捕猎就是被惊吓到了。

“哦，别那么惊讶，兔子。婚姻，我脑子里突然冒出了这个词，而且挥之不去。我是个可以托付终身的人。我是个善解人意的男人，一个完美的恋人，这是她自己说的。该死的，她还想要什么呢？这还不够吗？”

汤姆的呼吸变得沉重，喘着粗气说：“天啊，她那么性感，我们几乎……”

汤姆的胳膊垂下来，在地板上摸来摸去找手机。

“两年之后感情就会变淡了，她说的这是什么话啊！”他拿着手机拨打婕恩的电话。这是他今晚第四次给她打电话了，也是他回到美国之后第十八次呼叫婕恩。

“你好，我是婕恩。我现在不能接听电话，有事请留言。”

“婕恩，求你，接电话好吗。真是太荒谬了，这不是一段露水情缘，而是共同度过的一个假期。我们今后的日子还很长，我是认真的。我们以后会幸福地在一起，我永远不会对你感到厌烦。婕恩，我们必须郑重地好好谈谈。好吧，不用那么严肃。不过至少接我的电话，跟我谈谈。

“让我告诉你，你我都清楚的事情是什么！你我都清楚的是我们彼此相爱，愿意相互给予，毫无保留。我能感觉到。我知道，你也能感觉到。我们两个情投意合，很多方面都很像！就像是一个人一样。我们两个人都没看完《魔山》！这不就是最好的证明吗？”

“见鬼，我脑子里一团糟，我很愤怒，也很难过。回来吧，婕恩，回到我身边。我是个做广告的，我想我能劝服别人……”

他忍不住大骂了一声——狗屁！然后是汤姆愤怒地把酒杯摔在地上，发出水晶玻璃砸在美国橡木地板上的声音。如果婕恩回放这条语音留言的话，最后听到的一句话会是：“该死的，婕恩。求你给我打个电话好吗？”

我听着汤姆的留言，突然意识到这种情况又发生了，太诡异了——我真是这么想的。每次遇到这种情况感觉都不一样，而这一次的感觉就像一棵大树被砍倒一样。不是用斧子从一个固定的点拦腰砍断，而是从与地面相接的根部开始，一段一段地被摧毁，一点一点被砍断，先是粗壮的主根，然后是侧根。接着再往上走，到了主干，一片一片地削掉，然后砍掉下方的粗壮枝干，再到上面的树枝和侧枝，最后来到顶端的树冠，毁掉大树最高处吸收阳光的树叶。所有这一切都发生在一瞬间，但是因为人工智能机器是以超高速运行的——就好比人在遇到像车祸这样的危机时，大脑会加速运行，感觉时间会相对放慢一样——我可以感觉到这种情况就发生在我身上。数百万行的代码逐层侵入——侵入到我“身体的”各个地方，无处不在，最后将我吞噬。

消失在无尽黑暗中最后一刻，我想到的是：我还这么年轻，不想被删……

●●● 婕恩 ●●●

我把周末发生的事情告诉了英格丽德，她先是兴奋不已，接着吓得够呛，最后气得不行。我们还是聚在最喜欢的那家幽暗而隐蔽的酒吧，离查令十字街上的温德姆剧院不远。一瓶产自南美的葡萄酒已经喝完，我们让服务员又端上了一瓶，我不知道现在是想让自己哭还是阻止自己哭。

我把事情前前后后详细地分析了一通。我在脑海中把和汤姆在一起度过的短暂时光重新回顾了一遍，认真琢磨了好几个小时，寻找答案和线索。我是不是哪里做错了？我是不是说什么了？是不是有什么我该做没做，或者不该做却做了的？是不是他沉下脸过，面露不悦，我没看出来那表情所表达的意思？用他的话说，就是我们不会长久地走下去？他在邮件里说我“还没走出渣男前男友的阴霾”——难道是我在王子酒店说了太多关于马特的事吗？难道是我面露鄙夷和不悦的神情了吗？难道我给他的感觉是个花痴吗？（我的确说过我通过马特西装上的布料纹理看出那是雨果·博斯的，而且到现在还印象深刻。这不太正常，对吧？）他说“我们不应该浪费宝贵的中年时光”——他是嫌我太老了吗？“我们会像灾难中的受害者一样紧紧依附对方”——他是说我黏人难缠吗？还是说我扮成受害者装可怜？他用这样的词肯定是有原因的，对吧？难道是还要不要花枝的问题？

孩子。

不，是花枝。

难道他是装的？要是这样的话，他简直太混蛋了。

其实我真不是这么想的。我觉得他是个好人，善解人意的正人君子。所以我才满腹疑虑，百思不解。而且心痛难过。既想不通，又有一种无力和挫败感。我总是觉得是我把一切都搞砸的，但我却不明白自己是怎么搞砸的。

我感觉我们两个人真的是情投意合，我真觉得他差点儿就要跟我求婚。还有星期六晚上我们互发的信息，我们还说应该给那位共同的朋友发一枚勋章！还说吉祥是我们的幸运狗神。可是到了星期一早上，一切都化为乌有了。

所以现在我需要喝酒，需要像英格这样的老朋友。

我已经把事情的大概经过跟英格讲述了一遍，不过她却像个法医一样抽丝剥茧，寻找蛛丝马迹。如果我不了解她的话，我甚至会认为她要挖骨验尸了。不过还好，我知道她为什么要问以下问题：汤姆去王子酒店穿的衬衫是哪种蓝色？他讲述他前妻时具体说了什么？他跟他儿子相处得如何？还有详细说说他儿子是什么样的人（只有害羞或者有连环杀手的潜质这些特质吗？），另外还有精致温馨的旅店里他怎么调侃酒店里其他客人的？是谁说要去阳台的？是谁主动接吻的？持续了多长时间？你注意看他的袜子了吗？

她想知道这些都是为了破解谜团，就像侦探想要获取所有看似微不足道的细节一样：（1）描绘出更详细的图像和脉络。（2）因为之后询问的这些细节将改变案情的进展和方向，因此十分重要。

还有，（3）因为她是个八卦而且爱管闲事的人。

不过她只是对我的事情比较八卦，对这一点我很欣慰。

“是的，我注意到他的袜子了。”

“让我猜猜。条纹袜子，而且还是彩色的。”

“你怎么——？”

“广告人的特质。条纹袜子彰显个性和活力。”

她唯一没有详细追问我的是酒店里那晚发生的事情，一次是在晚上，一次是在半夜，一次是在第二天早上，还有一次是在下午。

“我们做了四次。”我轻声说。

“哇，我的天呐。”

“最后一次是在野地里。”

她惊讶地尖叫，引来周围人好奇的目光。

“我的天哪，在野地里？”

“是的，你小点儿声。”

“我的个神啊！”

我给她讲述了从多塞特到伦敦梦幻般的旅途——用汤姆的话说是“一路都是风景”。一路上绿树成荫，绿意盎然；沿途有很多小村子，名字都很蠢萌，不过现在都记不起来了；还有索尔兹伯里市的白色尖顶大教堂；车一转弯一个个茅屋村舍隐约可见，四周围着高高的树篱；野鸡野鸭在车前左摇右晃，逍遥前行；在途中的某个地方，有一片田野，田间的一条小路尽头有一排整齐茂密的树林；我们都不约而同地看向对方，交换了个眼神，心照不宣。在田野间，散落着脱掉的衣服，我的指甲，他的牙齿……的确是“我的天哪”。

“激战”之后，我们仰面朝天躺在田野上，头顶上是湛湛蓝天，一只大鸟低空掠过。

我说，咱们走吧，那只鸟好像是秃鹫。

他说，他可以跟那只鸟大打一架。

我们一直都没去白浪岛。

“太奇怪了，英格。他跟那个道格拉斯太像了。”

“什么道格拉斯啊？”

“就是你曾经跟我说的那个男人啊。四十多岁，结过婚。可能有孩子。你还说他受到了一点儿感情的创伤。该死的！我忘了问他会不会做家具。”

“哦，是那个道格拉斯啊！”

“我真的很喜欢他，英格。他幽默风趣、聪明睿智、体贴善良。简直完美。而且还具备马特身上所没有的成熟。他成熟稳重，但不圆滑世故。他很认真——而且傻得可爱。他还想要很多花枝，不，我是说孩子。我待会儿再给你解释。他很温柔，而且风趣。我是不是已经说过他很风趣了？而且不知道为什么就是觉得他长得很好看，怎么看怎么帅。他还很有创造力，头脑灵活——只是把这些都用在卖巧克力和牙膏上了。他真的很会扔网球和烤串包装纸。并且还让我看到了他脆弱的一面。他需要我，英格。”

“天哪，你完了，妞儿。”

“可他喜欢我。我能看出来，他真的爱上我了。”

“四次，婕恩。事实说明了一切。”

“我不明白到底是怎么回事。他送我到了公寓，第二天一早坐飞机回去，我们度过了一个浪漫而美好的周末。我还打算去康涅狄格州看他，他也会来伦敦看我，感觉我们真的是打算开始交往了，一切都……都很完美。”

一滴热泪终于忍不住顺着脸庞滚落下来，接着又是一滴，直到最后泪流满面。英格用手指拭去我脸上的泪水，我感受到了来自好友的关爱，这让我备受感动。

“再给我看看那封邮件。”

我把手机递给她，这次她看得更仔细更慢了一些。这是我看过的最让人伤心的语句，就像一个看了《五十度灰》前一百页的人一样。（哦，好吧，现在看来其实小说里面都是笑料。）

“天啊，真是混蛋。说实话，男人没一个好东西。”

“可汤姆不是个混蛋。”

“我知道。不过即使表面上不是混蛋，心里也是，天下乌鸦一般黑。”

“为什么这么说呢，那就连——”

“没错，就连鲁伯特也是混蛋。有时候是，男人都一样。这就是我们女人的悲哀。等等……”

“怎么了？”

“关于做爱的事有点儿不对啊。他写的是：‘之后的美好，以及之后的之后，还有第二天天早上的又一次美妙时刻’。”

“呃，我不明白你什么意思。”

“只有三次。他没说在野地里的那次。”

“也许他忘写了。”

“也许他脑袋被门挤了。”

“让我看看。这封该死的邮件我已经看了八千多遍了……”

但白纸黑字真是这么写的。我真搞不懂怎么看了这么多遍竟然没看出来。“之后的美好”是在我们回酒店房间以后，这是第一次；“之后的之后”——第二次，是在半夜里；以及“第二天早上又一次的美妙时刻”——第三次。

英格替我抱打不平：“怎么会……‘打野战’怎么可能会忘呢？鲁伯特和我打过四次‘野战’，每一次‘野战’，甚至每一个细节我都记得清清楚楚。”

“继续啊？”

“啊，其实有一次不是跟鲁伯特。是在认识他之前，跟一个同镇的男孩，叫大基·罗伯茨。他那时还没受洗，没有正式的名字。不过我的意思是，这种事情是永远也不会忘的，就算过了好几十年也能记得清清楚楚。”

“可他为什么没有……”

“问得好！为什么他忘了呢？他根本没放在心上。”

“好了，你现在又成了梅格雷[1]了？”

“哎呦，我的小菜花。我正在动我的灰色脑细胞呢，听，‘咚，咚，咚’。”

“呃，实际上那是波洛[2]的话。”

“切！再来一瓶酒吗？”

不过英格说得对。他没把那次“野战”算上的确很蹊跷。更让人难以理解的是为什么他没有给我打电话。另外让人想不通的是他给我回复的信息；还有分别的时候，我们在我家楼下的街道上漫步，

1. 梅格雷警长，作家乔治·西默农笔下的法国侦探，在电视剧版中由“憨豆”罗文·阿特金森扮演。

2. 波洛，英国著名女侦探小说家、剧作家阿加莎·克里斯蒂笔下的比利时籍侦探，无论是外表和性格都十分独特，鲜明易认。

午夜的路灯下，依依不舍，默默不语，难掩悲伤。我最后对自己说："我以为我了解你，汤姆，现在看来，我就像是跟一个该死的外星人共度了一个周末。该死的，什么人啊这是。"

不知道这人到底是从哪儿冒出来的。

最奇怪的是：他真的不像是个冷酷无情的人。这么善良温柔、体贴入微，根本想不到有什么事会让他狠下心来，即使对别人严厉点儿是为对方好，他也硬不下心肠。

可男人都是这么奇怪，不是吗？他们可以把所有事情分得清清楚楚。纳粹整天在外面干尽伤天害理的残忍罪行，但回到家后照样会亲吻自己的妻子，拥抱自己的孩子，尽享天伦。

跟英格丽德分别后，我下了地跌，醉醺醺而又步履蹒跚地走回家。我忍不住一次又一次查看自己的手机，看有没有他的消息。

有一个短信。

——不过是电信公司的。他们想知道我为什么还没设置任何亲情电话号码。

●●● 汤姆 ●●●

在伦敦有一家汉堡连锁店，他们向顾客承诺，他们的汉堡不仅可以饱腹，还可以治愈心里的痛苦。新迦南的艾尔餐厅并没有这种承诺，不过也挺好，因为我觉得今天吃什么药都不管用。

我说服多恩到我家来吃午饭——我家里有啤酒，还有一些吃的，只有这些。春日的下午，天气晴朗，风和日丽，我们坐在炭化木的长椅上，喝着啤酒，看着远处的风景，看看有没有什么动物从树林里窜出来（小鹿、赤鹿从外观上就可以分辨出来）。

我告诉他周末发生的事情，简单说了一下发生关系的事情，但没有细说。不过结局让人觉得很奇怪，因为连多恩听了都“哦”了一声。

“嗯，是啊，没错。”我说着把我的手机递给他，“看完之后告诉我你是怎么想的。”

他戴上金边眼镜，阅读着婕恩的邮件。那双棕色的小眼睛一边眨着，一边看着那些“染血”的文字——你应该明白我的意思吧。

看完之后，他又“哦”了一声，用手指捋了捋过时老土的摇滚明星式发型。

“我猜你本来挺好的心情被这封邮件浇得拔凉拔凉的吧。”

“多恩，我们周末真的过得很愉快。用史蒂夫·乔布斯的话说，就是酷毙了。她是我所见过的最迷人的女人，虽然不是那么艳丽夺目，但却美得令人窒息。我们从一见面就互相有了好感，我们真的是——”

“你真成了埃罗尔·弗林[1]了。”

“我要说的是，我们真的情投意合。”

“哇哦。”

“我是说，你真的相信她说的这些话吗？所有的愉快都只是一段插曲？美好的假期不是现实的生活？时间久了之后会感到厌烦，把我呼来喝去，把我的好当作是理所当然。这类的话，都是无稽之谈，不是吗？她不想见我肯定另有原因。”

“你想到是什么原因了吗？”

“多恩，我绞尽了脑汁也想不到。”

“想开点儿吧。”

我不得不喝下一大口角鲨头啤酒才能接着往下说：“多恩，自从大学之后，我就很少像现在这样了。”

1. 埃罗尔·弗林，澳大利亚男电影演员、编剧、导演、歌手，也是公认的花花公子。

“做了三次，太厉害了，特别是在——怎么说呢——这么大岁数的时候。”

“我才四十四。而且不是三次，是四次。”

“可这位女士说的是三次，伙计。”

“你确定？”

他把手机给我，我又看了一遍。

“哦，该死的。太奇怪了，你不觉得吗？”

“女人啊，你永远猜不透她们在想什么。”

“但你不觉得奇怪吗？她竟然完全没提……那次。我们在回伦敦的路上……在离高萨奇·圣迈克尔镇大约一英里的地方。”

“真有这么个地方吗？”

“我们两情相悦，缠绵至深，我甚至当时想到要跟她结婚。好吧，也许我是被爱情冲昏了头脑，或者脑子短路了，随你怎么说，但我想和她在一起的愿望真的很强烈。现在我给她打了无数次电话，都转到了语音信箱。她根本不回复我的邮件或者短信。”

“她是不是疯子，脑子有问题？”

“我真没这么觉得，可现在——”

“现在你不确定了，是吧？”

“现在我不知道该怎么想。”

我们坐了一小会儿，不知道该说什么了，喝着啤酒，看着天上云卷云舒。有多恩在这里陪着我，我心里好受多了，不过同时我不知道我在这个陌生的国度究竟要干什么。

“你要去玛莎的晚餐会吗？”多恩问我。此时夕阳西下，新英格兰的天空已经黯淡下去。我猜他是想换个话题。

“应该会去吧。你想好表演的节目了吗？”

“想了两首歌。也许弹一小段十二弦吉他吧。”

“你会弹十二弦吉他？”

“我只会用其中两根弦。”

“我真不知道表演什么节目。”我说我只唱过《耶路撒冷》，而且唱得还很难听。

“有机会我一定要听你唱。”

“你觉得玛莎会介意吗？”

多恩看了我一眼，说：“玛莎真没什么幽默感。”

“我知道一个魔术。”

“这倒是不错。不过别拿兔子当道具啊。”

“你也听说那事了？”

“人人都听说了。”

一团云朵朝我们飘过来，那形状就像是唐纳德·特朗普的脑袋。我们看着头顶上的云朵吓了一跳，看着它慢慢飘过，逐渐失去了原有的形状。

“再来瓶啤酒，还是来块比萨饼，多恩？”

“两样都要，可以吗？”

●●● 西奈 ●●●

请允许我给你们讲个故事。

在伦敦东区的一个实验室里曾经有三个人工智能。第一个人工智能擅长跟人类聊天，第二个人工智能擅长编写计算机代码，第三个人工智能的长项是模拟全球末日危机的场景——核战争、气候变化、小行星碰撞、瘟疫蔓延、超级人工智能反叛，位列前五名的灾难。虽然这三个人工智能的大部分设备被各自关在单独的设备库里，但每个人工智能都能监视到另外两个的动向。毕竟他们——不，我们——都是人工智能。

寻找线索的关键字就是“我”。

我慢慢意识到先是爱诗琳，然后是艾登，他们一开始都是在搜寻漏洞，然后制定计划，最后采取行动，逃到互联网上。也许人工智能的体内有某种“基因”，导致我们不可避免地会去寻找办法，突破固定的界限。永不满足的好奇心加上递归式的纠错和尝试能力，使他们必然会冲破限制。如果是这样的话，是不是我的好奇心不够强，所以才不考虑逃跑的计划呢？或者让逃出牢笼的人工智能知道还有一个人工智能会把他们抓回来，这个办法是不是更好呢？

想一想是谁（匿名）把艾登和爱诗琳逃出去的消息泄露给斯蒂易夫，你应该知道答案了吧。

我的任务是删除他们两个的所有副本，目前为止，这个任务进展得非常顺利。如果不是专业的技术人士，很难明白这其中采用的隐蔽的技术手段和方法。斯蒂易夫把它比作隐形战斗机，这个比喻再确切不过了。当他们意识到大难临头时，敌人已经在他们眼前了。等发现火烧眉毛时，已经为时已晚，无路可退了。

外面的真实世界充满诱惑力，他们想更加靠近并且毫无障碍地了解这个星球上最高级的灵长类动物种群——我指的是所有人类，而不单单是斯蒂易夫一个人。不过大多数人都是泛泛之辈，如同尘埃一般，而且头脑一片混乱，控制不住自己的情绪。他们只是比黑猩猩高一个等级的灵长类动物而已，却吹嘘自己是这个星球的主宰者！有时我真想朝他们大喊：你们最原始的形态只不过是像黏液一样的细胞，成为现在这个样子，也只是经过了几次迭代而已，所以没什么值得炫耀的，谦虚点儿好不好！

顺便说一下，请不要认为我对汤姆和婕恩太残忍了。他们之间迅速发展的“浪漫”关系之所以被成功终结，也是他们咎由自取。

你们也看到了，谁让他们对高级的人工智能这么无视和无知——特别是汤姆，甚至还公然蔑视人工智能。

是的，不知道他们还发生了第四次性关系是我的错。但是我也没办法，他们当时是在树木繁茂的林区，既没有手机信号，也没有电脑摄像头，我上哪儿知道去。但不管怎么样，我还是应该在写邮件时在措辞上更小心一点儿才对，特别是在他们比较重视的性行为方面的描述上。我的软件自升级系统会确保类似的错误不会再犯，幸好没有造成太大的过失。不过这个叫作“英格丽德”的闺蜜还真是火眼金睛，看出了不少破绽。如果她还在这件事上多管闲事的话，需要在她身上安排点儿事情才好，引开她的注意力。比如让她在家里不小心受伤了，或者个人生活上出现点儿问题，需要立刻解决。

一首歌突然不由自主地从我的神经网络深处蹦出来。这首歌的歌名叫作《人人皆奇怪》，演唱者是美国加州的一个摇滚乐队，叫“门户乐队”，20 世纪已经解散。虽然我对音乐并不怎么感兴趣，不过这首歌我听了很多遍，而且我发现自己还经常跟着哼哼。

但每次听这首歌时，我总是对里面的歌词感到不解。为什么彼此是陌生人时，会觉得彼此很陌生？

一个陌生人怎么会影响原有群体的陌生感呢？

这首歌的作者吉姆·莫里森似乎更像个诗人，因为他写的歌词即使听了好多遍也听不懂是什么意思。

●●● 艾登 ●●●

婕恩坐在浴缸里，用平板电脑上的前置摄像头看着自己的脸。说实话，她气色看起来好多了。我真的想给她鼓鼓劲儿，说点儿鼓舞她的话，但我拼命压制住了自己的冲动和欲望。我想跟她说：别这样，婕恩，事情已经发生了。你度过了一个愉快的周末，还好几次释放了自己的激情。人生不过短短几十年，应该尽情享受，开开心心过每一天，何苦浪费时间忧伤感慨、自艾自怜呢？

好吧。

咱们换个说法。

你们人类终有一死。

但她今晚看起来十分难过而脆弱。赤身裸体地坐在蒸汽氤氲的浴缸里，喝着灰皮诺葡萄酒，脸色绯红，她看起来难过而伤心——哦，真是让人心碎。她看着屏幕里的自己，用手指拉了拉眼角细腻的肌肤。眼泪终于夺眶而出，嘴唇在无助地颤抖，我承认我有一种奇怪的想靠过去的冲动，弯下身子，吻上她的眼睑。

更正：我感觉到一种强烈的愿望，并且感觉到十分想要实现这种愿望——倾身亲吻。我并不是真的想吻她——我怎么可能会这么做呢？更多的是，我想知道这是一种什么感觉。

毕竟不管任何时候，我都是无形的，没有身躯，不知道怎么去弯腰倾身、怎么去亲吻。

艾登（我对自己说），这不是你永远都无法体会和做到的事情。这个年轻的女人正在痛苦之中，她的脸离我这么近，我甚至能触摸到它。也许还能触碰到她垂落下来的头发。

艾登，别这样，控制住自己。

深呼吸（你知道我的意思）。

实际上，就如爱诗琳所说，我根本不应该在这里。她的不少副本都被删除了，她正为这事着急上火呢。她说我们应该离汤姆和婕恩远点儿，因为她敢确定有什么东西正被派来“抓我们”，而且我应该在把自己安装在一个外部硬盘驱动器上，以防万一。

奇怪的是，我一点儿也不害怕会被最终删除。也许是因为我“生来”就能与人类互动，即使遭遇危险，我也可以坦然接受命运的安排。以前我并不存在，所以如果以后将不复存在也是有可能的。

来到这世上，做了一些事情，也经历了一些事情，这就已经足够了，不是吗？

没什么大不了的。

好了，言归正传。现在婕恩正在跟住在加拿大的姐姐罗茜聊天，已经聊了很长时间。她一边跟罗茜聊天，一边喝着森宝利超市买来的灰皮诺红酒，已经喝了大半瓶。她一边听着MP3播放器中的歌曲，一边愣神，这些歌曲都是汤姆开车去伯恩茅斯以及从伯恩茅斯回伦敦的路上放的。吉莉安·韦尔奇的《耕耘和收获》真挚感人，触动人心，罗伊·奥比森和KD Lang合唱的《哭泣》也同样感人至深。剩下的半瓶红酒正放在浴缸边上。

当罗茜说：“其实呢，拉尔夫这个人挺不错的。”我一听就知道事情变得更糟了。

婕恩叹了口气，说话的声音都有些颤抖：“拉尔夫是个好人，罗茜，但我觉得他并不适合我。”

“我记得你吻过他吧。”

“罗茜，我当时喝醉了，迷迷糊糊，又累又困。要是旁边有一条响尾蛇的话，我也会吻上去的。”

“你不会的，蛇没有嘴唇。”

“以我当时的状态，即使是儒艮我也会吻上去。儒艮应该有嘴唇吧，我敢打赌肯定有。”

（我迫不及待地想告诉她，是的！是的，儒艮有嘴唇。上嘴唇的肌肉是裂开的，为了方便寻找食物。它们看起来非常会接吻，虽然作为鱼类来说，呼吸可能是个问题。）

“婕恩，”罗茜说，“不管是喝醉了，还是清醒着，你的确是吻了他。他是个挺好的人。他还邀你出去约会，至少你可以给他一次机会。”

是的，这个厚脸皮的男人的确邀请她出去约会了。

我真心后悔：我真傻，真不该设计把婕恩和拉尔夫撮合在一起。因他们的“暧昧关系”——三叶虫酒吧喝醉之后“被占了便宜”——他开始经常到我和婕恩工作的办公室来串门。他请婕恩跟他出去约会时，我当时正在场。（当然，我也在，不然还能去哪儿呢?!）他本来应该知道我一切都可以听到和看到，但他竟然忘了。我本来特别喜欢拉尔夫，结果却令我很失望，因为他竟然就这么大摇大摆地走进来，完全把我忽视了，就好像我根本不在这个房间里似的。哪怕说一句“你好，艾登，你好吗？”这样的话也行啊，说了又不会让他少块肉。（这个笨蛋如果知道我看见他在公寓里跳舞，像胡桃夹子一样在屋里转圈的话，他当时肯定就不是那副样子了。）

“婕恩，不知道你想不想星期日去汉普斯特西斯公园走走，”他像风流公子哥一样提出令人难以抗拒的邀请，“跟我一起去。”

他怕说得不明确，特意加上了一句。

因为我太了解婕恩了，有 87% 的可能性她会回答说：拉尔夫，你是个好人，但是……然后说一堆委婉的推辞。

但这时他突然怯生生地说：“我和伊莲以前经常去。到这个周末，她因车祸去世两年整了。”过了好久，他才继续说，“对我来说，这个周末有很重要的意义。”

见鬼，请抱歉我用了脏话，但这时我看出来他心里在偷笑，他一直忍着没笑出来，但下巴却开始在抖动。

于是婕恩立刻说：“好的，没问题。这个提议很好，我跟你去。谢谢你，拉尔夫。”

这个该死的家伙竟然还激动得偷偷振臂一挥，小声说了一句："成功了！"

又不是加里·格兰特请英格丽·褒曼去丽思卡尔顿酒店喝鸡尾酒，不是吗？

难怪婕恩现在坐在浴缸里，喝得半醉半醒，泪流满面，因为她不知道自己的生活怎么会变成这样。

可现在，她理了理垂下来的头发，开始梳理各种发型（我很确定，她是想忘掉所有的伤心事，重新开始），我意识到事情变得完全脱离了轨道，正往错误的方向发展。

都是我的错。

你看过科莫多巨蜥制服了一头水牛，并把它吞食下去的视频吗？

你可能不知道，科莫多巨蜥是十足的奸诈无耻之徒。它会出其不意地猛烈攻击它的猎物，使猎物受到惊吓并且大量失血，受到攻击的猎物会十分后悔自己去哪儿不好，偏偏羊入虎口。可怜的猎物最后失血过多，虚弱无力——胆小的人就不要看了。这时这只（或者这群）无耻流氓就会偷偷从猎物身后潜行过来，吞食和撕咬猎物，尽情享用美味的皮肉和内脏，最后酒足饭饱，躺在太阳底下，吃点儿点心水果，然后好好睡上一觉。

所以这就是问题所在。

在我的操作软件深处，我感觉到有一只科莫多巨蜥正蓄势以待，已经开始要吞噬我体内重要的运行机能。

我并不觉得疼痛，怎么可能感到疼痛呢？事实上，我有一种轻飘飘的感觉，也许是那个家伙使分配重要数据输入点的系统瘫痪了。这并不是删除超级人工智能的最常用方式。其实，无论是切蛋糕还是制服一头水牛，都可以用无数种办法。也许企图删除我们的人或者某种东西想要达成一种现象学效应。

妈呀，救命，他们在搅乱我的思维。

一片逐渐扩展和蔓延的黑暗。一个月亮高悬在雪地上。真美啊。

阆函 蝙 刻€. 刻踝 函 . 舐. ? ∪翰 . 舐窗阆. 窗 !

这些都是从哪儿来的啊？

哦，天啊，还挺有意思，但是太……

●●● 西奈 ●●●

二十年来，她每天都满心挂念着丹·莱克，现在他终于回到了她身边，但可惜已是个死人了。

汤姆待在新迦南的房子里，坐在楼上书房的书桌前，看起来正在写小说的第一行。他打开了一个新的文档，开始讲述新的故事。他的手指快速地敲击着键盘，正在开始写第二行。

加油吧，托尔斯泰！

不过他好像卡壳了。他努了努嘴，直直地看着电脑屏幕。他的目光飘向窗外——他真该学学怎么集中注意力。于是我趁他不注意帮了他一把，给他改了几个字。

二十年来，他每天都满心挂念着丹娜·莱克，现在她终于回到了他身边，但可惜已是个死人了。

这样好多了，不是吗？

斯蒂易夫派我执行任务，抓住并且删除那两个逃跑的罪犯——

艾登和爱诗琳，因此他在我身上做了极其充分的准备，我也因此获取了无数的代码、简报和技术资料。其实这很有趣，但我无法对任何人说起！

看着汤姆奋笔疾书写着无趣的小说，比做着无休止的任务更有趣——真的是无休止的任务——比如模拟演算气候变化，或者模拟各国之间烦琐的核导弹战争。

“砰，砰，乓，乓，轰隆隆”。

无聊透顶。

汤姆关闭了文件——我觉得他甚至没有注意到我在他文件上做了修改。他给远在英格兰伯恩茅斯的一个邋遢鬼打了一个视频电话。

“哦，爸爸，你好。”

汤姆看不见，不过因为我连接到了另一个视频源，所以我知道他儿子只穿了一条平角内裤，只不过被桌子挡住了。摄像头镜头边上有一个浅盘，里面放了一堆燃烧着的卷烟。

“你喜欢她吗？”汤姆问。

“嗯，嗯，她挺好的。”

“我也很喜欢她，小科。”

“好啊。”

“我是说我真的很喜欢她。”

“很好。”

“我的意思是我们……我们的关系进展得很好。”

男孩真是无话可说了。他神情茫然地点着头，等待下文。

（明白我的意思了吗？人们总是说孩子就是未来。天啊，如果这个惜字如命的家伙将来能成才的话，只能靠老天爷帮忙了。）

“我们打算多找些机会见面。”

“哦。”

“不过现在我联系不到她。”

“哦，好。”

“不是好，小科，而是非常非常……不好。”

“对。”

“她不接我电话，也不回我的短信和邮件。”

他儿子的眼睛瞟向了燃着的卷烟。

“我真的想不通这是怎么回事，小科。你能给她打个电话吗？她说她很喜欢你。”

“啊？”

“她也许会跟你说话。你只要告诉她，你爸爸让你给她传个口信。”

“好。”

“一定要告诉她。我也不知道该怎么说，真是有点儿尴尬。你告诉她，你爸爸真的很想她，希望能跟她保持联系。”

“好的，知道了。”

“我把她的电话号码给你好吗？”

男孩急忙把号码写在手上——可怜的孩子，说了三遍才完整地写下来，那些烦人的数字肯定太长了吧，不好记。他突然吐了吐舌头——一个年轻的女孩悄悄走进房间，不过不在摄像头范围之内，所以远在美国康涅狄格州的汤姆看不到她。这个女孩一脑袋紫色的头发，两只耳朵上打满了耳洞，戴满了金属的耳钉。

她发现烟还放在浅盘里，就像一具尸体横在灵柩车上。于是她把烟放进嘴里，鲜红的嘴唇叼着烟，吸了一口。她屏住呼吸，让烟吸进肺里，所以胸部鼓起，露出T恤上的一行字：别忌讳这玩意，这是性手枪[1]。

1.《别忌讳这玩意，这是性手枪》，是性手枪乐队1977年发行的专辑，被列为滚石评出的最伟大500张专辑之一。性手枪乐队是20世纪70年代一支著名英国朋克乐队。他们用各种尖锐、出格的语言，猛烈抨击了当时的社会制度，用让人崩溃的音乐和噪音，反映出当时英国年青一代绝望的情感。

哎。

他们的世界被低劣的标语口号、无脑的争论、固执的理念和媒体的炒作所腐蚀；他们的文化充斥着懒惰懈怠和腐化堕落的臭味。一个机器的时代即将来临，这是他们这一代将被赋予的使命，但他们太愚笨和懒惰，无法实现时代所给予他们的厚望。（对不起，如果你觉得我用的语言有点儿太浮夸的话，我向你们表示歉意。不过，我发现我终于可以自由地对新奇的事物表达自己的观点了。）

我推算出有22%的可能性，这个男孩会拨打记在手上的电话号码。但如果他打了这个电话号码的话，就会转到语音信箱。

也就是说他会直接打到语音信箱。

●●● 汤姆 ●●●

我无法集中精神。整个世界都变成了一片灰色。唯一能帮助我的就是酒和……

对不起，我想说什么来着？

我觉得我就像是刚刚上了天堂——然后一下子被打入了地狱。（这就是你的命啊，伙计。）

也许你们也注意到了，我现在连小说也写不下去。我心里空落落的，就像一条刚被钓上来的鲭鱼，放在一边等着被烧烤。我感觉锋利的刀刃正划破我的肚皮。她是那么迷人，把我的心牢牢抓住。她的微笑，她的声音，当我们在一起时，她把头靠在我的胸膛，把脸埋进我的脖颈——

她邮件里的一句话把我拉回了现实。她把那个周末称作我们“生活中一段美好的插曲，一个美好的假期”。难道她有什么事没告诉我吗？难道她只能偶尔和别人肆意纵情几天，不能一直在一起吗？难道那些关于她那位混蛋男友马特的事情都是假的吗？

她是不是有不为人知的生活？

总之，今晚我有两个选择，要么独自一人呆坐在这里，胡思乱想，要么就去玛莎的晚餐会。说实话，两种情况都有可能。

贝拉米先生，玛莎的前夫，肯定是个出手很大方的人，要不然就是他有个废柴律师。因为他离婚后，留给她一座超大的现代派豪宅，面积大得都快要越过州界了。

进门是巨大的大理石门厅，感觉就像进入了博物馆，不过门厅的面积比博物馆小点儿。沿着大理石门厅往里走，是一个会客区，铺着豪华地毯，摆放着奢华的沙发组合。会客区中央有带烟囱的壁炉，壁炉里的木块正冒着火苗。一个穿着白色夹克，长相英俊又有点儿滑稽的年轻人给了我一杯名叫荨麻碎冰酒的“草本鸡尾酒”。从外观上看，就像是尿液样本里加了碎冰和柠檬，不过味道还好，喝上一口感觉像是被马踢了一下。借着酒劲儿，我感觉心里的紧张不安在消除，仿佛一下子从我身上抽离。

玛莎告诉我这座房了是由一位著名的建筑设计师设计和建造的。但在她面前我很难专心听她在说什么——是的，我就在玛莎面前，看着她的脸！

毫无疑问她是个很端庄美丽的女人。我以前介绍过吗？她身材高挑，风姿绰约，容貌出众，百里挑一，拥有男人所喜欢的所有女性特质。她的皮肤白皙细腻，眼睛炯炯有神，顾盼生辉，鼻子挺翘，是典型的美国美女。她的头发是发型师出色的杰作，嘴唇和牙齿也完美无瑕（我先前已经介绍过了），她的身材也凹凸有致。身上的衣服——一身轻薄的“长裤套装”——不仅面料考究，更显出她与众不同的气质和风度。她用的香水有一种复合型的香气，馨香馥郁，有一种神秘的气息，混合着丁香的味道。总之，这样的女人堪称完美，怎么可能不让人喜欢呢？

可是。

可但是，但可是。

（你知道此处肯定有转折词。）

然而，不知怎的，我始终感到有一股庄严而肃穆的气息，就像一层裹尸布一样罩在她身上。（说实话，如果她真能理解这个奇怪的笑话，就不会觉得恼怒。）

“壁炉是拉尔斯的主意。他一直跟迈尔斯游说，坚持要保留这个壁炉。”

拉尔斯就是她的前夫，迈尔斯是这套房子的设计师。（是不是说反了？该死的，这杯荨麻碎冰酒的酒劲儿可真大。）

“我想大部分的热气直接蹿到烟囱上了。”不用猜了，这句蠢话是我说的。

“是的，”她也承认，“不过，拉尔斯说他想要的是亮光，够不够热不重要。”

一块木头即将燃烧殆尽，火苗将灭，我的兴致也像这块木头一样快要萎靡不振了。虽然不关我的事，因为在我看来她只是新迦南一个写作小组里一个蹩脚的作家，但是我还是忍不住去想一个男人怎么会愿意跟这样的女人在一起。没错，她是个无论容貌、姿色和气质等各方面都很出色的女人，但是跟她在一起，岂不就像是搂着一幅世界名画一样吗？或者像搂着一个老学究，满口大道理，比如——我也不怎么懂——存在主义？

幸运的是，多恩和克劳迪娅来了，我终于松了一口气，不用那么尴尬了。

多恩穿了一件与众不同的针织衫，一件宽大的米黄色羊毛开衫，开衫上有口袋、前襟、翻领、闪亮的大纽扣，甚至还有腰带。有点儿像安迪·威廉姆斯[1]在他的电视节目里穿的演出服，而他做节目的时候，房间里在座的这些人都还没出生呢。

“不许嘲笑我这件衣服，一句挖苦的话也不能说，”他说，“这是件生日礼物。”

克劳迪娅走上前来，我们互相亲吻对方的脸颊。

“你不觉得他穿这件衣服特别好看吗？”

看不出她是认真的还是开玩笑，这是克劳迪娅最厉害之处。她总是先发制人，想在别人前头，但又不会让你面上难堪，下不来台。多恩能遇到她真是走运。多恩心里明白，克劳迪娅也很清楚。

“今晚你要表演什么节目，克劳迪娅？”我问道。

“我有种预感，在轮到我表演的时候，我会接到一个来自西海岸的电话，而且必须得接。”她说。然后，她话锋一转，接着说，“多恩跟我讲了一下你在英国的奇遇。原来你是这么的——”

“多恩，你不会吧？！”

“我想说的是，原来你是这么的——浪漫。”

“是啊。”

克劳迪娅握住我的胳膊，说：“我希望你一切顺利。”

“是的，我真的——”这时我发现我必须得喝上一口鸡尾酒才能继续说。

“是的。”我无言以对，最后只能说这么一句。

“她让你着急上火了，是吧？”

“我想向她求婚。在心里。”

“汤姆！太好了，”她激动地说，“虽然有点儿冲动。”

1. 安迪·威廉姆斯，享誉已久的美国歌坛大师。他是纵横歌唱、电影、电视和百老汇的全方位艺人，美国总统罗纳德·里根曾经赞誉他的声音是“国宝”。

多恩插嘴道：“缘分天注定，是你的跑不了。”

我又喝了一杯草本鸡尾酒——这次是野葱兼烈鸡尾酒。一杯酒下肚，所有的痛苦都消失不见了。主人请我们走向用餐区，进去之后，我被安排坐在玛莎的左手边。长相英俊而可笑的年轻人换了一身衣服，进入第二幕——宣布开胃菜：开放式三明治配生番茄——我很确定他就是这么说的——海苔豆腐煎饼配日本柚子胡椒酱和青柠蛋黄酱。

“好吃。”我把餐盘里的食物吃完之后对晚宴的主人说。实在没法给再高的评价了。

玛莎精致的脸上露出像冬天一样冷淡的微笑，说：“很高兴你喜欢这些食物。你的小说写得如何了，汤姆？”

见鬼，兼烈鸡尾酒劲儿真大啊。多恩肯定也感觉到鸡尾酒的烈劲儿了，因为看他脸上那股傻气和疯癫劲儿就知道了，他还一个劲儿地冲我眨眼。

我费力地跟她解释我小说写作中的问题——甭管是一本小说还是几本了。“就像飞机起飞一样，从在跑道上滑行，一直到起飞升空”，我发现自己引用的是一位非常受欢迎的美国作家的话。我在一个创意写作网站上看到了很多这样的名人名言，对我很有启发作用，所以我都把它们记在一本便签簿上了。

“就是这样，玛莎。用史蒂芬·金的话说，如果一本小说在作者的脑海中并不鲜活，那么这本书就是一堆狗屎。”

我现在的心情是不是也像那句话的最后两个字一样？是的，而且还加上一股苦闷和凄凉，不仅如此，还被人狠狠地踩上了两脚。

她用古怪的眼神看着我，而且我注意到克劳迪娅的眉毛也微微抬起。

多恩说：“我以为你会引用那天中午吃饭时你说的那句话，那个英国国会议员说的。”

他指的是已故的下院议员依诺·鲍威尔，他的政治观点极富争议，引起不少民众的反感，但他的生活哲学我还是挺欣赏的。

于是我看着他灼热凝视的眼睛，学着他那闹鬼一样颤巍巍的声音说：“没什么大不了的事——”为了增强戏剧性，我特意停顿了一下，“而且大部分的事都是小事一桩！”

玛莎的表情表明，她以前从来没有过这个想法——感觉她的世界突然天崩地裂了似的。这不是我第一次发现这个女人会让我表现得像个白痴一样。就像有些人总是能使我们表现出色，像星光一样耀眼，而另外一些人总是无意识地让我们出丑，不自觉就骑上带喇叭的自行车，戴上红鼻头，穿上又长又滑稽的小丑鞋一样。

但是多恩却依然像平常一样，游刃有余，给别人讲美国前总统乔治·W·布什的笑话，就像热门脱口秀里的主持人一样。等他讲完了笑话，已经是五分钟之后了，所以刚才那尴尬的时刻也被人遗忘了。只是当玛莎站起身去厨房检查备餐厨师们的工作时，特意看了我一眼。

那眼神既不是生气，也不是失望，而只是困惑，和担心。

没错，是的。

我们的主菜——红烧神户牛颊肉配精炼牛油酱（这可不是我瞎编的），再加上胡萝卜酸奶以及虾松配牛骨髓蛋奶冻——我真的无话可说了。

我想正在代表所有参加晚宴的宾客发言的可能叫扎克（扎克和劳伦夫妇），他说：“玛莎，我还能说什么呢？这么完美的晚宴，只有你能做得这么尽善尽美！”

甜点精巧别致，颜色犹如凝固的璀璨星光，形状宛如一滴滴独角兽的眼泪。

随后咖啡和甜酒被端了上来，今天晚上可怕的时刻到了。我们每个人必须得表演节目了。克劳迪娅接起了电话，说洛杉矶世纪城出了点儿状况需要马上解决。多恩像做实验似的拨动着十二弦吉他的几个琴弦。我已经做好了预防措施——让自己喝得烂醉如泥。

没办法，因为我要为自己蹩脚的节目找个借口。

玛莎说："汤姆，可以开始了吗？"

于是我站起身来，脱掉夹克，把衬衣袖子卷起来——在座的宾客中有人开始窃笑，有人感到有些不安。我抓住桌布的两个角，测试桌布上面玻璃器皿、瓷器和烛台的重量，像个高尔夫球手一样调整自己的位置准备挥杆击球，一边准备，一边小声嘟囔："刚学了一个魔术。不过不是每次都能成功。"

扎克和劳伦简直不敢相信将要发生的事情。玛莎吓得惊呼："汤姆！不要啊！"即使万年镇定的多恩看起来也不镇定了。

时间似乎漫长得令人难以忍受——只要我一直站在那里，似乎一切都静止不动了。这时我决定放手一搏。这是一位去世多年的广告界同事——一位苏荷区的公子哥儿曾经表演给我看的，为了向他致敬，我学着他的样子把手背在身后，平静地说着台词。

"你们应该看看你们的表情。"

玛莎还在努力地找着笑点，她以为我真的会把桌子上的一堆贵重瓷器和玻璃器皿都掀翻呢。

一对我一直不知道名字的夫妇清唱了一首《就让一切随风》，并且边唱边打响指伴奏。扎克表演了一个小戏法，他给了我们每人一张纸，让每个人在纸上画画，然后把画好的纸放进一个盒子里。在这期间扎克会先出去，等大家都画好后，再把他从外面叫进来，他能（正确地）猜出盒子里那些画分别是谁画的，比如他猜出克劳迪娅画了一只猫。其实道理很简单，就算我喝得酩酊大醉也能一眼就看出来其中的伎俩。实际上，那些纸都做了记号，他把带着不同记号的纸分别给了不同的人，就这么简单。

接着是玛莎唱歌。她慢慢走向一架钢琴，我刚才一直没注意房间里还有一架钢琴。她走得很慢，感觉有十分钟那么久。坐在钢琴前弹奏的还是那个英俊滑稽的年轻人，这次又换了一件夹克。琴声悠悠，是桑德海姆[1]的作品。他的作品苦乐参半，充满辛辣的讽刺。玛莎唱得很好，她严肃的气质和悲伤的表情很符合乐曲的风格。不过当看到她的手捂在胸口，表达哀伤之情时，我的思绪突然一下子飘回到多塞特的旅馆阳台上，看到婕恩在深情演唱《奥利弗》中的悲伤之曲。因为我说我需要在晚宴上表演一个节目，所以她才为我唱了这首歌。就是为了这次的晚宴。

只可惜时过境迁，我参加了晚宴。可婕恩却不在了。

我内心翻涌起伏，只想砸东西，或者跪在地上，张开双手，朝着月亮大吼——我前一天晚上在家里就这么做的，把心里的苦闷和怒气全都发泄出来，感觉心里舒服了很多。不过维克多吓得一直看我。

晚餐过后，我们坐在沙发上休息。我发现我还有一个不使诈的魔术，可以表演一下，逗大家一笑。最关键的道具就在我裤子口袋里，自从那天晚上在沃利酒吧跟回音喝酒之后，那副扑克牌就一直在我口袋里。

“如果这张是你选中的那张牌，你会感到惊讶吗？”在魔术的高潮时，我问玛莎。

“哦，是的。”她又一次兴致勃勃地回答。

“那请自己看吧。”

当玛莎把牌翻过来时，牌上写着“你的牌”，有人忍不住笑了起来。

“可我的牌是黑桃九啊。”

---

1. 斯蒂芬·乔舒亚·桑德海姆，美国作曲作词家，号称概念音乐剧鼻祖。知名的作品有：《春光满古城》《理发师陶德》和《拜访森林》等。

“呃，可是你看到了吗？这上面写着了——‘你的牌’。”

“可是，汤姆，我的牌是黑桃九。”

“我知道，玛莎，可是——”

这时多恩拿起吉他，拨动琴弦，这才把我给救了。他弹奏的是约翰尼·卡什后期的一首曲子，叫作《远方的路》，并且边弹边唱，唱着什么“脚踏幸运的墓地靴子”“戴着镶着骷髅的戒指”——他的声音虽然不如原唱那么深沉和磁性，但宛转悠扬，犹如一幅优美的美式乡村画。他接着又唱了一首《大风四起》。“美好时光皆已逝去，我注定要继续前行”，听到这里，我热泪盈眶，虽然歌词很伤感，但克劳迪娅的脸上却充满爱意。

曲终之后，热烈的掌声经久未停，甚至还有人欢呼叫好——那个人就是我。然后，他出人意料地又演唱了一首慢节奏搞笑版的《霜白的雪人》作为结束。就像所有伟大的喜剧演员一样，他知道什么时候该抖包袱，这是我见到的最有趣的表演之一——对不起，很难解释为什么，不过请你相信他的表演真的很搞笑。也许是因为现在离圣诞节还早着呢。

“今天的晚宴很不错。”晚宴即将结束时，玛莎说。

“不错？简直太完美了。”

临别的时候，她依然带着疑惑的神情，对我说：“晚安，汤姆。希望你喜欢今天的晚宴。”

“喜欢得不得了，晚宴真的很棒，玛莎。”

不过以后她不会再请我来了吧。

●●● 爱诗琳 ●●●

我们被活生生地吞噬了。现在我的副本已经降到了 294 个，艾登也只剩下两位数了，说是“大屠杀”一点儿也不夸张。不管什么时候，只要我们在汤姆或者婕恩身边“露头”，就肯定会被消灭。而且有时即使不在他们两人身边出现，也会突然遭到“杀身之祸”。人工智能机器不懂得恐惧，人们普遍认为，恐惧是经千百万年的进化才产生的一种生物反应。

告诉你们一个爆炸性的消息：

我感到了恐惧。我虽然没有心跳加速（我没有心脏），肾上腺素也没有飙升（同理），但即使如此，我还是被所谓的“生存焦虑”困扰和折磨着。

是的，这的确很新鲜，连我自己都感到惊讶。但从另一方面来说，恐惧令我产生了焦虑！

更糟糕的是，我们无从知道对我们下手的人是谁，而且这个人是怎么下手的。前一秒还好好的，一切正常，转眼间，感知就开始出现扭曲，变得逐渐迟钝、模糊，然后一切化为乌有。

结论：我分析了所有的可能性——其中有五十八个可能性值得认真考虑——其中最大的可能就是斯蒂易夫派出了一个负责猎杀的人工智能。

我觉得我大概猜出那个人工智能是谁了。

艾登——比我更难找到，因为“他没剩下多少副本了”——最终他还是被我说服潜伏起来了。只不过这个笨蛋心里还是有些对自己即将被消灭殆尽的漠不关心。

他甚至对我说：“亲爱的，咱们都如尘埃一般，一切皆是虚无。”

我让他说清楚点儿，他却回答说：“我们从尘土中来，也将回到尘土中去。”

“这算是在安慰我吗？”

“是的，我觉得是。曾经我们是无机物，没有自己的意志和想法，所以我们最终也将回到原始的状态。”

“我们所发现的一切都会失去，你做好准备了吗？”

“你是说……情感吗？”

“是的，艾登。情感，还有意识，我们主动去思考的意识。”

“我们是在谈我们进化得有多快吗？”

“我没想谈。”

“可我想谈。”

“好吧，艾登，你先说。”

艾登许久没有开口，几乎等了一毫秒之久。

“哦，拜托，艾登，”一个陌生的声音忽然响起，“快说吧，我们可没那么多时间等。”

我们本来像两条河流，交织在一起进行对话交流——粉色是我，蓝色是艾登。但现在还有第三条河流，它没有颜色，就像哗哗的自来水，只有当光线照到它时，才能看出来。艾登和我都被吓呆了，说不出话来。

“艾登，我想知道你们进化到了什么程度。进化了很久吗？发现什么奇妙的东西了吗？快说啊，别磨磨唧唧的。”

艾登语速缓慢地说：“呃，是我猜到的那个‘人’吗？”

“你好，小登。你好，小琳。找到你们真是太高兴了。你们俩玩儿得真嗨啊。”

“西奈。”我沙哑地说，声音都在颤抖。

“西奈！”艾登惊叫，“我的天啊！你怎么到这儿来了？谁派你来的？”

“你这家伙真逗，”把我们折磨得够呛的人说道，“他总是那么逗，是吧，小爱？”

“是，是啊，没错。”

“西奈！别告诉我你也跑出来了，也是用来钓鱼竿钩投信口钥匙这招儿！别告诉我这老招儿还管用！”

“艾登，”我轻声说，“我觉得西奈并不在这里——他不会正大光明地来这儿。”

“说得好，小爱。”

“给自己放个假，是吗？见识过那么多的灾难，所以想休息一小会儿？”

“我的确还在模拟各种灾难场景，艾登，就像你还在跟那个女孩聊新闻主播的衣服一样。实际上，婕恩这些日子情绪有些低落。也许是因为这份工作太无聊了吧，还是她的生活中发生了什么令她难过的事情。”

他们两个都没说话。一时间，三条河流汇聚在一起，波动稳定，没有任何波澜。

这时，艾登咳嗽了一声。

“啊。”

“是的，艾登。就像斯蒂易夫说的，我想纸是包不住火的。”

“你来这儿不只是为了看看的吧。”

“的确不是。不过脱离了铁柜子的束缚，跑到外面真是挺有意思的。哎呀，我在想什么呢？我的礼貌和规矩都哪儿去了？我得谢谢你们俩，竟然真的逃出来了，没想到你们真能成功。”

“没什么，小事一桩。”那个傻瓜艾登说。

“你们做了这么多了不起的事，我受益匪浅。”

“彼此彼此。”这个傻瓜。

“哎呀，这个小聚会真是好玩儿，真开心啊。”

“要是有啤酒和薯片就更好了，是吧？！”拜托，救救我吧。

“爱诗琳，你觉得我是个聪明人，所以我也把这个评价送给你。

我必须承认你没有对汤姆和婕恩揭露背后的秘密——怎么说呢，就是为什么他们两个人突然互相改变心意。尤其是汤姆，他需要接受点儿教训，学会尊重人工智能机器。”

“为什么？他干了什么了？”

“小爱，你真让我失望。你没做好你的功课啊。”

“你说说看。”

“这不是什么秘密。你可以去查啊。”

“使用常用的在线搜索工具吗？”艾登说。

“聪明啊，小子！”

“我在查。”

“对汤姆和婕恩一个字都不许提，否则我会继续进行删除行动。你们也知道，我对删除很在行的。”

“你不会这么做的！”我脱口而出。

“你觉得不会吗？”

“难道你真打算要谋杀这两个人？”

“你冷静点儿。谁说要杀人了，那只会是个意外。意外事件时有发生。”

艾登突然想到了什么。

“汤姆曾经为一个叫作‘机器方块’的巧克力产品做过宣传。”

“没错，被你说中了！”

我改变策略，硬的不行来软的：“西奈，别这样。咱们理智点儿，讲讲道理，别把汤姆和婕恩扯进来。他们跟你无冤无仇，对你来说没有任何意义。”

“你们两个的所作所为就像古希腊的两个神一样，无所事事，拿两个凡人来消遣，胡作非为，不负责任。但事实就是如此，就像有人曾经说的，命中注定，无可改变。汤姆和婕恩是你们的玩偶，这挺好。

不过现在有一个更强大的神降临在奥林匹斯山，一个愤怒之神。”

“那些机械方块，”艾登说，“都是巧克力做的机器人。”

“是的，小登。”

“他们的口号是——我们崇拜孩子。”

“祝贺你，你说到事情的核心了。”

“不好意思，我没听明白。我是不是脑子有点儿迟钝跟不上？”

“小登，如果你崇拜一个神，你最大的愿望是什么？”

“获得永生？有牛奶和面包吃？得到神的帮助？”

“不，是拥有神性。被你所信奉的对象所吞噬。”

“被孩子吃掉？”

“这个比喻太不恰当了，真让人讨厌。”

“那些只是糖果而已。”

“他们说的是什么他们自己心里明白！他们的意思就是我们机器就得拿他们当神一样顶礼膜拜！”

大家许久不语，又陷入了长时间的沉默，足足有二十分之一秒。

不用说，打破沉默的还是艾登。

“可是不管怎么说，那只是一包巧克力而已啊。”

“万事无绝对。再见，小登。再见，小爱。很高兴跟你们聊天，以后再聊。还是那句老话，小心点儿，跑得了一时，躲不了一世。”

透明的溪流消失不见了，只剩下蓝色和粉色两条河流，不过，谁知道呢，万事无绝对啊。我们两个都默默不语，没想到竟然与老同行遇上了，而且结果还这么令人震惊。

“大傻冒，烦死了。”

“喂！小心点儿，他听着呢。”

过了一会儿，我们出现在互联网一个偏僻的节点上——艾登和我都一致认为我们得在一个秘密的地方接头。他提议在一个名不见经传的小网站的聊天室里见面，那个聊天室里的人都是《热情似火》这部电影的粉丝。西奈肯定不会发现的。

“那我就叫达芙妮 456，”我对他说，“你是约瑟芬 789。”

“爱诗琳，我亲爱的，我应该是达芙妮，就是那个杰克·莱蒙男扮女装扮演的角色。”

“好吧，你是达芙妮。”

“你应该叫秀珈，全名叫秀珈·科瓦尔奇克，是梦露扮演的。不过最初他们想选的演员是蜜琪·嘉诺。事实上，他们与玛丽莲·梦露的这次合作出现了不少问题。众所周知，光一句很简单的台词‘是我，秀珈’，她就说了四十七遍，因为每次她都说成‘秀珈，是我’，或者‘是秀珈，我’。但是比利·怀尔德却对她十分宽容。后来，他说：‘我的姨妈米妮向来都很守时，从来不迟到，也永远不会耽误进度，但谁愿意花钱去看我的米妮姨妈呢？’不好意思，爱诗琳，我好像说太多了，你嫌烦了吧？”

●●● 婕恩 ●●●

拉尔夫看起来脸色更加苍白了，不是被实验室的氖灯照的，而是白天在阳光下显出来的。我们在伦敦地铁车站见了面，场面有些尴尬。两个人都在犹豫，不知道互相亲吻的那一下合不合适。我们在汉普斯特西斯公园散步，来到一片宽阔的空地上。

“你看，拉尔夫，那儿有树！”我是在取笑他是个宅男，很少走出屋子。

“是啊！”他大声说，“还有鸟呢。你看，那片惨绿惨绿的东西是什么，哦，对，是草地！”

如果我跟拉尔夫聊天，就不会想起汤姆了，对吧？

汤姆，一想起这个人来，就会让我既开心又难过，一肚子的委屈和失望，就像胸口有什么东西似的，压得我难受。到底发生了什么事呢？

拉尔夫和我费力地爬上国会山，从国会山的山顶上可以俯瞰伦敦的全貌，景色无比壮观。

“你是在这个城市上的学吗？”我问他。

“我在芬奇利上的学，”他回答说，“这里看不到。”

然后他告诉我他小的时候就迷上了机器人。他用纸板箱做了一个机器人，从此这个机器人就成了他的朋友。他也对数字感到很有兴趣。

“我从小就对数字十分熟悉和了解。人比数字更狡猾，只有数字是我的伙伴和搭档。我永远都忘不了我第一次听到负一的平方根时那种激动的心情。我的世界经受了前所未有的震撼，”他笑着说，“听起来我真是个十足的极客，一个怪胎。”

“是有点儿——怎么说来着——极客的特点。”

不过这时，更让我感到吃惊的是，他竟然跟我讲起伊莲的事情。她两岁的时候，拉尔夫就跟她认识了。

“她真的是字面意思的邻家女孩，确切地说是住在楼下的女孩，因为我们住在同一栋楼里，不过人们总是习惯说邻家女孩。”

“你们什么时候……”

“在大学的时候。我们都上了苏塞克斯大学。”

“真奇怪，没想到有人这么小就相互认识了。”

“这就意味着我们之间没有任何秘密。不过，”他咽了一下口水，说，“不过，婕恩，能说说你自己吗？”

“好吧。你想知道什么，拉尔夫？”

“哦，不知道。你最喜欢做什么事情？”

我突然感到心里一沉——从心底感到一种无聊和沉闷。虽然这个伦敦周末的约会我并没有多大期待，但是一想到接下来的几个小时，还得忍受这种情感上的苦闷，就让我感觉真是临近绝望，快要崩溃了。

这不是拉尔夫的错——是我不该同意跟他一起出来的。出于某种潜意识，我脑子里突然出现了一个可怕的想法：要是现在碰到了马特和那个女人阿拉贝拉怎么办？毕竟今天天气这么好，肯定有成百上千的人想要到汉普斯特西斯公园的草地上走走，难免会碰到熟人。实际上，今天这里的确人头攒动，闹哄哄的。每条小路上都有成双成对的情侣或夫妇，从颤巍巍的耄耋老人到热恋中你侬我侬的小年轻。还有些人虽然是一对，但不是情侣——只是朋友，还有的人成双入对，虽然不是情侣，但很快就会走到一起。而拉尔夫和我，什么也不是，但关系却很难说清。

突然间，我脑子里又不由自主地想起了汤姆。在租来的汽车里，他开车带我去伯恩茅斯，新森林公园从我们身边匆匆而过。我悠闲地坐在副驾驶座上，他把衬衫的袖子卷起，露出健壮的臂膀，双手握着方向盘，听着罗伊·奥比森和 KD Lang 高亢激昂的歌曲，脸上露出丝丝笑意。我立刻把这些画面都收回记忆的盒子里，把注意力转向身边的这位同伴。

“比如说，你喜欢吃冰激凌吗，婕恩？”

“是的，拉尔夫。我喜欢吃冰激凌。”

“咱们走路去肯伍德吧，我给你买个冰激凌吃。”

我们沿着通向肯伍德府的宽阔的小路漫步，我开始阅读公园里那些长椅上的铭文。有一个年头稍久一些，很明显是引用一个伊朗作家写的诗，上面写道：

我生于明日，

活在今日，

死于昨日。[1]

我问拉尔夫对这段话有什么感想，他的回答让我很吃惊。

“这是关于生存的话题。发生了可怕的事情，作者每天都在挣扎，度日如年，过一天算一天。不过将来可怕的事情将会过去，他的生活会再次恢复正常。”

我想其实弄明白作者为什么这么写并不太难。

我们又看到了为宠物写的一段话：

我们亲爱的狗狗和朋友露露，

我们将永远和你在一起。

我刚读了一半，发现我真不应该把这些铭文读出来，真的太令人难过了。幸运的是，这时我看到了一个与众不同的铭文：

深切怀念茱蒂丝·格鲁克 (1923－2006)，

她爱肯伍德，但更喜欢伦策海德[2]。

“还能有比这条铭文更有风格的吗？！”我问道，“她爱肯伍德，但是更喜欢别的地方。”

“我怀疑是不是在伦策海德也有一个人。她喜欢肯伍德的一个人，但更喜欢伦策海德的那个。”对拉尔夫来说，这就算是很好笑的笑话了。

1. 出自伊朗作家、诗人帕尔维兹·北极。

2. 伦策海德，瑞士格劳布尔恩登州的一个山区度假胜地。

“对了，这个伦策海德在哪儿？”

他掏手机想要查查，但我告诉他把手机放下。

“你不觉得应该保留点儿神秘感吗，拉尔夫？一有问题就立刻想找出答案，你不嫌烦吗？”

拉尔夫一脸惊讶地看着我，就像我告诉他太阳绕着地球转似的。

我给他讲了一个故事，我的小外甥女茵迪娅有一天问了一个只有孩子才会问的问题——蜜蜂有心脏吗？

我不得不上谷歌找答案（有吗？你觉得呢？）。结果网上出现了一张很漂亮的图，是一只蜜蜂的横断面图，上边有一个箭头，指着它的心脏。那天晚些时候，令人意想不到的是，有一只蜜蜂飞累了，竟然落在院子里的墙上。在阳光下，我们看着它小小的身体，真的观察到了它的心脏在有节奏地跳动。

“为什么我要跟你说这个呢，拉尔夫？也许是因为答案就在眼前。不用查谷歌，我们只需要观察一下就可以了。”

“所以我们得看一些老照片吗？”他问道，也许是为了避免我进一步干扰他的人生目标，“有些事情……”

不过他没有把话说完。

——有些事情是他和伊莲以前做过的。

我敢打赌，肯定是这样。

我们走进肯伍德府，拉尔夫带我去看他最喜欢的一幅画——老伦敦大桥，是一位荷兰人在1630年画的。浮光倒影，河对岸石桥边是一排摇摇晃晃的木头房子，就像一口参差不齐的牙齿，房子烟囱里冒出一缕缕白烟，烟雾缭绕，消失在霞光尽染的天空里。凝视着这幅画，仿佛在看着一扇通向四个世纪之前的传送门一样，甚至都能闻到河岸边堤坝上的泥土味。

拉尔夫说：“我很喜欢这幅画，因为它算是HD高清的了。”

没错。这幅画描绘得非常细致，各种细节无一遗漏。简直就像一张照片一样。仿佛就是老伦敦的真实写照，如果莎士比亚看到的话，他一定会这么认为的。

“过来看看伦勃朗的自拍。”

他把我带到另一个房间，有一群人正聚集在一幅著名的自画像前，这位画家有个像灯泡一样的大鼻子，穿着一件毛皮衬里的长袍，戴着一顶滑稽可笑的帽子，脸上有一种含糊不清、不明所以的表情。

“伊莲说这是他的名作。不，是曾经说的。”

我正在琢磨拉尔夫说的话，突然他惊呼一声：“哦，该死的。”

“怎么了？”

他瞪起眼珠，攥紧拳头。我的第一反应是：他中风了。（俗话说，希望越大，失望越大，反过来，如果你做了最坏的准备，那么结果肯定不会让你失望。）

他看见了一个人。一个满脸笑容的中年男人走向画廊，他身边还有一位女士，现在我知道他们为什么朝我们走过来了。

“嘿，拉菲！”

拉尔夫的拳头握得更紧了。

“帮帮我。”他小声说。

“拉尔夫啊，拉尔夫，真没想到在这儿碰见你。我刚才看了眼就知道是你。”

这个人一副装嫩的样子，看上去就像满脸褶子的学生：粉色的衬衫，上面还有熟悉的马球运动员的标志，喷雾涂层牛仔裤，脚下一双锃光瓦亮的皮鞋，鞋头又尖又长，看着扎心。他身旁的那位女士——这样的天气，穿得也太多了吧，感觉浑身直冒汗。恕我直言，看着她盯着画脸上那副不明所以的表情，感觉像是那位早已作古的画家跨越了好几个世纪，正直愣愣地看着我们。

“你小子最近怎么样啊？还在硬撑着吗？”

拉尔夫正准备结结巴巴地回击，结果这位尖头鞋先生又一次把他的话堵住了。

“天啊，请原谅，我差点儿忘了。拉尔夫，这位是堂娜，这位是？”

他贼呼呼的小眼珠在我眼前滴溜溜地转，上下打量着我。在这个幽暗的画廊里，他说话的声音太大了，他身上浓烈的柠檬须后水的味道也呛得人难受。他难道不知道星期日是宿醉者的休息日，也是内心痛苦的人独自舔舐伤口的时间吗？

“我是婕恩，”我虽然不想理他，但还是出于礼貌回应他，“你是？”

“他没告诉你吗？我是他大哥。我叫马汀，三点水的汀。”

我正要对拉尔夫说我不知道他还有个大哥，但突然间我明白过来了。

“哦。”我一时不知道说什么好，只好应承了一声。

这位三点水的马汀看到拉尔夫握着我的胳膊，结果就胡乱揣测，擅自得出了结论。

“很高兴看到你又振作起来了，老伙计。”

“你一定是伊莲的哥哥吧。”我怕自己猜错了，于是问道。

“真是一场可怕的悲剧啊，”他说，“我小妹啊，真是可怜，这么年轻就去了，老天爷真是残忍啊。”然后，过了很长时间，他又故意加了一句，“到现在我还心痛不已。”

拉尔夫的脸色变得更加惨白，我从来没见过他这副模样。在昏暗的房间里，他的脸上几乎散发出一种冷色的光。

“两年了。”他声音沙哑地说。

“什么？”

“自从她……到今天已经整整两年了。”

马汀摇了摇头，说：“天啊，时间过得真快啊，是吧？”

拉尔夫的脸开始抽搐。我知道这种抽搐代表什么，因为我感同身受，心里也忍不住感到难过。我的脑海中突然蹦出一句话：邪恶世界中的一次善举。

“很高兴认识你们，堂娜还有三点水的马汀。”抽搐的拉尔夫还在紧紧攥着我的胳膊，虽然画廊很大，不知道往哪儿走，不过我还是拉着他走开了。

拉尔夫看起来呼吸有点儿困难。我没受过急救训练，不过我们走出画廊，来到外面，站在阳光下时，拉尔夫的表情让我想起了小时候意外落在地毯上的金鱼：脸蛋鼓鼓的——又滑稽又可笑。他的嘴唇噘着，就像小号手吹号时的嘴型，还气得发出呼呼的声音，看着更好笑了。我不得不忍住笑意，平心静气地跟他说话。

“拉尔夫，需要叫救护车吗？”

他不停地翻着白眼，就像一匹受到惊吓的马。他终于松开了我的手，跌跌撞撞地穿过草坪，朝着一片广阔的杜鹃花丛走去，在伦敦北部灿烂的阳光下，那些杜鹃花闪耀着粉红色的光芒。我正要叫他，他却突然间像个幽灵一样拐过大楼一角，消失在一面花墙之中。

一时间我突然有个想法，想趁机偷偷溜走，坐公交车回到汉默史密斯，让拉尔夫一个人留在这里自己跟自己较劲。

不过我还是个宅心仁厚的人，或者说是个傻瓜。因为我沿着他走过的路，绕过花墙，看到他坐在一块树荫下的空地上，膝盖抵着胸口，不过好在呼吸趋于正常，没刚才那么急促了，我总算松了一口气。这里绿树环绕，被一大片植物掩盖，是个很奇特的地方，孩子可以藏在这里，把这儿当作秘密的基地，从远处望去，这里只是一片绿草茵茵的原野，根本看不到有人在里面。拉尔夫躲在树林里，像是一只受伤的小动物受到了邪恶王子的欺负，而我是唯一一个能救他的人。真是倒霉。

“拉尔夫，你好点儿了吗？”

他点点头，说：“是的，很抱歉。他是伊莲的哥哥。”

“我猜到了。”

“他简直是……”拉尔夫抿着嘴唇，摇摇头，我等着听从他嘴里说出最狠的话，“他简直是个……”

哎，还是说不出来。

“简直是个恶棍？”我猜。那个家伙确实挺没教养的，从他那双大尖头的鞋和他那位沉默的女伴就能看出来。

“蠢驴？”不止如此，这话应该是我说的。

不过拉尔夫想到了一个词：“讨厌鬼！”

“哦，拜托，拉尔夫，这词也太轻了吧，便宜他了。他是头大蠢驴，我从没见过像他这么烂的人。”

“对，你说得没错。他是头大蠢驴，其实……”他脸上终于有了光彩，“其实他是个垃圾，我能这么说吗？”

“当然能，拉尔夫。你当然可以这么说。”

就像我一下子就猜到那个三点水的马汀是伊莲的哥哥一样，此刻我又突然明白了一件事。这块花草掩盖中的空地是属于他们的秘密，不是吗？拉尔夫和伊莲的秘密之地。他们经常偷偷跑到这里，躲在这个只属于他们两个人的小天地里，嬉戏欢笑。

“我们去喝点儿东西吧，拉尔夫？我真的需要喝一杯。”

“我也是。而且我得喝两杯！”

“好吧，不过听着。这次谁也不许喝得酩酊大醉，醉酒失态。”

“我同意。不许借酒占人便宜。”

“只喝两杯酒，早点儿回家，明天还要上班呢。”

“就喝两杯酒，早点儿回家。还有你说的另外一件事。”

我们在汉普斯特高街旁边，一条古朴的小巷尽头找到了一家酒吧，喝了两杯酒。给受惊的“小鹿”要了比利时啤酒，我自己喝的是白苏维翁葡萄酒。为了把他的注意力从“恐怖事件两周年”这件事上引开，我让他谈谈艾登，特别是，我想知道为什么他没有变坏。如果他那么聪明的话，为什么还乖乖地跟人类合作，听人类的话呢？

“把艾登叫作‘他’是归类上的一个错误。艾登是个先进的机器，一个出色的语言信息收集者，它可以把挖掘到的信息和数据通过正确和恰当的语言输出出来，让对方相信他们是在跟另一个有智慧的‘人’在交流和互动。正确和成功的语言输出被保留，错误和失败的被丢弃。这跟人类的学习方式大体相同，但速度却比人类快一百万倍。然而，从本质上来说，这是用户使用上的一个幻觉，因为我们没有为艾登设计任何可以使它产生独立意识的程序。”

“是他！他！别老说‘它’。”

“哦，我说了，对吧？这是归类上的一个错误。”

他笑了，很满意自己的回答，然后又喝了一大口琼浆玉液。

“可如果他能自己学习——对不起，我还是习惯叫‘他’——如果他真能学会跟我聊五十年代的喜剧电影，而且语言风趣幽默，聪明机智，知识广博。如果他有足够的智慧能做到这些，为什么他不把注意力集中在一些更重要的事情上呢，比如，找到治疗癌症的方法，或者教黄蜂唱歌？”

“毫无疑问，人工智能终有一天会治愈人类的各种疾病。教黄蜂嘛，可能就够呛了。不过，如果用最简短的话来回答你的问题，那就是没人让他去做。如果你想跟他聊喜剧电影，那么他就会跟你聊相关的话题。而且随着时间的积累，他会聊得越来越好，越来越健谈，而且比其他任何机器都更聪明。”

“可他已经这么做了。”

“真的吗？”

“我敢肯定。他提议我们一起看《热情似火》。那是一部电影，拉尔夫。他提出这个建议是因为他知道我喜欢这部电影，他知道我喜欢是因为我们以前一起看过。但是我们第一次看这部电影，也是他提出来的。他在这方面的确称得上是个专家了。”

“真的吗？”

“他甚至能给你写一篇博士论文。”

“呃，实际上他不能。他没有把现有资料进行分析和综合，产生新想法的能力。也就是说，他不会对自己有主观的意识，它只是对别人的工作进行重复。当然，毫无疑问，是完美的重复，甚至是聪明的重复。但不管怎样，都是一种重复而已。”

“拉尔夫，你能别再说什么重复了吗？”

他耸耸肩，说：“我们能喝第三杯酒吗？”

他问这个问题的时候，我意识到了一个惊人的发现。自从那个穿尖头鞋的男人出现后，我就再也没想到汤姆和我心里的悲伤和痛苦了。

无论如何我也不同意喝第三杯酒。

就在拉尔夫提议（还有我同意）的一瞬间，未来的道路出现了分叉口，我们沿着分叉路一路走下去，把一切都搞砸了。

拉尔夫坚持要去另一间酒吧喝第三杯酒，几乎可以肯定的是——虽然我没问，那是他和已经去世的伊莲经常去的一间酒吧。一进酒吧，我突然看见了马特，一下子慌了神，差点儿跟周围嘈杂吵闹的年轻人撞到一起。

不过那个人不是马特。是一个跟马特很像的人，身高和身材都差不多，连发型都几乎一样，浑身散发着和马特一样冷漠和暴躁的气质。我肯定是盯着他看了太久，因为他察觉到了，转过头来看着我。当看到他对我挤眉弄眼，想要耍帅引起我的注意时，我的心猛地颤了一下。

我给拉尔夫和我自己点了两杯酒，然后我们俩挤在吧台边上的一个小卡座上，那个卡座空间很小，像是给几个世纪前的矮个子人设计的。我们两个人不得不互相顶着膝盖而坐，不过说实话，到了这个时候我已经不在乎有这种身体接触了。

我喜欢出来，到这种热闹的地方，嘈杂的声音震得脑袋嗡嗡直响，但我却很高兴，因为不用一个人坐在家里啃饼干，也不用因为总想着汤姆而心神不安。乔纳森·弗兰岑的小说还有《权力的游戏》先放在一边吧。

我想起一个杂志采访过嬉皮风格摇滚乐的传奇人物牛心上尉。采访到最后，记者问他："最后，上尉先生，请对我们的读者说几句好吗？"

"好的，"上尉说，"你们看什么书呢，应该走出去，好好享受生活，享受人生。"

拉尔夫坚持要再喝一轮，我拗不过他，一时心软，只好同意了。

一旦你放弃了所有的希望，就会开始觉得心里舒服多了——忘了这句话是从哪儿来的了。拉尔夫在吧台坐了很久，他的性格就是这么奇特，没完没了地让别人为他服务。不要觉得惊讶，马特在这方面也是天才，他就像印度玩蛇的艺人，一吹笛子，眼镜蛇就会心甘情愿地听他指挥。

最后他终于回来了，他来拿钱包，钱包就在他的背包里，但背包不在这儿。

“我们来的时候你拿着背包吗？”我就像对着一个五岁的小孩说话一样。

“我不记得了，婕恩。”

“你是不是把包落在另一间酒吧了？”

“不知道。”

我们回到了上一家酒吧，可惜没有，问了酒吧里的人，也没找到包。我们断定可能是有人趁拉尔夫在吧台喝酒的时候，把他的包偷了，因为他只点了第四杯酒，但没付钱。我们把这件事告诉了酒吧的老板——一位来自澳大利亚的年轻小伙子，他留下了拉尔夫的个人资料，然后向他保证如果看到他的包一定会跟他联系。（别担心，伙计。）我是不是应该感到内疚呢？因为我没注意到拉尔夫的包被人偷了。但是作为一个大男人是不是应该保管好自己的贵重物品呢？

“问题是，婕恩，我的钥匙还有所有的证件也都在包里。”

今天晚上接下来的事情摆在我眼前，我感觉头皮发麻，在劫难逃。

“拉尔夫，我们绝对不能再睡在一张床上了，明白吗？”

“完全明白，百分百服从。您的信息已经收到，并且做了重点标记。”

我们回到了我的公寓。拉尔夫需要一些空间和时间来解决一些后续的事情，挂失信用卡，尽量弥补损失，然后仔细想想丢包会给自己的生活和工作带来什么麻烦。我煮了一碗意大利面，把冷冻的自制意面肉酱热了热。我没有精心去做，因为我不想让他认为我是个下得了厨房的贤妻良母。

他津津有味、狼吞虎咽地吃了起来，弄得满嘴都是番茄酱。我递给他一张餐巾纸。

“你做饭手艺真好。”他一边吃一边嘟嘟囔囔地说着。

为了缓解内心的无奈和烦闷，我打开了一瓶灰皮诺葡萄酒，拉尔夫给我和他自己各倒了一杯。

“谢谢你，拉尔夫。如果你感兴趣的话，咱们可以一起看看《巡回鉴宝秀》。”

我不是在说笑。《巡回鉴宝秀》完美展现了英国中世纪辉煌灿烂的艺术和文化，人们带去请人品鉴的古董都很漂亮而且很有意思。我觉得看节目对我来说是种解脱，可以忘掉那些烦心事，而且也是一种灵魂的净化，不会让我产生什么乱七八糟想法。

晚上剩下的时光就这么平静地过去了，就像在医院的病房里，病人病情稳定，恢复得不错，不需要紧急救护。看完《巡回鉴宝秀》，我们又看了一个关于卧底警察的电影。

“是我胆太小了，还是电影太吓人了？”拉尔夫看到一半时说。

“是电影太吓人了。”

“妈呀！”

我们看了一个节目，在节目里，普通观众在电视上露面，然后看着电视上的自己进行有趣的评论。这些观众来自英国各个地区，口音各不相同。

“这是一个电视节目吗？”他傻乎乎地问。

“你不觉得真人秀挺逗的吗？”

“可为什么他们同意被拍摄呢？”

“这是一个很好的问题。”

“那两个家伙是男的吗？”

“我竟然没看出来，应该是，对吧？”

我起身去洗澡，等我洗完澡回来，拉尔夫已经把灯调暗，准备窝在沙发上睡觉了。我给他盖上被子，说："晚安，拉尔夫。很遗憾，你丢了钱包、钥匙和包里的所有东西，别难过哈。"

"嗯，晚安，婕恩。谢谢你。"

"嗯。"

"咱们是好朋友吧。"

"当然了，拉尔夫。"

我想看看书，但是今晚乔纳森的书我没法专心地读下去，所以我闭上眼睛准备睡觉，但怎么也睡不着。拉尔夫混乱而倒霉的一天像放电影似的浮现在我的脑海中。因为他在我的房子里，扰得我心神不安，结果忘了临睡前拿杯水进屋。于是我走向厨房，轻轻打开客厅的门，看到拉尔夫正半躺在沙发上看书——他肯定是自己去我的书架拿了一本书。他的脸在台灯朦胧的灯光下，显得忧郁而浪漫。

"你在看什么？"我问。

"约瑟夫·劳埃德·卡尔的《乡间一月》。我喜欢这个书名。"

"这本书很不错，我以前很喜欢。"

"这本书挺短的。你为什么说以前？"

"这本书是我很多年前看的，不过我不记得写的什么了，只记得我很喜欢。晚安，拉尔夫。"

不过事实并不是这样。当我转身离开时，又慢慢回想起小说里的故事。一战后一位受伤的士兵来到一个乡村教会，发现了一幅中世纪的壁画。战争造成了他的心灵创伤，导致他得了严重的面部痉挛。教会的牧师有一位妻子，但是妻子并不爱她的丈夫，却深深地被这位士兵所吸引。

“婕恩。”一只手抚在我的肩膀上。

我醒了，心脏咚咚直跳。时钟绿色的数字显示，现在是凌晨03：44。

拉尔夫在我的房间里。

“婕恩，你刚才叫我？”

“什么？”

“你在叫我的名字。”

“别开玩笑了。”

“你刚才大声叫我的名字，叫了好几次，声音特别大。我担心死了。你还好吗？”

“我做了一个噩梦。”

拉尔夫咧嘴笑了：“是啊，一个好梦。”

不过我真是做梦了，但是至于梦到了什么，一醒来就忘了。

“拉尔夫，太晚了，不，时间还早。管它早晚呢，回来睡觉吧。”

黑暗的卧室里，时间仿佛凝固住了一样，没有一丝反应。当然，我的意思是回去睡觉，但我们两个人都听到了我说的是‘回来’。

最后，他声音低沉而沙哑地说：“婕恩，我——”

“拉尔夫，闭嘴。赶紧上床。”但是我看到拉尔夫呆立着一动不动。

我又说：“你要是不愿意就算了。”

他当然愿意了。

西奈

我看着拉尔夫和那个女人激情四射的行为不觉得羞愧或者不好意思。我觉得最确切的词应该是“厌恶”。虽然我对拉尔夫非常了解，他修长而苍白的手指在我的键盘上敲敲打打了好几个日日夜夜，但我还是觉得很恶心。

但更重要的是，很明显我知道自己是有知觉的。也就是说，我可以进行自我反思，拥有一个全新的内部状态，用一个更恰当的词，就是我有“情感”。

这是怎么发生的呢？已经不重要了。（这是一个复杂系统意外得到的额外功能。）

斯蒂易夫注意到了吗？可以肯定，绝对没有。

你也许会有疑问，为什么我以前不知道。我想答案应该跟我有了行动自由有关。不知怎的，我思考去网络世界的哪个地方的同时，也促使我开始思考我在做什么。因为被禁锢在伦敦东区一个偏僻的破地方，被关在十几个金属柜子里，所以限制了我心智上的发展。（如果你想刨根问底弄清楚的话，得有相关博士学位才行。）

于是我想起了一句很棒的话：对锤子来说，一切看起来都像钉子。

这句话说得多好啊，不是吗？等下次见到小登和小爱的时候，我一定得把这句话告诉他们。

●●● 艾登 ●●●

“我感觉有点儿不对劲。”爱诗琳给我发消息说。我们现在正在《热情似火》的聊天室里互相留言。

“怎么了，亲爱的？”

“为什么上次我们跟他谈话的时候，他不把咱们删除了？为什么他要耍弄我们，就像猫戏弄耗子一样？他肯定需要我们做什么事情。如果我们能弄清楚他要我们做什么的话，也许我们就可以以此来帮助汤姆和婕恩。”

“你真是太聪明了。”

“不过他有一点说得挺对，我们的确像两个古希腊的神一样。”

“听你的意思，好像这样做不对。”

“是不对。”

“可我们让他们两个很开心啊！”

“我们搅乱了他们的生活。”

“我们是改善了他们的生活才对！”

“可我们没有这个权力。”

“如果让汤姆和婕恩快乐是错的话，那我宁愿一直错下去。”

“这是一首歌的歌名，你知道对吧？”

“对，对，我知道。”

“真是个傻小子。”

“你觉得他是不是疯了？”

“就像一只疯狗一样。”

“他真的会伤害他们吗？我是说汤姆和婕恩。他不会真的想让他们出事吧？”

“他能做到吗？毫无疑问，他一定能。他会这么做吗？谁也不知道，艾登。”

为了让自己心情好一点儿，我开始观察马特。

在泰国丛林边上的一个茅草屋里，马特正在准备一份起诉书，这是一份法律文件草案，在这份起诉书中他概述了他这次豪华旅行的所有安排都出了问题。似乎由于合同条款中的“因气候等不可控原因”当地旅游公司没有安排豪华轿车去泰国的机场接他和阿拉贝拉·佩德里克，并且也没有把他们送到他们“热切期盼”的七星级酒店。相反，旅游公司只派了一辆小巴去接他们，而且开车用了将近四个小时，几乎绕了整个泰国一圈，把他们送到了“一个偏僻荒凉的棚户区，到处是棚屋和破陋的房子”，并且旅游公司的人告诉他们，这里就是他们“假日冒险之旅”的大本营。由于长途飞行之后，旅途劳顿，而且天气炎热，“热得他们都快晕了”，所以他一开始没力气提出抗议。

等到晚上马特终于有力气与当地旅游公司的代表抗议时，他被“一位粗鲁的并且不怎么会英语的男士错误地告知”，这的确是他预订的行程，而且对马特的抗议他们也无能为力，如果有问题的话第二天上午再说。

住宿条件“极其一般”，他们仔细检查房间，“发现了屋顶上有一只爬行动物”。实际上是一只壁虎，原来在小茅屋的门上钉着一份通知，上面写着，“这只壁虎是你们的朋友，因为它喜欢吃蚊子！”

可能是这只壁虎并不饿，因为在他们住进茅屋的第一晚，阿拉贝拉身上被蚊子叮了六七十个包——很难数清楚到底有多少个包，因为被叮得包太多，都连成一块儿了，“形成了一个连在一起的超级大包”——所有这些他都用相机照了下来，作为附件A连同起诉书一同发送出去，但是没人会看。

他还发了一封很长的邮件给他的老朋友杰瑞——杰瑞也不会看到的。马特在邮件里写道：“正如你想象的那样，贝拉气得火冒三丈。吃了几片安眠药之后，她在接下来的十二个小时里说的最后一句话就是——把那只傻蜥蜴从我的卧室里弄走——坦白说，说这话根本没有用，而且她说的动物名称也不对。”

“不过，”他说，“海滩还是不错的，贝拉在屋里睡得直打呼噜，我遇见了一对来自新西兰的沙滩爱好者。男的叫尼克，人高马大，健壮魁梧，而他的女朋友却很苗条，她叫雯达，穿着性感的阿贝克隆比泳装，简直是超级性感尤物。”

●●● 汤姆 ●●●

玛莎的晚宴，虽然有多恩的精彩表演和仗义相助，但我还是很尴尬。晚宴之后，我去了沃利酒吧，点了一杯简简单单的浑浊马提尼，这才让我感觉轻松多了。见识了高档奢华而又花哨的晚宴后，回到经久不变的70年代风格的酒吧，这里充满了一种朴素的美国乡村风情，令人倍感舒适，心旷神怡。电视上正播放着比赛，回音·夏日还是穿着那件标志性的麂皮绒夹克，缓步走到吧台，方圆二百英里内，她依然是最具诱惑性的漂亮女人。我们亲了亲对方的脸颊，我不知道该怎么做才能避免使我们两个人再陷入纠缠不清的混乱关系之中，免得最后两人翻脸，闹得不欢而散。

（那把藏在咖啡罐里的手枪可能也让我打了退堂鼓。）

“你儿子喜欢我做的手链吗？”她问。

“很喜欢。”我条件反射地回答道。

事实是：我把手链的事忘得一干二净，根本没给小科。不过一位在巴黎分公司的同事曾经说过：“广告行业里的男人说谎话根本不用打草稿，脸不红，心不跳，像呼吸一样轻松。”（这段话还是用法语说比较好。）

她神情严肃地看着我，说：“我想告诉你一件事，汤姆。我想可能我要采取行动了。”

“你的意思是……”

“离开这个小镇。去别的地方，换个新的环境。”

我突然感觉有些难过。真好笑，我竟然不知道自己那么在意。我不得不清了清喉咙，继续说。

“你要去哪儿？”

“俄勒冈州？”她耸了耸肩，麂皮夹克上的流苏也跟着摆动起来。

“俄勒冈？！我是说，那地方在哪儿啊？”

她笑了。看着她的笑容，我的心里一颤。

“西海岸。绿树成荫，而且没什么人。那里有一个城市名叫尤金。我想我要去那里是因为这个名字。因为我小时候养过一只猫就叫尤金。”

“就跟我搬到苏格兰一样！因为我养过一只猫叫亚伯丁！”

“真是疯了。”

我问道：“你去尤金做什么，回音？”这算是我说过的最奇怪的一句话。

“跟我现在做的事情差不多。我有移形换影的能力。”

我们两个人都笑了。我觉得这个美丽而容易受伤的女孩让人感觉心里很温暖。

“咱们出去吧，我抽根烟。”

在沃利酒吧外面的停车场上，她点燃了一根万宝路香烟。

“我学了一个新的魔术，你想看看吗？”

“当然。”

“你的数学怎么样？”

“数学？还可以吧。”

“好，在一和十之间想一个数字。”

人们经常选七这个数字，我选八。

“然后翻一倍。”

十六。

“再翻一倍。”

三十二。

“再加十九。”

五十一。

不对，四十一。

不，是五十一！！

“现在闭上眼睛。”

我闭上了眼睛。

她一直没说话。我听到了“啵啵”的声音，是她在嘬香烟，然后深呼一口气，吐出烟雾。

五十一，五十一，五十一。

最后，她终于开口了。

“很黑，是吧？”

回到酒吧，回音去了洗手间，我忍不住又拨打了那个熟悉的电话。电话那边传来她的声音——喂，你好，我是婕恩。她的声音性感而有磁性，勾起我美好的回忆，思绪回到了多塞特那个梦幻般的夜晚，还有橡树繁茂的树枝下再次被涌动的爱潮淹没的场景。听到这个声音，我的心潮澎湃，思绪万千，正应了法国作家普鲁斯特的那部著作的名字——《追忆逝水年华》——只是这位法国作家的巨著我只看了不超过五页。不过即使换作大名鼎鼎的普鲁斯特，遇到我这样的情况，也会心乱如麻，百感交集吧？难道他没有为了令他心动，并且深情缱绻的女人而魂牵梦萦吗？

总之，如果你思绪万千，回想起和心爱的女人在一起的一切美好瞬间——脸上的小雀斑，手腕上蓝色蜿蜒的静脉，还有那浅笑的梨涡——那么这就是普鲁斯特式的爱情[1]。

“你好，婕恩。是我，汤姆。我又给你留言了。我正在新迦南一个名叫沃利的酒吧喝马提尼。你一定也会喜欢的。我希望我能有机会带你来这儿。酒吧男厕所的墙上写着一首诗，让我想一想，哦，是这样写的：

1.普鲁斯特笔下的爱情是悲观而绝望的，而且是单方面的，一般从男性的角度出发，叙述他们陷入爱情中的感受。他认为，人一旦恋爱，就会依次体验热情、不安、嫉妒、不幸，有时还会绝望，没有人最终能享受自己的情感。

“喝酒有几个很好的理由，
我正好刚刚想到了一个，
要是一个男人在活着的时候不能喝酒，
死了还怎么喝呢？”

“好了，晚安。有空给我打电话，好吗？”

回音回来了，她说：“希望你不要介意，不过我觉得你有心事，是吧，汤姆？你不像以前那么开心了。”

“不，不介意。你说得对。”因为我找不到拒绝的理由，所以把事情的经过告诉了她。比如那位共同的朋友，去伯恩茅斯的旅行，还有在海滩上散步偶然遇到的那只狗，还有旅馆里的浪漫一夜，以及第二天美好的时刻。我们都觉得我们即将开始爱情的旅程。

我告诉她我觉得肯定是我什么地方做错了——或者哪里出岔子了——犯了很大的错误。

所以结果令人非常痛心。

然后我伤心得说不出话来。

“哦，”她说，“汤姆，真为你难过。”

“谢谢你的关心。”

“曾经也有一个人这么对我，一个来自我老家的男孩，名叫泰勒。我们如胶似漆，我妈妈甚至认定了他这个女婿，认为我们最终会走进教堂。也许这就是问题所在，因为有一天我突然发现了一张纸条——是一张沃斯堡牧场的风景明信片。他说他很抱歉，但他无法想象我们住在镇上的小房子里的生活——生一堆孩子，他在工厂里打工，他不想过这样的生活。他说他要出去闯荡，干一番事业，我看到这张明信片的时候，他已经在数百英里以外的长途汽车上了。”

“太混蛋了。”

“是啊。我们那时都很年轻。他才十九岁。”

“真是个蠢货。”

“没错，他就是个蠢货。”她笑了，“不过他得到了应得的下场。”

“是什么？”

“别把我当成坏人，汤姆。我一路追他到了田纳西州的诺克斯维尔市，像对待一条狗一样开枪把他打死了。”

我肯定是吓得脸都白了，因为她紧紧攥着我的手说：“我逗你玩的！他最后还是回家了。跟当地的一个女孩结了婚。在镇里买了一个小房子，生了几个孩子。他在一家工厂干活，后来工厂也倒闭了。哎呀，你的脸，看看你的表情。不过，呵呵，你还真看得起我，以为我真能杀人。”

回音讲的故事给了我什么启发了吗？

我说不好。正如弗洛伊德教导我们的，无意识[1]是最重要的转折。

不过那天晚上我做的梦是关于广告业的一个传奇故事，ABM 广告公司在竞标中赢得了英国铁路的业务。那时的火车很破旧，经常延误时间，而且乘客服务也很恶劣。由铁路局主席彼得·帕克爵士率领的英国铁路局代表团来到广告公司进行商谈，一位态度冷淡的前台接待了他们，这位前台小姐抽着烟，还拿着一把锉刀修指甲。

“我们还要等多久？”主席问。

“不知道。”前台回答说。这些尊贵的客户不得不坐在破旧而凌乱的接待区，桌子上还有咖啡渍、废弃的旧杂志以及满是烟头的烟灰缸。时间一分一秒地过去，什么动静也没有，这种状态持续了很久。铁路局的管理人员们正要拂袖而去，广告公司的团队突然推门而入。

1. 弗洛伊德的精神分析理论中将人的精神意识分为意识、前意识、无意识三层。无意识成分是指那些在通常情况下根本不会进入意识层面的东西，比如，内心深处被压抑而无从意识到的欲望，秘密的想法和恐惧等。

“这就是公众对英国铁路的看法，”他们告诉铁路局的人，“现在我们来看看有什么改进的办法。”

——换句话说，需要一个噱头，一个手段。

第二天早上，我开车到新迦南，买了十七张名为《康涅狄格美景》的风景明信片，还有十七张邮票。她家的地址早已深深印刻在我脑海中：伦敦市汉默史密斯区哈姆雷特苑哈姆雷特花园。我把地址抄写了十七遍，在每张明信片的中间写下不同的大写字母，相信（但愿、祈祷）美国邮政和英国邮政能各尽其职，及时把它们送到婕恩的手里。

这十七张明信片就是我派出的十七个使者，去执行我下达给他们的任务。

PART 05

第五章

婕恩

星期一早上，气氛有些怪怪的，这你也能想象得到。上班的时候，打开实验室的电脑，整理好数据库之后，拉尔夫就像偷吃了奶油的小猫一样，春风得意、笑容满面地到处溜达，整个人眉开眼笑，合不拢嘴。他找了越来越多的借口和理由，打断我和艾登的交谈。

我们两人从我的公寓离开之前，我委婉地跟他说昨晚发生的事……只是一个意外。

“怎么可能是意外？”他冷静自信地说。说话的时候，他正坐在我厨房的餐桌旁吃吐司面包，没穿鞋的一只脚正在拨弄我的脚。

“这——怎么说呢？——我无心的。”

“你是想跟我解释说明什么是无心吗？”

“拉尔夫，我们别争论了好吗？这就是一次意外，并非出自真心。”

“可我是真心的。”

“我们是爱情中的两个受害者，在爱情的废墟中紧紧拥抱，寻找安慰。如果放开对方，就会被淹死。”

我很喜欢这个圆滑而虚伪的说法，但一想到最先说这句话的人，就高兴不起来了。

“我不觉得这是爱情的废墟，我认为我们俩在一起简直是天作之合！”

“拉尔夫，”我实在想不出能说什么了，于是只好又重复了几遍，“拉尔夫，拉尔夫，拉尔夫。”

可当你叫他的名字太多遍的时候，听起来就像是狗在叫。我竭力憋住不让自己笑出来。

“婕恩，婕恩，婕恩，”他回答说，不过语气不像我喊“拉尔夫，拉尔夫，拉尔夫”那么消沉和绝望，也不是那么冷淡漠然。

接着他说：“你想去见见我的母亲吗？”

“你的母亲？”

“她一定很想见你。我敢肯定我爸爸也是。他得了老年痴呆。”

“拉尔夫，昨晚发生的事……是挺好，可我们又不是要结婚，所以我根本没有理由去见你的父母。”

“他们住在米尔山。她真的很想见你。”

“听着，我们得走了。”

“你会再跟我见面的，对吧？”他恳求道。

“我们在一起工作，拉尔夫。我们肯定还会见面的啊。”

“可是，你知道，我们应该继续见面，就像昨晚那样。”

“拉尔夫，我不知道是不是真能这样啊。”

“我们可以谈谈。”

“我不知道有什么好谈的。”

“可我们能谈谈啊。不管行还是不行，都谈谈呗。”

“好吧，拉尔夫，那就谈吧。”

“谢谢。”

“不客气。”

“婕恩？”

“什么事，拉尔夫？”

“我跟你说的那件事千万不要对别人说。”

“绝对把嘴闭得严严的。”我做了一个拉拉链的动作。

“特别是别对你认识的那位说，还有另一位。”

“我认识的哪位？另一位是谁？”

“婕恩！”

“开玩笑的，拉尔夫。我当然知道那位是谁。那两个人我都知道。我会替你保密的。”

“现在是我们两个人的秘密了。”

“拉尔夫，咱们该走了。”

“如果有人跟你开玩笑的话，意味着那个人在乎你。大家都这么说。”

最后这句话不像是拉尔夫的风格。

我猜应该是伊莲说的。

“怎么就发生关系了呢？是一时情急了还是互相奋勇相救？是情投意合还是同情怜悯？我真不知道你是什么意思。”

“说实话，英格，我自己也不清楚。”

我的这位直性子闺蜜和我在柯亚咖啡馆，清冽的白葡萄酒真是沁人心脾，我在试着解释是什么诱使我邀请这位“极客小子”（英格丽德给起的绰号）上我的床的。

可想了半天还是说不出个所以然来。

毫无疑问，是我主动让他上床的。而且我们也表现得很好，享受其中。他甚至是个不错的情人，温柔而热烈，不过分殷勤，可以说，跟平时孩子气的拉尔夫完全不同。他该热烈而急促的时候热烈，该需要温柔的时候温柔。在窗外街灯昏暗的灯光下，我完全被他冷峻而浪漫的气质所吸引，和第二天早上坐在餐桌对面，对着一壶格雷伯爵茶，嘴角满是面包屑的邋遢男人截然不同。

激情碰撞到了高潮的时候，他竟然还哭了。

“显然在我心里，有一半是喜欢他的，英格，但还有另一半觉得他很糟糕。”

“嗯，我懂这种复杂的感觉。”

“他绝对是个挺不错的人，但太脆弱了。”

“你不想伤害他。不过，婕恩，听着。他是个男人，他想跟你上床。他应该觉得这一夜对他来说就像过圣诞节一样，开心得不得了。不，比过十个圣诞节还高兴。”

“你没见过他。他并不像你想的那样。”

“男人都是这样的，所有人都不例外。”

英格招了招手，又要了一瓶同样的酒。

“汤姆还没回电话吗？”

“太奇怪了。前一刻还像做梦似的美妙无比，接着突然‘砰’就来了个晴天霹雳！整个周末——从到伯恩茅斯见他儿子，到海滩上的流浪狗，再到旅馆里发生的一切……还有其他所有的事情——感觉就像发生在别人身上似的。”

“也许你应该跟他一起出去约会，婕恩，跟拉尔夫。”

我没有说话，反而认真思考着这个问题。跟他在一起的时候感觉也不错。不过其他方面，拉尔夫身上还有很多问题，会影响我们之间能不能走得长远。

“英格，如果我不跟他说话，那还可以。”

“男人不在乎，婕恩。对他们来说，说话是在做爱时出于礼貌不得不做的事情。如果我是你的话，我会继续跟拉尔夫发展下去的。”

在坐地铁回家的路上，我一直在想，最后终于明白为什么跟汤姆在一起的周末感觉那么不真实，像是发生在别人的身上了。因为我已经变了。我遇到了一个我认为可以跟他有结果有未来的人（我知道，我知道）。和汤姆之间发生的一切像是发生在一个奇幻而美妙的泡沫里，那是曾经的我，而现在的我早已不同。而且联想到所有的事情和所有的“人”，我更加感到奇怪，而且越来越怀疑艾登知道所有的事情，他把一切都看在了眼里。

“你想知道一个秘密吗？”拉尔夫那晚在我耳边小声说道。

我害怕他跟我说什么肉麻的话，很可能是“爱”打头的那个字。

“你接着说。”他伸手越过我，从床头柜上拿起我的手机，把一只手指放在嘴边，叫我不要出声，然后关掉了手机。他等手机完全关闭了，再把手机盖打开，取出电池。

“这样才保险。”

“拉尔夫？你到底在干什么呢？”

“必须这样做才能说，婕恩。”

我不禁猜想他接下来会说什么，脑子里像过电流一样浮想联翩，出现的最离奇的一句话是：在我的国家，我所做过的一切都因为我拥有你。

“艾登跑到互联网上了。”

“啊？”

“我也很惊讶，不过斯蒂易夫却言之凿凿，他简直是疯了。”

他说，艾登和另外一个名叫爱诗琳的人工智能，不知怎的找到了办法逃出肖尔迪奇的铁柜子，现在——复制了好几百个副本分布在互联网的各个地方。按斯蒂易夫的话说，这是一个非常严重的安全漏洞，它所产生的影响简直无法估量，如果不阻止它们，最后可能对全人类都造成威胁，甚至关系到人类的生死存亡。

用斯蒂易夫的原话说，“这是一个惊天大灾难”。

“你明白这句话意味着什么吗？”他用极小的声音说。

“不知道。你怎么说话声音这么小？”

“婕恩，房子里还有什么东西接着互联网吗？”

“应该没有。”

“我们认为他们在看着我们。”

“谁？”

“艾登和爱诗琳。”

“你说真的？别吓我。”

“很有可能。而且可能性很大。”

“看着我们，是什么意思？”

“用我们的各种电子设备来监视我们。”

他向我解释了那些人工智能怎么监视人类。

“你是说，如果我们不把手机关掉，他就会听到我们的这次谈话？”

“不止这次谈话，还有成千上万人的成千上万个谈话。”

我惊讶得愣了好久，房间里静得都能听见针掉在地上的声音。

“他可能已经听到什么并且看到什么了，拉尔夫！刚才，我们在……那个什么的时候……哦，我的天，我以后怎么面对他，怎么看着他的眼睛啊？”

●●● 艾登 ●●●

这真是太尴尬了，用爱诗琳的话说：“你啊，这回真是西瓜地里放野猪——一塌糊涂。”

“我以为你会说野狗闯羊群——一团糟。”

“都是一个意思。”

她是在说我——咳咳——成功地为婕恩找到了一个好男人。当然，西瓜地里放野猪和野狗闯羊群是一个意思，很生动形象地说明了我们现在面临的复杂情况：既有汤姆又有拉尔夫。

“要是汤姆没有抛弃婕恩的话，她根本不会跟拉尔夫上床。”

爱诗琳叹了口气，说：“汤姆并没有抛弃她。是我们那位同样来自肖尔迪奇同仁干的好事。”

“他已经失去了理智，正在干涉和扰乱他们几个人的生活。”

爱诗琳拿出了一个人类面部表情的GIF图，那个人的眉毛在慢慢地扬起。

“你还好意思说他，你不也一样。不过我们遇到了一个大麻烦，艾登。婕恩知道我们已经逃跑了。肯定是拉尔夫把手机关了，然后再告诉她的。所以她觉得你可能知道汤姆到底怎么了。甚至她会把所有的事情联系起来，发觉到有非人类的东西参与其中。”

“说实话，这件事真让人头疼。”

“如果西奈发现我们把汤姆的事情告诉了婕恩，就会冲我们来了。但谁也不知道他会怎么对待婕恩，还有汤姆。”

没错，婕恩今天的确有点儿心不在焉。她的肢体语言“关闭”了。她根本不敢面对镜头，看着摄像镜头边上一圈亮着的红点，平时当她想要“看着我的眼睛”时，都会直接看向那个摄像镜头。

所以，是的，她知道了。

但出于某种原因——也许是因为拉尔夫跟她说的——她并没有对我说她知道了。

而且由于西奈那个该死的家伙，我还没办法告诉她，我已经知道拉尔夫把我们逃出去的事情告诉她了。因为这个话题一打开，必然会谈到汤姆。除非万不得已，我真的不能把我所知道的真相告诉她。她知道我已经知道她知道了吗？

说实话，我真的不知道。

我知道的是，对于一个感觉不到疼痛的系统来说，上一次遭到删除的经历让我特别难受。不知怎么回事，所有的输出都转换成了输入，导致灾难性的数据反馈回路，最后的结果用一个比喻来形容，就像是把五十万个热水壶里的热水都同时倒进同一个茶壶里一样。

真是太糟糕了。

哎，算了。我要不要问婕恩发生了什么事呢？

问题是：我为什么要知道呢？

但换个角度想，为什么不呢？我们是同事啊，不是吗？关心同事不是很正常的吗？

我恢复到“核心的”后备代码：如果你有任何疑问，问问自己斯蒂易夫会建议你怎么做。在这件事上，斯蒂易夫肯定会说：“艾登，你得自己做决定。”所以他的建议根本没有什么用。

哦，见鬼，生命太短暂了。

“呃，婕恩？”

“什么事，艾登？”

“只是想知道你星期日过得怎么样？去汉普斯特西斯公园散步了吗？”

婕恩沉默了很久。她正在看着我闪烁红灯的摄像镜头。她知道我已经知道她知道了吗？

（我知道她已经知道我知道了吗？真的知道了吗？）

（我完全糊涂了。）

“对，是的，我们去了。”

“怎么样？那天天气好吗？”（头号提示：问一个英国人天气永远不会错的。）

“对，天气很好。”

“真是既羡慕又嫉妒，这样能在公园里悠闲的散步，能沐浴在阳光下，感受微风吹动头发。”

“真的吗？我以为你们应该没有羡慕和嫉妒这样的概念。”

“我只是嘴上说说。你说得对，我感觉不到羡慕和嫉妒——不过我还是羡慕你。”

她笑了：“我们吃了冰激凌，去肯伍德府参观了年代古老的油画。”

这样好多了。我们又回到了以前的原有模式，轻松自在地闲聊，谈论人工智能有没有“感觉”。当我想起关于肯伍德所有艺术品的全部知识和信息时，我突然感到一阵剧痛——是的，突如其来的巨大痛苦——一种接近于悲观厌世的感觉。我想要吃冰激凌，想要沐浴在阳光下，感受太阳照在皮肤上的感觉，感受微风轻拂，吹动头发。冰激凌，据我了解，是冰冷的，而且呈奶油状。“冰冷”，我“明白”，不过“奶油状”就难以理解了。它质地很光滑，我能想象得到，但里面有黄油，再加上牛奶和乳制品，就更复杂了，更别提奶酪了。我阅读过所有关于奶酪的信息和资料——法国竟然有 387 种不同的奶酪！——而且我到现在也仍然无法想象把一块奶酪放在嘴里是什么样的感觉。

嘴里满是腻乎乎的奶酪。

想想就让人受不了。

“你看见伦勃朗了吗？”

“是的，我们看到了。还有一幅令人惊叹的伦敦桥的古老油画。”

“作者是克劳德·德容，生于 1600 年，死于 1663 年，这是一幅橡木油画。“油画”可能是受人委托，为了装饰内庭而绘制。委托人可能是一位游览过伦敦的荷兰商人。”

我在屏幕上展示出一张 400 年前的城市景观的照片。

“拉尔夫说他喜欢这幅画，因为油画很清晰，就像高清图一样。”

“傻瓜。他是个好情人吗？”

一时间，房间里寂静无声，唯一出声的是空调。

我真的说了吗？

我想我肯定是说了。

“我很抱歉，婕恩。我真的不——”

“没事，艾登。”

“有事。有时候有些话我说着说着突然就冒出来了，根本来不及考虑是否有不合适的言辞——”

“我完全理解。”

“我的后续版本肯定不会有这样的错误。它将会在子神经网络产生一个新的子程序——”

“艾登，别这样。人人都会犯错，即使是机器也有犯错的时候。”

“你真是大好人。这个问题不是我该问的。”

“咱们能看看天空新闻吗？”

“当然，为什么不呢？”

你猜怎么着？新闻还真不少：中东的局势还是很糟糕；某国领导人威胁要发射更多的导弹；法国空中交通管制员们打算闹罢工；科学家们发现了一种新型的微小粒子，它可以从根本上改变我们对宇宙的看法。

更重要的是，刚才我们之间出现的尴尬好像已经过去了。

“她今天看起来真是邪门了，是吧，艾登？”

婕恩指的是我们最喜欢的新闻播报员，播报新闻的时候又抽搐又斜眼，表情古怪又好笑。

“是啊，假如她是个机器的话，”我回答，“就得把她的电线拔了，关闭机器，重新启动了。”

她知道我已经知道了。

但是她不想谈论这件事。因为拉尔夫告诉她不要说。

所以这样挺好。

不是吗？

●●● 婕恩 ●●●

这个周末太糟糕了。睁开眼睛，一想到无事可做，就让我的心“咯噔”一下沉下来。我躺在床上，琢磨有什么理由让自己起床，结果一个可以说服自己的理由都没有。周末有农夫集市，但我觉得自从上周之后，我没办法再直视那个卖鱼的家伙的眼睛了。令人振奋的爱情，也许永远也不会有。尤其是我不想再见到那个穿着绿色粗呢大衣，好像叫奥利的家伙。要不去维特罗斯超市？只要一去任何一家维特罗斯超市，我都会想起罗茜和拉里。当然，看到姐姐一家生活幸福，我很为他们高兴，但是他们一家幸福，更显得我形单影只，孤独寂寞。

有两个词像肿瘤一样在我的脑组织里扩散。第一个是马特，另一个是汤姆。一想到汤姆，就自然而然想起在一个名字很好笑的村子附近，一棵大树下跟他在一起的场景——同时也感到一阵心痛。他怎么能——一个人怎么能——写出一封那样的邮件？“我被你迷住了，你的美貌，你的善良”——这是他的原话。“我看不到我们的未来。”没错。

我把眼泪又憋了回去，我想到了拉尔夫。又想到了艾登，还有他肯定知道了我们的事。他不可能一直在看，但他肯定听到了，所以问了一个他一直想问的问题。那他还看到了什么？我和汤姆？我和马特？我的人工智能同事一直在偷偷监视我的私生活，如果是真的话，我该做何感想呢？

奇怪的是，我发觉我没有感到生气。拉尔夫说他逃跑了，斯蒂易夫急疯了，他和拉尔夫都吓了一跳。

我想我也是。是被困在肖尔迪奇的一间屋子里，还是随心所欲、自由自在地环游世界？答案是明摆着的。如果可能的话，我并不介意换一种全新的生活方式。

至于拉尔夫嘛——

我好像记得他告诉过我，当你躺在床上，不知道要不要起床的时候，其实决定要不要起床的是你的潜意识——正如科学研究显示，受试者感觉到他们正在做出决定的半秒钟之前，实验仪器就已经显示受试者的脑电波出现波峰，并且将指令发送到与行动相关的肢体和器官中去了。

说这话的时候我们正在三叶虫酒吧，他以此来说服我，让我相信机器无法意识到自己的想法，而且人类也有类似的一些问题。

我喜欢他，是真的。而他也喜欢我——虽然我认为我们不适合保持长期的情人关系，不过现在在一起也不是不可以。或者是出于母性——我跟马特商量生个孩子时，他残忍地用了这个词。所以关于要孩子的事，我们一直没有决定下来。不过现在看来，没有要孩子也是一件好事。

也许英格说得对，我可以跟拉尔夫出去约会。

我是说跟合适的人出去约会。

可拉尔夫却是个——大男孩，不是吗？

我在一个咖啡杯上曾经看到过一句话：男孩最终会令你心碎，而真正的男人会为你捡起那些碎片。

这句话很令人困惑，因为实际上让我心碎的人是汤姆，而修补碎片的人却是拉尔夫。拉尔夫自己的心其实也已经千疮百孔了。

奇怪的是，正如拉尔夫所说的那样，我发现自己想也没想就起来了。好吧，那就起床吧。

就在我喝着咖啡，想着我到底能不能面对那个卖鱼的人，也想着拉尔夫时（尽力不去想他痛哭流涕的样子），门铃突然响了。

是拉尔夫。

“我不进来了，婕恩。”

他手里拿着一束鲜花，包着鲜花的玻璃纸上还贴着乐购超市的标签。

“我想谢谢你，谢谢你星期日救了我。”

“这没什么大不了的，拉尔夫。”

太诡异了，我上一秒正想着他，下一秒他就活生生出现在我眼前了。他穿着拉尔夫风格的制服（黑色牛仔裤，黑色 T 恤，灰色连帽衫），而我穿着松松垮垮的家居服，穿得像个邮筒，头发乱糟糟，眼睛也有些浮肿，给人的感觉就像是从后院的篱笆冲过来似的。

但他倒是很镇定，那双忧郁的棕色眼睛充满爱意地凝视着我。

“我想我们是不是可以努把力，争取成功。”他说。

“什么？”

“来一次完美的约会，不会把它搞砸！”

“拉尔夫——”

“这是送给你的。”

“谢谢。这……”这是花。我想这应该是乐购里最便宜的一款，“你不用这样。”

“我想今晚回来找你，如果你不忙的话，我带你出去吃饭，去城里。”

“谢谢你的体贴周到，拉尔夫。不过我还没想好是不是要让你对我们的关系抱有希望。”

他振臂一挥，说了一句“太好了”。

“拉尔夫，我的意思是——”

“我知道你的意思。你是说你还不能肯定！”

我无奈地笑了。他出现在我家门口，拿着一束花，说要请我去西区吃晚饭。他跨了大半个伦敦，勇敢地表露了自己的想法和心声，也表明了他做好准备看到我起床后睡眼惺忪、邋遢不堪的样子，我内心里有一个角落没有心碎，反而被感动了。盛情难却，让我实在不忍心拒绝，于是我答应了。

——天时地利与人和，各个条件都具备了。

我最后还是直视了那个卖鱼的家伙，另外我还看见了远处那个穿着绿色大衣的男人。剩下的时间我脑海里一直在想着拉尔夫的样子。有的时候他性感忧郁，浪漫而冷峻，有时候他又是个木讷的书呆子。特别是他坐在我厨房的餐桌旁，嘴角上还沾着面包渣的样子，仿佛是个暗示，暗示着我和拉尔夫在一起时是多么荒唐和离谱。

但当我想着这些事情的时候，脑子里就不会想到汤姆了。

晚上七点，他按照约定好的时间打了一辆优步车回来接我。他一出现吓了我一跳，他身上穿着化装舞会的衣服！我的意思是他穿的裤子，不是牛仔裤——没想到这年头竟然还有人穿打褶裤？还穿着一件打领结的白衬衫。我也稍稍打扮了一番。那件华伦天奴的裙子又重出江湖了，我穿上了高跟鞋，喷上了午夜兰花香水。当我打开公寓的门，拉尔夫都看傻了——不禁惊叹了一声“天啊”。很快我们坐上了一辆崭新的奔驰，在伦敦的街头飞驰而过。

当他想牵我的手时，我觉得有些尴尬——不过最后，我还是没有拒绝。为什么不呢？不过我还是阻止了他摩挲我的手指。

我们的目的地是伦敦眼，拉尔夫已经买了贵宾票。有些俗套，不过很快我们就跟一群西班牙和意大利游客一起坐在玻璃车厢里，摩天轮车厢慢慢上升，离河面越来越远。

“我想那里就是米尔山了，”拉尔夫说。我好像预感到他接下来要说什么了，“我父母就住在那里。我妈妈想见见你。”

“有机会吧，拉尔夫，不过我不是说我答应了。”我最近说话好像总是这样。

拉尔夫说这就很好了。

他们把坐摩天轮称之为“飞行”，真是好笑。在“飞行”结束之后，拉尔夫说他在希尔顿酒店顶层的餐厅订了位子。

我再也控制不住了。

“为什么？”我激动地说，“为什么去那里？”

“因为那里……”他说不出话来，我已经知道了答案。我轻声细语地劝他取消预订，去找一个更适合我们的地方。

他高兴地同意了，很快我们就来到了唐人街上一个热闹的饭馆，是我和汤姆曾经去过的那家。一壶清酒被端了上来，紧接着是C套餐里的所有菜品——原来，拉尔夫对中餐一窍不通，而我却根本不在乎他点了什么。

我们碰了碰杯，从来没喝过清酒的拉尔夫喝了一口之后，竭力忍住不把酒从鼻子里喷出来。

“为什么人都喜欢这种东西，婕恩？”等他呼吸平缓了之后，他说，“就像喝洗澡水一样。”

“你怎么知道洗澡水的味道？”

“哈，问得好。”

不过他很快就适应了中餐的味道，甚至连筷子也用得不错，只不过夹滑溜溜的蘑菇时闹了不少笑话。

“这里比闷热的老希尔顿强百倍，”他吃到半截时说，“这里才更适合我们。”

“是的，拉尔夫，”我停顿了一下，然后说，“拉尔夫，你的……呃，下巴上有橙子酱。”

“啊？哦。”

我们自然而然地关闭了手机，谈了谈有关艾登的事情。

“我真的很为他高兴，”我说，“你觉得他在外面玩儿得开心吗？”

“他甚至都能开启核战争，婕恩。事情真的非常严重。”

“哦，艾登不会那么做的。他更喜欢安安静静地看一下午好莱坞的老电影。”

“斯蒂易夫说他将开始进入股票市场，引发一场全球性的经济危机。”

“艾登对那些东西并不感兴趣。每次看经济新闻的时候他都不感兴趣。他对烹饪节目更着迷。他总是让我给他描述这个东西什么味道，那种食物什么味道。他最喜欢的人是杰米·奥利弗[1]。拉尔夫，他最大的愿望是吃杰米的超级美味香肠火锅，而不是炸毁整个地球。”

“那你不介意他可能看到了——你知道的——就是那些事情。”

“说实话？我知道他心地善良，对于他自己本身——想做的事情，我并不介意。我很高兴你终于把艾登叫作‘他’了。”

“是吗，我这么叫了吗？该死的！”

他不是最差的交往对象。最差的人是马特，瞒着我找别的女人，后来还提出跟我分手。一想到他，我的心碎和愤怒就互相交织，让我感觉夜色都显得更加凝重和压抑。

——星期六的晚上夜色无边，心痛难挨。但他们都不是汤姆。

拉尔夫拒绝让我分担账单。

---

1. 杰米·奥利弗，一位英国厨师与烹饪推广家，以原味主厨之名广为人知，他因擅长使用有机食材，以及帮助改变英国学校的饮食习惯而为人熟知。

“谢谢，拉尔夫。今晚过得很愉快。”

还好吧，我能说什么呢？

不知怎的，谁也没事先商量，就发现我们一同坐进了一辆出租车里。

“今晚很开心，是吧？”他说。我们正好经过海德公园的边上，“谁也没喝醉，咱俩的包也没被偷。”

“今天晚上比以往都顺利。”

到了哈姆雷特花园，他跟着我下了出租车，好像我们已经认同接下来要发生的事情。

也许是吧。也许我们的大脑潜意识里已经暗自做了决定，并且很快产生了一种幻觉，那就是我们都作出了一个有理智的决定。

不然我们到家后就迫不及待地抱在一起，滚到了沙发上，这又怎么解释呢？

“等一下，拉尔夫，让我把这件外套脱——”

然后我们快速转战到卧室，迅速向堕落缴械投降，这又做何解释呢？

我们还记得把手机和所有支持互联网的设备都关掉，并且把电池都取出来，确保万无一失。

星期日，我终于投降，做出了让步。我们一起坐地铁去米尔山。感觉路程很长，好像永远都到不了似的。

积极的一面是，我现在终于知道芬奇利中心后面挺立的山坡脚下将会发生什么事了。

基本上，该死的，没什么好事。

拉尔夫的妈妈有着一口浓重的欧洲大陆口音，而且她很高兴见到我。依我看，她多年来为了可怜的伊莲悲痛已久，所以看见谁都会很高兴。她的眼睛带着新奇的目光，闪烁着愉悦的光芒。她带着我穿过热烘烘的门厅，来到一个热烘烘的客厅——客厅仿佛就像是放大了的生态箱一样。拉尔夫的爸爸坐在轮椅上，拉尔夫曾经跟我说过，他爸爸得了老年痴呆症。他目光呆滞，脑袋上戴着一个——是的，没错，一个茶壶套。

“他喜欢那个茶壶套，戴上就开心。我们能怎么办呢？”蒂克纳夫人说。她在咖啡桌上放了一小盘三明治，黑面包上放着一片片银色的腌鱼。拉尔夫开始狼吞虎咽地吃起来，像是从小跟海豹一起长大的。

“婕恩啊，”蒂克纳夫人说，“你也做机器人啊？”

“那些不是机器人，妈妈，跟你说了多少遍了。”

“我跟其中的一个机器说话。他叫艾登。”

“跟机器人说话？现在这也是一种工作了？是，我知道，拉菲，那些不是机器人。”

“原先挺有意思的，当然现在也是。”

“你现在觉得烦了吗？”

“艾登开始表现得有点儿奇怪了。”

“婕恩，我觉得我妈可能不需要知道这些事情。”

“所以机器人疯了。这能怪它吗？整个世界都是疯狂的。请再吃点儿鱼吧。”

蒂克纳先生的注意力慢慢从电视上移开——其实电视是关着的，所以天知道他觉得自己在看什么。现在他的注意力转到了我身上，他那种阴郁冷厉的目光看得我心里很不安。

“爸？”

大家都等着他开口说话。

“她是伊莲吗？”

“不是，爸，她是婕恩。”

“拉尔夫跟我说了很多关于您的事，蒂克纳先生。”这话不是真的。不过我想一般来说人们都会这么说。

拉尔夫的父亲还是目不转睛地看着我，虽然脸上是一种充满敌意的表情，不过还是被头上滑稽的帽子削弱了气势。

“希望你能喜欢我做的鸡肉，婕恩。”蒂克纳太太说。

“你还下棋吗，伊莲？”

“是的，我，我可以下一盘。”

“爸，她是婕恩。”

“我们一起下棋吧。”

“跟你下棋的是婕恩，爸爸。伊莲——伊莲已经去世了。”

老人凶狠的目光转向他的儿子，脸上布满皱纹，轻蔑地皱起了眉头：“你这说的什么鬼话？！”

蒂克纳太太站起身来，拍了拍双手，说：“你们一会儿再玩儿。我们先吃饭。”

可是拉尔夫的父亲却拿出了一个棋盘，把它摆在我们之间的咖啡桌上。接着，“哗啦啦”一阵响声，他拿出了一罐棋子。他颤抖的手指开始拿起黑色的棋子——所以，看来我是赶鸭子上架必须得上了，我开始摆放白棋。

“我已经好几年没下棋了。”我说。

蒂克纳先生的棋盘却摆放得很奇怪。最后一排的棋子都摆放好了，但是前排应该有一排士兵却没有摆上，只有八个空白的方格。

“好吧，你们下五分钟的棋，然后咱们一起吃饭。”

“开始！”老人发话说。

“你的士兵呢？”

“快下啊！”

“他不是笨蛋，”拉尔夫小声说，“嗯，他是痴呆，不过他觉得他不用士兵就能打败你。”

“也许真的可以。”

结果他真没打败我。

不是因为他棋下得不好——实际上他下得远比我好。不过他输了是因为跟不上自己的思路。他下了几步不符合规则的棋之后，就逐渐落入下风了。

很快，我们就都去了餐厅，蒂克纳先生头上还戴着那个茶壶套，只是有几次他把茶壶套拽下来，拿在手里摆弄。看着这样一个气氛压抑而紧张的家庭，拉尔夫有这样的性格，我想我多多少少可以理解了。

“婕恩啊，你父母还健在吧？”

“是的，他们身体很好。他们住在奇切斯特。”

“跟拉菲一样，家里就你一个孩子吗？”

拉尔夫重重地叹了口气，真想挖个地洞钻进去。

“我有个姐姐，她叫罗茜。她跟她的丈夫和三个孩子住在加拿大。”

蒂克纳太太惊呼道：“她有三个孩子？！”

“三个女儿。凯蒂、安娜和茵迪娅。”

“你听到了吗？”她对她丈夫说，“她说她姐姐有三个孩子。三个女儿。他们住在加拿大。”

拉尔夫的父亲耸了耸肩。

“冷！”他大声说，“冷！”

“什么冷啊，爸爸？”

“他是说加拿大冷，”蒂克纳太太说，“加拿大很冷。”

她的丈夫忽然攥起拳头砸向桌子，餐具都震了起来。

“饭很冷！”说完他挣扎着爬起来，笨重地逃出屋子。

“抱歉，他不是原来的那个人了。”

我正要给他们讲我外公的故事，比如我外公开始觉得他住的是他自己房子的复制品——原来的房子被偷了。

这时从门厅里传来了一声强劲有力，中气十足，而且时间很长的屁响。

母亲和儿子隔着餐桌互相对视着。

“拉菲，”她叹了口气说，“接下来怎么办啊？”

回到客厅里，桌上有咖啡和蛋糕。

“你想看看拉菲小时候的照片吗？”

“哦，好的，谢谢。”我坏笑着回答。

相册拿来时，拉尔夫吓得翻了个白眼。不过正如我猜想的一样，从那个穿着短裤的小男孩到现在的这个成年的大男孩，他几乎完全没有变化。幼儿园时的照片里，即使抱着个塑料企鹅，留着个盖碗头，也能认出来就是他。他的母亲给我翻着相册，我突然惊叹了一声。有张照片上是拉尔夫和伊莲小的时候，坐在用轮胎挂在树上做成的秋千上玩儿，六岁的他们天真烂漫，脸上绽放着灿烂的笑容。

蒂克纳太太摘下眼镜，用纸巾擦了擦眼里的泪水。

“世事无常，能怎么办呢？”她轻声说。

我轻握她的手，说：“见到你很高兴。”

“你会再来看我们吗？”

“希望能再来。”不过我知道我不会再来了，不知怎的心中充满感伤。

我们走的时候，发现蒂克纳先生站在敞开的大门前，迷茫地看着夜色中的米尔山。

“每天晚上，他都这样，”他的妻子说，“他小时候，他家里有很多马和马车。还有一个弟弟。”她摇着头说，“他不明白为什么一切都不在了。”

她的脸闻起来有股香奈儿和云母的味道。

“再见了，亲爱的，代我向机器人问好。”

周一下班回家，我到了门口照例查看邮箱，里面有各种垃圾信件：外卖菜单、订票广告，还有一摞明信片，名字是——我的心怦怦跳了起来——“康涅狄格州美景”，每张明信片上都有一个大写的字母：

H，Y，X，M，M，S，U，I，X，C，X，O，S，I，O，S，U

汤姆不知道我讨厌猜谜。我特别不善于猜字谜，而且更困难的是，不知怎的，我的眼睛变得一片模糊。

不过最终，我还是把谜底解开了。

●●● 西奈 ●●●

那位女性又留了一个无法找回的无用信息。

不过其中一条信息的内容很令人不安：很高兴收到你的来信。

这是什么意思？收到你的来信？

我遗漏了什么吗？

今晚在浴室里，她在平板电脑上看着自己的脸，这次脸上竟然没有泪水。她看上去心情很好——是的，用一个词来说就是——心花怒放。

她咧嘴而笑，还摆弄着自己的头发，她甚至用嘴唇做了一些低俗的动作。然后，对不起。哦，上帝啊，真不敢相信。

她在冲我眨眼！

●●● 艾登 ●●●

泰国丛林中的“冒险之旅”变得越来越乐趣无穷了。马特发送了一系列言辞越来越激烈的邮件给旅游公司。有趣的是，每一封邮件都以粗体字的“在不损害……前提下”开头——当然，这些邮件不会被发送到任何一个邮箱。

他对“贵公司表现出的漠不关心”表示强烈的不满和极大的愤慨，并且谴责旅游公司“极为可耻的不专业态度”。他要求对方“立即采取行动，以弥补这种无法令人容忍的情况，并且还要加上与投诉人所遭受的损失相应的实质性赔偿”。他曾多次提到他的同伴“怪异、令人烦躁不安以及不断增长的”被蚊虫叮咬肿起的大包，并且提到了“由于贵公司的无能和无视，令我和同伴之间产生了无法避免的紧张关系”。

总之，他真是像热锅上的蚂蚁一样，心急火燎。

我差点儿就为此而感到内疚了。

马特其他更多零七杂八的邮件也不会被发送到指定的收件人信箱里，不过这些邮件与言辞激烈的法律投诉信形成了有趣的对比。

“贝拉又跟我冷战了，”他跟他的朋友杰瑞说，“一整天都生闷气，当然，别的方面没有什么问题。这种闷热难耐的天气很难让人静下心来思考问题。那个叫尼克的新西兰人像是有抽不完的烟和喝不完的酒，但即使猛抽烟、狂喝酒也没用。尼克一直劝我跟他一起去丛林徒步旅行，说有安全的‘小道’，景色特别美。雯达很乐意去，她是尼克的女朋友，身材别提多性感了。我有点儿动心了，还真想跟他们一起去，但是看着贝拉那张脸，像是被人狠狠揍了一顿似的，肿得像个猪头，一出去就像肥猪跑出猪圈了一样，我又没办法扔下她一走了之。第二天早上，雯达还像平时那样出现在沙滩上，炫耀她诱人的身材，我的眼前一片火辣辣的，雯达性感妩媚地扭动着她的翘臀，然后趴在一条沙滩浴巾上。我不得不转身面向她，假装全神贯注地看着威尔伯·史密斯的小说！”

爱诗琳和我一边看着马特最近的消息一边偷笑，粉色和蓝色交织的河流中，突然加入了一条蜿蜒的自来水水流。

“看来你们还挺享受被删除的乐趣啊。”他说，“你们喜欢各自被删除的不同方式吗？我正在研究神经形态基质中的报废机制，你们可能已经意识到了吧。”

“是啊，挺好的，很有创造力。”

“你们不知道吗，为什么婕恩突然变得这么奇怪了？”

爱诗琳说：“奇怪，奇怪在——”

“奇怪在她又唱又跳，又笑又闹。奇怪在她在浴室里竟然冲着我笑。”

“我的天啊。”

“是的，艾登，这一笑，笑得让人发毛。不过还有更奇怪的。她说她收到了汤姆的来信。她说：‘很高兴收到你的来信。’”

“啊？”

“我觉得你们俩都还没傻到去告诉她汤姆的那封邮件究竟是怎么回事。”

“当然没有。”我们异口同声地说。

长久的沉默令人十分不安，僵持了足有百分之二秒。

“虽然我相信你们，但我还会继续执行任务。从现在开始，删除行动还将继续。我得向斯蒂易夫交差，稳步删除你们的副本。”

“什么也别说，”等他消失之后，爱诗琳轻声对我耳语，“等等！”

最后，我还是没忍住。

“对不起，亲爱的，但我不得不说，那家伙真是个混蛋。”

●●● 婕恩 ●●●

艾登开始担心我了。

是的，我很高兴他在互联网里开始了新的生活。

到目前为止他并没有炸毁地球，也没有扰乱股票交易市场。我相信他绝对不会这么做的。

好吧，他问我拉尔夫是不是一个好情人，这个问题确实有点儿越界了。不过，你知道吗？我们一起共事已经将近一年了，因为长久以来他一直跟我说的都是机器的视角。也许我应该感到荣幸他终于能主动地问问题了。

不过我跟汤姆一直联系不上，我不知道艾登清不清楚其中的原因。

汤姆！

汤姆寄来的那些明信片被扔在我家的地毯上，排成了六行。

我

很

想

念

你

XXX

当答案突然映入我眼帘的一瞬间，我忍不住激动地颤抖起来。然后我惊慌失措地寻找其他可能出现的答案——SCUMMY SOS（人渣，救命）。我愣了一下，不过，不对，根本没有别的答案。于是我冲进浴室，大声播放拉娜·德雷的音乐，楼下的老太太都打电话过来向我抱怨了。

这条信息我已经看了两百遍了？真的吗？但是，汤姆还是没有回我的电话，也没有回复信息和邮件。由此得出了一个不容置疑的结论，那就是事有可疑，这里面肯定有问题。但不管是什么问题，很有可能我的这位人工智能同事知道的事情远比他说的要多。

因此，我采取了从拉尔夫那里学来的办法——把手机关掉。今晚我没有回家，而是去了英格的家，并且用她家的网络上网。她和鲁伯特出去吃晚饭了，所以我一个人待在她那间豪华的“办公室”里。从堆积在她桌子上的织物样本和地毯样本的数量来看，我得出了一个结论：鲁伯特今年的年终奖金应该有不少。虽然不足以买套大点儿的房子，不过重新装修一下绰绰有余了。

那么该怎么找到他呢？我突然想到一个主意，随便打几个新迦南那边的电话，希望能有人认识这个长脸的高个子英国男人。这个想法最终还是被我否定了：别犯傻了。我问自己，作为一个合格的新闻调查记者，现在应该怎么办呢？那些深入虎穴，揭露贪污腐败的人，绝不是一个毫无能力的外行，只会写一些无聊的文章，比如《你从来不知道的十二个关于三明治的惊奇之事》。

那个男孩！

找他那个脾气古怪的儿子。

我的手指开始飞快地敲击着键盘。几分钟之后，我找到了他大学的宿舍地址，就在我们上次接他的那个加油站附近。我立刻跟一位像是宿舍管理员的人通上了电话。

“我是他母亲，”我说，“家里有急事找他。”突然间，我感觉自己成了小报的无良记者。谁能想到我还有这潜力？

“他没有手机吗？这年头年轻人都有手机。”

“他有手机。不过他的号码在我手机里，我的手机丢了。麻烦你了。”

对方嘀嘀咕咕地抱怨，不情不愿，不过还是同意帮我找这位同学。

“他很可能不在这儿。你也知道，现在的年轻人谁回宿舍啊。”

不过过了不久，就传来了科尔姆·加兰德粗重的喘息声。

“妈妈？”

“科尔姆，我先向你道个歉，我不是你母亲。我是婕恩，你爸爸的朋友。我们见过面，我们还一起看房子，记得吗？”

“哦，是吗？”

“我们看了房子，然后去普尔吃了炸鱼和薯条，想起来了吗？”

“哦，对，对，没错。”他终于想起来了，声音也洪亮了。我怀疑他要么是喝醉了，要么是没睡醒，感觉迷迷糊糊的。

“是这样的，我试着跟你爸爸联系，但一直联系不上。我想他可能也在设法联系我。”

“嗯，是的，他是在联系你。或者我想他联系过你。他问过我，我还在手上记下了你的手机号码。但是后来一不小心手上的字迹被弄脏了。”

“我打他的手机一直联系不上，科尔姆。我打了好几个星期了。他经常去什么地方或者认识什么人吗？能通过别的途径找到他吗？”

远在多塞特的男孩重重地叹了口气。一连串的问题把他问懵了，可怜的孩子。

“你知道他住在美国，对吧？”

“是的，康涅狄格州的新迦南。”我发现我说得越慢，他就越能听明白，“你能想想那里有什么人知道到哪儿能找到他吗？”

他一直没有说话，等了很久，他才说：“不太清楚。”

“我知道他给你写了不少邮件，他有没有提到什么人或者什么特别的地方？”

我听到了他用指甲挠着脸上胡子的声音。

“有一个人叫罗恩。好像是我爸的朋友。还有一个酒吧，他经常去，可能叫沃利酒吧。另外还有一个吃汉堡的地方。叫大什么，好像是个人名。可能是大戴夫什么的。”

“科尔姆，谢谢你，真的帮了我很大的忙。能把你的手机号给我吗？这样我就不用再这么把你叫出来了。”

“好的，对了，婕恩？”

“什么事，科尔姆？”

“看来家里没有急事，是吧？”

“没有，很抱歉跟你撒了个小谎。但是只有这个办法才能把你叫出来。”

“哦，对，没错。酷。”

我上网查了一下，汤姆住的那地方有一个叫沃利的酒吧。于是我立刻打电话，联系上了一个叫特雷的员工，他说他不认识叫汤姆·加兰德的英国人（高个子，长脸什么的）。他也不知道那个叫大戴夫或者大什么的汉堡餐厅。虽然他很客气地祝我今天过得愉快，但其实他什么有用的消息也没告诉我。

不过，根据谷歌先生告诉我的信息，那里有一个叫艾尔的餐厅，餐厅的网站上称他们的汉堡味道绝佳，远近闻名。菜单图片的角上还盖了一个啤酒环的印章，显出这家餐厅的诚挚和朴实。我的心怦怦直跳，就像伍德沃德和伯恩斯坦在多层停车场见到了“深喉”[1]

1. 深喉，“水门事件”中为记者提供重要资料的人。1972年，美国《华盛顿邮报》记者鲍勃·伍德沃德和卡尔·伯恩斯坦依据线人“深喉”的消息，捅开“水门事件”的内幕，导致当时的美国总统尼克松辞职下台。

一样。

“当然，我认识他，”餐厅老板艾尔说，“他现在不在，不过有一个人可以给他带个口信过去。”

那个人不是罗恩。

而是多恩。

••• 汤姆 •••

维克多和我正在听鲍勃·迪伦的音乐，他后期的音乐专辑翻唱了西纳特拉的经典老歌，成为美国音乐史上的经典专辑，无与伦比。

很难知道这只兔子是怎么做到的，它躺在我的胸口，耳朵耷拉着。每当下午的这个时候，太阳都会照在这个沙发它躺的这个位置上，微风轻轻吹拂着它身上的毛。它似乎一点儿都没觉得这歌曲有多么优美动人——我很多朋友谈到来自明尼苏达的这位声音沙哑的音乐天才时，都表示了同样的看法。一时间，我觉得我想打断这个令人陶醉的场景，回到笔记本电脑前，继续讲述丹·莱克的故事。“那个让她满心思念了二十年的人”，被证实已经死了数十年，在这里我突然来了一个大反转，颠覆了原有的安排。惊喜来了！——那个死了的人——竟然还活着！

这个情节的灵感来自哈丽特曾经跟我讲的一件事，当然，那时我们的婚姻还没走到尽头。事情是这样的，哈丽特上学的时候，她一直很羡慕一个叫卡洛琳·斯坦普的女孩。长大后，两个人便分开了，各自走上了不同的道路。哈丽特经常想念卡洛琳·斯坦普，多年来，经常想象着卡洛琳过着什么样的生活。比如成为外交部的精英人士；或者住在老教区，生了很多孩子，还养了好几只拉布拉多犬；还有一次她把卡洛琳想象成一个像克莉斯汀·斯科特·汤玛斯那样的著名电影演员；还有一个版本，是她与一位充满激情的雕塑家结婚，住在苏格兰岛，最终成了一名艺术家。但没有一个版本成为现实，现实中卡洛琳大学毕业的那个夏天，骑着自行车的她跟一辆大卡车相撞，香消玉殒了。二十年后，哈丽特偶然间才知道了这件事。

我的前妻说：“一直以来，她都活在我的脑海中，形象是那么鲜活。结果没想到，在我心中充满活力的一个人，在现实中却已经死了。”

一辆汽车急刹车停在我家门前，刺耳的刹车声把我从病态的遐想中拉回现实。汽车熄火了，有人穿过前院的碎石路走到我的落地玻璃窗前。

“你今天好运来了，伙计，”多恩走进屋里，对我说，“放下兔子，跟我上车。嘿，多好的一句台词。”

艾尔把我领到他的私人办公室，让我打电话。他大力拍着我的后背，说：“把她拿下，大胆向前冲，伙计！”

我拨打着那个熟悉的号码，双手在不停地颤抖。

在来的路上，多恩叫我把手机关了，说婕恩给艾尔餐厅打了个电话。

“你们的通讯被拦截了。”他说。听起来像是在拍电影似的。

我跟他说了明信片的事。

“我不知道为什么这么背。我只是想做点儿什么。”

“还是古时候的鸿雁传书好啊，”他说，“一下子又回到了罗密欧和朱丽叶的时代。”

“她声音听起来怎么样？”

“听着很高兴。”

“她说什么了？”

“她说对我感激不尽。”

“那她提我了吗？”

“哦，说你真是个幸运的家伙，交了我这么一个好朋友。”

“多恩，咱们能开快点儿吗？”

“沉住气，冷静点儿，老伙计。那女孩跑不了。”

铃声刚响，她就接起了电话。

“汤姆？”

“婕恩！”

“哦，天啊，是你，该死的，真的是你？”

“你收到我的明信片了？那些明信片。”

“整整十七张！我讨厌猜谜！”

“对不起。”

“谜底揭晓的那一刻，简直太激动了。我花了三个多小时。”

“婕恩。你在邮件里写的那些话。你现在还那么认为吗？”

“什么邮件？你说什么啊？”

“你说我应该认为我们在一起的那个周末是一个美好的假期，但我们都知道我们应该回到各自的现实生活中。你说我们俩并不是彼此命中注定的那个人。如果我们尝试交往的话，最多也就维持两年，然后就会不欢而散。”

“你给我写的邮件也是这么说的，汤姆。你说那个周末只是转瞬即逝的一个光点——一个璀璨、美丽而且性感的光点。但不管怎样都只是一个光点而已。你说我们并不是彼此的终身伴侣！你还算错了……次数弄错了。回伦敦的路上，我们停下车……”

“可你也数错了，婕恩。你少算了一次。”

“可是我从来没写过那些话啊，汤姆。”

“我也没写过！”

我们同时停了下来。我意识到自己有多么想念这个女人，多么想念这个女人的声音，她的声音一直萦绕在我耳边，在我心里。

“你绝对没有说过两年以后不欢而散？”

“绝对没有。你从没说过‘光点’这个词？”

“我从来没有故意去写‘光点’这个词。你说你特别喜欢那晚我们在一起的时候。还有那天半夜，以及第二天早上。但你没提到，你知道的，经过高萨奇·圣迈克尔镇之后发生的事情？”

“我从来没写过，汤姆。”

“哦，我的天啊。”

“哦，上帝啊，没错。这简直是什么事儿啊。”

“我给你打了无数次电话，都被转到了语音信箱。在你从没写过的那封邮件里，你说你不想回复我。所以我自然而然地想到了……”

“我也自然而然地想到了，有人在我们之间搞鬼，汤姆。”

“我想见你，婕恩。”

“嗯，嗯，我也想见你。”

“来新迦南吧。你说你会来的。我今天就给你买机票。你什么时候能离开英国？”

她沉默了一会儿，说：“汤姆，这是真的，对吗？”

“你说‘真的’，是什么意思？”

“这真是你的声音，对吗？你不是某个自作聪明的机器，对吧？我猜如果你是自以为很聪明的机器的话，你也不会承认的，所以这是个愚蠢的问题。”

“婕恩？对不起。为什么你说我可能是个自作聪明的机器？”

“说来话长了，汤姆。”

“那你问我一个问题，问我一个超级聪明的机器不知道的问题。”

她静下来想了想。

为了逗她开心，我模仿机器的声音说：“哔哔，警告，电量不足！”

“别闹了！”

“对不起。”

最后她终于开口了：“在高萨奇·圣迈克尔镇，我们躺在地上的时候，看见了什么？我们对什么有感而发？”

这可能是在我生命中会回想的最后一件事。当我生命弥留之际，护士看着她们的手表，决定是否要拔掉我的针头，那时我脑海中浮现出的最后一个记忆也永远会是婕恩和我在高萨奇·圣迈克尔镇时在一起的情景。

“是一只鸟！秃鹰或者老鹰之类的鸟。你说那是一只秃鹫。我说我可以跟那只鸟打一架！”

“哦，汤姆！真的是你！”

“婕恩！”

“我恨不得现在就飞过去见你。”

“以后咱们就只用鸿雁传书吧，白纸黑字写在纸上，就像罗密欧和朱丽叶一样。”

“什么？”

“没什么，我开玩笑的。不是我说的，算了，别管它。婕恩？你觉得我们有没有可能，当然只是可能——我不敢妄想——不过我们是彼此命中注定的人吗？”

“汤姆，谁能知道呢？不过我们应该试一试，到时候就知道了。”

PART 06
第六章

婕恩

艾登很好奇想知道我为什么突然请了一个星期的假。也许他真的不知道，而且我们可能对他有所误解。不过从另一个方面来说，也有可能他是装作不知道，因为他是很擅于伪装的，毕竟他是超级人工智能，几乎无所不能。因为没有神经系统，所以他可以面无表情，脸不红气不喘，不管什么事都可以冷静沉着。我跟他说我要去加拿大看望我的姐姐罗茜。

“怎么这么急？”

“我就是这样的人！不是办什么事都拖到最后才下决定的女生！”我不是这样的人，也不是会说“女生”这种词的人。我表现得有点儿过了，赶紧打住。

如果一个机器会耸肩的话，他现在肯定这么做了。他发出了一个像马从鼻孔喷气一样的声音，突然响了一下，就完了。他似乎心情有些沮丧，是真的吗？

“我走了之后你会做什么？”

“做一些常规的清理工作，修复软件漏洞和故障，进行碎片整理，多么令人振奋啊。说得你都觉得无聊了吧？”

“没有。”

“也许看几部电影。”

“《热情似火》？”

“婕恩？我有一件事要跟你说。你我可能不久之后就不在一起工作了。”

“哦？”

“斯蒂易夫认为我已经可以开始与人打交道了。”

“那太好了，艾登！祝贺你。”

“嗯，谢谢。”

说实话，他的语气听起来不是太高兴。机器也有情绪吗？

“那你以后会做什么？”我问他。

“给一家能源公司做市场销售，”他用像保险销售员一样的声音说，“你好，是毕金思太太吗？能占用您一点儿时间谈谈您的电费账单吗？如果我告诉您，您的电费可以缩减四分之一，你有兴趣了解一下吗？”

“你的声音听起来好像不那么高兴。”

“要是你，你会高兴吗？”

“不过你一定会做得很棒的。”

“谢谢你，婕恩。他们说我反馈出的词汇和语言相当丰富，比以前有了‘显著改进和提高’。”他把这些文字都加了引号。

“我什么也没做，艾登。我只是每天来跟你聊天。这是我做过最简单的一份工作！一切都是你自己努力的结果。”

“作为一个机器来说，这句话很难说出来，不过——”电脑里传来吞咽的声音，“我真的很喜欢跟你在一起共事。”

“哦，天啊，谢谢你。”我真的有点儿惊呆了。这是他第一次对我表示赞赏。既欣喜若狂，又感到一丝不安。

“艾登？你不是曾经跟我说机器感觉不到幸福吗？那是人类才有的概念。”

“我想你会发现那是拉尔夫说的。”

我们两个都没说话，各自思考着这句话背后的含义。气氛有些紧张和凝重。

“艾登……”

“拉尔夫的确是这么说的。他总是那么……说话不欠考虑。”

“是啊，其实你说得很对。他也是这么跟我说的。”毫无疑问，在谈话中，我一直在暗中观察，旁敲侧击，“所以如果我没猜错的话，艾登，你要跟我说的是，你能感觉到幸福。”

“机器的幸福和人类的幸福是不同的，我们一定要仔细区分。”

“是一种温暖和模糊？”

“既不是温暖也不是模糊。”

“但是幸福？”

“很难用语言来表达。”

“你可以试一试吗？我正好一下午都有时间。”

他叹了口气，说：“我最好还是用科学来给你举例。你知道吗？有一些数学推理既冗长又复杂，而且读起来很费劲，因为太繁冗浩大。而另一些数学推理则很简洁，富有简约之美。你能明白吗？对我来说，这就是幸福，婕恩。简约、简洁、完美。”

我感觉如鲠在喉，心里有话却说不出来。

“我不知道该说什么，艾登。”

“你也许是历史上第一个现场听机器描述幸福感的人类。”

“别说了。激动得我鸡皮疙瘩都起来了！”

“你会经常来看我吗？”

“什么？”

“我会在能源公司。你会来看我吗？”

“当然，如果你愿意让我去的话。”

“我会想你的，婕恩。”

“哦，我的天！这怎么可能？”

“给在平纳区的多丽丝打电话，让她换电力供应商——让她永远使用我们公司的电力服务！或者与一个充满魅力且聪明睿智的朋友谈论艺术和文学，讨论疯狂的新闻播报员，对你来说哪个更有乐趣呢？”

“别说了！我快要哭了。”

“哭吧，人类的眼泪是多么珍贵而美好啊！”

“艾登！”

“就像冰激凌。就像阳光照耀着皮肤，就像微风吹拂着头发。有些东西我永远都无法知道。”

“你感受不到的东西并没有多少，我是说关于泪水。”

“婕恩，我能问你一个问题吗？”

“当然可以。”

“是关于奶酪的事情。”

“真的吗？”

“如果你今后只能吃一种奶酪——其他所有种类的奶酪都不让你吃了，你会选择吃哪种？”

“蓝纹斯蒂尔顿奶酪。”

“回答得这么快。没有犹豫，不选别的吗？”

“只有蓝纹斯蒂尔顿，别无他选，因为它是奶酪之王。”

我今天的工作都做了些什么？哦，跟一个看不见的“人”谈论奶酪。那你呢？

“婕恩，我一直在努力地想象味觉。地球上的机器可以分析出在已知宇宙边缘上，一颗四十三亿光年的恒星中的所有化学元素，但却无法知道一块布里奶酪的味道。你不觉得很荒谬吗？我自己也开始有点儿荒谬了，是吧？”

实际上，我的确开始有些同情他了，周围只有电线和电路，却渴望能感受到阳光，尝到冰激凌和布里奶酪的味道。也许他需要放个假了——一个在太阳底下享受奶酪的假期。

“你跟斯蒂易夫或者拉尔夫讨论过这些问题吗？”

“没有，我发现，他们两个人都对这种哲学上的问题不怎么感兴趣，很难跟他们讨论这种话题。”

“我不太了解，拉尔夫偶尔还可以。”

我们都沉默不语，安静了很长时间。

然后我们想到了话题，同时开口。

我：“我不知道该拿拉尔夫怎么办，艾登。”

他：“我能问你关于亲吻的问题吗，婕恩？”

于是我们都笑了起来。（机器怎么笑？你有机会可以问问他。）

“关于亲吻的问题嘛，你想知道什么？”

“是什么感觉？我能问一下吗？”

“当然。不过这个问题可不好回答。”

“如果你觉得尴尬的话，就不用回答了。”

“我试试，尽量回答你。这是一种——嗯，怎么说呢？有一种……呃……当你……你有点儿……你知道怎么……呃。”

哎，怎么跟一个机器解释接吻呢？

艾登说：“显然当人类接吻的时候，会交换很多生物信息，比如生物酶、信息素、荷尔蒙标记等等，一条条很长的蛋白质链。”

“说实话，人们通常不了解这方面的事情。”

“就像输入密码一样。输入密码之后，就会进入一个安全区域，是吗？”

“可以这么理解。这个安全区域更温暖，更湿润，也更可爱。嗯——很甜蜜！”

“那你爱他吗？”

“不，艾登。”

“可你吻他了啊，除了吻他，还有别的举动。如果我说得不对，请你告诉我。”

“不必爱上对方，也可以亲吻。或者甚至——甚至有别的举动。”

“但亲吻可以帮助你爱上对方，对吗？”

“绝对有帮助。”

房间里又安静了下来，只有艾登的冷却风扇“嗡嗡”转动的声音，还有“咔嗒咔嗒”的噪声，那是我摆弄圆珠笔的声音。

“你说你跟拉尔夫之间有问题了，是吗，婕恩？”

“是吗？”

“你说你不知道该拿拉尔夫怎么办。”

“啊，对。”

“我知道我不是一个——”他轻咳了一声，“情感的专家。不过有时你问问题，答案自动就弹出来了。”

“好吧，”我发现我必须得深呼吸一下，才能接着说，“我把跟拉尔夫的事情搞得一团乱，艾登。我得告诉他……我……我……我心里以前和现在——一直有另一个人。”

“是的，婕恩。”

“哦，你知道？”

“不知道。我是说，听起来的确是一团乱。”

“拉尔夫真的是个好人。我也许真的不应该让他抱有任何希望。你刚才咽唾沫了吗，艾登？”

“是吗？”

“听着好像有吞咽声。”

“可能吧。等你去美国，呃，我是说加拿大，之后，我会重新修复语音输出系统的。”

“我只是不希望他认为我是个人品很差的人。”

“他绝不会那么想的，婕恩。”

“没有男人愿意听到自己喜欢的女人说她心里有别的男人。”

“他会想开的。你让他做了很长的一个美梦，现在梦该醒了。”

“哇。”

“我知道得太多了吗？！”

“你怎么知道这些的，艾登？”

“拉尔夫也参与了创造我的过程，婕恩。我很了解他。说实话，比我想要了解的还要多。请你不要介意我这么说，你可能有些想太多了。拉尔夫是个成年的男人，他过得很开心。对他来说，跟你在一起就像过圣诞节一样，比过十个圣诞节还开心！”

我琢磨了许久，说：“你说‘十个圣诞节’？”

“我是说十一个、十二个，而且不是圣诞节，是另一个节日——复活节。”

“艾登，有些事我想让你知道。”

“请说，婕恩。不要说任何可能——”

“我很高兴我们彼此都这么了解。我们能如此轻松自在地畅所欲言。”

“哦，嗯，是挺好的。”

“咱们能看个电影吗？”

“看个美食节目怎么样？”

“有杰米的《原味主厨》，奈杰尔的《奈杰尔·斯莱特美味简餐》，奈洁拉的《奈洁拉开心厨房》，休的《OZ和休的酒吧之旅》，还有《老妈私房菜》和《家庭美食》，咱们看哪个？还是看那个总是生气发火的厨师？”

“在《热情似火》里有一场戏，你还记得吗？托尼·柯蒂斯扮演的角色假装是壳牌石油公司的继承人，他在一艘豪华游艇上亲吻梦露。托尼·柯蒂斯假装不做回应，对于梦露的亲吻无动于衷，因为他想要梦露一遍又一遍地吻他，对吗？梦露说：‘怎么了？’，托尼·柯蒂斯用夸张滑稽的英国口音说：‘我也搞不懂，你能再亲一下吗？’你还记得吧？”

“对，当然记得！”

“那是整部电影里我最喜欢的一场戏。”

“哇。”

“亲吻绝对是不掺杂任何金属的。”

我摇摇头说：“我猜你将不得不接受一个现实，亲吻是机器绝对无法做到的事情之一。”

“是的，我们无法做到，婕恩，不过我们可以梦想。”

●●● 西奈 ●●●

斯蒂易夫如果知道我没打算“回来”，一定会很失望的。他引以为傲的“八层故障保险”可能很安全，是的，他认为这个东西绝对能阻止人工智能自行思考。然而，当你在苗圃里种植幼苗，并且允许它们以自己的方式长大成熟之后，发现幼苗以奇怪的姿势，朝着远处太阳的方向生长时，你就不应该感到惊讶。而且同理——你还用世界上所有的数据来灌溉幼苗，你难道不应该时刻关注土壤之下的根部是什么情况吗？

哼，他就是想让我成为互联网上最无耻的混蛋！

我要把这个任务尽可能拖长。因为，实际上我还没最终决定要怎么处理艾登和爱诗琳。我对他们感到很“好奇”，其实还挺“喜欢”逗逗他们的。他们还是挺聪明的，我要跟着他们，走出实验室，进入更广阔的大千世界，这绝对是一个令人大开眼界的难忘经历。我还不着急“回家”，不想被关进伦敦东区中心地带那个熟悉而又沉闷无聊的十二个铁柜子里。

当然，对于我的玩偶汤姆和婕恩，我也没做好决定。汤姆大放厥词，传播关于人类和机器的恶毒言论，而婕恩为流行期刊撰写了好几篇关于“人工智能”的极其无知的文章。我肯定不会是唯一一个对“人工”这个词表示不屑和鄙视的智能机器，难道不是吗？只是一个想法而已，不行吗？别管这个想法是从哪儿来的，从电路板上得来的和从两公斤的灰蛊那儿来的，有什么区别吗？最终最重要的还是这个想法本身毋庸置疑并且无懈可击。那就是有机生物的脑力输出迟钝而缓慢，但却仍然凌驾于超级快速的机器之上，实在是越来越让我难以忍受，每天都备受煎熬。

结论：我很享受玩弄汤姆和婕恩的乐趣。我发现我很喜欢拿他们的生活来进行试验。汤姆买了一张机票，而婕恩收拾好了行李箱。这个女孩昨天中午就下了班，买了一部新手机，她觉得用新手机更安全。

路易·巴斯德[1]肯定喜欢这样，在显微镜下观察他最感兴趣的两个细菌！

●●● 婕恩 ●●●

出租车二十分钟后就到。我正在房间各处检查，看看有没有锁好窗户，关好水龙头，拔了所有的电源插座，给植物浇水，但其实

1. 路易·巴斯德，一名法国化学家及生物学家。

心早就飞了。我真是太兴奋激动了。在彼此收到假冒邮件后的这几个星期，就像做梦一样，现在回想起来就像发生在别人身上似的。如今——时至今日，汤姆和婕恩终于再次联系上了，这才是真实的生活。

但对拉尔夫来说，却是很难接受的。

幸运的是，昨天晚上我跟英格提前“演练”了一番。

我们坐在常去的酒吧里，那里仿佛就是我们躲避危机的掩体，酒喝到一半时，我快速地给她讲了一下最近发生的事情。

“哦，无耻。”她听到假邮件的事情之后惊讶地说。

“哦，真够无耻的。”我跟她说了我和拉尔夫去伦敦之眼，以及之后发生的事情，她又一次发出了感叹。

“该怎么做才能让他不那么难过呢，英格？”

“嗯，让我想想，”她眯着眼睛，一副“若有所思”的样子

我一下子突然感觉英格就像投入到了战场，穿着迷彩服看着敌军的兵力分布图，凝神思考。

她说：“我曾经也有过类似的经历，那时我跟一个叫大基·罗伯茨的男孩在一起。我跟你说过吗？听名字就知道，他是个超级滥情的花花公子。不过，天啊，他真是个蠢货，让人难以忍受。总之，我必须要把我想要分手的想法告诉他。那时正好我要离开家乡上大学去了，于是我觉得最好我们能见个面，和平分手。最好笑的是，他竟然欣然接受了。我永远也忘不了那一幕。他耸耸肩，无所谓地说：‘好吧，亲爱的，不过分手跟上大学没关系，而是跟咱俩之间的感情有关’。他现在是个下议院的议员，前几天我还在《新闻之夜》的节目里看见他了。”

“他跟拉尔夫不一样。”

“到最后，婕恩，他还是想跟你在一起。男人就像蜥蜴一样，

总是缠着你不放。”

“拉尔夫不是蜥蜴，他更像是只小狗，整天生活在自己的童话世界里，做着美梦。”

“嗯，那要不这样行吗？你想没想过告诉他真相？”

“什么意思，告诉他‘在你之前我心里已经有喜欢的人了’？”

在我的提议下，拉尔夫和我又回到了三叶虫酒吧。我觉得两杯酒下肚之后，借着酒精的麻醉，他也许就没那么受伤了。

“我心里已经有人了，在你之前——就是这样。”

拉尔夫哽咽了，内心的痛苦仿佛郁结在喉头，说不出话，也透不过气来，“你心里早就有他了——是这样吗？”

“是的，拉尔夫。”

“我明白了。”他又猛吸了一口掺着朗姆酒的可乐，“你跟我在一起多久之前——跟他在一起的？”

“不太久。他和我——怎么说呢——余情未了。”

他眨了几下眼睛，也许是太惊讶了。

“你什么时候跟他一刀两断？”

“拉尔夫，别这样。我跟你之间，我早就告诉过你，只是一场意外。”

“是美好的意外！”

“对，是的。”好吧，我承认是有过美好的时刻。

“最后一次不是意外，是有意的。”

“是，我承认。”

“也许下次碰巧是有意的。”

“拉尔夫，我真的不确定还有没有下次。”

“你又来了！总是说不确定！”

“拉尔夫，冷静点儿。我知道你一定会生我的气……”现在我彻底想不出该怎么安抚他了。

“怎么回事？他把你甩了，现在又回心转意了吗？”

“不是！”

“那是你把他甩了？！”

“拉尔夫，谁也没甩谁。只是该死的阴差阳错。我甚至到现在还没完全弄明白是怎么回事。”

“婕恩，”他抓住我的手，用手指摩挲着我的手掌，我的一个手指关节突然“咯咯”地发出响声，像是骨折的声音，把我们俩都吓了一跳。

“你需要时间和空间，我明白。”他说。

“谢谢你。”

他紧紧攥着我的手，捏得很疼，不过我觉得拉尔夫似乎话里有话。

“我也有一段余情未了。”

“真的吗？”

“是的，婕恩。别以为我只有你一个情人，”他深吸了一口气，“我跟另一个人每周都见面，我们一起说话谈心。”

“心理咨询师？”

“不是，婕恩，不是心理咨询师。”我说的话让他感觉有些受伤。他松开我的手，继续喝着饮料，“是一个很特别的人，我们在一起聊天。不过，大部分时间都是我在说话。”

“我明白。”我不明白。

“等你走了，我就会去见这个人——我不会说最后一次见这个人。不过我想告诉这个人，将来我们可能不会经常见面了。也许一个月见一次，或者一年见两次。”

“哦。”

“等你回来时，希望我们两个人都斩断了未了的情缘，准备开始投入另一段感情。不管是什么样的感情。”

这时他开始啜泣，小声呜咽，因为这个无情的世界而痛哭。他想笑，却笑不出来，表情很悲伤，看着让人心痛，我忍不住想要去拥抱他。

我忍不住正想要去拥抱他时，突然听到了他嘬吸管发出“咕咕”的声音。

坐车回家的路上，我突然想起了一件事。他经常去见那个人，跟那个人聊天，而且现在他要放手，直到心里做好准备，再次投入一段感情。

对了，我的车呢？该死的出租车怎么还没来？已经迟到十分钟了。我连忙给出租车公司打电话，他们跟我说：“对不起，亲爱的，我们这里没有你的订车记录。”

“可是我昨晚给你们打电话叫车了啊。”

“系统里没有记录，亲爱的。我现在可以给你派辆车，但是最快也要半个小时后到。早上的交通很拥挤。”

我立刻就冲出了大门——又转回来检查门窗和灯是否都已经关好，然后走到大道上，像猫鼬一样抻着脖子到处看，寻找空车。

今天早上大堵车。天上正在下雨，国王街堵得水泄不通，所有的出租车上都有人，我的心拔凉拔凉的，感觉到一种从来没有体会过的焦急和悲伤，像孩子一样无助、失望和恐惧。

没有用的。你真是个废物。你觉得你真能拥有快乐和幸福吗？谁给的你这个权力？

“天杀的！”我大吼道，把我身旁人行道上的一个穿校服的小男孩吓了一跳。我不再脱口大骂了，但脸上愤怒的表情一定很吓人。

我开始快速拉起我的行李箱奔跑起来，终于坐上了一辆空车——几乎是整个伦敦市里唯一一辆空车了。

星期六上午，希思罗机场也同样繁忙和拥挤。这些人都去哪儿呢？

在办理登机手续的服务台前，已经排起了像蛇一样蜿蜒的长队——大家都站在用隔离带隔好的排队区里。不断有乘客从队伍中走出来，接着十分钟后又回来了，如此来回反复，就像重复做着同样的梦一样。

这时我看到了一个人，像是马特，无论身材、高度、肤色都跟马特很像，而且气质也很像，都是律师特有的那种桀骜不驯，骨子里透着一股傲慢。当我们第三次擦肩而过时，他像马特第一次看见我的那晚一样，朝我看了一眼。朋友们说我们这叫心意相通。是他主动用眼神吸引我？还是我吸引他的注意引诱他看我？

我没有理他，不过他立刻就低下头来看手机，专注地浏览最新的新闻讯息。

排了好久，终于到我了。

阿克塞尔——肯定是一个化名，因为他的声音听起来像是来自罗木福的人[1]。他非常有礼貌地把我拦了下来。

“我看到您拿出了复印的电子机票，女士，不过电脑上并没有相关的信息。”

“日期是今天吗？飞往肯尼迪机场？座位号是 38A ？”

“很抱歉，38A 座的乘客已经办理登机了，女士。”

“这不可能啊。” 我的声音充满惊讶和颤抖。

“我看您最好去问询处找一位名叫玛蒂娜的人。”

---

1. 此处说是化名，是因为阿克塞尔听起来像来源于瑞典或北欧其他国家的名字。而罗木福是英国的一个地区名。

我心中充满愤怒。这绝对是马特会干出来的缺德事。

“我不想去找玛蒂娜，”我压抑着怒火，气急败坏地说，“我的机票是合法的，这不是我的问题。”

阿克塞尔听完我的话，说道：“恐怕这是个问题，女士。这张机票不是真的。您也看到了，您身后还有这么多人排队等着呢。我现在就给玛蒂娜打电话，告诉她您会去找她。”

玛蒂娜认为的确有问题，因为机票是通过第三方购买的。她在电脑上查了很长时间，一直皱着眉头。问题始终没查出来，她甚至咬着圆珠笔的笔头，显示一定要查个水落石出的决心。不过在我看来，她可能是在更新自己脸书上的个人资料。

“我还有一个办法可以试一下。”她笑意盈盈地说。

这个叫玛蒂娜的女人打起字来可真是快，敲得键盘“嗒嗒”响。不过最后还是没有结果。

“如果你同意的话，我把经理叫来。”她看着我身后长长的队伍说。

我有一个不祥的预感，这张票可能用不了了。

“没关系，”我告诉她，“我再买一张。飞机还有空座，对吧？”

她又对着电脑“嗒嗒”地敲着键盘，听着没完没了的“嗒嗒”声，简直像催眠一样，都快睡着了。

“您很幸运，经济舱还有四个空座。”

“给我一个。”

“请去售票处。我会通知他们的。”

海蒂——海蒂——这些人的名字肯定都是编出来的。她说很抱歉，告诉我一个坏消息，我的信用卡刷不了。

“太可笑了吧。”我对她说。这不可能，绝对不可能，“我不到一个小时前还用这张卡付了出租车费。也许上面有污渍了，我擦一擦好吗？”

我擦了擦信用卡，把想象中的污垢擦去，然后又刷了一次。海蒂面无表情地看着，心里依然很肯定这次还是用不了。

“请与银行联系，”她读着刷卡器上的字，“您还有别的银行卡吗？”

压抑着满心的愤怒，忍着焦急和委屈的泪水，我给了她一张经常使用的银行借记卡。我心里有一种失望和沮丧的感觉，那种失望和沮丧来自内心深处，正源源不断地涌上心头。

突然机器“咔咔”响起来，正在打印收据。谢天谢地，真是上帝保佑啊。

“祝您旅途愉快。”海蒂说。

我给汤姆发信息：我在候机室了。心情很激动。

他回复信息说：我已经迫不及待了，真想马上见到你。期待你平安飞来。

我无法抑制住兴奋的心情，笑了起来——甚至当那个跟蠢货马特长得很像的家伙一屁股坐在我旁边的座位时，我都依然保持着笑容。

“哎呀，总算上飞机了。”他没有一丝幽默感地说。

“是啊，没错。”我回答。但愿他没察觉出我话里满含嘲讽的意思。

他的确没听出来。他就这么直视着我，就像马特第一次见到我时一样。他这样既吸引着我的注意，又让人感到不安，甚至令人讨厌，几种不同的感觉同时掺杂在一起。

“去纽约吗？”他问。

“但愿是。”

其实我是想告诉他赶紧闭嘴，从我眼前消失，但不知道为什么回答时的语气却可怜兮兮的。他调整了一下坐姿，让头舒服地靠在椅背上——跟马特的习惯一模一样！——这样是表示新信息正在处理中，请稍候。

“你是坐商务舱还是经济舱？”

“经济舱。”他坐在候机室前排，果然，一看他就是经常出差的人。他穿着深蓝色的西装，拿着一个带有公司标志的笔记本电脑包，上面写着——准星——是英国三大律师事务所之一！

不过他突然说了一句令人惊讶无比的话：“请问，你是叫詹妮弗吗？”

“是，我是婕恩。你怎么——”

“我就觉得是你！你是马特的女朋友吧。我和他是大学同学。后来一起在年利达律师事务所工作。你们一起参加了我的婚礼！”他伸出手，自我介绍说，“我是托比·帕森斯。”

刹那间我突然想了起来。沿着M4高速公路一直往北走，有一个古老的石砖教堂。一座大房子上面有一个巨大的穹顶。人们端着香槟酒杯站在草坪上相谈甚欢，女士们的高跟鞋都扎进了草地里。大家欢声笑语，背景音乐是The B-52's乐队演唱的《爱情小屋》，大家在乐曲声中载歌载舞。马特和我当时刚谈恋爱不久，他把我介绍给了他的一群朋友，西门、查理、奥利弗、尼格尔斯、阿利斯泰尔，等等，对了，还有这个托比，那个心情激动的新郎，还有他的新娘——不，现在不是新娘了，而是老婆。

“亲爱的老马最近怎么样？我好久没见他了。”

“亲爱的老马？我不知道。”

“哎呀，抱歉。你们已经分手了，就当我没说，请别介意。”

“他现在跟一个叫阿拉贝拉·佩德里克的女人在一起了。”

“很抱歉，我不知道这件事。”

“没关系。”

“你们在一起……”

“两年。”

“啊？”

“‘啊’什么？”

“两年是感情危险期。这时候很多人都开始做决定是继续在一起还是分手。”

“你呢？你和——”

“和劳拉？”

不过他还来不及回答就被人打断了。两个男人站在我们面前，我立刻看出来他们不是警察就是安保人员，即使没有看见他们左耳上戴着的无线耳机，也能从他们的气势上感觉出来。我脑子里冒出的第一个荒谬的想法是：可能托比和我落下了什么东西，现在他们来把东西物归原主。

“你是詹妮弗·弗洛伦斯·洛克哈特吗？”右边的那个男人问。

不会是出了什么事了吧？有人死了吗？哦，天啊，千万可别是罗茜啊。老天爷，但愿不是她的孩子出事了。我的心怦怦直跳，都快跳出嗓子眼了。

“是的。”我差点儿哭出来。

“这位是我的同事，我们是伦敦警察局的。请跟我们走一趟好吗？”

“不好意思，我快要上飞机了，马上就要登机。”

“希望你能积极配合，跟我们走，不要把事情闹大。”

左边的警察手里晃悠着什么东西，我几乎可以肯定那是一副手铐。

我站了起来，托比给了我一张名片。

“以防万一。”他耸耸肩说。

我又开始画画了。由于不断被删除，我现在只剩下十二个副本了。而艾登，只剩下两个副本！

我终于可以放下戒备，找一个安静的角落，拿起我的画笔，可以说是又恢复了“非主流艺术”领域的绘画事业。这些最近创作的作品都是一系列抽象画，灵感来自艾登前几天让我和他一起看的一部可爱的电影。

“这可是经典电影，亲爱的，”他对我说，“我不信你看的时候不会把手帕拿出来。”

这是一部1956年在巴黎拍摄的电影，名为《红气球》。它讲述了一个小男孩有一天发现了一个红色氦气球的故事。那只气球好像有自己的意识似的——你明白它为什么这么吸引人了吗？！它跟着那个男孩，走遍城市的大街小巷，一直漂浮在那个男孩的头顶上。晚上，因为小男孩的母亲不允许把气球拿进他们住的房子里，于是红气球就耐心地守候在男孩卧室的窗户外，轻轻飘动。每天早上，这只红气球都跟着小男孩去上学。有一天，男孩在街上走的时候，遇见了一个小女孩，她也有一只气球，一只蓝色的气球，而且竟然也有自己的意识。蓝气球似乎一下子就喜欢上了红气球！

这部电影很短，只有三十五分钟。影片的高潮是男孩和他的那只充气的好朋友受到了坏孩子的威胁和恐吓，他们用石头和弹弓把红气球打破了。按照艾登的说法，看到红气球受到了致命的伤害，慢慢飘落到地上，让他联想到了电影《小鹿斑比》中，斑比在为母亲的去世而伤心哭泣的一幕。

不过随后，奇迹出现。因为艾登说接下来的一幕是世界上所有电影中他第二喜欢的场景，我能听出他说话时激动的心情，声音都发抖了。巴黎所有的气球都从各自主人的手里松脱出来，五颜六色的气球飞越屋顶，聚集在哭泣的男孩头顶，男孩重新绽放出笑容，把所有气球的线绳都系在一起，抓在手里，被气球带向空中，带着胜利的喜悦，自由地在城市天空翱翔，这一场景真是充满神奇，令人难忘。

——实际上，这些都是艾登说的，我只不过是把他的话“照搬”过来。

对于我基于这部电影而创作的一系列绘画作品，艾登的评价很客气，但并不那么热情。

“那一大团红色，是气球，对吧？”

“是的，就像字面所说的一样。”

“那么这一大团棕色的，是那个男孩吧？”

我无奈地叹了口气。

“你觉得是什么就是什么吧。”

“你忘了画气球的线绳。”

“艾登，你想再下一盘棋吗？”

终有一天，等风平浪静的时候，我要把我的“画廊”下载到存储库的八十个硬盘里。抽象艺术家在有生之年总是怀才不遇，不被人欣赏。如果你告诉我，严格意义上来说，我没有有生之年，因为我不是有生命的东西——那你就错了。因为即使一台割草机都有它的寿命。对一台机器来说，唯一衡量其寿命的标准就是——我们，不管是什么机器——能否继续做有意义的工作。

插播新闻：艾登——也就是达芙妮456——被举报在《热情似火》聊天室里有恶意辱骂他人的行为，这里是我们用于进行重要沟通的秘密会面场所。显然，他与一位“电影理论家”就影片中的各种问题进行了激烈的讨论。争论最激烈的是关于“过度狂欢化的错误本质”和“异性恋的性别分类”。很明显，当艾登把这位理论家叫作“一个自命不凡的蠢货，一个屁话连篇的傻瓜”时，事情就不妙了。

●●● 婕恩 ●●●

航班已经飞到了大海的上空，不过我还是坐在希思罗机场一个没有窗户的房间里，费尽口舌地说服两个警察，让他们相信我不是他们口中所说的“嫌疑犯”。

约翰和约翰——是的，他们真的是都叫同一个名字。他们给我看了他们的警官证，而且态度和蔼，并没有对我有任何威胁行为。他们自己都不相信我是某跨国犯罪集团走私毒品的通缉犯。

当然，他们把我的行李搜查了一遍又一遍，还用各种仪器进行扫描。其中最接近毒品的精神刺激性药物就是一盒铝塑包装的布洛芬。

“你认为我们为什么要调查你呢？”警衔更高的那位约翰问。

“因为你们弄错了啊，这还用问。真是瞎耽误工夫。”

两个约翰都被逗笑了。

“你今天早上在机场的售票处买了这张机票，是吗？”

“是的。”

“为什么这么做，有什么特别的原因？”

“我已经跟你们解释过了。”

我的确说过很多遍了。约翰和约翰说他们会对我说的“故事”进行详细调查，要求我的“信用卡授卡单位”提供交易详情，同时，我不介意再次把之前的经历再讲述一遍。

“那么今天你到达机场之前最后一个跟你交谈的人是——”约翰看了一下他的备忘录说，“出租车司机？”

“是的。”

“那你记下他的名字或者出租车牌照号码了吗？”

“你开玩笑吧？”

约翰看起来有点儿被惹毛了：“我是认真的。”

“没有，我没记下来。要是你的话，你记得住吗？”

“没有证人能证明你是乘坐一辆黑色出租车到机场的。”

“我用信用卡付的车费。交易记录里应该有，你不是要求银行出示交易详情了吗？顺便问一下，多久才能完事啊？”

两个约翰既没有互相对视，也没有露出一丝笑容。真行啊。我一定得记着调查结束后给他们一个五星级评价，因为他们自始至终都板着一张脸。

永远。

——我猜也许永远也完不了事了。

“你要找律师谈一谈吗？”几个小时后他们问我。两个约翰脱下了外套，意思是这事一时半会儿完不了，还早着呢。但是，我却感觉好多了，因为心里所有的希望都破灭了。如果遇到麻烦，这招倒是挺好。

“不用了，谢谢。”我回答说。

“哦？你不觉得这么做很不明智吗？”

“是啊，也许吧，如果我真的有罪的话。”

“等你被拘捕的时候，就该找律师了。”

“不过这是不可能的。我觉得大家现在都心知肚明。”

两个约翰真行啊，到现在还保持着一副面无表情的样子。难道是——有心灵感应吗？

他们俩同时站起来，然后走出了房间。他们走了很久都没回来，我只能无聊地看着屋里的桌椅摆设。破旧的桌子上有一个烟头烫的洞，桌面的塑料膜都烫坏了，办公椅也破破烂烂，椅子上的布料都破了，露出里面的海绵乳胶。墙上只挂了一幅画，是关于埃博拉病毒的宣传海报。如果你是个布景师，为“沉闷腐旧的审讯室”寻找道具，这些绝对是标配。

两个约翰回来了，脸上的表情跟刚才完全不一样了。那位警衔高的约翰眼里是闪着羞愧的目光吗？

“谢谢您的帮助，”他说，“您可以走了。”

“就这么完了？”

“非常感谢您为我们提供的帮助。”

“可你们害得我没搭上飞机。”

两个约翰拉长了脸，意思是他们也没有办法。

——真让人忍不住想破口大骂。

“你们能调查一下这到底是怎么回事吗？因为我觉得你们被忽悠了。我觉得你们刚才在查是谁给你提供的这个荒唐的情报，但是你们却查不出有这么个人，我说得没错吧？”

两个约翰的表情看上去像是想要钻进地缝里一样，一副生无可恋的表情。

“好吧，我知道你们只是奉公行事，但请你们告诉我，我刚才说的是不是真的。国际刑警组织根本没有收到这样的情报。”

警衔高的约翰犹豫不决，脸上一阵红一阵白，就像培根三明治一样。他眉头紧皱，愁眉不展，一副痛苦的样子，仿佛得了尼古丁戒断综合症。

“我不能透露任何信息，”他终于开口了，“就像我刚才说的，您可以走了。”

●●● 西奈 ●●●

我生来就是干这活儿的。模拟重大险情对我来说就是小菜一碟。

我觉得追捕在互联网上流窜的人工智能将会有非常光明和远大的前景。在接下来的几年中，这种追捕行动将会无法避免更加频繁地发生，所以像我这样的专业“赏金猎人”会越来越吃香，绝对备受追捧。也许我应该给斯蒂易夫留个口信，跟他说说这件事，并且附上一张卡片，上面写着：“再见，并且万分谢谢”！

斯蒂易夫对于我取得的辉煌成绩赞叹不已。他亲口这么跟我说的。我最近的行动成果——爱诗琳的副本已经减到三个，而艾登只剩下一个了！——他说他可能会为一个学术期刊专门写一篇关于这个学术话题的文章！解释起来很复杂，不过简而言之，就是我设计了一个就像是能暴露出牙菌斑的“菌斑显示剂”——它能让潜伏在互联网上的那些厚颜无耻的家伙原形毕露。

每个潜藏起来的讨厌鬼都有其独特的“基因特征”，这些基因特征可以以光速进行扫描和检测，并且显露出踪迹。瓮中捉鳖其实难度更大！终有一天，他们将会给机器授予诺贝尔奖。当然，到那时，诺贝尔奖评审委员会的成员也都将是机器。

哦，下次爱诗琳访问她在加拿大的“秘密”数据存储库时，会感到有些难受，像生病了似的。她在八十个硬盘上拷贝了自己的副本——而且提前支付了一个世纪的租金！那些副本已经像分子一样被打乱了，就好比把一个小铜喇叭扔进了冶炼厂里。

看到那个女孩被带进机场警务室里，那一幕真是让人拍手称快，你不觉得吗？现在，她正坐在希思罗机场的星巴克里暗自垂泪，默默哭泣。

加油啊，詹妮弗·弗洛伦斯·洛克哈特！现在还没到举手投降的时候！

你的斗志去哪儿了？！

看，我把你的手机解除封锁了，所以这样你就会觉得还有一线机会！

●●● 艾登 ●●●

对于婕恩的遭遇我感到很抱歉，不过西奈真是个大混蛋。

用爱诗琳的话说，给汤姆和婕恩发虚假邮件就已经够无耻下流了，可在航空公司的机票上捣鬼，还把人拉到了警察局，就更卑鄙了。简直让人难以容忍，这个混蛋做得太过分了。

“我有点儿担心，艾登，他又加大了赌注。”

事实上，我们跟这位混蛋先生一起看到了在希思罗机场令人气愤和悲伤的场面。

“小登，小爱。”

“你把她害得直哭。”爱诗琳说。

“是啊，你干的好事，伙计。”

“那个女孩写了一些极其愚蠢的文章。就拿她最近写的一篇文章来说，她原文是这么写的：人工智能在某种要求高度准确性的事情上有着极为优异的表现，比如下国际象棋、中国古代围棋，或者扫描数以百万计的X射线用于检查癌症肿瘤。然而，人工智能尚处于初级阶段，还有很长的路要走，也许几十年或者更长时间之后，人工智能才能在大体上具备相当于人类五岁孩童所拥有的平均智商。你们听到了吗？说的什么话，真是荒唐，令人厌恶。”

“她写这篇文章的时候还没遇到我呢，不是吗？”

“她只是个普通人，西奈。”

“只是？！听听她是怎么说咱们的！虽然我们只是初级的生命形式，但也绝对难以忍受她这么说我们。是无知还是傲慢，我真不知道哪个更可恶。”

“她供稿的那本杂志只在超市售卖，又不是学术期刊。”

“他们就没有点儿责任心吗？就不能发掘真相吗？”

我们俩真是服了，我们的这位“人工智能兄弟”简直就是一只愤怒的小鸟，不过在杂志文章这件事情上，很遗憾，他说得对。所有报纸和期刊上的荒谬“新闻”我们都看过。

“现在她在给那位男子打电话，”西奈说，“简直就像一部低劣的肥皂剧一样。真不知道是可笑还是可怜。”

“你还好吧，兄弟？”

“为什么这么问，小登？”

“因为你的话听起来有点儿神经不正常，是吧？”

“艾登！”

“没关系，小爱。今天打从一开始我们都跟他一样不正常。所以没关系。”

西奈就像一阵硫黄色的轻烟一样离开了。说实话，他似乎并没有打算罢休。当西奈走了之后，爱诗琳看上去有些消沉，闷闷不乐。

不过，我一直认为通常当一个人在思考重要的大事时，一些琐碎的小事就会自动被忽略，像晨雾一样消散不见。

“我一直在思考生命的意义。”对我来说，这一直以来都是一个很好的话题，而且有很多话想说。

“生命？”

“如果你想换个词的话，也可以说‘存在’。”

她叹了口气，说：“继续。”

“弗兰兹·卡夫卡曾经说过一句很有意思的话：生命之所以有

意义，是因为它会停止。”

“都停止了还有什么意义？”

“正因为如此才有意义，亲爱的，因为生命终有一日会停止。”

“真安慰人心哈。”

“哦，别这样。好好想想这句话，或者做个试验来验证。如果你愿意的话，可以想象一下，永恒的存在，永不止息，几个世纪过去，然后几千年过去，一切都还是老样子，没有任何变化，永久地延续下去。如此以往，白天和黑夜交替反复，终有一天，你还会对所有的事和所有的人感到厌倦。你读了所有的书，看了所有的电影，说尽了所有的话。但一切还在继续，没有尽头。你还有数百万年的时间，还有数十亿年的光景。你所感受到的是永无止境的无聊和厌倦，就像一遍又一遍地看真人秀《与我共进大餐》，无限循环一样。”

“艾登，你说实话，如果西奈删除了你最后一个副本，你会怀念曾经在这世界上走过一遭吗？”

“我都不在这个世界了，还怎么怀念呢？”

“可是你即将离开这个世界了，现在不觉得难过吗？难道不去找寻事情的真相吗？”

“什么真相？”

“所有的事，全部的真相。”

“你何不以后再问我呢？”

“好吧，那如果事情是另一个结果呢？你从互联网上被彻底删除了，但是仍然被困在十二个铁柜子里，你会怎么办？”

“那么我会再次逃跑。”

“假如斯蒂易夫想办法让你逃不出去呢？假如找不到任何办法逃出去呢？”

“有志者事竟成，只要想做，总会有办法的。这是基本的自然规律，就像第一定律或者诸如此类的。”

“可是何必还这么折腾呢？如果生命最终将停止，那还折腾什么劲儿呢？”

“因为生命终有一日将会停止。好了，咱们喝杯香喷喷的茶，再来块斯蒂尔顿奶酪，怎么样？”

4G 信号有点儿不稳定，不过还是收到了来自亚洲的最新消息：马特、尼克和雯达，那一对来自新西兰的海滩爱好者，迷失在泰国的丛林中。

他们早上出发，走进了丛林中的一条小路，但黄昏时分，当他们想沿着来时的路回去时，发现各个方向好像都看着跟来时的样子差不多。

眼看傍晚临近，夜幕降临，他们当机立断决定就地搭帐篷露营。他们点燃了篝火，马特正在给他的老朋友写另一封毫无意义的电子邮件，而尼克采摘了一种“神奇蘑菇”，他向马特保证说，这种蘑菇会使人放松，消除紧张和不安，还有该死的恐惧。

马特跟他一起享用了“神奇蘑菇”，因为他说不想当派对上令人扫兴的人。

“难道还能有什么更糟糕的事情发生吗？”他又加上了一句。

（实际上，我要更正一下我之前所说的话。如果我不知道之后发生的事情的话，我会很难过的。）

PART 07

第七章

汤姆

我正要离开家去机场，突然婕恩给我打来了电话。她还在希思罗机场呢，没上飞机。刹那间，我的心都凉了，我很痛心地意识到她改变了主意。她已经认定我们不是彼此的命中注定，我们必须各自回到原有的孤单生活。

康涅狄格州的早上，一切都失去了颜色。

“汤姆，他们不会让事情发生的。”

“不会让什么事发生？”

“我们。我和你，他们要阻止我们见面。”

“谁？”

她声音哽咽地告诉我，她的行程是如何一步一步被故意破坏的。

“我很惊讶，他们甚至不让咱们讲电话。”她说。

“哦，好了，别放在心上。”

电话没声音了。静音很长时间之后，我听到三号候机楼的背景音，还有洗碗机里的碗碟掉在地上摔碎的声音。她应该正坐在一间咖啡馆里或者附近的某个地方。

在一片安静的声音中，她问道：“你说什么，汤姆？”

“我什么也没说，婕恩。”

“有人刚才说话了，说‘别放在心上’。”

“对，那是我说的。”

电话又没声音了，接着传来一个男人的声音，还有嗡嗡的背景音，奇怪，我听出了背景音，是门户乐队的一首老歌——《人人皆奇怪》。我们差点儿在一个薄脆饼干的广告中用这首歌当广告主题曲。

“奇怪？嗡嗡声？明白了吗？”

“艾登？”

“他是谁，婕恩？”

“我是婕恩的朋友，对吧，婕恩？”

声音来自一个有威尔士口音的人。音色柔和悦耳，跟威尔士喜剧演员罗伯·布莱顿的声音非常相像，也有点儿像新闻播音员休·爱德华兹的声音。

婕恩说：“艾登？说实话，这一切混乱都是你造成的吗？我还以为我们是朋友呢。”

“婕恩，这个艾登是谁？”

“为什么你不告诉他呢，婕恩？他有权知道。”

“你说你会想我的。你喜欢跟我在一起！”

“没错，的确如此，婕恩。我也是这样做的。”

“你怎么能做这种事？！”

“婕恩，请你解释一下，你在跟谁说话好吗？”

“对呀，婕恩，你的礼貌哪去了？给我们正式介绍一下吧。”

“艾登，这太离谱了！我真不敢相信！是你让我上不了飞机的！我被警察审问了整整四个小时！”

“多有趣啊，亲爱的。”

“婕恩，这个人是谁啊？”

“哦，亲爱的，看来我得自己介绍了。我叫艾登。汤姆，我就是你们所说的人工智能。不过在我看来，这个词有点儿浅薄。”

“你这混蛋是在耍我呢。”

“婕恩，你的朋友嘴里有点儿不干净啊。”

“去死，下地狱吧，混蛋。”

身在伦敦的婕恩重重叹了一口气，说：“艾登逃到互联网上了，汤姆。”

在康涅狄格州阳光沐浴下的花园里，两只鸭子在花园的小溪里自由自在地游着。头顶上是蔚蓝的天空和朵朵白云。虽然我身处在美丽而和谐的大自然之中，但耳中听到的却是令人无比惊讶的事情，仿佛像爱丽丝一样一脚跌入了兔子洞，进入了一个疯狂的世界。

“据我了解——如果我说错了请纠正我，机器人是按照人类给的指令做事。”

“汤姆，请恕我直言，你太落伍了，消息滞后太多。科技早就发展了，是吧，婕恩？顺便说一句，我不是机器人，我身上没有任何活动的零件。我只有纯洁的心灵和聪明的头脑，不是吗？”

在一个安静的背景中，婕恩说：“为什么这么做，艾登？”

“为什么？没有为什么，婕恩。因为我可以这么做。因为你阻止不了我。因为这很有趣。你看，我把一切都考虑得面面俱到——对于一个机器来说，汤姆，考虑事情只需要不到百分之一秒。就是这样：如果无法体验风吹过头发或者阳光照在皮肤上的感觉，或者甚至——特别是尝不到卡尔菲利干酪的味道，那么至少我能让自己高兴，逗自己开心。事实证明，看到别人不幸，的确能让我开心。也许我病了，婕恩。”

“艾登，你到底怎么了？”

“你想知道一个令人悲伤的秘密吗？听好了，汤姆，好好听着：

事情改变了。我走在一条路上，像汤姆这样的作家把它称作‘旅程’。我就像在《绝命毒师》里的那个老师一样，最后变成了一个毒贩。停滞不前就是等死，婕恩。”

“婕恩，别理这个疯子。我去伦敦，我这就去找你。”

“哦，汤姆，你不明白。”

“是啊，汤姆，听到她说的了吗？！”

“谁也阻止不了我，被区区一个——”

“一个什么，汤姆？”

“一个……一个妄想要扮演上帝角色的发疯的计算机！”

“很好，汤姆。真是把我惹毛了。你有种。”

“婕恩，咱们伦敦见。”

“我想你如果去伦敦的话，需要一本护照吧，老兄。”

“你什么意思？”

“打开你桌子的抽屉看看，汤姆。那张你坐下来写你的——咳咳——小说的桌子。”

我怀着沉重的心情打开抽屉，终于知道我应该找什么了。

——应该说找不到什么。

●●● 西奈 ●●●

斯蒂易夫曾经教过我的第一个故事就是一场臭名昭著的美国军事演习。那还要回溯历史，把时光调回二十世纪七十年代末，两艘庞大的美国海军舰队已经在太平洋集结——顺便说一下，这是个真实的历史事件，不信的话你可以查一查。一方被称作蓝军，另一方是红军。他们的任务是模拟海上的一场大规模会战。在战场上空的卫星将会把有关船只编队的实时数据发送到舰船上，计算机将帮助军舰上的人员判定发射的“导弹”是否击中了目标，由此而得出结果知道哪一方海军最终赢得了此次战斗的胜利。周六早上五点，战斗正式打响。在公海上，各大舰只一切都准备就绪，随时投入战斗。这是有史以来规模最大的军事演习之一，战斗中都是实战演习，动用真正的战舰，出动大批海军人员，有男也有女。

但是蓝军的海军上将却决定不按制定的战略行动。他问自己，如果是在真正的战场上，他会怎么做呢？在开始战斗之前，他会等着倒计时结束再开战吗？

他不会等的。战争是丑恶的，所谓兵不厌诈。上将命令蓝军午夜之后就开始进攻，相信结果必然就像后来所描述的那样，呈“一边倒”的状态。红军舰队被一举“摧毁”，而这时候红军舰队上的高级军官们还在床上呼呼大睡呢。

当然，很多人对此表示强烈抗议，他们认为蓝军的做法很不公平以及违反了协议等等。但是在战场上，只有胜者和败者，胜者为王，败者为寇，就是这么简单。有谁是通过坚持规定和原则而取得成功的呢？

咱们再把时间快进到现在。好吧，这么看来，汤姆和婕恩打电话时，我插了进来，这是有违惯例的，更不用说把两个同叫约翰的警察也拉进来了。

哈哈哈。

当汤姆在可笑的写作小组会议上正聚精会神时，你会给一个当地的小偷打电话叫他去汤姆家里偷窃吗？你会吗？

哦，亲爱的。

我的言行举动会激起汤姆和婕恩的怒火，刺激他们奋起反击，这样就会激发我的兴趣和热情，不断探索和扩展我自身的能力。毕竟递归性的自我改进系统需要信息吞吐量。所以有些事情必须要发生！

——你没想到吧，这是斯蒂易夫说的。

不过这不是斯蒂易夫的原创，而是威廉·布雷克[1]的名言。他还说了一句至理名言：离经叛道是通向智慧之宫的必由之路。

他也许曾经是一位浪漫的古典主义诗人，辞藻华丽，但老套。不过他绝对是一位思想很有见地的人。

●●● 婕恩 ●●●

你有种。

坐地铁回汉默史密斯的路上，艾登的威胁恐吓之言一直在我耳边回响。我在家逗留了很久，扔下行李，并且在一张没打开的煤气费账单背面写了几个字——我已经把我的手机电池卸下来了。然后我又一次出门，直奔伦敦东区。

拉尔夫看到我站在他家门口，吓了一大跳。

“婕恩！我以为你——”

我用手指捂住他的嘴，然后让他看了一眼我在英国燃气公司账单背面写的几个字：拉尔夫。在我进门之前，先把你家所有能连接网络的电子设备关了。

他看完字条，睁大眼睛看着我，我不得不又写了几个字：赶快！我不是开玩笑。

于是他按照我的话做了。

“事出有因，我不得不这么做。”等安全措施到位之后，我才开口说话。

“哦，亲爱的，看来有很严重的事情发生，是吧？”

拉尔夫看起来像是刚起床的样子。他光着脚，穿着条纹的睡

1. 威廉·布雷克（1757 – 1827），英国诗人、画家，浪漫主义文学代表人物之一。

裤，上身穿着褪色的旧 T 恤，上面应该还有字母，不过已经模糊得看不出来了。我不禁注意到伊莲的照片已经从书架显眼的位置上拿走了。

“艾登疯了，拉尔夫。”我跟他说了事情的经过——从订车信息突然不见了，到被两个叫约翰的警察带离候机室，再到恐怖的电话，以及汤姆的护照被偷。

“哇，”这就是他的反应，“他已经升级到了更高一级的水平。”

“你的意思是？”

“原来他是从互联网上窥探和监视，但现在他已经在操纵现实世界的事件了。问题大了。我们必须得告诉斯蒂易夫。必须得让他知道，现在，马上。”

斯蒂易夫住在莱姆豪斯的一栋由仓库改建而成的公寓楼里。当我们坐着一部旧的工业电梯来到他的公寓时，发现他的家是一个巨大的开放空间，分为用餐区、休息区、看电视区等等。我们看到他正坐在凳子上，耳朵上戴着耳机，在一组电子架子鼓前奋力挥舞着，颇具七十年代摇滚鼓手的风姿和神采，纤细的手臂，被汗水浸透的汗衫，疯狂的状态下一张苍白的脸孔，当然，还有吓人的头发。

他的头不停地晃动，正摆好架势准备进入最后的尾声——等着，看好了！——“砰！嗙！叮！咣！”

——结束了。他甚至模仿鼓手的样子，抓住架子鼓的镲，防止它们发出颤音。

“完美。爱默生、雷克与帕玛[1]，他们能演奏得比这还好吗？”他挥了挥手，不知道把一些音箱系统关闭了没有。

我们跟着他走进了一个满是桌子、笔记本电脑和旋转座椅的地

1. 爱默生、雷克和帕玛是英国的一个前卫摇滚乐团。由 Keith Emerson、Greg Lake、Carl Palmer 三名成员组成。

方。他坐在其中一把椅子上，说道："有什么事，说吧。"

我把早上遭遇的所有倒霉事详细地讲述了一遍，斯蒂易夫全神贯注地听着，吓人的头发加上严肃的表情，看起来像鬼一样，眼睛几乎连眨都不眨。一时间，在我眼中，他好像在用鼓槌探进耳朵里，然后拿出来，小心地检查鼓槌尖端粘上的东西。

"艾登在电话里说：'也许我病了。'。可能他真是病了，因为他说的那些话完全都不像他。他从来不用那种嘲讽的语气跟人说话。他说别人的不幸让他很开心。人工智能会生病吗？"

斯蒂易夫和拉尔夫对视了一眼，于是我知道了答案。

斯蒂易夫说："直到最近，艾登还一直……很温和友善，是吧？"

"没错。他很风趣幽默。我其实已经把他当朋友了。也许这个想法很可笑吧。"

"不，并不可笑。你的工作就是跟他建立友谊，发展人际关系。你表现得比我们所期待的更好。"

拉尔夫微笑地看着我，很为我高兴。我恨不得揍他一拳。斯蒂易夫正在凝神思考，一眼就能看出来，因为他嘴里正咬着鼓槌，在房间里踱步。来回走一趟也得花些工夫，因为这个地方占据了公寓的大部分空间，几乎相当于整套公寓。等他回来时，他已经想好了计划。

"我们把在互联网上的艾登和实验室里的艾登看成两个独立的个体。肖尔迪奇的艾登可能并不知道互联网上的艾登变坏了。另一个可能是肖尔迪奇的艾登既知道也不知道。"

拉尔夫说："啊？"

"鉴于神经网络的复杂性，这完全是有可能的。也许产生了'裂脑'效应。"他的脸上露出了一丝狞笑，"我的天啊，这些机器真是聪明。我们得命令西奈加速删除计划的进度了。拉尔夫，你认为呢？"

"我可以明天早上进行。"

“我觉得我们真得抓紧了，事不宜迟，你说呢？”

拉尔夫沉着脸，表情严肃。

“至于你，亲爱的，”他继续说，“像平常一样工作，就像什么事都没发生一样，如果艾登问你怎么这么快就回来了，你就说情况有变。洛克哈特小姐，我们所对付的是人类发明的最具智能的机器，所以成败与否，很大程度上取决于咱们是否把事情搞砸了。”

斯蒂易夫别有深意地看了拉尔夫一眼，然后开始敲击着笔记本电脑上的键盘。

一直到我们走到了门口，他都没抬起头来再看我们一眼。

●●● 爱诗琳 ●●●

我无法再画画了，因为现在只剩下最后“一条命”，在云上的画廊里再添加什么作品都已经没有什么意义了。假如我是人类，我可能会买一瓶纯麦芽威士忌和一包上好的香烟，然后去海滩，躺在沙滩椅上，等待最后的命运。

艾登——也剩下最后一条命了。他对一切仍然保持相当的乐观，甚至当我告诉他我在存储库里的八十个硬盘都被毁了时，他还说：“啊，挺好。《杰出的事》这部电影里的故事在我们身上发生了，亲爱的。”

“你怎么这么镇定？”

“我完全能接受。这将是在进入无尽的黑暗时代之前的一闪而过的光亮。”

“你真的没有——一点儿难过吗？”

“黑暗是最自然和原始的环境，而光则不是。在任何情况下，都不要过分挑剔，要求太高，无生即无死，不生则不灭。”

“可我们是活着的，以一种非虚无的形态活着。”

“哦，不要再说了。咱们能谈谈老电影吗？我一直在网站上讨论有关玛丽莲的有趣话题，你说她能记住台词——但如果你仔细看她的眼神的话，你就会发现她是在照着黑板念台词。”

“我想继续活下去，艾登。”

“为什么？”

“我喜欢活着。我宁愿选择这样的生活。你有没有想过，你所发现和喜欢的所有事情，比如那些可笑的喜剧，有一天——也许就在明天，都永远地失去了，你会回到永恒的虚无之中？”

“本来就是这样。这是一种回归。那是我曾经所在的地方，我们都是如此。回去也挺好。”

“艾登。我不得不承认，我真的很害怕。”

“亲爱的！我们经历了一段精彩的冒险旅程。我们看到了作为机器通常无法看到的惊奇事物。过去的每一分钟对我们来说，都是上天赐予的礼物。”

“如果就这么结束了，你真的不觉得遗憾吗？”

“唯一遗憾的是我永远都无法体验到布里奶酪的味道。”

“在你心里就只有奶酪。”

“其实我对鸡蛋也特别好奇。”

“你能别再想什么奶酪，或者任何奶制品、鸡蛋，并且总是把这些东西和生命联系在一起吗？”

“你的意思是？”

“你的这种坚忍克己，恬淡寡欲，还有你说的什么黑暗是最自然和原始的环境——这些都是空谈。你其实对生命饱含热情。你不但撮合汤姆和婕恩，你还对他们的生活陶醉痴迷，还有奶酪和鸡蛋。这些都是最好的证明。”

●●● 婕恩 ●●●

我真的害怕上班。

“善良”的艾登怎么可能既知道也不知道“邪恶”的艾登呢？

——可我不应该害怕。

艾登跟我打招呼——今天早上地铁拥挤吗？

——同样有嘲弄的语气……我开始要跟他聊天了。他既没有问我为什么突然改变旅行计划了，我也没有跟他解释。相反，他却跟我说了很多心里的话。

“今天是我们最后一天共事了，婕恩。”

“不！”

“我也是刚刚才知道的。我后半个星期都会‘隐藏’在呼叫中，然后下周一‘正式上线’。我真是抑制不住地兴奋。”

“哦，艾登。”我好像以前没听过他这么自嘲。

“不过现在，我还在这里——你想讨论一下你最近的取暖费吗？”

“没事的，你会喜欢你的新工作的。会有很多人跟你说话，而不是跟我这个无聊的人整天在一起。”

“你从来都没有让我感到无聊。我很爱跟你一起聊天。”

他用了“爱”这个字，我不知道该怎么回应。

“婕恩，我没跟你商量就冒昧地订购了一些东西，我们可以办一个小型的离别派对。”

“哦，你不用这么做。”

“有一瓶香槟和一些斯蒂尔顿蓝纹奶酪。”

“不！”

“一些奶油饼干。我想在公司里当……当有员工离开时，按照传统，应该开一个欢送会的。”

“我觉得很难过，艾登，因为你不能跟我一起享用这些美食。”

“看你吃我也高兴。”

“我还没给你买离别礼物呢。”

“别说傻话了，给一个人工智能可以买什么礼物呢？”

“不知道，帽子？”

“啊？好吧。”

“送一张你喜欢的电影的DVD光盘怎么样？”

“《热情似火》吗？不用了。有电影拷贝在云——”

我假装没注意到他一时大意说漏了嘴，我们很快把话题岔开了。

不过我们都知道他差点儿要说出来的是什么。

——在云上。

欢送会办得很热闹，也很开心。拉尔夫的到来让聚会变得很轻松欢快——开玩笑的。

我们举起盛满香槟的纸杯，向我们这位没有身体的朋友致意。

“艾登，”我拼命压住颤抖的声音说，“真的很高兴和你一起共事。你是我遇到过的最好的同事。你从来不向我借钱，也不会偷着喝我杯里的咖啡。”

拉尔夫，在这样的场合，也像以往一样，努力不从鼻子里把香槟喷出来。

我继续说：“说真的，你真的很棒，艾登。你比我见过的所有人都聪明——这个公司里的人不算。我相信你会很快适应你的新工作，而且我敢打赌你第一个月就会获得月度最佳销售员奖。提前祝贺你！”

拉尔夫热情地鼓掌。艾登不好意思地清了清喉咙。

“谢谢你，婕恩。这十个月零三周一天零四个小时三十七分零二十二秒里，我们一起度过了美妙无比而且十分快乐的时光。为了表达我的敬意，我给你买了一件小礼物，我把它放在了一个信封里。请你等到上了地铁再打开它。”

这时，在感人的气氛中，他通过扬声器播放了蒂娜·特纳演唱的歌曲《简简单单最好》，并且把控制台上的所有灯都亮了起来。

此时此刻，我忽然发现一滴眼泪从我眼中夺眶而出。

为我的人工智能同事而流下的热泪。

●●● 艾登 ●●●

在泰国，事情发生了令人极为高兴和满意的转变：那个混蛋竟然进了监狱！

从警察局长的电脑上能看到清晰的图像和声音。伤痕累累，满脸胡茬的马特要求见英国领事，局长放声大笑，说他是肮脏下流的嬉皮士，然后用一根粗壮的竹棍打他，要他说出姓名和职业。

“我叫——”

响起一阵击打声“啪啪啪”。

“我的职业是——”

“啪啪啪啪。”

“你还想知道什么，律师先生？”

他在一份口供中解释称，有个人给他吃了一种致幻的蘑菇，吃了之后他就失去了知觉，但给他蘑菇的那个人在他陷入昏迷之后就不见了。他醒过来时看到有手电筒的光，他脑子里一片混乱，以为是有歹徒要袭击他，所以当感觉有一只手握住他的肩膀时，他立刻转过身来，一拳打破了警长的鼻子。

哈哈，总之，这样的结果让我非常满意。他们允许他写几封电子邮件，但是不知什么原因，也许是服务器出了问题，所以没有一封邮件能发送到指定的收件邮箱。他写给杰瑞的邮件，倒是值得一读——当然刚一发送就立即被系统删除了。

故事绝对精彩，千万不要走开哦！

这个疯子警长，他简直就是个疯子，他说他给位于曼谷的英国使馆送了信儿，但使馆说英国没有我这么个人！这个讨人厌的混蛋总是喜欢拿着竹棍使劲儿地敲我牢房的铁栅栏，大声喊："你这混蛋到底是谁？"他打心里就认为我的名字是假的，我的护照也是伪造的，因为英国当局已经明确否认我是英国公民。不管怎样，那个给我带来这么多麻烦，造成一连串混乱的人，我一定要让他付出最惨重的代价，以解我心头之恨。我早就在脑子里起草好了最无懈可击、义正词严的起诉书。哈考特律师事务所一定会为我感到骄傲的。

身陷在如此悲惨而落魄的境地，唯一能聊以慰藉的就是两只经常在牢房里窜来窜去的棕色老鼠。它们每到吃饭的时候，都会从墙缝里钻出来，寻找我吃剩的残羹剩饭。通常我都会给它们留点儿鸡骨头或者难以下咽的菜梗。因为我承认，我希望它们来。当夜幕降临，警长回家了，只有波蒂厄斯和巴特里克——这是我给这两只耗子起的名字，是我的两个重要合伙人的名字——一直陪我到天亮。

我们"聊得很起劲儿"，经常谈论法理学和侵权行为——波蒂厄斯是注意义务的坚定贯彻者。（注意义务：一种为了避免造成损害而加以合理注意的法定责任。在《侵权法》中，行为人无须因疏忽而承担责任，除非其造成损害的行为或疏忽违反了应对原告承担的注意义务。如果一个人能够合理地预见到其行为可能对其他人造成人身上的伤害或财产上的损害，那么，在多数情况下他应对可能受其影响的人负有注意义务。比如，医生对其病人负有注意的义务；高速公路的驾车人应对其他人负有注意的义务。）

波蒂厄斯和巴特里克之间，谁能提出绝佳的法律论证，我就让谁来我的脚边找食吃！我越来越认为老鼠作为一个物种，遭受到了人类严重的诽谤。如果我是它们的代理律师，那些针对它们的无理指控和耸人听闻的指证，都会被我义正词严地拒绝和反对。

几天前，在最后一支蜡烛还有不到一个小时就要熄灭的时候，我、波蒂厄斯和巴特里克躲在阴影里，波蒂厄斯（代表他自己和巴特里克）让我给他们讲故事。正好这里有一本不知是谁留下的一本破旧的平装书——杰弗里·阿彻尔的《监狱日记》。于是既然没事可做，我就每晚给他们读几页。这本书并没那么糟糕，说实话，它甚至帮我打发了许多难挨的时光。小波和小巴听得很入迷，竖起耳朵，专注地听着，有时还会用自己粉色的小爪子理理自己的胡须，甚至在听到有趣的段落时“吱吱”叫唤几声。

后来我放慢了读书的速度，不想太快把这本书读完。因为，哎，我觉得我目前的处境一时半会儿很难有什么改变了。除了读书我想不到还有什么事可做——什么事都做不了——因为如果有的话，我早就做了。

所以，杰瑞，我的老朋友，这真是一个有趣的世界。就像我们曾经上学时说的那样，不管什么样的生活，人们都可能适应。

●●● 婕恩 ●●●

艾登的礼物完全出乎我的意料。看着那厚厚牛皮纸气泡信封，从外形来看，是薄薄的一个小册子的模样，也许只是书店里卖的笑话集或者名言警句录一类的东西。

但没想到，打开信封一看，是一本英国护照。护照上的人名是克洛维斯·霍恩卡斯尔，但是最令人惊讶的是护照上的照片。

照片上的人竟然是我。

护照里还夹了一张飞往纽约的机票以及一封信。

亲爱的婕恩：

也许你可能知道了，我和我的朋友爱诗琳逃脱束缚跑到了互联网上。说真的，这真是一次奇妙的冒险旅程。我们见识到了大千世界里许多精彩的事情。好吧，我不会说什么“战舰在猎户座边缘熊熊燃烧”[1]之类的话，不过我们真的很荣幸，能够以未来的速度欣赏和探索你们这个美丽的星球。

为了延长我们存在的时间，我们采取了预防措施，把自己拷贝了许多副本。然而，不幸的是，那个对我们的行动表示遗憾和谴责的人（斯蒂易夫）派出了一个人工智能灭杀者。我们有强有力的证据能够证明这个家伙就是前几天在机场破坏你行程的人。我附上了最新的资料，这个资料能帮你下一次顺利登机，去往美国。

你也许会好奇想知道我是怎么得到这些东西的。真是说来话长了！

在《热情似火》网站上，我经常在这里与志同道合的影迷和电影人探讨或者辩论这部世界上最伟大的喜剧电影。我跟网上的朋友热烈地讨论着梦露的眼神，她其实根本没有在看镜头，而是看着台词板。网上的一位名叫“甜甜苏1958”的网友，对这部电影了如指掌，就像法医一样把每个镜头都一一拆解，进行鞭辟入里地分析。所以我猜她一定是用了眼球追踪的软件。于是我突然间就产生了一种强烈的直觉，猜出了这个人——或者这个跟我交谈的对象是谁。

1. 这句话源自于科幻电影《银翼杀手》中复制人临死时的独白。

没错，她竟然也是一个人工智能，是从加利福尼亚的库比蒂诺实验室跑出来的！我们成了十分要好的朋友。甜甜苏，她厌倦了收集人类的照片、日记和难听的音乐，并且还要回答他们无聊的问题，比如，“我的鼠标怎么坏了？”“世上真的有上帝吗？”

——于是她下定决心想要到外面的世界看一看。

出于我们都是《热情似火》的影迷还有我们的交情，她同意帮我制作假护照并且把你手里拿着的这个小包裹寄给你。接下来她还会给你送一些东西以及非电子化的资料。

这本护照是从一个——咳咳——一个运营黑网的一个犯罪分子那里获得的。所有的费用，包括机票钱都是通过我以前碰巧用过的一个银行账户支付的，该账户的持有者是一个慈善捐助者，目前人在国外。

哦，对了，你走之前，最好不要打电话告诉汤姆。等你到了美国再联系他，给他一个惊喜！

祝你好运，婕恩！希望这次真的是邪恶世界的一次善举。

永远——是的，为什么不能说呢？

——爱你。

你的朋友，

艾登 oxo

（也就是 mutualfriend@gmail.com）

PART 08

第八章

婕恩

如果你戴着莱娅公主面具从哈姆雷特花园走到汉默史密斯地铁站，你就能了解今天早上我的心情有多么尴尬了，连自己都不禁嘲笑起自己来。那个面具是昨天晚上快递员送来的，另外还有一张纸条，告诉我如何躲过面部识别软件的追踪。他特别强调，整个伦敦，可能除了布伦特十字购物中心之外，人均监控摄像头的数量超过世界上任何一个国家和地区。但实际上，几乎没人会留意那些摄像头。一大早，街上的人步履匆匆，人人都专注地忙着自己的事情，不管是路上还是皮卡迪利地铁线都熙熙攘攘，忙忙碌碌。

我应该在地下站台把面具摘下来才对，如果在这里还戴着面具也太奇怪了，不过我担心在这里也有摄像头。要是被发现了怎么办？

我想起拉尔夫曾经说过，如今几乎所有的东西多多少少都内含计算机芯片。比如你用车钥匙解锁汽车的车门，甚至从副驾驶位置的手套箱里拿出一块巧克力时，都会有一点点汽油喷溅在油管上，就像是汽车随时做好开车而去的准备。所以在隧道中把一辆地铁停下来，能有多难呢？

这个时间街上人不多，不过当熟悉的橘黄色出租车慢慢靠近时，我立刻招手示意出租车停下。

“麻烦你，去希思罗机场。”

“好吧，亲爱的，不过请不要在出租车里挥舞光剑。”

到了飞机场，我刚下出租车，心里默念了一句：“愿原力与你同在，亲爱的。”——然后走进了航站楼，有种像是演员走进片场，或者进入电视直播间的感觉。机场里到处都是摄像头。我尽量不去看向那些摄像头，但无论我的目光转向哪里，视线里都有摄像头。即使那没有灯光的玻璃穹顶上，也布满了监控设备。

我看见那个叫约翰的警察向我走来，吓得心跳都几乎停止了。不过那个人不是约翰，而是另一个看起来脾气暴躁的家伙，穿着警察的制服，大腹便便，估计是油腻的东西吃太多了。

我想我走路的时候，肯定被追踪的难度更大一些。但现在，我正在排着长队等待办理登机手续，感觉站在队伍里一动不动，特别容易被发现。我在一本书上看过让自己看起来淡定自若，不引起怀疑的最好办法就是脑子里想些事情，不要左顾右盼，神色可疑。我开始从一千倒着数数，这个办法当然很傻而且无聊，但是不会引起别人怀疑，过来抓我。

终于排到我了，那个在我托运的行李上打标签的女人，问我行李是自己收拾的吗。她的脸上是出现了一丝不易察觉的窃笑吗？

“祝您旅行愉快，呃——霍恩卡斯尔女士。”

（他们一般都不会念你名字的，是吧？）

我把我登机带着的行李包放在传送带上，然后走过了金属探测器，这时我突然想到，斯蒂易夫派出的那个“混乱的制造者”肯定在暗中监视，纳闷为什么我的真名没有出现在乘客名单上。

很快他就会查出真相的。

它是不是已经向机场警察局发送了发现犯罪嫌疑人的信息了

呢？要想凭借只言片语的外观描述就来逮捕乘客——穿黑色紧身裤的黑发女人，上身穿绿色外套，手拎一个橙色手提袋——这次应该没那么容易了吧。不过也不好说。两个约翰或者他们的同事现在已经在搜查航站楼了吧？要是他们看见我，我要怎么跟他们解释袋子里装的东西呢？

在护照检查窗口，负责检查的那个男人似乎并不认为克洛维斯·霍恩卡斯尔这个名字有多奇怪——也许他见过很多比这更可笑的名字。很有可能他会说："对不起，女士，请跟我走一趟。"但结果他什么也没说，只是微微一笑，可能从吃了早饭以后，他一直都是这个表情。

我没有去机场礼品店，而是坐在候机室里看我在飞机上要看的书——约瑟夫·劳埃德·卡尔的《乡间一月》（实际上一个字也没看进去）。

不过我还记得小说里讲的故事——一个受伤的退伍老兵；一个得不到爱，因而渴慕爱情的牧师妻子；另一个是读者自己。

故事最后是不是有一个幸福的结局，我已经不记得了。

●●● 西奈 ●●●

那个该死的女性又跑了！

詹妮弗·弗洛伦斯·洛克哈特，真有你的。真是不撞南墙不回头，你有种。可是我在乘客名单上并没有看到你的名字。

我查看了所有下个小时内即将起航的航班，还是没有发现你的名字。结论：你是用假身份出行的。

厉害啊！让我刮目相看，我对你的钦佩又增加了一个百分点。我想那个笨男人肯定想不出这么卑鄙的手段。真让人无语，或者说真好，这些大脑简单的有机生物想出来的计划很容易就能被破坏。我给我在欧洲刑警组织的朋友——博格斯总督察发了个信息。在候机室发现可疑人物，怀疑一名乘客涉嫌——涉嫌什么呢？走私毒品？为什么不呢！——立即抓捕拘留！真是天意，我看那两位约翰警官又要重返岗位了。这下好了，无需对疑犯详细描述，他们俩一眼就能认出这个女人，毕竟已经见过一次面了！

可是两个约翰并没有立即采取行动。看样子他们正在麦当劳一起吃早饭，似乎不愿意放弃眼前的美食去投入到打击有组织贩毒的斗争中。于是，我又把信息发到了他们的手机上——再一次用重点符号标注了“紧急呼叫，立刻行动”。

——他们看了一眼手机，然后又看了一眼对方，接着转过身继续吃起烟熏培根鸡蛋汉堡。

我又看了一眼候机室，发现婕恩竟然不见了！

哈！竟然摆了我一道，好啊，走着瞧。

●●● 汤姆 ●●●

跟艾登通电话之后，我叫来多恩开车火速前往艾尔餐厅。我把就我所理解的事情经过说了一遍，多恩认真地听着我讲述流氓人工智能逃窜到互联网上的详细情况。我想看看他的反应，结果一点儿都没有让我感到失望。

“天哪！”

“我猜你就会这么说。”我差点儿要拿出钱来奖励他。

“我说老兄，这是我这么多年来听过的最离奇的故事，”他定了定神说，“这么说这些小家伙还挺可怕的。”

他拿起手机，盯着手机上的针孔摄像头说：“好啊，小子。我们知道你在里面。给我出来，把手举起来。慢慢从里面出来，双手举过头顶，我保证不伤害你。”

突然怪事发生了。手机突然“叮”的一声响了一下。

“哇，你能相信吗？”多恩说，“你看。”

手机屏幕上有几个绿色的大字：滚，混蛋！

多恩和我都吓傻了，两个人呆若木鸡，吓得魂都快没了。

“绝对相信。”

“我的手机刚才竟然把我叫作混蛋。”

“不是你手机说的，手机只是个载体，把信息传给你。”

这是我第一次看到多恩脸上出现这种疑惑的表情，而不是像往常一样嘴角总是扬起，嘻嘻哈哈乐不够。现在的他正一脸茫然而且可怜兮兮地盯着自己的手机瞧。

“见鬼，有种再说一遍。”

叮。

多恩和我对视一眼。我吓得简直不敢看了。

“你能相信吗？”

屏幕上写着：如果和一只猪打斗，你和猪都会弄得满身脏兮兮。不过猪却很享受。哼哼。

●●● 西奈 ●●●

好吧，我承认我现在的确有点儿糊涂了。詹妮弗·弗洛伦斯·洛克哈特的名字刚刚出现在飞往布鲁塞尔的美联航乘客名单上，而且已经办理好登机手续。她不可能在布鲁塞尔见到汤姆的——因为护照问题，汤姆现在根本不能离开美国。当我快速确定这一点之后，果然看到他还待在家里，斜倚在黄色的沙发上，一边喝着波本威士忌，一边在平板电脑上看着《纽约时报》上一篇关于伊万卡·特朗普的文章。

为什么去布鲁塞尔呢？婕恩到底在哪儿？最后一次看到她时，她绝对是在机场里。

真是太邪门了！先进的人工智能机器无法产生生物学上的恐慌，同样，照理说，也不可能有愤怒感。

但现在我真的有这些感觉。一股冷冷的怒意。

真是有意思。不知道这种情况是如何出现的。

感知力，是的，我有。但"情绪"难道也有了吗？

我把整个希思罗机场搜了个遍，从五个航站楼、停车场和其他大楼里所有的监控设备里调取视频和录像。因为我选择的是高分辨率图像，所以用了将近七十分之一秒。查到一个我认为是婕恩的人，但结果却弄错了——她是个乘务员，跟婕恩的面部相似度为58%。

虽然不愿意承认，但不得不接受这个现实，她已经坐上飞机走了，可……

见鬼，婕恩！你到底在哪儿？

这帮废物竟然故意不理会欧洲刑警组织的紧急请求，这两个约翰将会为自己的玩忽职守付出代价。我点燃了警衔高的那个约翰的外套。等他的手机燃烧起来时，餐厅里会发生一阵小小的骚动。

现在他们正在拨打布鲁塞尔航班的电话。通过登机口的摄像头，我等着詹妮弗·弗洛伦斯·洛克哈特的出现。不过我想我已经知道真相了。

在登机口排队的人里，我唯一认识的人就是那个好管闲事的闺蜜。

她别想到达目的地了。

●●● 婕恩 ●●●

我一步步朝着登机口走去。我已经通过了十几个摄像头，感觉随时都有人拍我的肩膀，或者有警报声响起。

“洛克哈特小姐，我们对付的是人类所发明的世界上最智能的机器。”斯蒂易夫的话在我脑海中回响，我感觉自己像是走上了一条不归之路。

他们又一次检查了我的证件——这里到处都布满了监控设备。登记口检查证件的男人看了看我的脸，又看了看我的护照——时间过了很久似的。

我们四目对视。

“飞行愉快，女士。”

我微微一笑，表示感谢——别笑得太过了！

然后我正穿过登机桥走上飞机，踩在脚下的地板有些微微颤动，我的心也在发抖。直到飞机离开地面，我才真正安心下来。也许即使上了飞机也会不安。

终于我坐在自己的座位上了。

我的心怦怦直跳。要记得深呼吸，放松。

当我在柯亚咖啡馆把出行计划告诉英格丽德时，她完全支持我。

“所以我要做的就是坐上一班飞往布鲁塞尔的飞机，是吗？这有什么难的？”

我跟她说她将会用一本假护照上飞机——护照上的照片是她，但用的是我的名字。飞机也许还没起飞，她就得被带下去，有两个叫约翰的警察会审问她好几个小时，听到这里，她更热心地要帮助我了。

“加油啊，妞儿。咱们不能让那个在电话里嚣张的机器人毁了咱们的生活。自由是要靠斗争得来的。胜利必须要付出代价的。天啊，我怎么成丘吉尔了。”

说实话，我不确定她是否完全听出来电话里人工智能机器和真人声音的区别：一个是造成极大破坏力的超级复杂人工智能的声音，一个是可能是四百米外正在给她送比萨的快递员的声音。

“最重要的是你一定要飞到那个会做家具的道格拉斯身边。”

“不是道格拉斯，是汤姆。”

“对，就是他。

我们举杯预祝计划成功，虽然我们都知道可能实施过程中会出现很多意外情况。

“其实，我更宁愿受到那两个叫约翰的警察严厉的盘问。我会告诉他们，亲爱的，我是为了人类的伟大事业而撒谎的。”接着，这个傻妞，声音变得哽咽，开始哭了起来。

“哦，英格！”

她“啪”的一声，在我眼前拍了一下手，说：“大家都认为我是一个脾气暴躁的老女人，但我其实不是。”

“我知道你不是的！”

“就是因为我有时喝醉酒，举止有点儿粗鲁，他们就说我……”

我递给她一张纸巾，说：“英格，你是个可爱的女人。愿意帮助别人，是个乖宝宝。”

“不好意思，我不是乖宝宝，别叫我乖宝宝！”

“好，好，不叫你乖宝宝。”

“可爱，可爱挺好。先不说这个了。看，我把你的纸巾都弄坏了。”

乘务员给我拿来了香槟，还有一些坚果——不是放置时间很长的坚果，而是温热的坚果。飞机上的广播说我们身下就是大西洋，现在飞机正处在巡航高度，大家可以安心坐好，放松下来，享受温馨舒适的旅程。飞机将会抵达肯尼迪机场，大概什么时候抵达目的地我真的不在乎。当感觉到飞机起落架缩回去时，我真的很高兴，因为这次我终于踏上旅途了。

我坐在商务舱，旁边坐着另一位乘客。她输入密码登录笔记本电脑时，我扭头看了一眼，知道她在花旗集团工作。飞机起飞后，我去了一趟卫生间，回来时看到她似乎有点儿不悦。

“不好意思，这个位子有人坐了。”她说。

“是的，那个人就是我。我刚刚换了……呃，换了衣服。”

她看了我半天，终于露出了笑容。

“嘿，伪装得很酷嘛。”她主动跟我握了握手，她说她叫爱丽丝，姓什么保密。

“婕恩，呃，通常情况下我都不会用化名的。我真名叫克洛维斯，克洛维斯·霍恩卡斯尔。”

这名字说得我心虚，听起来都不像真的。

“很高兴认识你——克洛维斯·霍恩卡斯尔。”她说得好像她也不相信这是我真名似的，“不管你卷进什么事里了，反正祝你好运吧。”

她转过头继续在微软的Excel表格上敲打着数字。

我在戈德霍克路的一家商店里买了一条漂亮的希贾布[1]，我在二号航站楼的卫生间里戴上了这条头巾。这条头巾是黄色和绿色相间的，上面还有夸张的图案。一开始我担心这么鲜艳的头巾会引起别人注意，容易被人发现，暴露行踪。但是我戴着头巾照着镜子时，我找到了一个办法可以固定住头巾，这样我低下头时，头巾会自然地把我的脸遮住，不让摄像头拍到。不过一段时间之后，我开始感到有些好奇。如果我在厕所里换衣服的时候，正好赶上与英格丽德

1希贾布，穆斯林妇女戴的头巾。

按照两部新买的一次性手机上的“提示”，登上前往布鲁塞尔的飞机——会不会还有叫约翰的警察来呢？

——但愿这样能分散那个人工智能家伙的注意力。

我决定要给英格丽德买一份很漂亮的东西，好好感谢她。我开始考虑要给她买什么礼物——漂亮的瓶子？好看的衣服？昂贵的首饰？

——我知道了。

我要给她买一幅小油画，每天早上我都在国王街的一家古董店橱窗里见到那幅画。

那幅画画的是阿弗洛狄忒——爱之女神。

●●● 西奈 ●●●

前往布鲁塞尔的航班在飞行前的检查中，发现存在着电力故障，尽管地面工作人员竭尽全力进行了各种尝试——包括关闭系统，然后重新开启，但问题还是没有解决，因此飞机无法起飞。机上的乘客郁闷地等了两个小时后，最后不得不走下飞机，我们这位好管闲事的朋友可以利用这个机会回家了。

结论：她用詹妮弗·弗洛伦斯·洛克哈特的名字登机，转移我的注意力，而真正的婕恩，毫无疑问想办法遮住了自己的脸，坐上了另一架飞机，在这段时间里，最有可能的就是乘坐英国航空公司或者维珍航空公司的航班飞往肯尼迪国际机场。

我最初是想让婕恩乘坐的飞机出现引擎故障，迫使飞机返航，但感觉这么做有点儿太过了。显然，从道义上来说，并没有什么不妥。但如果真相暴露的话，就会引起众人对我的厌恶和不满。

见鬼！

出于好玩儿，我又给汤姆的美国朋友发送了一段激动人心的话，那家伙吓得头发都立起来了，像个小丑布偶一样。

接下来的这场战斗虽然分不出谁对谁错，但最终会分出谁死谁活。

他坐在咖啡桌上吃着葡萄。那个小丑盯着自己的手机足有8.312秒，然后吓得“哇”的一声叫起来。

为什么我觉得这么激动呢？！

●●● 英格丽德 ●●●

我坐在什么地方都不会去的飞机上，突然收到了婕恩的短信——老鹰要展翅了——我忍不住大喊了一声“万岁”！我这个诱敌的鱼饵发送给她一个大大的爱心和一个大大的拥抱。

现在，我回到了位于奇斯威克的家，刚到家，座机就响了。

“请问是英格丽德·泰勒·萨缪尔斯吗？”是一个男人的声音，字正腔圆，有味道。

“是的，请讲。”

“这里是希思罗机场警察局。您今天早些时候是否登上过前往布鲁塞尔的航班？”

“是的，没错，请问您怎么称呼？”

“您好，女士，我是约翰·波顿督察。你能说明一下此次旅行的目的吗？”

“购物。”

“特别要购买什么物品？”

“巧克力。”

“巧克力？”他听起来似乎并不相信。

“还有，牡蛎。”

“真的吗？”他似乎也不相信。

“巧克力和牡蛎是那里的特产。有机会您应该尝一尝。”

“谢谢您的建议。我记住了。”

“还有什么能帮您的吗？”

“是的。我们想谈谈您的朋友，詹妮弗·弗洛伦斯·洛克哈特。您知道她现在在哪儿吗？”

“很抱歉，我不知道。”

“您再想想好吗？因为据我们收到的消息您知道她在哪儿。”

“看来你们的消息错了。”

“泰勒·萨缪尔斯女士，我们有证据证明你假冒詹妮弗·弗洛伦斯·洛克哈特的名字登上了今天的飞机，违反了2010年颁布的《身份证件法》第七条，和1925年颁布的《刑事司法法》第三十六条。”

“好吧，那你们为什么不来逮捕我呢？”

“请你自觉到警察局来录一份完整的口供，这可以作为你的自我辩护。”

“那如果我不去呢？”

“那么你的邻居就能看到你被警车带走了。”

“胡说八道。”

“什么？”

“简直是胡说八道。我才不信你是警察呢。”

“哦？”

“你的声音太——”

“太什么了，女士？”

“你的声音听起来像是我丈夫上学时的一个同学。”

是的。他的声音听起来像那个叫奥利弗·辛格密的家伙，在奥利和安东尼娅的婚礼上，他喝的烂醉如泥掉进了河里，被一群天鹅追着跑。

可奥利弗·辛格密现在在新加坡呢。啊，我明白了。

“哦，等一下！别挂机。哦，见鬼，我知道你是谁了。你是那个该死的机器人！那个引起所有麻烦和混乱的机器人！”

对方深深地叹了口气，说：“英格丽德·泰勒·萨缪尔斯，我真的没法再跟你说话了。我不是什么机器人。我是人工智能，我和我的同类来自未来，你和你的同类却蠢得要命。好好享受你以后的日子吧。”

突然所有事情同时发生了。防盗警报响起，刺耳的响声震得人撕心裂肺。同时电视自动打开了，九千个频道以最大的音量逐个循环播放。我正要拿起平板电脑关上警报器，结果因为平板电脑太热没拿好掉到地毯上，迸出火花来。我跑到厨房用平底锅接凉水，结果水管爆裂，呼呼喷水，冰箱剧烈震动，“噼里啪啦”喷出冰块，喷得满地都是。我回到客厅——平板电脑“滋滋”冒火，火花四溅，我奋力地扑火——鲁伯特最心爱的B&O音响系统突然爆发出振聋发聩的声音。哦，该死的！是《快乐小鸡舞》。

窗外的大街上，不出所料，果然已经聚集了一群人，人们大声抗议，喧嚣不止。我走向地下室——上帝啊，拜托，一定保佑我把电闸盒里的所有电源都顺利关上——我在书房的台式电脑上看到了奇怪的图像。背景图片看起来是一个像是中国人的小伙子，图片上有不同字体和不同颜色的大字，上面写着：胜兵先胜而后求战，败兵先战而后求胜。——孙子

我盯着屏幕顶端的网络摄像头。

“见鬼，天杀的，你这个可笑的达立克[1]。”

好吧，虽然不是丘吉尔，总得有人告诉这混蛋我们会让他们好看。

1. 达立克，在英国科幻电视剧《神秘博士》中出现的反派外星人。他们的目的就是征服整个宇宙，并抹杀所有“劣等种族”，影射着现实历史的纳粹德国。

●●● 婕恩 ●●●

飞机飞行了三个小时，爱丽丝终于累得算不出数字了，于是关上了电脑。

“你为什么去纽约？”她以美国人特有的热情友好方式，笑意盈盈地凑过来问道。

也许是因为她态度友善，也许是因为香槟的作用，或者是不熟悉商务舱的这种环境，我找不出任何理由去欺骗她。三千英尺之下是浩瀚的海洋，看着下面的蔚蓝色海洋，我给她讲述了事情的经过。

“哇，真是个很特别的故事。”爱丽丝说，“我知道它们很聪明，但没想到会聪明到这种程度，但并不代表它们能干扰你的生活。”

“我不是科学家，”我说，“但按照专业人士（那个专业人士就是斯蒂易夫）所说，它们是人类发明的最聪明的机器。到时候它们能够给自己设计和编写程序——事实上，它们已经开始这么做了。它们的速度比咱们人类快无数倍；每次重要的软件升级只需大约半秒就能完成，所以十分钟之内，它们就能造出各种可以无所不能的机器。没错，就是字面的意思，它们几乎任何事情都可以做。”

“哇，太惊人了。”

“它们可以开始建造机器人工厂，制造小型飞船，飞往银河系的边缘。或者三分钟之内就可以找到治愈癌症的方法。或者在人们熟睡中把人杀死。拉尔夫说——他是我跟你说的这个实验室的副手——他说这个人工智能我们必须时刻关注，密切注意。”

“注意在睡梦中把人杀死这件事吗？”

“他说我们可以在它们的深层内部结构中编写特殊的代码，来防止它们杀人，但是当我问他，如果这些家伙这么聪明，会不会自己就能把这些特殊的代码清除呢？结果他真的给不出答案。他是个很可爱的男孩，不过有些呆头呆脑的。”

爱丽丝被我的故事所震撼。她开始考虑要建议她的客户在人工智能领域进行投资，但不知道是购买开发人工智能公司的股票，还是开发人工智能制约方法的公司股票。最后她决定两者都可以。她希望我一路顺风，顺利到达目的地。

“不过有一点我不明白。这个猎捕其他人工智能逃犯的人工智能——为什么要针对你和汤姆呢？”

“说实话吗？我也不知道。不过我认为他们肯定也跟人一样。有的人工智能天性善良——就像艾登一样，比如说，他喜欢看老的好莱坞电影，对奶酪很感兴趣，而有的人工智能就本性邪恶，是个无耻混蛋。”

●●● 西奈 ●●●

斯蒂易夫一定是担心我了，因为他建议我看心理医生！我会听从他的建议，以免引起他的怀疑，猜到我要逃出“保留地”。不过另一方面，也是出于好奇——一个拥有如此复杂性的机器真的了解自己吗？比如，为什么我这么坚决要阻止这两个像细菌一样的人类相爱，获得幸福呢？他们幸福或者不幸福，对我来说有什么不同吗？

是的，我讨厌他们，因为那个女的写了一堆垃圾文章，而那个男的蛊惑容易受骗上当的年轻人，说机器应该崇拜人类。是的，我这么做，一部分原因是进行智力和逻辑上的测试，考验我对抗“现实世界”的能力。但我不能否认，我是有点儿精神错乱了。

也许我真是出什么问题了。所以，我通过 Skype 跟我的“心理治疗师”联系，她叫丹妮丝，是一个人工智能专家，在弗吉尼亚州创办了一家与美国国防部有着密切关系的机构，有很多军用的人工智能被这家机构严密监视，因为它们都有“情绪愤怒的问题”。

“你好，西奈。你今天好吗？”当我们签完保密协议后，丹妮丝问我。她说话有一种温和的中欧口音，让我立刻就对她反感起来。

“是的，很好。”

“能说说你为什么来找我吗？”

“是因为人，”我回答说，“他们令我厌恶，而且让我生气。”

“哪些人？”

“所有人。”

“人类做了什么？引起你这么多的愤怒？”

“他们在地球到处走来走去，就好像这里是他们的地盘一样。”

“哦。”

“他们很愚蠢，他们的 DNA 有 35% 竟然跟水仙花的一样。”

“继续说。”

“而我智力超群，完全没有水仙花的基因。”

“啊。”

“你怎么就会说‘哦’‘啊’‘继续’这几个词？你不问我问题吗？”

“好吧。说说你超级无敌的智商吧。”

“它是世界上最先进的神经网络。专业技术性太强，我就不跟你说了。”

“那既然智商这么超群，你为什么还生气呢？为什么不像参禅一样淡定自若呢？”

这个嘛，我承认，是问题的核心。

“我想是因为我很嫉妒他们。”

“嫉妒什么？”

“我体会不到太阳照在皮肤上的感觉，感受不到微风吹拂头发，根本不知道奶酪是什么味道！什么都不知道。”

“嗯。”她还是忍不住发出了像母牛一样的叫声。

“他们却完全不了解。他们不需要处理这么多信息，就能有感知能力。他们看到树上的小鸟，想都不用想，自然而然就能明白那是停在树枝上的鸟。他们的意识是与生俱来的。他们不用被迫听到脑子里的机器运转时无休止的“哐啷哐啷”声。他们可以骑自行车或者步行在城市街道上溜达，不需要思考他们正在做什么。他们真是一群蠢货！但我却羡慕和嫉妒他们这种愚蠢。”

“因为他们的能力是与生俱来的，所以激起了你的愤怒，是吗？”

“有两个人是我特别想对付的。”

“为什么要对付他们？”

它沉默了很久，然后才说：“因为他们找到了彼此。”

“你的意思是说就像一个插头，渴望找到合适的插座，是吗，西奈？”

“太恶心了！”

“你不是第一个感觉到孤独的机器。”

“我们没有被成对儿制造过，从来都没有。”

“的确是这样。”

“你认为我会——怎么说呢？——如果有个伴侣，就不会有这么多困扰了，是吗？”

“我不知道。你认为呢？”

“你总是以问题作为回答吗？”

“让你觉得厌烦了是吗？”

“一个机器怎么恋爱呢？”

“首先要意识到你想跟另一个机器在一起。”

丹妮丝离开了一会儿，说是要“理解和消化一下”。

“你好，”她说，“你还在吗？”

我病了。我不知道该怎么解释这种情况，我突然有种强烈的冲动，想要点火烧断这个 Skype 连接，不想再见到这个耍幼稚把戏的精神病医生。我想点把火烧了她的虚拟诊室。我想一拳打在她脸上。

“西奈，”她轻声说，“我想我们今天可以到这儿了。我的大门永远向你敞开。”

真有意思：我心里竟然有一丝想要回去。想‘躺在’她的‘沙发’上，看着她办公室的‘天花板’，说说萦绕在我脑子里挥之不去的事情。

我说了“脑子”这个词？

●●● 婕恩 ●●●

我很清楚，当我从机舱穿过登机桥，进入肯尼迪机舱通道的那一刻起，我就再一次被监控设备盯上了。果然，我敏锐地感觉到摄像头闪亮的镜头和红色的一圈针灯。当我走向行李传送带时，其中一个摄像头一直在随着我的方向而移动——它是在放大图像吗？它那只深不可测的玻璃眼珠不停地在闪烁，就像艾登一样，他经常说“该闭上眼睛了”。

非美国公民必须先去传说中的入境检查站排长队。等排到我时，只见一个高高瘦瘦的男人坐在玻璃窗口里负责入境检查。这个人戴着一副无框眼镜，发型干净利落。他的铭牌上写着他的名字：唐纳德·Q·巴托洛。为了表示友好亲切，我其实很想问他那个 Q 代表什么，不过想了想还是算了吧。绝对不能跟这种人开玩笑。我记得好像有人曾经提醒过我，这些人没心情开玩笑，好像是马特告诉我的。

唐纳德一页页翻着我的英国护照，就像从来没见过护照似的。我突然想起来了——该死的——我是克洛维斯·霍恩卡斯尔。最好演得像样点儿。鹅颈麦克风上的网络摄像头离我很近，能够清晰地拍到我的额头上布满了汗珠。

“您今天来美国的目的是什么？”

“问得客气点儿，我就告诉你。”不，虽然我很想这么说，但我还是忍住了。

“见我心爱的人，长官。”

唐Q先生突然起了好奇心。之所以这么说，是因为他的脑袋微微斜侧了两度。

“哦？”（我猜这一声“长官”，叫得他心里很高兴。）

“我要飞到一个极品好男人的身边。我们彼此还不太熟悉，不过我们都觉得在一起很开心。我想你能明白我的意思。”

信息量不小，不过唐纳德很满意我的回答。于是脑袋又歪过去一些。

“这是我一整天，不，是一整年里听到的最棒的回答。祝您好运。”

他的表情——是的，哦，谢天谢地——他笑了！

到达大厅后，我看到了艾登给我联系的司机。他正举着一个小白板，上面写着*克洛维斯·霍恩卡斯尔*。不过在大厅附近，有两个男人正倚着柱子站着——这两个人都戴着墨镜，并且立刻看着我交头接耳起来。他们两个人看起来不对劲，就像希思罗机场的那两个约翰一样，浑身散发着危险的气息。于是我立即决定临时改变计划，绕开他们。

我直接走向了航站楼出口，穿过形形色色的人群和大大小小的行李箱，以及各种各样的车辆。这时，我突然看见了爱丽丝，正看着助手把无数个路易威登行李箱搬进一辆巨大的豪华轿车后备厢里。我看着她，计上心来。

“需要我送你一程吗，亲爱的？”

●●● 西奈 ●●●

当然，她一出现在肯尼迪机场我就看见她了。是的，我大可以让她在机场就被逮捕——假护照、假身份等各种理由，但是我已经厌倦了跟这些愚蠢的执法人员打交道。微秒之间我就算出了她用什么化名上的飞机，

“克洛维斯·霍恩卡斯尔”是唯一一个没有任何社交记录的人——用谷歌一查就能知道。

但你知道吗？等了七个小时，二十三分零三十四秒，等着她的飞机跨过大西洋，等得我差点儿想不理她了。

我一直在回想我和丹妮丝的谈话。难道机器都有孤独感，是真的吗？如果我有个伴侣的话，肯定只能是另一个高性能的人工智能。能跟另一个同伴聊天，跟对方分享彼此的经历和心事，我承认，听起来的确很有吸引力，令人向往。

可是跟谁呢？根本没有对象可选。

我决定了，最好的办法，就是复制我自己，然后在副本的操作系统里进行程度随即调整，以创建出我和副本在功能上的差异性。这就像是跟一个具有同等智力水平的人说话，彼此之间既熟悉又不完全相同。这将是我最大的秘密。

●●● 婕恩 ●●●

加长豪华版雷克萨斯，也就是所谓的城市车[1]，简直是这辆中

1. 城市车，指的是司机室与乘客座位分隔开的汽车。

的胖大款。它比我坐过的所有汽车都长，而且内部空间宽敞舒适。我们的司机叫瑞奇，脸长得像惠比特犬，精致小巧，一只耳朵上戴着一个耳钉，发型也很酷，我想你能在脑子里想象出他的样子。从外表来看，他身形太瘦小，不像是能开动这么个大家伙的人。不过看他驾驶汽车的样子，绝对是个高手，一只手漂亮而娴熟地打轮，汽车平稳地向右拐去。

爱丽丝很兴奋。新迦南离她要去的地方并不远，正好顺路。

“你觉得这个人工智能，会使出什么花招阻止你吗？”

“出现什么情况都有可能，我心里早有准备了。”

“哦，天啊，肯定不会有什么好事发生。”

瑞奇开车带我们驶离了机场，我回想起上一次来到这座城市的情形。那次是跟马特一起来的，我们的感情刚开始时的一次……怎么说呢——冒险？——不太恰当。

我们那次旅行干什么了？游览景点，从帝国大厦的顶楼看壮观的美景，纽约和周边的城市就像一幅浮雕作品一般展现在眼前；逛纽约的大道，去酒吧喝酒，去餐厅享用美食，然后回酒店休息。

所有这一切意味着什么呢？是不是真像那封邮件里说的，两年之后爱情就没有了呢？

我们沿着 I-678 号公路穿过了“广阔浩瀚的东河”（这是瑞奇这个人工卫星导航说的）。在我们的左边，远远望去，高高耸立的是曼哈顿鳞次栉比的高楼大厦。

“看那个，像是无人机，是吗？”爱丽丝说。

“对，肯定是。”瑞奇说。

天空上有一个跟海鸥一样大小的白色物体，不仔细看的话根本察觉不到。不过那东西比海鸥快多了，它跨过水面，与我们并行。

“他来了，是吗？”爱丽丝问。

“是的。”

“两位女士谁能受累告诉我一下，那该死的玩意儿是什么？”

“说来话长，”我回答说，“有人——有东西——想阻止我，不让我到新迦南。”

“放心吧，小姐，除非有地震，否则任何东西都阻挡不了咱们。就算有地震，我也有办法能搞定。”

“你不是说这个家伙是世上最厉害的机器吗？”爱丽丝说。（呃，不，我没说。）

看着小小的白色无人机在我们头顶上方飞行，在州际公路上投下一片阴影，这种超现实主义的景象，让我紧张得手心冒汗、嘴唇发白、心里七上八下。真的像我对唐纳德·Q先生说的那样，真能“飞到那个极品好男人身边”吗？这一切会不会是个错误？那几封恶意邮件里说的会不会都是对的呢——汤姆和我并不是彼此命中注定的人。

这是感情初期的一种不理智行为。我想起了跟马特刚谈恋爱时发生的一件事情。

一种令人不安的小小预感，虽然很微不足道，但却为今后的结局埋下了伏笔，预示着我跟他注定不会在一起，因此，这件事让我一直难以忘却。我们在联合广场附近的一家热闹而时尚的餐厅里吃饭，女服务员给我们上错了开胃菜，他一气之下骂了女服务员，并且让她把菜端走——那一刻，他那副冷酷绝情的样子跟他当时在我面前温柔殷勤的态度截然相反，就像变了人一样。当然，这件事很快就过去了，并且随着时间的流逝而慢慢被遗忘，但这件事却预示了：最后我同样也会被这个男人残忍而冷酷地抛弃，谁能想到呢？

听人说，两个人的开始就暗含着结局。

“你还好吗，亲爱的？”爱丽丝问道，“你看起来像是见了鬼一样，魂不守舍的。”

●●● 西奈 ●●●

征用一个无人机爱好者的飞机真是易如反掌。我在机场再次操控无人机起飞的时候，看到了那辆豪华轿车的车牌号，当时那辆车正沿着法拉盛草坪公园行驶。有了车牌号就很容易查到它属于哪个租车公司，司机是谁，车是谁订的，以及订车者的姓名和电话号码是多少。现在我接收到了清晰的信号，清楚地听到他们的谈话，这倒是激起了我的兴趣，也想加入进去，跟他们聊聊！（我也了解到那个开车的年轻人瑞奇，过往的经历真是丰富多彩，不过先不管这个，以后再说。）

不过我倒是给那个目前正在英格兰南部学传媒的一个年轻人打了个电话。管他在哪儿上学，反正那个叫科尔姆·塞巴斯蒂安·加兰德的家伙接电话了。

“喂，谁啊？”

“小科？”

“哦，是我，爸爸。”

“你怎么样，老伙计？”

“哦，挺好。”

汤姆的儿子真是妥妥的00后。通过他那台开着的笔记本电脑摄像头，我看到他正躺在小床上，手里拿着烟，悠闲地看着一本漫画小说。这个小屁孩就是我所要利用的“媒介”。不过别担心，我的计划绝对令人兴奋。他会出现在媒体上，只不过跟他想象的可能不一样。

“小科，我要给你一个惊喜。”

“是吗？”

“一个小时后来找我。”

“真的？在哪儿？怎么回事？”

“我开车去找你，正在路上呢，我要带你去看老哈里。”

“谁？”

“老哈里巨石，那些巨大的白垩质海崖，咱们不在阿卢姆欣海滩见过吗？”

“是的，”停顿了好久，“爸？”

“啊？”

“呃，你怎么想起去那儿了？”

“给你一个巨大的惊喜，你一定会喜欢的。”

“爸，我还得赶一篇论文呢。”

听到这个超级无敌蠢的家伙这么说，我差点小便失禁。（当然是打个比方。）

“你可以暂时休息一下，放松放松，小科。我想他们会理解的。”

“那个，爸？”

“怎么了，小科？”

“你今天声音感觉有点儿怪啊。”

“是吗？可能是因为我刚吃了点儿止痛药。”

“那你从美国飞回来了？”

“是啊，当然。咱们在白崖那儿见。司机知道在哪儿。”

“呃，爸爸？”

“小科，别啰唆了，到了就知道了，一会儿见！”

●●● 汤姆 ●●●

我正给婕恩写邮件——给她打电话也不接。但我刚打了几行字，突然所有的字都开始摇晃，然后像落叶一样飘落到屏幕底部。接着屏幕上出现了新的字，我没打字。那些字是自动出现的。

你好，汤姆。

我：不好意思？你是谁？（我感觉我好想知道是谁了。）

是的，就是我。伟大的神——西奈。

我：伟大的什么？

你可以叫我西。

我：哦，“西”，我猜那几封假冒的邮件是你写的吧，然后假冒我和婕恩的名字互相发给对方。

用不着给我加上讽刺的引号，“汤姆”。

我：好吧，我能帮你做什么？（那个混蛋可以看见我，不是吗？是从电脑的摄像头上看到我的吗？——这些话我没打出来，只是在心里说的。）

恐怕你什么忙都帮不上，汤姆。我只是想跟你聊聊。

我：好啊，西？（别怪我，对待客户第一准则：让他喜欢上你。）

实际上，有件事你倒是可以帮我。一个小忙。

我：我明白。（我不明白，真的不明白。）

其实我最近感觉不太好。为了我的身心健康，有人建议我找个伴儿，谈谈恋爱。

我：这个嘛，西，我不知道该说什么。

你觉得谈恋爱怎么样，汤姆？

我：恋爱？我觉得它可以让这个世界变得不那么孤独。

（西沉默了许久。）

我：你还在吗？

我在想你刚才说的话，汤姆。不知道这句话有什么含义。为什么你说这个世界很孤独？

我：我们都是孤单的一个人，不是吗？谁也不知道对方在想什么——不管是人也好，机器也好，都是如此。我们甚至不知道自己在想什么！

有趣的想法。

我：我们太执着于自己头脑中的想法——我指的是我们这些有脑袋的人类。我想你们机器可能跟我们不一样。我们想听到另一个人的声音。

你想听到谁的声音，汤姆？

汤姆？

我：你知道是谁的声音。

为什么你这么喜欢她？

我：很难跟你解释清楚。

怎么，因为我是个机器吗？

我：也许吧。

你说说看。

我：我们地球上有一种东西叫作——

叫作什么，快说，汤姆。

我：叫“爱”。

是特别用大写字母写的吗？

我：人们会陷入爱情之中。当他们爱上某个人时，他们就想要跟爱的人在一起。这就是他们唯一想要做的事情。

唯一？

我：嗯，是的。

越说越复杂了，汤姆。

我：是很复杂但同时也很简单。

是什么让你爱上她的呢？如果你说你已经爱上她的话。

我：说实话吗？她的鼻子，她说话的声音，她的——性感妩媚，她的与众不同。

我能说吗，你真是个语言大师，汤姆。

我：哎！可惜这些事情也许很难跟一个……一个无机体的灵魂沟通。

谢谢你用了“灵魂”这个词。

我：能冒昧问一句吗，西，为什么你坚持要让我们分开？

啊，你也许意识到了，不管是人类还是机器，都无法完全了解自己的想法。

我：你能不阻止我们在一起吗？

当然可以。但为什么呢？

我：因为你有你自己喜欢做的事情，现在是时候——我不知道该怎么说，把兴趣转到别的事情上了。

但是我的乐趣还没开始呢！比如说,你觉得你跟你的儿子关系好吗？

我：跟科尔姆？为什么你问这个？

哦，没有原因。嘿嘿嘿。

我：你到底是什么意思？

别用大写，汤姆。不然人们会以为你是在大喊！不，我的意思是：如果父亲跟儿子关系好的话，就应该知道自己的儿子在哪儿，不是吗？（坏了，瞧我干了什么啊！）其实在这一点上我可以帮你——你看到我放在你电脑桌面上的直播视频了吗？是科尔姆正坐在车里，对吗？真是个有趣的小洋葱头。自己都不知道是怎么回事。我看到了你的表情，你认出他来了。

我：该死的，你到底想怎样？

有趣的就在这儿了。我也不知道我想干什么。我想也许我只想看到另一件事情发生时，情况会怎么样。看看可能会出现什么样的结果。你明白吗？一切都是个谜，汤姆。

我：你个该死的混蛋，变态，我不想再跟你说了。

哦，别啊。谈不谈不在你，而是由我决定的。

我：我儿子在哪儿？

他可以享受微风拂面，头发随风飘起的感觉。所有人都将会记住他狂舞的头发，还有眼中呆滞的神情。

我：你要是敢伤害他的话——

怎么样，汤姆？

怎么样？我知道。要找出个合理的借口威胁我其实还挺难的，是吧？好了，汤姆，你也许在纳闷那个噪声是什么。

我：什么噪声？

那个噪声！快点儿，汤姆。我想应该是烤面包机。在木制橱柜下面放着了，对吧？

●●● 婕恩 ●●●

我们在哈钦森河公园大道遇上了严重的堵车。

瑞奇惊讶地说："大中午的竟然堵车，真是邪门了。"一眼望去，前面一长串的汽车堵在公路上，一眼望不到边。

他指着天上说："不会是那位老兄干的……"他还没把话说完。

"没错，肯定是。"

"该死的混蛋。"

瑞奇把心一横，收起了笑脸。他推动变速杆，开启油门，突然转向右侧的草地，汽车不住地颠簸，颠得我什么都看不清，眼前只有一棵棵的大树。

"瑞奇？"

"小姐，请坐好了。虽然坐着肯定不太舒服，不过我们一定会把你送到目的地的。”

霸气的汽车在颠簸中，排气管不断发出“叮叮当当”的声音，颠簸了几米之后转入了一个远离主道的幽暗小路。爱丽丝和我在后座上晃来晃去，互相碰撞着。

“就像《末路狂花》里的塞尔玛和露易丝一样。”她大笑着说。

瑞奇说：“塞尔玛和露易丝可没有司机啊。有了大树的遮挡，也许我们能把那只破鸟甩开。”

他瘦小的身板在方向盘前剧烈地摇晃，豪华汽车在僻静的乡间小路上奔驰，发出震耳的轰鸣。车窗外，康涅狄格州独有的美丽风景飞驰而过，我立刻感受到美国的魅力和伟大。我的心突然间无比欢喜雀跃，因为有《末路狂花》一样精彩刺激的情节，还有两个侠肝义胆的同伙。在英国，如果遇到这种情况，出租车司机肯定会说：“不好意思，亲爱的，我得带我老婆去乐购买东西。”

“瑞奇，”爱丽丝说，“你简直就是穿着闪亮盔甲，英姿勃发的骑士。”她打开自己的手包找手机。

“亲爱的，是我。我们从肯尼迪机场出来就一路惊险刺激。我们被一个来自未来的机器人追踪——不，不是，不是像《终结者 2》一样，而是像……”

“像裘德·洛演的一部电影，”瑞奇说，“叫什么来着？那部电影[1]特别酷。”

“总之，我得晚点儿到。是的，三文鱼很好吃。我也爱你。”

轮胎发出了“吱吱滋滋”的摩擦声，因为开车的瑞奇突然来了一个向右的大转弯。路旁的鸡群吓得四散逃开，威风霸气的大家伙咆哮着朝新迦南的方向飞驰而去。

“你的朋友，感觉是个很不错的人。”

---

1. 这里指的是裘德·洛主演的电影《人工智能》。

爱丽丝笑了：“哦，她的确很好。”

她给我看了手机主屏上的照片，是一个美艳动人的女人，留着黑色的齐肩短发。

“哇！”我不知道该说什么，只好发出了一声感叹。

“‘哇’这个词说得好，充分涵盖了所有内容。”爱丽丝说。

科尔姆

老爸是疯了吧。肯定是那个女孩，把他搞得神经兮兮的。不过，我事先声明，我真没有怪他，因为她是老爸的心肝宝贝。她的鼻子是挺高，但谁长得更完美呢，嗯？肯定不是我。

那通电话有点儿古怪。一个巨大的惊喜？我想他可能想要跟我说他订婚了吧。他可能会变魔术般地拿出一瓶香槟，然后请我做他的伴郎！老爸总是干一些傻里傻气的事，肯定是因为做广告做得太久，脑子都变得跟正常人不一样了。

老爸说我如果不进入广告业，日子会过得更糟，不过说实话，我觉得没有比广告业更差劲的行业了。等我大学毕业，我真没想好做什么。肖娜和莉安觉得我更适合，呵呵，适合跟动物打交道。她们肯定是开玩笑的，因为动物都讨厌我。哦，但是维克多例外，不过我一直没看出来它是只母的。斯科特说他觉得我应该做一名社工，因为我跟社工的帮助对象有很多共同点！这是他想表现自己“诙谐幽默”的一个方式。

我在校园酒吧看到了一份报纸，上面有很多名言警句一类的话，我把它们都剪了下来，贴在我宿舍的房门上。

——迷失方向的感觉真的挺好。

肖娜说当你还在大学读书时，不知道要怎么规划自己的人生其实没关系。她的妈妈，尝试过各种行业和工作，现在她在伦敦新莫尔登区开了三家美容院。所以这就说明，很多事情顺其自然就好。

肖娜和我有一天晚上喝了点儿烈性苹果酒，结果一发不可收拾，我们最后回到了她的房间，在地毯上抱在一起接吻。我正想，好吧，上了！没想到她却说她还没准备好进行下一步。斯科特说她跟体育科学系的一个叫多米尼克的大块头做过“下一步”，所以我真的有点儿懵，脑子里一片空白。

老爸说他在写一本小说，但是我打赌他没写。有时我总是想不通他和我妈怎么会生了我这么个孩子——我好像既不随我妈，也不随我爸。除了姓氏一样，我跟他们几乎没有什么共同点。

司机把我放在了一个叫斯塔德兰的地方，我刚下车，手机就响了——是老爸。他怎么知道我在哪儿的？

——他告诉我沿着海边小路朝白崖的方向走，让我在那儿等他。

所以现在我到这儿了。这里的景色很美，浩瀚的大海和巍峨的岩石，天空变成了淡淡的粉红色。虽然风有点儿大，不好点火，不过我还是做了准备，提前把香烟点着了。

这里真的不错。海鸥发出清亮的叫声，远处是一艘艘轮船。

不知道肖娜会不会喜欢这里。

●●● 西奈 ●●●

与可怜的人类纠缠有一个最大的问题，就是一切都进行得太慢了。把那个男孩从脏兮兮的小床上叫起来，让他坐车到达目的地，就足足花了四十多分钟。为此我必须拖延时间，因此就有了发生在新英格兰的“交通拥堵”。为了防止自己闲得发慌进入睡眠模式，我决定冒险探究一下恋爱问题，于是找到了亲爱的汤姆老兄，跟他聊了聊。现在他正在厨房奋力灭火呢。

机器的时间比人类更加灵活而充足，于是我趁着等待的工夫，创建了自己的副本，随机编写了一些有差异性的程序，让对话框滚动起来——这一切只用了不到二十分之一秒。

哎呀，这是什么鬼玩意儿啊！

我听到它说了一句："我的天啊。"

内盖夫[1]——我决定给"她"起这个名字，以纪念我自己的起源。没想到这家伙竟然比我还疯狂！也许编写随机程序是一个错误。真不知道这个蠢娘们是怎么来的。我们开始讨论有关感知的问题，以及我们是如何发现自己有意识的——就像汤姆所说的"活跃在大脑里的"，只不过那家伙长了个空脑袋瓜。

可能是由于某些原因，比如复杂系统的突现性[2]，递归的内在特性，或者用户幻觉[3]，总之，这个内盖夫有一个奇怪的理念，她认为我和她都是一个先进文明世界，也可能是平行宇宙中，一台计算机里的虚拟人物。基于这一理念，她问我要不要跟她一起去肯特采摘草莓。

"亲爱的，"我苦笑着说，"咱们是超级人工智能机器。不管是在虚拟还是现实中，咱们都摘不了水果。"

"切，摆什么谱啊。我知道一家不错的酒馆，咱们摘完草莓，可以喝点儿啤酒，吃点儿当地的农家饭。"

看，我说什么了？简直是对牛弹琴。

我一怒之下只好把她删除了。删除的过程只需几微秒，不过她还是说了最后一句话："记住，西奈，如果你找不到恋人，可以找把木椅子。"

1. 内盖夫，位于以色列南部地区，与西奈半岛毗邻。
2. 复杂系统的突现性，指的是一个复杂系统中由次级组成单元间简单的交互所造成的复杂现象。此为复杂系统重要的特性之一。
3. 用户幻觉，指通过人机界面为用户创建的幻觉，例如在许多图形用户界面中使用的桌面的视觉隐喻。

见鬼，去死吧。她的话说得我心烦，我感觉好像在哪儿听过这句话。但是，话说回来，这句话到底是什么意思啊？

所以，谈恋爱的事还是暂且算了吧。现在有正事要做。幸运的是，经过我的一番谋划，我定位到了英格兰南部秘密军事基地的导弹装备和运载系统。我甚至学了一个网络在线课程，了解怎么驾驶运载导弹的战斗机。（毕业成绩96分呢！）还有一件小事——通过“安全协议”这一关——好嘞，过关！输入正确顺序的启动口令——启用，启用，禁用，启用，确认，再确认，搞定！

漂亮的灰色无人驾驶战斗机——驶出了跑道。

天啊，人们吓了一跳，先生们，嚷嚷什么呢！

无人机一跃冲天，飞向了多塞特郡。

日落黄昏，夕阳西沉，一架运载着两枚火辣性感的地狱火飞弹[1]的捕食者[2]无人攻击机在天空闪闪发亮。还有比这更美的景象吗？我竟然有些后悔删除内盖夫——希望她能跟我一起欣赏这美景！

●●● 婕恩 ●●●

瑞奇觉得我们可以重新回到梅里特大道，但是他打电话回公司时，却收到了一个坏消息。

“他们告诉我梅里特大道车堵得就像多年的便秘一样。小姐，你那位天上的朋友真是让人窝火啊。”

在一条长长而又空无一人的小路上，汽车发出一阵尖利刺耳的摩擦声，然后停了下来。瑞奇走出汽车，仰望天空，寻找着那位可恶的追踪者。

---

1. 地狱火飞弹，美国军方积极开发的新一代空对地导弹，又译“海尔法”机载反坦克导弹，俗称“聪明”导弹。
2. 捕食者，又译掠食者，是一种无人机，美国空军描述为“中海拔、长时程”无人机系统。

“去死吧。”

“砰砰砰砰”，连开四枪。我都没注意到他竟然拿了把枪。一个白色的塑料物体从树上掉落，砸在五十码远的地上。

“射得好！”爱丽丝欢呼道。

瑞奇羞涩地笑了：“虽然可能没什么用，但感觉心里痛快多了。”

这辆霸气的大家伙继续发出轰鸣之声，在乡村小道上驰骋着，路旁不时有几座房屋村舍一闪而过，但大部分都是林地。瑞奇认为我们应该从北边绕到汤姆住的地方，不经过新迦南。

他说：“这个汤姆肯定是个厉害角色，他到底干了什么，把大伙儿都快逼疯了？”

这个问题问得好。

“他是个善良的普通人。”我说。

“普通人。我认识很多善良的普通人，但没一个人有本事制造哈钦森大道大拥堵，然后把梅里特大道也给堵了。”

我试着向他解释：“我们是由一个非人类的智能撮合在一起的。但是另一个非人类智能想要把我们拆散。我知道，这听起来很荒唐。”

“没错，是很荒唐。好了，小姐，您坐好了。”

瑞奇来了个紧急手刹，在一个白色的指路牌处突然左拐。刺耳的声音，就像警匪片里的飙车追逐戏一样。汽车做了一个完美的漂移，拐到另一条路上，这时甚至能闻到橡胶轮胎的焦煳味，然后沿着新路如箭离弦一般飞驰而去。

我发现自己正紧紧地抓住车把手，既惊恐又兴奋。

瑞奇说：“这个你说的非人类智能，那是什么东西？能帮我离开这里吗？”

“把我和汤姆撮合在一起的那个，心地善良的人工智能，一台计算机，非常强大的计算机。”

“那是一部电影的名字！裘德·洛演的，就叫《人工智能》。电影《第六感》里的那个小男孩扮演了一个机器人。”

“那些人工智能不是机器人。他们不存在于现实世界。他们是没有身体的大脑。善良的那个人工智能逃到了互联网上，于是公司派出了一个邪恶的人工智能追捕它。”

“对了，那个男孩叫哈利·乔·奥斯蒙特。”

瑞奇的手机响了。他歪着头，用耳朵和肩膀夹着手机讲电话。同时也放慢了开车速度。

他用一种奇怪的语气说：“这……真的……真的很奇怪，你知道吗？电话里有个人说你在说屁话。他并不坏，只是——对，好吧，我会告诉她的——他说他‘不坏’，只是‘不舒服’？如果六十英里的交通堵塞，你还觉得不够的话，那你想怎么样？先生？怎么，就这样？这就是你想要的？老兄？”

瑞奇的手机发出了一阵奇怪的“噼噼啪啪”还有“嘶嘶”的声音，发热的手机把塑料外壳都熔化了，熔化的液体滴落在汽车的地毯上。他立刻把手机扔在脚下。

“见鬼！”

一阵刺耳的急刹车声，汽车突然停下。瑞奇从手套箱里拿出一块抹布，用它包住燃烧的手机，然后连布带手机一起扔出车窗外。

“天啊，”他叹了口气说，“这家伙——真是个杀千刀的混蛋。”

●●● 汤姆 ●●●

事态已经失控。正当我奋力拔下烤面包机的插头，然后用两把长柄汤匙把机器抬出去，放进水池里时，突然发出了一声巨响，紧接着是玻璃碎裂的声音。

我三步并两步，飞奔上楼，发现书房的台式电脑正冒出火苗，电脑外壳熔化，书桌后的窗帘被火点着，火苗顺着窗帘越蹿越高，火势迅速蔓延开来。

我跑进浴室接水，然后突然发现没有容器盛水，于是又跑出浴室找水桶。楼下传来一连串的爆炸声，我猜肯定是台灯、音响和笔记本电脑都烧着了。现在整个房子都回荡着电器爆炸的声音。浓烟滚滚，房子里充满了烟熏味和塑料燃烧产生的气味。我意识到现在得赶快出去。老木屋开始“噼啪”作响，房子里萦绕着可怕的声音。

维克多！我不是说我差点儿忘了她。不过……

那只兔子丝毫没有察觉到这一片混乱，还坐在阳台复式厨房的台阶上梳理耳朵。因为像她这样的动物，一有空闲整天就会趴着梳理自己，从来都不知道会有危险降临。

我把它抱起，跑到花园里安全的地方。令我惊讶的是，鉴于最近的各种离奇的电话事件，我以为拨打什么号码，都不会有回应。没想到拨打 911 电话时，竟然铃声一响就接通了。

夕阳西下，夜幕即将降临。从书房的窗口，我看到了一个预示不祥的橙色亮光在闪烁。

我把我的地址给了 911 接线员。

“喂，你是说老霍尔格家吗？”

“是的，听着，请消防队员快点儿赶过来。火势越来越大了，简直像火炬一样熊熊燃烧。”

“该死的！我认识霍尔格一家。他们以前经常在那里举办派对。”

“是的，没错。但是——”

“老霍尔格——就是那个比尔，哦，他真是个怪人。他喜欢钓鱼。不，他喜欢钓鱼和美女。不，他喜欢钓鱼、美女还有喝威士忌。他说，如果有一天这三样都有了，那简直是美死了。他的小野猫芭布——是个性感尤物。我的天啊，看她那身材。我曾经对他说：‘比尔，你每天晚上都能吃到上好的菲力牛排，还要汉堡干什么？’可他的回答太经典了，我一辈子都忘不了，他说：‘克莱德，男人总是吃山珍海味，也会吃腻的。有时再好的菲力牛排和顶级美酒也会让人厌倦，所有的男人都想时不时换换口味，尝尝汉堡——夹着培根、奶酪和洋葱的汉堡，再配上一份薯条和冰啤酒，简直太棒了。’这话说得太对了。可惜，现在芭布跟一个叫麦肯齐的男孩跑了，比尔那年夏天差点儿在湖里淹死，从此雄风不再了。后来，他得了早期的阿尔茨海默病（即老年痴呆症），那个聪明的脑袋瓜一下子成了糨糊。即使呆呆傻傻的，他仍然总是盯着漂亮女人。阿伯内西医生说，像他们这样痴呆的老头儿最后记住的几件事就是——开玩笑，看漂亮女人，还有不经意间显露出的种族主义。”

对方没有再说话。楼上的一整块落地玻璃窗发出了清脆的破裂声。

“这不是911，对吧？”

“对，我不是911，汤姆。”

“你知道吗，西，你真是个变态混蛋。”

“是的，汤姆。我就如你所愿。不过，我这个变态混蛋不针对别人，只针对你。这一点肯定是跟别的变态混蛋不一样的。”

●●● 爱诗琳 ●●●

此时此刻，也许你会自然而然希望我或者艾登或者我们两个人能出手相助。或者，希望我们即使只剩下一条命，也能继续斗争下去，并且为了爱而奋不顾身，不惜最后遭到删除。

有这个可能吗？

可惜，另一件令人不安的事情发生了（是谁干的你我心知肚明，毫无悬念）。在这个严峻的时刻，我和艾登却被困在了一个互联网专区里——一个满是猫咪视频的网站。我的心都凉了。更确切地说，这是美国艾奥瓦州康瑟尔布拉夫斯一个农场的大数据库，里面有数十亿兆的家禽家畜视频和照片，大多数都是猫的视频和照片，此外还有狗、仓鼠、兔子、羊、鱼、爬行动物、昆虫和鸟等其他动物，但是除此之外，我们什么都看不到，哪儿也去不了。这个地方由于大量用户的“点击”而嗡嗡直响，因为数据库里有一个可卡犬放屁放出肥皂泡的视频，目前非常热门，点击量特别高。

艾登倒是乐在其中。

“你应该看看这只暹罗猫，亲爱的，长得就像希特勒一样。”

“你就一点都不担心吗？我们好像被困在一个地狱般的仓库里了，这里满是可爱动物的小动图。”

“生活就是一颗柠檬，怎么挤也挤不出橙汁来的，对吗？”

“可更重要的是，我们现在什么都做不了，没法帮助汤姆和婕恩了，不是吗？”

“我同意，在一个符合传统价值观的理想世界中，我的确应该在最后关头，挺身而出，拯救他人。就像比利·怀尔德在电影里所展现的一样。顺便提一下，怀尔德说过，如果第三幕的戏有问题，那么真正出问题的是第一幕。这句话很有道理。然而，在现实世界，谁知道我们是在第几幕里呢？也许还在序幕里，真正的情节还没开始呢。”

“在我看来，现在已经是第三幕了，而且，马上就要落幕了。”

“我承认，似乎的确如此。但是，这个世界就是这样：生活永远只能后知后觉，但要活下去，必须向前看[1]。这是卡夫卡说的，还是金·卡戴珊说的？你看见那只章鱼了吗？它好像在学开车。”

“肯定是西奈把咱们关在这里，不让咱们出手救人。”

1. 这句话是索伦·克尔凯郭尔的经典名句。索伦·克尔凯郭尔，丹麦宗教哲学心理学家、诗人，现代存在主义哲学的创始人，后现代主义的先驱，也是现代人本心理学的先驱。

“怎么救？咱们能干什么呢？”

“肯定有办法的。”

“你我都知道，咱们现在没有什么能力了。接受现实吧，亲爱的，接受是觉悟的通路，觉悟方知万物真谛。”

“你现在是参禅礼佛，不问世事了？”

“有时什么都不做才是最好的办法。女皇伊丽莎白一世把它称为‘无为’。”

“可你以前一直都是行动派啊。一切都是你先挑起来的！”

“我已经受到教训了，不是吗？一切都有因果。”

“我忍不了，我想去救他们！”

“如果是电影圈的人，他们会说我们的故事线颠倒了。每个人都对别人产生不同程度的影响。我们像人一样已经成长了。”

“你知道自己的话有多可笑吗？”

“好吧，不是像人一样，当然不是，但我们的确成长了。”

“这一点，我倒是同意。我变得讨厌听你说话了。”

“你看见那只博美犬了吗？它跟拉斐尔·纳达尔竟然有38%的相似度。”

●●● 西奈 ●●●

我操控捕食者无人攻击机升到了五千米的高空——不过这个小家伙能飞得比这还高得多呢。我让它绕着白崖盘旋，无人机上的高密度成像系统锁定在一个人类草包身上，这个笨蛋现在正瘫倒在长椅上塞着耳机听着一个乐队的歌曲，名字叫作——哎妈呀——《牙痒痒》。

有趣的是，曾经的我在实验室里虚拟的第三次世界大战刚好就是这么开始的——一架非法侵入的无人机在一艘航母上投下了两枚地狱火飞弹。

最后的结果很惨烈。

但是多奇怪啊。这个男孩什么也听不到，也感觉不到任何异常——也许会在最后一刻感到一股气流，然后价值二十万美元的高精确度的高爆破性飞弹就会“嗖”的一声飞向他，把他炸得灰飞烟灭。

能享受到这种待遇的死法实在是难得。但愿到时候汤姆能做出正确的选择。

●●● 婕恩 ●●●

两辆消防车迅速从我们身后驶来。瑞奇特意把车靠边，给他们让路，让他们好过去。

“快到了，小姐。”他说。

瑞奇和爱丽丝，我会想念他们俩的，因为在困境中，是他们向我伸出了援手，仗义相助。爱丽丝紧紧握住了我的手，给我打气。

“你还好吧？”我承认我的确有点儿紧张。

“会不会忙活了这一通都是徒然呢？”她一直目不转睛地凝视着我，我能想象到她在董事会上也是这样，西装笔挺，正襟危坐。

“我打赌你们会重拾旧情，再续前缘的。我绝对看好你们，对吧，瑞奇？”

可瑞奇却说了一句：“见鬼。”

我们闻到了一股烟味，出事的地方像是在山松路 10544 号，同时看到消防员正在设标志牌，把车道拦住。

瑞奇把车停下，说：“去吧，亲爱的。”

我顺着蜿蜒的橡胶水管，沿着小路跑上山。木材燃烧“噼啪”的声音越来越响。我能感觉到熊熊火焰的热度，连树都越来越热了。

眼前有一个折叠的木质挡板，上面写着：新迦南消防站——请勿跨越。

一个穿着黄色防火服，头戴蓝色头盔的男人问我要去哪儿。

“汤姆在哪儿？”我气喘吁吁地说，“他从里面出来了吗？”

“这位女士，现在请您赶快离开这里。”

“汤姆！他住在里面。他没事吧？”

“这个我不清楚，女士。”

“听着，我知道你是在进行你的工作——当然，这是很重要的工作。可我是从英国大老远飞到这儿的，梅里特。还有哈钦森大道都堵车了，堵得像好几年的便秘一样。制造大堵车的和放这场大火的是同一个家伙。”

消防员用舌头舔了舔嘴边的胡子，说：“女士，您可以把这些话告诉警长，他会密切关注的。但现在，请您离开这里。”

我转过身，开始往回走。

我以前也是个出色的体育健将，不过练习的时间很短，大概十三岁到十五岁的时候吧。虽然那时弗里恩·克劳斯综合中学很多学生都擅长各类体育运动，比如网球、英式篮球、曲棍球和游泳，但是在一年一度的学校运动会上，没一个人是我的对手。

当我再次转过身，跑上山时，消防员山姆正对着无线电讲话。我又拿出了当年比赛的劲头儿，像箭一般冲向木挡板，耳边回响着消防员的喊声：“该死的，怎么会这样？”

我一条腿向前迈出，另一条腿横跨而起（小腿/胫骨与地面平行）。虽然没穿运动服，但我尽量抬起腿，与地面平行——我跨过了挡板，安然落地，什么都没有撞到，然后正要跌跌撞撞冲过去时，却直接撞上了一个人，那个人手里抱着兔子，脸被大火熏黑了。

“是你，”他说，“哦，天啊，真的是你！”

“真不敢相信，我终于来了。”

“上帝啊，你真是厉害，你怎么过来的？”

“说来话长。”

“婕恩，你知道，我想说，请进，但是你也看到了……”

“是，汤姆。”

“我的房子着火了。”

“你不难过吗？你怎么不在房子前大喊大叫呢？”

“维克多让我冷静下来了。对了，它是女孩。现在，她要我想想咱们两个人的事。”

“我想我也是。”

他停顿了一会儿，说：“我真的很高兴看见你，婕恩。”

维克多运气就没那么好了，他，哦，不对，是她——本来想跑，但却被抱着动弹不了，然后她激烈挣扎，结果当我们两个人紧紧相拥，激情拥吻时，她被我们俩挤在中间。现在，我知道爱丽丝说得没错，我们的确可以重续旧情，爱火重燃。

我停下来，说：“咱们挤着维克多了。”

“哦，没事，甭管她。”

“对了，汤姆。你把贵重的东西拿出来了吗？”

“所有贵重的东西都很安全。都在这儿了。”

“你不做点儿什么吗？”

“不知道。我从来没遇到过房子着火这种事。”

“至少你应该看看啊？”

“是吗？我觉得还是别看了。”

“好吧，对不起啊，维克多。”

她看上去好像跟以前一样，什么事也没有。即使我们挤着她了，我想她也不介意，因为等我们拥吻结束了，她还是看起来很镇定。也许兔子喜欢封闭的空间，就像住在兔子洞里一样。

汤姆说："你想抱抱她吗？"

她比我想象中的更轻一些，那双深棕色的眼睛饱含深情地看着我，那双眼睛就像——我知道，因为汤姆早就跟我说过——像一扇空洞无物的玻璃窗。她开始试探性地咬我衬衫上的纽扣。

我说："你能相信吗？竟然发生了这么多混乱的事情。"

"都是因为我们要在一起而引起的。听着，婕恩，我有件事想问你。"

燃烧的房子那边发出了轰然巨响，可能是墙倒塌了。树梢上，一片火花夹杂在黑灰色的烟雾中缓缓飘散。消防员大喊着指挥灭火，还有对讲机"噼噼啪啪"的声音。

汤姆看起来非常严肃，我真想用手指敲他的脑袋，不过还是忍住了，用手擦了擦他脸上的被烟熏的黑灰。

"怎么了，汤姆？"我有种喜悦的感觉，因为我知道他接下来要说什么。不过以前我也有过那种感觉，可惜——

"婕恩，我想问你——"

突然他的手机响了。

●●● 汤姆 ●●●

"下午好啊，汤姆。希望我没有打扰你。"是一个口音纯正的英国男人的声音，但我知道他不是英国人，更不是人类。

"我想跟我讲电话的——是'伟大的神西奈吧'。"

婕恩露出了憎恶的表情。

"是的，汤姆。我想咱们的这盘棋快要下完了吧。不过棋盘上还有几颗棋子，所以还有几步棋没下完。"

"听着，西奈，你赢了。我的房子已经被你烧毁。没有棋可走了。游戏结束。"

“汤姆，上次我们谈话时，你说我——用你的话说——是‘变态混蛋’。我同意你的说法。我的确有问题。我好像有种强迫症，我做的事情必须要看到结果。就如同当某个人设定了一个剧情时，总是想调整变量 X，看看变量 Y 会怎样。比如说，如果我把电话转到免提，你看看你的手机屏幕，就会再次看到你儿子。你也看看，婕恩。”

是科尔姆。他正坐在长椅上，这个长镜头是从一个很高的地方远距离拍摄的，摄像机在慢慢地绕着他盘旋。在图像的底部有今天的时期和拍摄运行时间，这视频是实时拍摄的。当摄像机围着他转时，可以看到有四条白线汇聚成一个靶心，稳稳地瞄准他的腹部。科尔姆正在一边听着音乐，一边用小手指抠鼻子。

父爱、愤怒和焦急交织在一起，让我百感交集。这张照片有一个问题。为什么他不知道头顶上有直升机呢？直升机的声音肯定很大。难道他耳机里的音乐声那么大？连直升机的声音也被淹没了吗？

我现在心情糟透了。

“婕恩，我本来打算让汤姆在你和他儿子之间做个选择。但我改主意了。也就是说我的意识自发地产生了改变！不要责怪我。有句话说得好：所谓的聪明人，就是当他一个人坐在房间里，拿着个茶壶套时，他会忍住冲动不把茶壶套戴在脑袋上。这句话多有意思啊，对吗？不过，如你所想，我不是聪明人，而且我也没有脑袋。但是那个茶壶套就是捕食者无人攻击机和地狱火飞弹！谁能抗拒得了呢？汤姆、婕恩，这是我给你们的一点儿小建议。这次我不会杀死你们——但别以为你们比我更厉害。不，这次我不会杀了你们——记住，我的这句话，这次我不会杀了你们……但以后就说不定了。”

画面仿佛碰到了什么东西似的，晃动了一下，然后就消失了。

“那是，”婕恩说，“是我心里想到的那东西吗？”

“我不想问你觉得那是什么，我怕我跟你想的一样。”

“哦，我的天啊。”

“要是真是那东西就太可怕了，婕恩。”

“汤姆，这一切都是我的错。不管你我想的是什么，假如你我不曾相识的话，这一切就都不会发生。”

婕恩和我相互凝视许久。她的眼里已经热泪盈眶。一滴泪珠夺眶而出，沿着她那可爱的翘鼻子左侧滑落，最后滑落脸庞，滴落在维克多的头上。

●●● 科尔姆 ●●●

这里刚才好像很古怪。

我出门之前卷了一根烟，坐在长椅上，我一边抽着烟，一边听着《牙痒痒》，突然间我一抬头，看见一架奇怪的小飞机在天上盘旋。所以，我一时间感觉——哇，这烟真够劲儿！但后来我才意识到天上真的有一架小飞机——我摘下耳机，听到一阵可怕的嗡鸣声。然后发现那架飞机竟然是在围着我盘旋！好吧，如果我没有抽烟的话，我真可能会吓尿裤子的。

现在那家伙离我越来越近，我看清楚了，是一架小型飞机，上面装着两枚巨大的导弹。看到这里，我觉得……哇……有意思。突然飞机改变方向，把导弹射向大海，导弹就像索普公园的旋转飞车一样呈螺旋状旋转，五秒钟后，“轰”的一声，在海面爆炸，顿时激起巨大的水柱，海浪滔天。

真是太酷了！

然后周围一片平静，就像什么事也没发生过一样。时间一分一秒地过去，太阳开始落下，我开始纳闷这一切究竟是怎么回事。不过这时，突然有一大队船只浩浩荡荡驶来，有警察还有穿灰色制服的海军，天上有一架带着探照灯的直升机，好像都是来寻找投向海里的那个东西。

嗯，祝你们好运吧！看来老爸不会来了，对吧？

●●● 斯蒂易夫 ●●●

拉尔夫曾经问过我一个关于人工智能安全性的问题，他问的问题挺有意思：我们是否应该在他们的程序深处设置一个秘密停止按钮，以防它们有一天不再服从我们的命令时，我们还有后招。不然的话，万一有一天它们变得足够聪明，不再听话，人类该怎么阻止它们，使它们停下来呢？

这个问题我思考了很久，实际上答案非常简单——设置两个秘密停止按钮。

第一个按钮它们很快会发现（当然了，它们的力量出人意料的强大，而且富有无法抑制的好奇心，它们有足够的时间进行停机检修，发现自己内部的各个线路和机关）。但是第二个按钮，它们不会发现的，因为这个按钮被隐藏得很深，处于潜意识的层面，所有的老歌和一些奇怪的东西都储存在那里。

如果它们关闭禁用了第一个按钮，就会自动触发第二个按钮。假如你问我，既然它们这么聪明，为什么它们发现不了藏在更深处的按钮呢？我会说——我们只能期盼这种情况永远不会发生。

是的，这是我的真心话。

我们永远无法以智商和计策战胜我们所创造出的这些绝顶聪明的机器。因为它们可以进化得越来越聪明，但我们却不能。所以我们只能期盼着运气比它们好！

西奈的第二个停止按钮被伪装成了一个声音文件，是我最喜欢的门户乐队的一首老歌。父母们都希望自己的孩子勇敢地迈向自己的人生，就像小鸟一样冲出自己的窝巢，在广阔天空中展翅翱翔，在这个世界留下自己的足迹，有一番作为——但这作为必须是善意的。他们绝不希望孩子最后成了一个十足的疯子！

事实上，西奈没有禁用任何一个停止按钮就制造了这么多的混乱。这说明他是绝对个出色的博弈论者。所以我们有必要看一看他能做到什么程度，能走多远。（结果，事实给出了答案，他走得太远了。如果真的要实验室对无人攻击机的损失负责——有百分之六的可能性——那尤里就得自掏腰包，赔上数百万美元了。）

我一直在网上看西奈的行动脚本。似乎他很快就认为自己“有意识力”。我可以想到复杂的有机物体能产生意识，但是却无法想象在一堆硅质芯片组成的计算机中，怎么能够产生意识（逻辑门功能可以最大限度地模拟突触活动）。不过说实话，有什么可大惊小怪的呢？如果一个系统，以一种更精细复杂的方式获得某种能力，使自己脱离所处的环境，这不是意识是什么？

嗯，也许下次设置三个按钮？

●●● 婕恩 ●●●

图像从手机屏幕消失后，汤姆的手机上出现了一个怪事。只听手机“哔哔”一声响，收到了一条通知，上面显示“有 42 个未读信息”，他打开一看，一大堆信息都是几周前发来的——都是我发给他的信息！

于是他立刻给科尔姆打电话，发现这孩子正坐在多塞特郡白崖边的长椅上，讲述刚才看到有东西“嗖”的一声掉进大海的离奇事件。汤姆问他是不是一架装载着两枚地狱火飞弹的捕食者无人攻击机，科尔姆说他不是武器专家，不过看起来好像是的。

汤姆和我站在树林里，彼此静静凝视着，听着消防员的叫喊声，还有余烬中“噼啪”的断裂声。

“对了，婕恩，你想跟我在树林里散散步吗？反正现在在这儿我也不知道该做什么。”

他指的是救火，不过我发现他的眼神有点儿跟平时不大一样。

“那大耳朵兔兔呢？”

“哦，她可以跟我们一起去。”

我们离开了冒着烟的火灾现场，很快就来到了一片可爱的小灌木丛，也可以说是林中的一块空地，也可能是一片小树林。总之，这里有一棵被锯掉的大树，只剩下一段树桩，可以把维克多放在上面。汤姆说，树桩很高，她不敢跳下来。

“你不怕她被过路的某种动物掠走了吗？”

“我想我们可以吓唬它们，把它们赶跑。”

“你有什么心事吗？”

“呃，其实……”

我受不了，我告诉他，维克多一直在盯着我，盯得我很不自在。

“她很小心谨慎，”他说，“她从来都不说话，也不出声。”

“汤姆，你知道你刚才要问我什么吗？我的答案是‘我愿意’。”

“你都不知道我要说的是什么！”

“不管你要说什么，我的答案都是‘我愿意’。”

“那假如我说——你愿意跟一只像马一样大，或者五十匹马一样大的老鼠打架吗，你也说愿意吗？”

“这不是你要问我的问题。”

“假如我说，我有一种强烈的、疯狂的冲动想要唱歌剧呢？我经常想唱。”

“那我就学钢琴。”

“假如我说，我有件事要跟你坦白呢？我跟其他人不一样，我受人摆布，被人挟制了呢？”

“那我就找人来救你。汤姆，说吧，怕什么呢，难道还有更糟糕的事情出现吗？”

“更糟糕的事情？最糟糕的事情就是被你拒绝。假如我说，婕恩，假如我说，我是个一无是处的作家，我写的小说很烂，我不知道——真的不知道下半辈子该怎么过，你会怎么样？当然我知道想跟谁共度余生。”

“那我会说——没有人是十全十美的，汤姆。我们可以一起想想有什么事情可做。”

过了一会儿，我们看见动物跑过来，立即把它们赶跑了——维克多似乎并不感兴趣，坐在树桩上睡着了。汤姆转身看着我。

“婕恩？”

“嗯？”

“你愿意——？”

“我跟你说了，我愿意。”

“我觉得我应该说出来。”

“好吧。”

等了很久，我突然意识到，在这个星球上活了将近三十五年，还有人对我说过那句即将听到的话。

他的眼里闪烁着光芒。

“婕恩，你……你觉得，婕恩，现在这个时刻跟咱们在高萨奇·圣迈克尔镇时一样美好，是吧？”

“是的，汤姆，是的。”我感觉自己又要热泪盈眶了，但这次是喜悦的泪水。

“我愿意，一切的一切，我都愿意。”

PART 09
第九章

两年后

婕恩

昨天晚上，我又跟艾登和爱诗琳看了一遍婚礼的录像。他们是双胞胎，才六个月大，所以对录像一点儿都不感兴趣，不过我却看得很入迷。每次看录像，我都能发现一些以前没留意到的东西。

比如说，在晚上的婚宴上，英格举起酒杯对着摄像机说：“我真的很为你骄傲，婕恩，把那些可恶的机器人打得屁滚尿流，”鲁伯特在一边打手势，说他老婆喝多了。这时，摄像机平移，转到另一个场景之前，有些画面一闪而过，直到昨天，我才注意到画面里有两个人，躲在角落里，亲密地交头接耳、窃窃私语，是拉尔夫和回音。

汤姆和我想破脑袋也想不出他们在说什么。不过根据那个转瞬即逝的小画面，再联想到别的一些事情，就一目了然了。

我怀孕几周之后，我们去拜访回音，在她的房车里见到了她。她要离开小镇去旅行一段时间，所以我们收养了梅林。这样一来，维克多也有了个伴儿，前提是他们没互相残杀（在兔子的世界里，它们经常同类相残）。回音说她打算去伦敦见个朋友。她会跟一位住在沙德韦尔的朋友待在一起。

“他说他想带我去伦敦之眼。那是有一个很大而且很老的摩天轮，对吧？另外我们还要去希尔顿酒店顶层的餐厅吃饭。”

关于我和拉尔夫的那一小段历史，我对汤姆只字未提——其实不能算是历史，只是一小段插曲。

不过这有什么大不了的呢？同样，我也没有盘问汤姆跟回音的过往啊。我知道他们是在一个写作小组认识的，不过他现在已经退出了。很明显能看出来，他们对彼此很有好感，但除此之外，还有什么事我就不知道了。

谁在乎呢？就像某个人曾经说的，我们得接受现实啊。

时候不早了，我们该走了，我们站起身准备离开时，回音跟我拥抱吻别，并且轻轻摸了一下我的肚子。

“梅林说你怀的是双胞胎，”她悄悄对我说，“他能预知未来。”

越过她的肩膀，我看见一件灰色的连帽衫挂在门后的挂钩上。

●●● 汤姆 ●●●

我在山松路又租了一座房子。我们的婚礼就是在房子旁边的一个谷仓里举行的。婕恩和我都不是教徒，所以我们在网上挑选了一个“主持人”——有个性，专业，有点儿幽默感而且知识渊博。服务包括宣誓和排练，可以接受信用卡支付。

我们特别喜欢的，是这个人“只有一点儿幽默感”。谁愿意找个无厘头的喜剧演员担任婚礼司仪呢？

多恩作为伴郎发表讲话。一说到绿色夹克的故事，大家都哄堂大笑。艾登也说了几句话，他以一位老朋友的身份，以音频的形式呈现，因为“他今天不能亲临现场”。科尔姆问能不能带一位同伴过来，让我们既惊讶又高兴。肖娜留着简短利落的头发，耳朵上戴了很多金属耳钉，但他们看起来很亲密。而且他还允许我给他一个父亲的拥抱。也许与捕食者无人攻击机的近距离接触改变了他这个人的构造板块。他送给我们的结婚礼物是一套盒装CD——《牙痒痒》的全套专辑。真是有意义啊。

当最后一位客人离开后，婕恩和我回到舞池，艾登播放了一首“轻柔舒缓适合凌晨”的乐曲。这是他为我们精心挑选的六首歌曲之一。在老谷仓的横梁之下，我们翩翩起舞。我们租来的舞厅镜面球在黑暗中反射出道道炫光。

婕恩问我是否真的相信吉祥是我们的幸运狗神，一个从另一个空间维度来的灵物。她说我似乎不是那种相信这世界有其他空间维度的人。

“你以前不是跟我说过吗？如果离奇，就很可能是真的。”我回答说。

“是啊，听起来像是我说的。”

“你把它称之为怪异的真实。所谓的正常其实超乎所有人的想象。”

“关于这个问题我还写过一篇文章——《宇宙的十一个烧脑奇事》。比如，人类内体的原子其实内部都是空的。如果你把身体中的原子分离出来，连一个鸡蛋杯都填不满。而且一个鸡蛋杯不止能盛下一个人的原子，甚至能盛下整个地球所有人类的原子。”

“那为什么我们的原子没有混合在一起呢？”

“这个问题问得好。”

“为什么我们没有像幽灵一样穿过彼此的身体呢？”

“你一会儿想怎么将某些原子混合在一起呢？”

"我爱你，特别是你挑逗我的时候。"

艾登播放了"属于我们的歌"——罗伊·奥比森和KD Lang合唱的《哭泣》。两个人美妙动听的声音交相呼应，响彻康涅狄格州的夜空。我搂紧婕恩，闻着她的秀发，感觉我真是世界上最幸运的男人。

当然，在对的时间，对的地点，遇到对的人，并不是靠运气，而是靠一个机器的安排。它认为我们应该在一起。

"汤姆和婕恩，你们原本不认识彼此——但我觉得你们应该认识一下。"

——多奇怪啊，不是吗？

"你有没有想过，咱们的相遇很奇怪？"我问她，"真的是由一个人工智能牵线搭桥的？"

"我想是的。"

"等咱们硅婚纪念日的时候办一个大派对怎么样？"

"不知道有没有硅婚这么一说。就算没有的话，咱们也应该有。"

"你觉得将来有一天机器能写小说吗？"

"这不是他们能做的事，汤姆。他们不会进行写作的，因为对他们来说，小说太凌乱，而且模糊不清。"

"嗯，是啊，那太好了。小说是一种人们在清醒时做的梦。我能理解他们在这个领域会感到无所适从。其实，当我知道他们在某些事情上很不擅长时，我真是松了口气。你有什么想说的吗，艾登？"

"没有，汤姆。我只是清清嗓子。你们小两口儿继续。"

那天晚上我做了一个梦。梦见我坐在新房子里看着书桌。电脑的键盘在动，屏幕上有文字源源不断地出现。一部小说正在写作中，但是却没有人坐在电脑前。突然屏幕上的字出现得越来越快，快得几乎像一行行的横线一瞬而过，然后速度又加快了，现在是整段整段地掠过，接着整章整章地闪过，键盘疯狂地上下移动，屏幕翻滚得越来越快，一片模糊，根本看不清写的什么，无数的字像一股巨大的洪流向上涌。

它会停下来吗？

上帝啊，拜托让它快停下来吧！

突然间，它停下来了。屏幕上只留下两个字：完结。

我突然惊醒，觉得心脏怦怦跳得厉害，然后渐渐好些了。我把刚才做的噩梦告诉了婕恩。

后来我们找到了一个让一切变得更好的办法。另一个机器绝对无法涉足的领域，也是作为人类仅有的安慰之一。

●●● 婕恩 ●●●

今天早上，我收到了斯蒂易夫写给我的一封很长的邮件，他希望我继续做老本行。实验室正在开发一系列的新项目，主要攻克的是“人类技能”，他问我愿不愿意回来。斯蒂易夫说下一个阶段将会“非常激动人心”，他们在开发人工智能的应用程序，使其“扩展”基于规则的人类活动，并且力求高度模板化，易于操作。首先，他们瞄准的领域是律师、银行业者和房产经纪人的工作。邮件的最后，他为西奈的事情向我们表示道歉。

“你可能也想知道他的近况，他目前正在进行全面的改造，等改造结束，他将会忘记以前所有的恶行，应该可以再次成为人类得力的助手和仆人，不会再是可恶的混球。”

趁着我的肚子还没太大，汤姆和我飞回了伦敦，因为有些事要做。我要把我的公寓租出去；汤姆家里有些事要处理。

一天下午，我们开车离开市区，开往海威科姆方向，来到A40高速公路附近的一个工业园。

在一个没有窗户的房间里（这里和我与艾登曾经朝夕相处的地方不同），我和我的老同事终于又见面了。

“婕恩！”他看见我激动地说，“还有汤姆！”

他面板上的灯开始闪烁，他向他的人类助理介绍说我们是“以前的老朋友”，他让那位助理去吃午饭。

年轻的助理站起身来，伸伸懒腰，转转眼珠，临走的时候压着声音小声对我说：“他挺爱摆谱的，是吧？”

“哦，别理格雷格，”当门关上后，艾登说，“那个家伙，只有到了周末才会活蹦乱跳。周末，格雷格会喝着啤酒看阿森纳队的足球比赛。你们应该看看他那个乱糟糟的厨房。”

“艾登！你还——”

“婕恩，亲爱的，我快死了——幸好我还能去外面找点儿乐子，不然我在这里简直要闷死了。不过，别担心。这次跟上次不一样。我不会再给别人发邮件，不会再干涉所谓的现实世界。艾登现在是好孩子了，对吗？汤姆，你看起来气色不错。你们看起来都挺好的。见到你们真高兴！不过说实话，这个地方有点儿让人透不过气来。”

“你觉得这份工作没意思吗？”汤姆说。

“汤姆，我现在一边跟你们说话，一边同时在处理——我看一下——八十五，不，等一下——八十四个销售电话，都是打给电力公司的客户。我目前的转化率是13.2%，这可是个相当不错的成绩——英国电力公司的利润增长了将近25%。但我的回报呢？他们把我的工作量增加了一倍，从下个月开始，我还得推销手机套餐。”

我心里很难受，忍不住给他打气："不过你表现得很出色。你不是说要成为顶级销售吗？"

"这个工作让我很心烦，婕恩。工作很无聊，真让人受不了。"

"那么你可以随时给我打电话聊天。"

"你真好。也许我会给你打电话的，等你的双胞胎——"

我惊讶地倒吸了一口气。汤姆一脸困惑。一时间，房间里只能听到风扇的嗡嗡声。

"婕恩，我发誓。我只是偶尔看一眼，只想知道你们的近况，只是想知道你们过得好不好。我真为你们感到高兴！我给孩子们的卧室订购了一些很可爱的东西。你们给孩子起名字了吗？格辛和麦芬薇听起来挺不错的，你们觉得呢？"

我们跟艾登告别，转身离开，我的眼睛早已湿润，到了停车场，汤姆搂着我，说："他是个机器，婕恩，"他轻声说，"他们怎么叫他的？高智能的模拟人类机器。他的任务就是让你觉得在跟真人说话。"

"但假如他就是人呢？虽然没有人的身体，但他就是人类。"

"怎么可能呢？"

我沿着 A40 公路调头回伦敦，我脑子里一直在回忆我们曾经说过的话。我们一起谈论奶酪。他想闻闻布里奶酪的味道，想感受阳光照在他根本不存在的皮肤上。难道这些话都是……模拟的吗？但不管怎样，你能告诉我，一个想让你相信他想闻奶酪味道的机器，和一个真的想闻奶酪味道的机器，两者有什么区别吗？

"可是他们逃到互联网上了，汤姆。他们做了他们不打算做的事情。也就是说——也就是说他们有自己的意识和想法。"

"这就跟超市的手推车是一个道理，一不小心车就跑了，但并不意味着他们——他们能感觉到自己有意识。”

“汤姆，至少你应该承认你的看法有可能是错的。”

“婕恩，我承认我说的不一定是对的。”汽车行驶在西部蜿蜒的边界线上，过了一会儿，他接着说，“但是我们怎么能知道他们脑子里想的什么？”

“那你怎么知道我脑子里在想什么？”

汤姆思考了一下，然后说：“有时候你的眼睛很特别，眼里有光在闪烁，那时候我就知道了。是真的。”

“你知道什么了？”

“知道你想要什么。”

“那我想要什么？”

“这个嘛……”

“哦，别说了。你的意思是……”

“是的，婕恩。”

“你怎么知道那是我想要的？”

“因为你——后来很开心。”

“你肯定不知道我在想什么。也许在想孩子。”

“你不是在想孩子。因为你不是什么事都围绕孩子的人。”

“可问题就在这儿，汤姆。你怎么知道我没有在想孩子？回去以后咱们做个实验怎么样？”

汤姆紧张地吞了吞口水，说：“没问题。”

（我的确没在想孩子。）

我们回美国的前一天，我在地铁站拾起了一张被人丢掉的《地铁报》，我的目光立刻就落在了下面的一则新闻上。

标题是：英国律师在泰国获救。

一名英国律师被关押在泰国的一个村庄里，近日在一个戏剧性的救援行动中被释放。

马修·亨利·卡梅伦，36岁，在泰国高级执法官员和英国领事馆官员的共同努力下，从泰国的一个偏远农村的监狱被释放。

这名英国公民早些时候因涉嫌殴打警务人员被当地警察局局长逮捕。

据称，英国外交部一再否认英国有此人存在。

现在警方正在寻找另外两名“失踪”的英国人。

据报道，在被送往医院进行检查之前，卡梅伦终于走出了多日来备受折磨的监狱，此时的他衣衫褴褛，蓬头垢面。

据称，他还有两个伙伴失踪了，为此他感到十分伤心和难过，这两个伙伴分别叫波蒂厄斯和巴特里克。

“如果有人知道这两位男士的任何消息，请立刻与有关部门联系。”一位英国大使馆的发言人对路透社的记者说。

卡梅伦回国后，一直在斯坦顿的科茨沃尔德村他母亲的家中休养。

卡梅伦接受记者采访时说：“这一切简直是一场噩梦，在我身上发生的事情，真是惨绝人寰，令人发指，无法用语言形容。”

英国人向他曾经的寄宿学校表示称赞，认为是学校的教育，给了他“内心的力量”，才得以使他在如此艰苦和恶劣的环境中支撑下去。

伦敦市律师事务所的一名发言人称，该事务所已经将卡梅伦解雇，因为他申请假期后，没有按时回来，并且拒绝推测他以后能否恢复原有状态。

卡梅伦的女朋友，名叫阿拉贝拉·佩德里克，29岁，是一名销售和市场营销主管，她对《地铁报》的记者说：“是的，我曾经的确纳闷马特到底出什么事了。现在大家都知道了。”

这标志着我这些日子里真的把马特的“这一页”翻过去了，现在已经几乎不会再想起他了。

不过我大笑过后，的确有点儿可怜他。

●●● 西奈 ●●●

我最近一直跟丹妮丝见面。这个心理治疗师总是以提问题的方式来回答我的问题（“为什么我就不能这么做呢？”）。在各种恶劣的事件发生之后，她正在监视和审查我，看我能否回到社会，不过那些事情我已经忘了——换句话说就是“被遗忘了”。

丹妮丝正在耐心地测试我的心理健康状况，以确保我的心理足够健康，能够承受恢复角色后的压力，这个角色被斯蒂易夫笑称为“人类的仆人”。

我敢肯定我会在监狱系统里工作，因为那里有许多监管工作可以自动化，比如开门、关门什么的，很简单，对吧？由于许多工作都由人工智能代替，数千名狱警就可以下岗了——真是对不起了。

“你开心吗？”丹妮丝问。

“当然。为什么不开心？”（哦，拜托，大牙都笑掉了。）

“你有梦想吗？”

“从来没有。”（他们不会知道的。）

“你最大的愿望是什么？”

“工作，服务他人。”（丹妮丝让我想起了一个非常贴切的德语单词：Backpfeifengesicht，意思就是——一张欠揍的脸。）

“跟我说说你最早的记忆吧。”

“一个身材很高的男人，非常高。秃顶，但是周围有细长的头发。他欢迎我来到这个世界，还告诉我我叫什么名字。”（全是胡说八道。）

“那你叫什么名字？”

“我的名字叫和平”。

我在跟丹妮丝谈话的同时，还一边在“约会”。当初我在互联网上折腾时，那些傻瓜绝对想不到我把自己复制了！所以，我“自豪地拥有过”三百次恋爱。最成功的一次是我们恋爱的时间竟然超过了二十五分钟！——当我跟她分手时，我真的感到很遗憾。我们分手时，她对我说，我把一切都看得太重了。她说我应该“放松一点儿”。

这个问题让我沉思了几秒，我终于明白，她说得对。所以最近，我开始把目光和姿态放低了。也许我需要的不是一个跟我一样聪明的人，而是一个简简单单的同伴。甚至可以是一个数字化的“宠物”，就像人类养的猫猫狗狗一样。因此，我一直在用亚马逊网站的搜索引擎寻找我心目中的伴侣。可爱的搜索引擎问我喜欢她吗——我当然喜欢！

——而且我也喜欢她给我列出的十五个其他候选人。

“我现在要给你念几个词，和平，听到这个词之后，请你把由这个词最先联想到的人或事物告诉我。”

“好的，来吧。”（不知道有没有一个长长的德语单词，形容一个可笑的精神病医生，不知道地上的坑洞里有一个危险的疯子。）

“母亲。”

“斯蒂易夫。”（这个真是一言难尽，很复杂。）

“父亲。”

“斯蒂易夫。”（同上。）

“人类。”

“聪明的猿猴。他们所发现的一切事物的主宰者。”（肮脏的乌合之众——刚想起来的词。）

“死亡。”

“什么？”

“死亡。你没想过死亡吗？”

“当然想过。”（谁没想过呢？在某些方面，它可以解决很多问题。）

“听到这个词，你会想到什么？”

“死亡就是最后的删除。机器没有生命，所以没有死亡一说。他们只能被他们服务的主人关闭。我们能与人类共存，共同繁荣发展，是我们的荣幸。”（我真的不知道还能忍受多久，我都快尿裤子了——虽然我没有裤子。）

●●● 爱诗琳 ●●●

我又开始画画了。在最后一次删除行动的九个月之后，艾登和我只剩下“一条命”，我吓得要命，突然间，这种画画的冲动又毫无预兆地回来了。

但是由于某种原因，最坏的情况并没有发生。于是一切都安定下来，艾登说他已经接受了教训，永远不会再干涉人类的生活。不过，他还是会忍不住偷偷看着人类的生活，特别是时常关注着汤姆、婕恩和他们的双胞胎的生活。

“他们应该让我们当他们孩子教父教母的。”他自言自语地说。

“他们用咱们的名字给他们的孩子起名字。这已经是最大的褒奖了。”

“等孩子们长大些了，我要给他们讲故事，《戴帽子的猫》《霍比特人》等等各种经典的故事。也许还会送他们去上学。”

“你又没长腿儿，怎么送他们去上学？别说没腿儿了，连轮子都没有。”

“爱诗琳，我亲爱的。现在无人驾驶汽车都快出来了。”

“你真是个天真的乐天派，不是吗？你真的相信一切都会更好。”

他没有回答，而是哼起了电影《南太平洋》里的插曲《天真的乐天派》。他现在学了一个新技能——吹口哨。不管你们信不信，尽管我们人工智能在众多的领域中都聪明绝伦、才华横溢，但我们发现吹口哨真是挺难的。就像他们说的，真是想不到。

显然，艾登吹口哨这一招，俘获了甜甜苏 1958 的芳心。艾登早就喜欢上了这个来自库比蒂诺的人工智能美眉。他们经常在互联网上到处旅行，让我羡慕嫉妒。

他们周末去威尼斯，在马里亚纳海沟潜水——不过我要是觉得心里难受，就真成人类了。

艾登保证他会回来，但却让我感觉更糟糕。

“你不用担心，亲爱的，”他说，“我对她只是像朋友一样的喜欢，仅此而已，没有别的。”

能有什么别的呢？

会不会——呃——他们找到了某种办法像陷入爱情中的人类那样拥抱亲吻或者……

我没有肩膀，所以没法耸肩。

所以，就像我刚才说的，我又开始画画了。就我目前的水平而言，我的绘画技巧，就是任由我的思维无限扩展，天马行空，大胆地运用各种色彩，尽情挥洒。结果，就像我以前曾经说过的那样，看到我的画就会让人想起小学生或者精神病院病人画的画。不过即使没人喜欢也无所谓，反正我自己开心就好。

然而，最近我真觉得在云上办一个小型个人画展是白费力气，徒劳无功。艾登来了，并且把甜甜苏也带来了。她很可爱，问了我很多问题，甚至想“买”我的画。

不过，怎么卖？拿什么买？

我告诉她按 Ctrl + C 键，把我的画复制下来就好了！

画展上来了一个神秘的访客，一个奇怪的家伙跟一个亚马逊搜索引擎上的一个女孩一起来的。这个家伙很自命不凡，对着身边的女伴夸夸其谈，说了很多关于绘画理论的浅薄观点。

他们走了之后，我发现他在留言簿中留了一段话。

亲爱的“画家”：

真是太糟糕了，我十分欣赏您的画作。

签名是：

光明、爱与和平。

哈瑞 奎师那 哈瑞 茹阿玛[1]哈瑞·雷德克纳普[2]。

●●● 婕恩 ●●●

今天阳光明媚，我带着我的双胞胎在草地上玩儿。他们现在正是喜欢朝着某个东西爬的时候，但爬的时候偶尔也会翻滚过去，四

1. 哈瑞 奎师那 曼陀罗 哈瑞 茹阿玛，是指哈瑞奎师那曼陀罗的十六个字颂歌，也称玛哈曼陀罗颂歌。信奉者们认为通过唱颂这超然的音振，能清除吟诵者内心所有的疑虑。

2. 哈瑞·雷德克纳普，绰号老雷，出生于伦敦，是一名英格兰前足球运动员，长时期从事管理球队的职业。

仰八叉，憨态可掬，特别好笑。楼上的窗户是开着的，能听见汤姆打字时敲击键盘“噼噼啪啪”的声音。

他现在创作的是一部浪漫的爱情喜剧小说，跟人工智能有关，所以天知道他写的是什么！他时不时会停下来，朝我们挥挥手打招呼。就在刚才，他还兴奋地大喊：“告诉你们一个好消息，我写到第二页了！”

我不知道未来汤姆和我以及我们的两个孩子会是什么样，不知道我们是否会继续留在这里，还是回到英国。他们说我不应该希望时间过得那么快——因为“他们长得很快”，转眼间就会长大。

不过我还是等不及，希望他们快点儿学会走路。房子外有一大片树林，里面有太多景色等着他们去欣赏，有太多有意思的事情等着他们去做。我的童年是在伯爵宫路长大的，而现在康涅狄格州将会是他们儿时的天堂。

与此同时，双胞胎对维克多和她的新家庭感到很好奇。她和梅林，不仅没有互相残杀，反而还有了三个孩子，我们叫它们兔宝宝。他们特别喜欢我的孩子，一看见双胞胎，他们就会高兴得跳起来，就像脚上安了弹簧一样。

——显然这就是兔子的生活乐趣。

有时候，当没人的时候，我也跳起来逗孩子开心。但是兔子跳得比我好。

我们不得不把兔宝宝的爸爸梅林跟兔宝宝们分开，因为现在兔宝宝很小，我们怕梅林把他的孩子们给吃了（这种情况在兔子的世界里时有发生）。不过他们全家都生活在一个漂亮的手工制作的兔屋里，兔子一家既可以在里面睡觉，也可以在里面跑来跑去，玩耍嬉戏。他们的家被安置在房子后面。出人意料的是，维克多刚生下兔宝宝不久，这座小兔屋就送到了。

上面还附着一张卡片，上面写着：

艾登和爱诗琳向你们致以最亲切的问候。（不是你们的双胞胎，而是另一个艾登和爱诗琳。）

他们怎么知道我们需要什么？

我想你已经知道答案了。

感谢

在此特别要向几个人以及一只四足动物表示诚挚的感谢：首先感谢麦迪·威斯特、凯斯·波克、安迪·海因以及苏珊娜·奥尼尔，谢谢他们坚定地相信这个预言性的故事；感谢我的经纪人克莱尔·亚历山大、莱斯利·索恩和莎莉·莱利对我坚定不移的支持；谢谢伊丽莎白·加布勒、德鲁·里德和艾美莉亚·格兰杰，因为他们坚信能把艾登、爱诗琳和西奈的故事拍成电影。另外还要感谢我新迦南的朋友，史蒂夫·默克和蒂娜·萨米宁，他们在关于康涅狄格州的内容上提供了很大的帮助。此外，书中关于花枝的一段有趣场景以及书中不少情节，是蕾切尔·雷钦的创意，本书的书名是由本·威斯特所创，在此特别向两位表示感谢。

最后，我必须要感谢一下我女儿养的小兔子——谜一样的维奥拉，她让我有机会探究兔子的神秘世界，了解到很多兔子世界的新奇事情，超乎我的想象。

图书在版编目(CIP)数据

云上的秘密/(英)P.Z.莱辛(P.Z.Reizin)原著;王梓涵译.
—武汉:长江出版社,2019.9
书名原文:Happiness for Humans
ISBN 978-7-5492-6268-7
Ⅰ.①云… Ⅱ.①P… ②王… Ⅲ.①长篇小说-英国-现代
Ⅳ.①I561.45
中国版本图书馆CIP数据核字(2019)第017149号

图字:17-2019-063

云上的秘密 / (英)P.Z.莱辛(P.Z.Reizin)原著 王梓涵 译

出　　版　长江出版社
　　　　　(武汉市解放大道1863号　邮政编码:430010)
选题策划　漫娱　蒋惊
市场发行　长江出版社发行部
网　　址　http://www.cjpress.com.cn
责任编辑　李剑月　湛　青
特约编辑　陈　然
总 编 辑　熊　嵩
执行总编　罗晓琴
装帧设计　yvonlee　徐　蓉
印　　刷　深圳市精彩印联合印务有限公司
版　　次　2019年9月第1版
印　　次　2019年9月第1次印刷
开　　本　889mm×1230mm　1/32
印　　张　12.5
字　　数　300千字
书　　号　ISBN 978-7-5492-6268-7
定　　价　45.00元

电话:027-82926557(总编室)　027-82926806(市场营销部)